Claimed

Verhängnisvolle Gier

Felicity la Forgia

Claimed – verhängnisvolle Gier
Felicity la Forgia

© 2015 Sieben Verlag, 64354 Reinheim
Umschlaggestaltung: © Andrea Gunschera

ISBN Taschenbuch: 9783864435249
ISBN eBook-PDF: 9783864435256
ISBN eBook-Epub: 9783864435263

www.sieben-verlag.de

Kapitel 1

Tizian

Es gibt vermutlich kaum einen Mann auf dieser Welt, der im Anzug eine bessere Figur macht als Niccolo Contarini. Ich schwöre, der verdammte Bastard hat bestimmt schon in schwarzem Einreiher an der Brust seiner Mutter genuckelt. Aber selbstverständlich bin ich nicht hier, um einem Kerl auf die fein gefältelte weißseidene Hemdbrust zu starren. Dio Mio, no. Clara Contarini, geborene Hummel, sieht in figurbetont geschnittenem cremefarbenem Satin und Chiffon, die ihre Milchschokoladenhaut perfekt zur Geltung bringen, einfach spektakulär aus. Dennoch bin ich der Ansicht, dass an diesem Abend hier im Castellino Sciopoli eine andere Frau anwesend ist, die meine Aufmerksamkeit noch mehr verdient als die glückliche Braut. Ich werde sie verführen, das habe ich mir bereits vor Monaten geschworen und mein Entschluss ist seither vielleicht gereift, aber niemals verschwunden. Alles, was ich dazu brauche, ist der passende Moment.

Mit einem Lächeln nehme ich ein Glas Champagner vom Tablett eines livrierten Kellners und begebe mich zur steinernen Balustrade, die den terrassenartigen Balkon des Schlösschens zum Garten hin abgrenzt. Die Lagune liegt weit unter mir, schwarzschillernd unter einem nachtblauen Himmel. Dort, wo fleckenweise orangefarbene und cremeweiße Lichter funkeln und sich im Wasser spiegeln, liegen die unzähligen Inseln, die meine Heimat sind.

Ich bin ein Kind Venedigs. Dies ist meine Stadt.

Hier bin ich geboren, hier bin ich aufgewachsen. Hier habe ich Dinge gelernt und gesehen. Hier habe ich Kontakte geknüpft und Macht aufgebaut, bis ich ein Geschäft erbte, das ich nicht haben wollte. Die Gründe dafür sind vielfältig und nichts, worüber ich an diesem Abend nachdenken will. Es gibt solche, die mich hinter vorgehaltener Hand als König von Venedig bezeichnen. Sie wissen, ich bin der Mann, der in der Lagune die Fäden in der Hand hält. Die meisten Menschen, seien sie Einheimische oder Touristen, bekommen nur die Oberfläche zu Gesicht, das sich sanft kräuselnde Wasser, das gegen die Poller der Anlegestellen für die Gondolas und Wassertaxis plätschert. Niemand weiß, was sich unter der Oberfläche abspielt, in den dunklen, schmutzigen Tiefen der Lagune, wo Männer wie ich unsere Geschäfte abwickeln. Kaum jemand weiß, dass es hier Leute gibt, die mich als König bezeichnen. Ich berichtige diejenigen nie, die das sagen. Auch wenn ich selbst mich nicht als König sehe.

Ich bin der Principale.

Hinter mir kann ich hören, wie die Frau, nach der mein Körper giert, sich mit der Braut unterhält. Ihr helles Lachen schwingt sich in den Himmel, funkelt zusammen mit den blassen Sternen. Wann werde ich sie haben? Heute noch? Sie muss sich mir schenken. Ich nehme mir die Frauen, die ich will, aber nur, wenn sie sich mir freiwillig schenken. Alles andere schmeckt mir nicht. Ich wäre eine lausige Entschuldigung für einen Mann, wenn ich nicht dafür sorgen könnte, dass sie mir aus freien Stücken ihr Handgelenk in die Hand legt, um sich meiner Führung anzuvertrauen. Ich stelle mir den Hunger in ihren Augen vor, vermischt mit ein bisschen Nervosität, und werde hart. Zu lange schon habe ich meine Lust auf sie kultiviert. Aber gut Ding will Weile haben, um genährt zu werden und sich entfalten zu können.

Ich drehe mich um, lehne mich mit der Hüfte gegen die Balustrade und beobachte sie. Mein Blick gleitet über Clara, diese ruhige, elegante Frau mit der dunklen Haut, die in jeder Lebenslage die subtilen und weniger subtilen Zeichen der Unterwerfung durchblicken lässt. Jedenfalls für Männer wie mich, die wissen, worauf sie achten müssen. Neben ihr steht ihre Freundin, die das komplette Gegenteil ist. Als sie lachend mit einem Kellner flirtet, dem das Blut ins Gesicht schießt und der eilig weiterhastet, kneife ich die Augen zusammen. Clara sagt etwas, ich bin zu weit weg und kann es nicht verstehen. Sabine lacht, hinreißend, aber ein bisschen zu laut, macht eine wegwerfende Handbewegung, trinkt in vier großen Schlucken ihr Champagnerglas aus und zwinkert einen der Gäste an. Als der Mittfünfziger mit zurückgehender Haarpracht sich ganz zu ihr umwendet und die Flirtversuche erwidert, knickt sie in der Hüfte ein und zieht einen Schmollmund.

Warum tut sie das?

Ich bin ihr zweimal begegnet. Ich kenne ihre Haut, die zart aussieht, wie Seidentaft, der von einer frischen Brise gehoben und bewegt wird. Lebendig. Sie ist sehr blass, und ich habe mich schon bei unserer ersten Begegnung, lange bevor sie wusste, wen sie vor sich hat, gefragt, welche Farbe diese zarte Haut annehmen wird, wenn sie mir gehört. Wenn ich mit ihrem Körper und ihren Gedanken spiele. Wenn ich ihr jede Möglichkeit nehme, mir auszuweichen. Das war am Tessera Flughafen, in der Kaffeebar, nachdem Clara mich mit Macchiato übergossen hat.

Unser Wiedersehen an der Rezeption des Danieli Hotels hat mir ihre frische, ausgelassene Art und ihr freches Mundwerk gezeigt, ihre Unwilligkeit, klein beizugeben. Ob außer mir noch jemand erkennt, dass das alles Fassade ist? Ich habe ihre Seele gesehen. Das kleine, unsichere Licht tief am Grund ihrer Pupillen. Hat irgendjemand vor mir sie so genau angesehen? Ich möchte wissen, was sie verbirgt. Warum sie zu laut lacht und verheirateten Männern schöne Augen macht. Wie es wirklich in ihr aussieht. Ich möchte herausfinden, was ihre Dämonen sind, und ich möchte diese Dämonen vertreiben. Ich will mit den Dingen, die ihr das Leben schwer machen, spielen, diese Dinge an die Oberfläche bringen und dann pulverisieren. Zum Dank dafür soll diese Frau vor mir auf den Knien liegen.

Ich wende mich zurück zum Garten und lausche. Ich weiß, wie sie aussieht, ich kenne den Klang ihrer Stimme. Darauf, sie weiter bei ihrem verzweifelten Kampf um die Aufmerksamkeit der Anwesenden zu beobachten, habe ich keine Lust. Es verärgert mich nur, dass sie es tut. Ich wende ihr und dem Brautpaar den Rücken zu. Vorhin standen wir nebeneinander, denn Sabine und ich waren die Trauzeugen bei der Zeremonie, in der Niccolo und Clara Mann und Frau wurden. Ich habe Sabine nicht angesehen, aber ich habe ihre Blicke auf mir gespürt. Ihr Interesse ist da, zweifellos. Es war schon im Café auf dem Flughafen da, schwirrte noch viel intensiver an der Rezeption des Danieli Hotels zwischen uns. Interesse muss genährt werden. Man nährt es nicht, indem man ihm nachgibt. Interesse nährt man, indem man es ignoriert und damit Neugier weckt. Zudem wollte ich wissen, was passiert, wenn jemand ihr nicht die Aufmerksamkeit schenkt, nach der sie lechzt. Vor allem jemand, den sie so offen und unverblümt will, wie sie mich will. Ich kenne die Zeichen. Ich könnte ihr geben, wonach es sie verlangt, aber damit würde ich es ihr zu leicht machen. Denn das, wonach es sie verlangt, ist nicht das, was sie wirklich braucht.

Es steht außer Frage, dass ich sie besitzen werde.

Der Principale nimmt sich, was er haben will. So war es immer und in allen Dingen. Ich werde mit ihr keine Ausnahme machen. Sie wird sich mir schenken. Aber es wird meine Entscheidung sein, wann das geschieht. „Kommst du?" Plötzlich steht Niccolo neben mir, dieser Mann, der seit frühester Kindheit einer meiner besten Freunde ist, auch wenn er nie in den Kreisen verkehrte, in denen ich den größten Teil meiner Zeit verbringe. Der letzte echte Freund, der mir geblieben ist.
Ich stelle das leere Champagnerglas auf der steinernen Brüstung ab und wende mich ihm zu. „Sicher."
Es ist Zeit. Eine Beziehung wie die, die Niccolo mit Clara führt, wird nicht damit zementiert, dass Braut und Bräutigam sich vor einem Priester oder einem Standesbeamten ewige Treue schwören und einander goldene Ringe an die Finger stecken. Eine solche Beziehung wird auf eine andere, viel ursprünglichere Art untermauert. Eine Art, bei der von den hier im Salon des Castellinos anwesenden Gästen nur einige sehr auserwählte dabei sein werden. Denn die meisten von ihnen würden schockiert reagieren, wenn sie Zeuge werden würden von einer Zeremonie, die sie nicht verstehen.
Ich beobachte, wie Clara Sabines Hand ergreift und sie mit sich zieht.
„Sie kommt auch?", frage ich Niccolo.
Er nickt. „Ihre Entscheidung."
„Glaubst du, dass das eine gute Idee ist?" Ich bin fest davon überzeugt, dass es für Sabine vollkommenes Neuland ist, aber vielleicht täusche ich mich auch. Dass ich weiß, was ich kann und was ich will, bedeutet nicht, dass ich unfehlbar bin. Es bedeutet, dass ich beobachte, abwäge und meine Vorgehensweise so anpasse, dass sie mich zum Ziel bringt. Menschen zu lesen, mit denen ich viel Zeit verbringe, ist relativ ein-

fach, aber Menschen zu lesen, denen ich viel zu selten begegne, ist eine Herausforderung, die nicht immer ein korrektes Ergebnis liefert.

„Clara meint, ja."

„Seit wann richtest du dich danach, was deine Sumisa meint?" Ich muss grinsen, auch wenn ich tief drinnen die Befürchtung hege, dass Sabine sich die geheime Zeremonie nur ansehen will, um auf dieselbe Weise auf sich aufmerksam zu machen, wie sie es auch auf der Party tut. Andererseits, die Vorstellung, dass die Frau, die mir gehören wird, sich diese Zeremonie ansehen wird, treibt mir Hitze in die Glieder. Es wird meine Aufgabe um ein Vielfaches erleichtern, wenn sie weiß, worauf sie sich einlässt, sobald ich ihre Unterwerfung fordere.

„Vertrauen, mein Freund. Clara kennt Sabine seit vielen Jahren. Ich vertraue auf Claras Einschätzung."

Er schlägt mir auf die Schulter, lässt seine Hand liegen und zieht mich zu den vier Meter hohen Glastüren, die vom Balkon zurück in den Salon führen. Ich beobachte die beiden Frauen, Clara in ihrem eng geschnittenen Brautkleid, Sabines Beine unter dem zinnoberroten Kleid, das in der Mitte ihrer Oberschenkel endet und ihren Hintern perfekt betont. Ein Effekt, den die hochhackigen strassbesetzten Sandalen noch intensivieren. Ihre platinblonden Locken sind zu einer aufregenden Frisur hochgesteckt, die eine winzige Tätowierung im Nacken durchblitzen lässt. An ihren Ohrläppchen funkeln Glitzersteinchen. Fünf oder sechs, in verschiedenen Farben, an jedem Ohr.

Wir durchqueren den Salon, den daran anschließenden Korridor, steigen eine riesige Freitreppe aus unlackiertem Mahagoni hinunter ins Parterre, dann über eine wesentlich schmalere Steintreppe weiter nach unten in den Keller des Anwesens. Ich kenne das Castellino gut. Ehe ich mir die Villa in den Bergen bei

Treviso gekauft habe, fanden meine Partys hier statt, aber der zur Verfügung stehende Platz hat nicht mehr gereicht, weil die Feste immer opulenter wurden. Ein durch Holzpaneele verborgenes stählernes Tor steht einen Spalt offen. In dem abgedunkelten, nur von Kerzen erleuchteten Raum warten bereits zehn oder zwölf Personen, nahe Bekannte von Niccolo und mir. Die Hälfte der Anwesenden steht, die andere Hälfte kniet, und die Geschlechter sind auf beide Hälften verteilt. Ich nicke ein paar Männern zu. Schwere, rhythmische Musik schwingt durch den Raum, nicht laut, aber doch so, dass sie Aufmerksamkeit fordert. Das zischende Luftholen, das zu mir durchdringt, kommt von Sabine. Plötzlich steht sie allein, weil Clara von Niccolo in den scharf abgegrenzten Kreis gezogen wird, den ein Scheinwerfer in die Mitte des Raumes wirft. Sie wirkt für einen Augenblick verloren, orientierungslos. Doch sehr schnell fängt sie sich, verschränkt die Arme vor der Brust und drückt das Kreuz durch. Eine Haltung, die Trotz ausdrückt, eine Jetzt-erst-recht-Mentalität, sodass ich mich nur mit Mühe davon abhalten kann, missbilligend den Kopf zu schütteln.

Niccolo packt Clara im Nacken. Ich verschränke ebenso wie Sabine die Arme vor der Brust. Nicht, weil ich trotzig bin, sondern weil ich mich auf die bevorstehende Show freue und es mir bequem mache. Ich will genießen. Hinter mir fallen die stählernen Torflügel zu. Ich habe keine Augen für die Braut, die hier, vor diesen Menschen, ihrem Herrn Treue und Unterwerfung schwören wird. Ich sehe auf Sabine, die zusammenzuckt, als die Tür ins Schloss kracht. Es ist nur ein kleiner Moment, dann reißt sie sich erneut zusammen. Ich sehe, wie sie sich zwingt, ein kokettes Grinsen aufzusetzen, als würde das alles hier sie nicht sonderlich schockieren. Aber ihr Atem verrät sie. Ihre zinnoberrotseidene Brust hebt und senkt sich hektisch, während sie die Augen nicht von ihrer Freundin abwenden kann.

Ich kann hören, wie sie nach Luft schnappt, als das Brautkleid von Claras Schultern gleitet. Wie sie kichert, ein Augenblick, in dem sich ihre innere Anspannung entlädt. Dann ruft sie etwas. Auf Deutsch. Ich verstehe es nicht sofort. Als sich mir der Sinn ihrer Worte erschließt, weiß ich, dass ich eingreifen muss. Ihr zeigen muss, dass das hier alles andere als ein Spiel ist. Ich erwarte Respekt von ihr, selbst dann, wenn nicht ich es bin, der im Mittelpunkt der Veranstaltung steht. Wenn sie dabei sein wollte, hat sie sich unseren Gepflogenheiten zu fügen, so einfach ist das. Mit ihrem Verhalten tut sie niemandem hier einen Gefallen, am allerwenigsten sich selbst.

Mit zwei Schritten bin ich bei ihr. Der Duft nach Jasmin und Holunderblüten, der ihrem Haar entsteigt, streift mich. Sie reicht mir nur bis fast zum Kinn, eine kleine, zierliche, quirlige Frau mit einem frechen Mundwerk und messerscharfer Intelligenz. Eine wunderbare Herausforderung. Die Vorstellung, derjenige zu sein, der sie hier und an diesem Abend in die Schranken weist, erregt mich, das Gefühl summt vor Intensität. Ich neige mich ein wenig zu ihr.

„Willst du auch kosten?", frage ich, leise genug, dass nur sie mich hören kann, laut genug, dass ich weiß, sie hat mich gehört. Schauder rinnen unter ihrer blassen Haut entlang. Es ist mir Antwort genug.

„Dann leg die Handgelenke auf dem Rücken zusammen." Obwohl ich noch immer leise spreche, um niemanden von den anderen zu stören, sorge ich dafür, dass eine harte Kante in meine Stimme sickert. Meine Worte sind ein Befehl, und das soll sie wissen. Nicht nur hören, sondern fühlen. Sie sieht mich nicht an. Aber ihre Arme verdrehen sich, bis sich die Handgelenke im Rücken kreuzen. Ich muss lächeln. Dass sie meinem Befehl ohne jeden Versuch eines Widerspruchs Folge leistet, ist das erste Zeichen, das ich brauche. Viele weitere werden kommen. Meine Finger schmiegen sich um ihre zarten Unterarme. Ein kurzer Druck, es fühlt sich an, als könnte ich ihr allein mit der Kraft meiner Fingergelenke die Knochen brechen. Ich bemerke das Zittern ihrer Schultern. Aufregung und Nervosität. Genau die Mischung, die ich mir von ihr erhofft habe. Erträumt habe, in all den Stunden, die ich damit verbracht habe, an diese Frau zu denken. Auch durch meinen Körper rinnt ein Schauer, aber ich bin besser als Sabine darin geschult, ihn zu unterdrücken.

„Sieh hin", sage ich überflüssigerweise. „Sieh genau hin." Mein Daumen streift ihren Puls. „Sieh auf Clara. Hör auf, dich in den Vordergrund zu rücken, dann geschieht dir nichts. Sei folgsam." Sie wollte hier sein. Jetzt ist sie hier.

Und ich auch.

Wir sind angekommen.

Sabine

So lange ich denken kann, wohnt ein kleines Teufelchen auf meiner Schulter, das mir immer einflüstert, es sei Kinderkram, sich richtig zu benehmen. Dieses Teufelchen ist schuld daran, dass ich mir mit dreizehn, sehr zum Leidwesen meiner Eltern, den Bauchnabel habe piercen lassen und mit achtzehn, als ich keine Unterschrift mehr brauchte, meinen Nacken und Bauch tätowieren. Dieses Teufelchen ist schuld daran, dass ich schon immer der Meinung war, Flipflops sind das richtige Schuhwerk, ganz egal was die Außentemperaturen oder der Dresscode des Abends sagen, und dieses Teufelchen ist auch schuld daran, dass ich auf der ewigen Suche nach mir selbst, nach einigen Zwischenstopps rund um den Globus, in Venedig gelandet bin. Gefunden habe ich mich immer noch nicht, aber das interessiert das Teufelchen einen blinden Kehricht. Es hat mir einen Job als Kellnerin verschafft, in dem ich zumindest meinen Hang zur großen Klappe gut gebrauchen kann, um allzu forsche Anmache von betrunkenen Gästen abzuwehren.

Auch dieser Tage saß es auf meiner Schulter und hat aufgeregt Beifall geklatscht, als Clara mir von der Zeremonie erzählte. Nicht von der offiziellen. Ihre Hochzeit wurde bereits seit Monaten von einem ganzen Team an Wedding Planern akribisch geplant. Wenn Italiens begehrtester Junggeselle unter die Haube kommt, darf nichts dem Zufall überlassen sein. Das Teufelchen war begeistert von der anderen Zeremonie, von der, die hinter verschlossenen Türen stattfinden würde, im Keller des Castellos, um den armen unwissenden Gästen oben auf der Dinnerparty den Schock zu ersparen. Die, die ich meiner besten Freundin niemals im Leben zugetraut hätte. Wenn einer von uns beiden dazu prädestiniert war, Unsinn anzustellen und die Verwandten zu schockieren, dann war das immer ich.

Aber gut, Zeiten ändern sich, und so stehe ich am Rand einer improvisierten Bühne im Keller eines Renaissanceschlösschens irgendwo zwischen Treviso und Venedig und blicke fasziniert auf Clara, die, auf ein Kopfnicken von Niccolo hin, ihr Brautkleid von den Schultern streift und mit einem Mal nur noch in einem aufwändig gearbeiteten, champagnerfarbenen Spitzenkorsett und seidigen Stapsstrümpfen vor ihm steht. Vor ihm und den anwesenden Gästen. Sie sieht sensationell aus, das muss ich zugeben, die Farbe des Korsetts auf ihrer Haut wirkt wie auf einem Gemälde. Sie hält den Kopf tief gesenkt, in einer Geste bewundernder Unterwerfung. Mein Herz puckert, ich spüre das Flattern meines Atems und ziehe zischend die Luft ein. Wie würde sich das anfühlen? Doch dann steigt ein Kichern über das Schauspiel in meine Kehle. Das ist so nicht die Clara, die ich kenne. „Hey, du hast dein Höschen vergessen", rufe ich ihr zu, immer noch kichernd. Außer mir findet das offenbar niemand lustig. Niemand lacht. Ganz im Gegenteil. Ich spüre missbilligende Blicke in meinem Rücken und winde mich innerlich. Über Witze soll doch gelacht werden, oder? Himmel, das ist so eine steife Veranstaltung hier …

In eben diesem Moment wird mir überdeutlich bewusst, wie eine fremde Hand meine Handgelenke im Rücken umschließt. Erst danach sinken die Worte in mein Bewusstsein, die mich dazu bewegt haben, meine Arme überhaupt im Rücken zusammenzulegen. Hat er das wirklich verlangt? Schlimmer, hab ich es wirklich getan? Die Finger um meine Gelenke sind warm und fühlen sich verdammt stark an. Ich erstarre, wage nicht den Kopf zu drehen. Aus dem Augenwinkel erkenne ich ihn dennoch. Tizian di Maggio. Ich kenne ihn flüchtig, kenne seinen Namen, habe ihn zweimal getroffen. Von wegen, Venedig ist ein Dorf. Ich hätte sonst was darum gegeben, ihn öfter zu treffen, diesen Kerl, dessen Anblick mir den Herzschlag in die Kehle treibt. Er ist Niccolos bester Freund und der Hauptdarsteller meiner feuchten Träume, seit ich ihm das erste Mal begegnet bin.

Ich habe seine Aufforderung, meine Handgelenke im Rücken zu kreuzen, nicht realisiert bis zu dem Moment, als ich sie bereits ausgeführt hatte. Doch jetzt … zum Herzschlag in meiner Kehle gesellt sich die Ahnung eines nervösen Kicherns. Vielleicht ist das ja der perfekte Weg, ihm endlich nahezukommen. Er ist fällig. Zu lang schon habe ich mich bloß mit Fantasien begnügt.

Sein Griff brennt sich in meine Haut, als er den Druck verstärkt. Ich fühle seinen Atem an meinem Ohr, heiß, gefährlich.

„Silenzio." Ein Wort nur, doch sein Tadel ist so scharf, dass mein Herz einen Schlag aussetzt. So schnell, wie es mir eben in die Kehle gehüpft ist, so schnell macht es sich jetzt per Kopfsprung auf den Weg in meine Knie, die sich schlagartig in Gelee verwandeln.

„Das ist ihr Moment. Es geht hier nicht um dich."

Bei aller Träumerei, die mich an diesen Mann bindet, geht er jetzt doch ein bisschen weit. Ich mag es nicht, getadelt zu werden. Was soll das? Das hier ist ein Spiel. Ein bisschen Kink. Wenn Clara und Niccolo denken, sie haben es nötig, sollen sie es doch machen. Keine große Sache. Wer hat nicht schon mal ein bisschen mit Fesseln gespielt, oder sich beim Sex die Augen verbinden lassen? Das heißt noch lange nicht, dass wir Umstehenden nicht auch unseren Spaß haben dürfen. Ich rucke an meinen Händen, doch sein Griff lässt nicht nach. Er macht gar nichts, um genau zu sein. Hält mich nur fest, sein Körper eine warme, feste Wand hinter mir, die eine Präsenz ausstrahlt, die mich schwindlig zu machen droht. Auch gut. Wenn es ihm was gibt, soll er halt ein bisschen mit seinem Testosteronüberschuss prahlen. Sind doch nur ein paar Minuten.

Ich gebe auf und richte meinen Blick wieder zu Clara und Niccolo. Mittlerweile kniet sie vor ihm. Die Schenkel weit gespreizt, den Kopf immer noch gesenkt, die Hände, mit den Handflächen nach oben, ruhig auf ihren Oberschenkeln. Ich weiß nicht wieso, aber irgendwas an dieser Szene lässt mich meine Wut vergessen. Vielleicht ist es die Art, wie Niccolo mit den Fingerspitzen Clara über die Wange streicht, eine Zärtlichkeit im Blick, wie ich sie noch nie zuvor an ihm oder einem anderen Mann beobachtet habe. Vielleicht ist es aber auch die Anwesenheit von Tizian di Maggio in meinem Rücken, denn plötzlich spüre ich neben Belustigung und Unglauben noch etwas anderes. Neid. Ich will das auch. Meine Nervenenden vibrieren, ich fühle, wie mir Hitze in die Wangen steigt. Einmal nur in meinem Leben möchte ich auch so angesehen, so berührt werden, wie Clara in diesem Moment von ihrem Bräutigam.

Mich haben viele Männer angefasst, das ist kein Geheimnis, und ich denke auch nicht, dass es etwas ist, wofür ich mich schämen muss. Ich mag Sex und ich bin gut darin. Warum das so ist, daran will ich nicht denken. Die meisten Männer sind wahnsinnig leicht zu durchschauen. Was spricht dagegen, dass ich mitnehme, was sich mir bietet? Warum soll eine Frau das nicht genauso dürfen wie ein Mann? Bei Männern kümmert sich auch niemand darum, ob es okay ist, was sie machen. Ob die brave Ehefrau zuhause sich die Augen ausheult, weil der liebe Gatte die blutjunge Sekretärin mit den straffen Beinen vögelt, oder ob die Geliebte mit dem Gedanken spielt, sich von der nächsten Brücke zu stürzen, weil ihr Kerl sich nicht binden möchte. Liebe ist für Schwächlinge. Beim Sex geht es um etwas ganz anderes, da geht es um Macht, und ich habe genug erlebt in meinem Leben, um nicht mehr zu den Verlierern bei diesem Spielchen gehören zu wollen.

Ich entspanne meine Hände, lehne mich an den starken Mann in meinem Rücken. Ich lasse meine Hüften schwingen dabei, reibe wie zufällig mit dem Hintern über seinen Schritt, wo eine Erektion zeigt, dass ich schon fast am Ziel bin. Um nicht zu forsch zu wirken, lege ich den Kopf ein wenig zur Seite, entblöße meine Kehle. Wetten, dass er nicht begreifen wird, dass alles nur ein Spiel ist? Ich warte darauf, dass er noch näher kommt, seine Erektion an meinem Hintern reibt, merke, wie ein erster Funken Vorfreude durch meinen Körper zittert. Er tut es nicht. Stattdessen tritt er zurück. Gerade so weit, um meiner Berührung auszuweichen. Was? Scham explodiert in meiner Brust, vermischt sich mit Zorn. Diesmal mit mehr Nachdruck, versuche ich meine Hände zu befreien, aber er gibt keinen Deut nach. Verdammt noch mal. Was genau will der Kerl von mir? Er weist mich zurück und überschüttet mich gleichzeitig mit seiner überbordenden Maskulinität? Was soll ich denn mit dieser Information anfangen? Will er, oder will er nicht? Ich bin keine Puppe, du verdammter Spieler, denke ich grimmig. Ich beiße mir auf die Unterlippe, senke den Kopf. Nicht im Schauspiel, nicht so wie gerade, sondern weil ich nicht dafür garantieren kann, dass er nicht Tränen in meinen Augenwinkeln glitzern sehen würde, wenn ich das Gesicht weiter hochgehalten hätte. Was soll das?

Der Boden unter meinen Füßen scheint plötzlich zu schwanken. Ich bin es nicht gewohnt, zurückgewiesen zu werden. Nicht, dass ich so unwiderstehlich wäre, aber Männer sind nun einmal Männer. Wenn man ihnen ein unkompliziertes Schäferstündchen in Aussicht stellt, sagen die wenigsten nein. Jeder Mensch braucht Verlässlichkeiten in seinem Leben, und auf diese eine Tatsache konnte ich mich bisher immer verlassen. Ich mag das Gefühl nicht, auf unsicherem Grund zu stehen, kann nichts dagegen tun, dass mein Atem sich beschleunigt, dass es mir mit jedem Atemzug schwerer fällt, ruhig zu stehen und seinen eisenharten Griff zu ertragen. Ich mag Klarheit. Eindeutige Signale. Ja oder nein? Schwarz oder weiß. Aber dieser

Mann ... meine Gedanken driften ab. Was hat er gesagt? Sieh hin, sieh auf Clara. Okay, wenn es ihn glücklich macht. Aus den Augenwinkeln beobachte ich das Brautpaar auf der Bühne. Niccolo legt seine Hand flach an Claras Wange, streichelt sie. Wenn es zuvor schon still im Saal war, könnte man jetzt eine Amöbe furzen hören. Obwohl er nicht sonderlich laut spricht, hört man die Liebe in Niccolos Stimme, als er jetzt das Wort an seine Braut richtet.

„Ich Niccolo, verspreche, dich, Clara, zu lieben und zu führen, zu halten und zu fordern, solange ich lebe. Wo ich bin, da sollst du sicher sein, mein Wille soll dich führen und dir helfen, über dich hinauszuwachsen. Niemals will ich etwas tun, das dir schadet, niemals will ich vergessen, dass du es bist, die mich zu dem Mann macht, der ich sein will. Ich werde deine Hingabe ehren und deine Liebe schätzen. Von jetzt bis zum Tag meines Todes." Er macht eine kleine Atempause, langt in die Innentasche seiner Smokingjacke und angelt daraus ein ledernes Band, das er Clara um den Hals legt. So eng, dass sich das breite Band an ihre Haut schmiegt. Ist das ein Ring in dem Band? Für eine Kette? Ist der Kerl vollkommen verrückt? Und Clara lässt das einfach zu.

Plötzlich spüre ich eine Hand von Tizian di Maggio an meinem Nacken. Gleichzeitig verhärtet sich sein Griff um meine Handgelenke noch weiter. Die Fingerspitzen an meinem Nacken streichen die einzelnen Locken zurück, die sich aus meiner höchst unkomfortablen Hochsteckfrisur gelöst haben, und legen sich gegen die Stelle, wo mein Hals in meine Schulter übergeht. Er braucht nichts zu sagen. Ich kann selbst spüren, wie mein Puls gegen seine Finger donnert. Heilige ...

Niccolos Worte unterbrechen meine Gedanken erneut. „Trage dieses Band als Zeichen meiner Liebe und Führung über dich." Obwohl seine Bewegungen sicher scheinen, erkenne ich, dass seine Finger zittern, als er ein kleines Schloss durch die Ösen am Halsband führt und es verschließt. Im Licht der Tausenden von Kerzen glänzen Claras Augen feucht. Ihre Hand zuckt, wohl um das Schloss zu befühlen, aber sie hält in der Bewegung inne, sieht fragend zu Niccolo auf. Erst als er ihr mit einem Nicken die Erlaubnis erteilt, tastet sie über das Halsband, die Öse und das Schloss. In der Kirche war sie eine strahlende Braut. Jetzt rinnen ihr Tränen über die Wangen. Die Ruhe und das Glück, die von ihr abstrahlen, bringen den Boden noch weiter zum Schwanken. Vor mir steht eine Frau, die ihren Platz im Leben gefunden hat. Sie ist nicht auf die Reise gegangen, ist nicht von einem Ort zum anderen getingelt, um Glück zu finden. Es ist ihr einfach in den Schoß gefallen, als sie sich den Möglichkeiten öffnete, die sich ihr boten. Weil sie sich nicht verschloss vor neuen Erfahrungen. Vielleicht ist das ihr Geheimnis. Offenheit. Wo zuvor mein Neid noch ein leise nagendes Gefühl gewesen war, herrscht jetzt ein mächtiges Brennen, direkt hinter meiner Brust. Sie muss sich räuspern, bevor sie sich an Niccolo wendet.

„Ich, Clara, nehme dich, Niccolo, als meinen Mann und Padrone. Durch deinen Willen will ich wachsen, ich will in meinem Bestreben, dir alles zu geben, was du dir wünschst, deinem Urteil vertrauen und nicht davor zurückschrecken, neue Wege mit dir zu gehen. Mit jedem weiteren Schritt soll meine Liebe für dich wachsen, denn ich weiß, dass du nur mein Bestes willst, dass ich sicher bin, wo immer du bist, dass du mein Herz in deinen Händen hältst, so wie ich das deine in meinen. Als Zeichen unserer Liebe und Verbundenheit will ich dein Band tragen, solange ich lebe, damit jeder, der es sieht, weiß, dass ich dir gehöre. Dir

ganz allein."
Die Eheversprechen dieser beiden hallen in meinen Gedanken nach. Das ist kein Spiel, wird mir klar. Es ist etwas anderes, größeres. Etwas, das ich nicht begreife, weil in meiner Welt dafür nie Platz gewesen ist. Ich wünschte, ich fände zumindest ein Wort dafür, dass ich es aussprechen und wenigstens den Klang auf meinen Lippen kosten könnte.

Tizian

Als Niccolo mit den Augen nach mir sucht und unsere Blicke sich kreuzen, schüttele ich kaum merklich den Kopf. Heute nicht, antworte ich ihm wortlos auf die Frage, ob ich ihm zur Hand gehen möchte. Wir haben es schon oft getan, und ich liebe es ebenso wie er, wenn Clara unter unserer beider Hände schmilzt wie warmer Honig. Doch nicht heute, bedeute ich ihm mit einem Blick, ich habe alle Hände voll zu tun, wie du siehst. Ein winziges Lächeln umspielt seinen linken Mundwinkel. Er beugt sich zu seiner Sumisa hinunter, vergräbt eine Hand in ihrem Haaransatz im Nacken und redet leise auf sie ein. So leise, dass niemand außer ihr ihn hören kann.

Unter meinen Fingern zucken Sabines Handgelenke, aber ich lasse nicht locker. Clara auf der Bühne erschaudert, in ihre Augen, die auf das Gesicht ihres Masters geheftet sind, tritt ein Flehen, das er mit einem halb bedauernden Lächeln und einem Kopfschütteln beantwortet. Nur einen Finger hebt er, um unter die Decke des Raumes zu weisen, wo direkt über Clara eine Spreizstange an einem dort in den Balken eingelassenen Ring befestigt ist und ganz sacht schaukelt.

Ich sehe, wie die Haut ihrer Wangen sich noch weiter verdunkelt. Eines der Dinge, die an Clara so faszinieren und herausfordern, ist, dass man kaum erkennen kann, wenn sie errötet. Ihre Haut ist so dunkel. Als ihr Padrone muss man sie noch genauer beobachten, jede noch so feine Nuance beachten. Wie ihr Atem sich beschleunigt, ihre Augen sich verschleiern. Sich nur auf ihre Gesichtsfarbe zu verlassen, kann bedeuten, dass man sie im Stich lässt.

Sabine drängt rückwärts, ruckt mit ihren Handgelenken unter meinem Griff. Ich packe fester zu und bringe meinen Mund an ihr Ohr. „Du wolltest hier sein", raune ich kalt. „Soweit ich weiß, war es deine Entscheidung. Jetzt wirst du stillhalten und es dir ansehen."

„Er kann doch nicht öffentlich …" Ihre Stimme kippt. Da ist nichts mehr von der disziplinlosen jungen Frau, die der Welt beweisen muss, wie cool sie ist. Da herrschen nur noch Verunsicherung und Scham.

„Er kann tun, was er will. Indem sie sich bereit erklärt, sein Halsband zu tragen, übergibt sie ihm die Macht über ihren Körper und ihre Gefühle. Alle Kontrolle gehört ihm. Sie vertraut ihm, nicht zu weit zu gehen. Und wenn er sie öffentlich ficken will, um den Anwesenden zu zeigen, dass sie sein Eigentum ist, wird er auch das tun. Er wird ihr geben, was sie aushalten kann. Nicht mehr. Und nicht weniger."

Es ist kein angewidertes Schaudern, das sie durchfährt. Der unmissverständliche Duft von Erregung steigt mir in die Nase, sie lässt die Handgelenke wieder locker. Interessant. Ich streiche mir mit der Zunge über die Lippen, die trocken geworden sind, weil ihre Gegenwehr mich so anmacht.

„Leg die Hände an die Seiten", sage ich und lasse sie los, im gleichen Augenblick, als Niccolo Clara auf die Füße zieht und ihre Hände nacheinander an die beiden

Enden der Spreizstange fesselt. Am Halsband befestigt er eine kurze Kette, deren Klirren, ein wunderbar heller Ton, in meinen Adern singt. Halb erwarte ich, dass Sabine die Flucht ergreifen wird, jetzt, wo ich sie nicht mehr im Klammergriff habe. Doch sie tut es nicht. Sie dreht sich halb zu mir um. In ihren eisblauen Augen funkeln Widerstand und Gereiztheit. Und unverhohlene Erregung. Ich hebe eine Augenbraue und halte ihrem Blick stand. Wenn sie glaubt, dass sie einen Starr-Wettkampf gegen mich gewinnen kann, werde ich ihr diesen Zahn sofort ziehen.

„Umdrehen", sage ich ruhig. „Sieh zur Bühne. Ich verlange es nicht nochmal. Ich erinnere dich daran, dass du aus freiem Willen hier bist. Gehorche. Oder geh und komm nie wieder."

Noch zwei Herzschläge lang hält sie es aus, mich anzusehen, dann dreht sie sich um. Aus dem Augenwinkel beobachte ich, wie Niccolo in träger Langsamkeit die Verschnürung von Claras Korsett löst. Er ist der weltbeste Designer von Damenunterwäsche, er weiß ganz genau, wo er aufschnüren muss, um den Job in kurzer Zeit zu erledigen, auch wenn es aussieht, als habe er alle Zeit der Welt. Fast nachlässig zieht er ihr den Stoff vom Körper und wirft das Teil achtlos zur Seite, seinen Blick auf Claras Brüste gerichtet, ihre Schlüsselbeine, ihren flachen Bauch, das Pulsieren unterhalb ihres Kehlkopfes.

Sie steht ausgestreckt, die Hände hoch über ihren Kopf gefesselt. Er betrachtet nachdenklich die Spreizstange, dann greift er hinauf, löst mit einem leichten Drehen die Verriegelung und spannt die Stange weiter. Claras Arme werden auseinandergezogen, ihr entfährt ein entsetzter kleiner Laut, der die anwesenden Padrones zu einem leisen Lachen animiert. Einige der knienden Subs haben begonnen, ihren Herren den Abend zu versüßen. Es ist mir bisher nicht aufgefallen, denn meine ganze Aufmerksamkeit ist von Sabine gefesselt, sodass sogar für das Brautpaar nur wenig übrig bleibt.

„Die Hände hinter den Kopf", verlange ich von Sabine. Ich könnte ihr befehlen, auf die Knie zu gehen, aber im Augenblick habe ich anderes im Sinn. Außerdem will ich nicht, dass sie glaubt, sie müsste für mich tun, was die anwesenden Subbies für ihre Padrones tun. Ich nehme ihr so viel Kontrolle, wie ich vor mir verantworten kann, in dieser Situation, die Sabine nicht erwartet hat und die sie ins Schlingern bringen muss. Ich kenne sie nicht genug, um sie wirklich zu fordern.

Sie schluckt und hebt die Arme. Verschränkt die Finger am Hinterkopf miteinander, drückt die Ellenbogen weit zurück. Instinktiv nimmt sie eine Haltung ein, die ihre kleinen, festen Brüste betont. Von mir abgewandt. Schade, ich mag es, sie anzusehen. Meine Finger streichen über die Rückenschließe ihres Korsettkleides, finden die Häkchen, lösen sie. Ihr Atem beschleunigt sich zu einem halb unterdrückten Keuchen, ich kann den Puls sehen, der unterhalb ihres linken Ohrs rast. Ihr Nacken ist feuerrot, die dunklen Linien der Tätowierung zeichnen sich weich auf der Haut ab. Ich muss schmunzeln. Vorsichtig schiebe ich das Kleid im Rücken auseinander, lasse meine Finger über ihre Wirbelsäule gleiten. Kaum merklich. Sie schaudert, drängt sich vermutlich unbewusst meinen Fingerspitzen entgegen. Sofort ziehe ich meine Hände zurück.

„Du tust nur, was ich will, Sabine", sage ich. „Nicht, was du willst. Steh still. Sieh auf Clara. Achte auf ihre Augen. Achte auf ihre Körperhaltung." Meine Finger nehmen die Wanderung wieder auf. „Halte die Arme hinter dem Kopf", befehle ich ihr. Sie zittert unter meinen Fingern, es fühlt sich großartig an. „Du hast

perfekte Haut, weißt du das? Weiß und glatt." Auch wenn sie im Moment gerötet ist von dem Blut, das rasend schnell durch ihren Körper schießt. „Sieh hin. Was tun sie, Sabine?"
„Er hat ..." Sie räuspert sich. In ihren Worten schwingt Fassungslosigkeit. „Jemand hat ihm eine Peitsche in die Hand gedrückt."
Eine lange, einschwänzige Bullenpeitsche. Ein gefährliches Instrument, wenn sie in den Händen des falschen Menschen liegt. Die Ketten, die neben Claras Händen von der Spreizstange herunterhängen, klirren, als die Braut instinktiv zurückweicht. Niccolo zieht die anderthalb Meter lange Peitsche über seine Handfläche, prüft die Festigkeit, das Gewicht. Clara schüttelt heftig den Kopf.
„Sie will das nicht", keucht Sabine. Noch immer liegen meine Finger auf ihrer Wirbelsäule. Das Zucken ihres Körpers geht mir durch und durch. Sie will weg. Sie will bleiben. Was sie sieht, erfüllt sie mit Erschrecken und zugleich mit Faszination. „Wie kann er ..."
„Sieh ihr ins Gesicht, Sabine." Ich nehme die Finger von ihrer Haut, neige mich vor. „Lass deine Arme, wo sie sind. Sieh ihr ins Gesicht." Mein Atem streift ihren Kiefer, wieder erschauert sie. Sie duftet nach Jasmin und Holunderblüten, berauschend, wunderbar. Ich habe das Gefühl, noch nie so hart gewesen zu sein, und bedaure meinen Schwanz sehr, denn er wird in dieser Frau heute Nacht keine Erlösung finden. Wir alle müssen aufeinander warten. Bis der Moment der richtige ist.
Mit der Zunge fahre ich über ihren Rücken, und nur weil ich im gleichen Augenblick einen Arm um ihre Mitte schlinge, bricht sie nicht in die Knie. Ich überlege noch einmal, ob ich sie einfach vor mir zu Boden schicken soll, aber nein, sie soll sehen, was Niccolo tut. Wie Clara reagiert. Ich kann die Bühne nicht mehr

sehen, weil ich über Sabines Haut lecke, die warm ist und nach Salz schmeckt, aber ich höre den Knall, als Niccolo die Peitsche zurückschnellen lässt. Unter meiner Hand bebt Sabines Bauch. Mein Atem fährt durch die hauchfeinen Härchen in ihrem Nacken, die sich sträuben.

Im Aufrichten trete ich um sie herum, lege eine Hand auf ihre Finger, die sie hinter ihrem Kopf zusammengefaltet hat. Ich ziehe ihren Kopf zu mir, beuge mich zu ihr hinunter und küsse sie. Vollkommen überrumpelt lässt sie mich. Ich hole mir, worauf der Geschmack ihrer Haut, der Duft ihrer Erregung mir Lust gemacht hat. In meinem Rücken knallt die Peitsche, saust auf Haut, ich höre Claras tiefes, kehliges Stöhnen bei jedem Treffer. Ich weiß, dass sie kommen wird. Noch nie hat sie sich von Niccolo auspeitschen lassen. Sie hat gesagt, es mache ihr Angst, weil er sie mit dem Teil zu leicht verletzen könnte. Doch Niccolo liebt die Peitsche, hat sie immer geliebt, hat die Kunst über viele Jahre perfektioniert, er hat verdammt viele Frauen mit diesem Werkzeug so heftig kommen lassen, dass sie hinterher vergaßen, wo sie waren. Zum ersten Mal erlaubt Clara ihm, das mit ihr zu tun, der ultimative Vertrauensbeweis.

Ich weiß, dass sie kommen wird, ich muss es nicht sehen, also küsse ich Sabine, zwinge sie dazu, ihre Lippen zu öffnen, schiebe meine Zunge in ihren Mund, umspiele ihre. Ein langsamer, tiefer Tanz. Als sie sich jetzt gegen mich drängt, weise ich sie nicht ab. Sie lehnt sich an mich. Ich küsse sie weiter, die Augen geschlossen, sie schmeckt einzigartig. Eine Hand an ihrem Hinterkopf, die andere um ihren Hintern geschmiegt, kralle ich meine Finger in die feste Rundung und ziehe ihren Unterleib gegen meinen. Ein Knie schiebe ich zwischen ihre Schenkel, ziehe sie so nah, dass sie meine Erektion spüren muss. Sie soll wissen, was das hier mit mir macht. Sie soll wissen, dass sie mir nicht egal ist.

Sie soll wissen, dass ich sie haben werde. Eines Tages. Wenn der Moment gekommen ist.

Nicht heute.

Als Clara mit einem langgezogenen Schrei kommt, lasse ich von Sabine ab. Ich sehe auf sie hinunter, wie sie die Augen geschlossen hält, ein seliges Leuchten auf ihrer hellen Haut. Ich streiche mit der Fläche des Daumens über ihre Unterlippe. Sie öffnet blinzelnd die Augen und ich lasse meine Hand weiter gleiten, über ihr Kinn, hinab zwischen ihren Schlüsselbeinen, zwischen ihre Brüste. Ich sehe ihr nicht in die Augen, als ich ihr das Oberteil einfach von den Brüsten ziehe. Hitze schießt in die Haut unter meinen Fingern. Im Rücken klafft der Stoff noch immer weit auf, es ist ein Leichtes, ihre Brüste aus den Körbchen zu schälen, und sie ist so überrumpelt, dass sie nicht einmal auf den Gedanken kommt, meine Hände abzuwehren.

Ich trete einen Schritt zurück und betrachte eingehend und ohne Hast, was ich freigelegt habe, verschließe meine Miene. Ihre Nippel sind hart, leuchten in einem dunklen Braunrot auf der faszinierend hellen Haut. Ich fahre mit dem Daumen darüber. Ich behandle sie, als gehöre sie mir bereits.

„Du küsst gut", sage ich dann, eine Feststellung, hebe meinen Blick zu ihrem.

Fassungslos schnappt sie nach Luft. Meine Worte bringen sie zurück ins Hier und Jetzt, sie beginnt zu zittern, versucht, zurückzuweichen. Ich packe zu, greife sie um die Hüfte, bringe ihre Arme in ihrem Rücken nach unten und reiße sie mit der Vorderseite erneut gegen mich. Mein Mund ist an ihrem Ohr. „Niemand wehrt mich ab, verstehst du das, kleine Hexe? Niemand widersetzt sich mir. Wer das tut, den kommt es teuer zu stehen."

„Was?" Herausfordernd starrt sie mich an, ihre Lippen Millimeter von meinen entfernt. Gegen meinen Willen bin ich beeindruckt. Ich habe ihr die Kontrolle genommen, halbnackt steht sie in diesem Raum, gezwungen, mitanzuhören, wie ihre beste Freundin von ihrem soeben angetrauten Ehemann ausgepeitscht wird, und sie hat es in sich, mir noch immer die Stirn zu bieten.

„Verprügelst du mich dann auch mit einer Peitsche?" Doch das Feuer, das dabei in ihren Augen lodert, entgeht mir nicht.

„Das wirst du dir wünschen", erwidere ich und lasse mich zu einem zynischen Grinsen hinreißen. „Das wäre noch das Geringste von all den Dingen, die ich dann mit dir tun würde."

Sie schnappt nach Luft.

Klirrend senkt Niccolo auf der Bühne die Spreizstange herunter, ohne sie jedoch ganz abzunehmen und Claras Hände zu befreien. Er hilft ihr, vor ihm in die Knie zu gehen, die Stange hält ihre Arme bewegungslos. Was auch immer er tut, sie hat keine Möglichkeit, dem zu entgehen, sich gegen ihn zu wehren. Ich wende kurz den Kopf und erkenne, dass ihre Augen verklärt sind, ein seliges Lächeln ihre Mundwinkel umspielt. Die Innenseiten ihrer Oberschenkel glänzen feucht. Niccolo legt die Peitsche beiseite, öffnet seine perfekt gebügelten Anzughosen, greift Clara in die Haare und bringt ihren Mund zu seinem Schwanz. Ich wende mich wieder Sabine zu. Ich lächle sie an, aber nur, um ihr meine Zähne zu zeigen. Ihre Lippen werden schmal.

„Vielleicht solltest du dir wünschen, dass wir uns nie wieder begegnen, Gattina. Ich weiß jetzt, wie du schmeckst. Ich rieche, wie dich das, was du gerade gesehen und getan hast, anmacht. Du solltest dir nicht wünschen, mir wieder zu begegnen, denn für mich gibt es nichts Schöneres, als wenn sich seidenweiße Haut unter meinen Händen zu einem heißen Pink wandelt." Ich lasse sie los und trete einen Schritt zurück. „Zieh dich wieder an", sage ich hart. „Die Show ist vorbei." Ächzend kommt Niccolo in Claras Mund. Die Versammelten räumen das Feld. Die Zeremonie ist zu Ende.

Kapitel 2

Sabine

Prost, Süße, das hast du dir verdient! Ich leere den teuren Grappa in einem Zug. Manch einer mag behaupten, das sei eine ziemliche Verschwendung. Schließlich ist alles, was Clara und ihr Jetzt-Ehemann auf ihrer Hochzeit anbieten, allererste Sahne. Ich selbst nenne es eine Notwendigkeit. Das Zeug brennt wie die Hölle im Hals, so sehr, dass mir ein Prickeln in die Nase steigt und ich niesen muss. Das Ehepaar rechts von mir an der Bar schaut naserümpfend in meine Richtung.

„Scusa", murmle ich schulterzuckend und bedeute dem Barista mit einem Fingerzeig, dass ich noch einen möchte. Sollen sie sich mal nicht so haben. Wenn die beiden nicht einmal aushalten, dass sich eine einsame Frau an der Bar ein paar Drinks gönnt, würde ich gern wissen, wie sie reagieren würden, wenn sie wüssten, was im Keller dieser lauschigen Renaissance Villa gerade vor sich gegangen ist. Die Location ist ein Traum. Die Villa residiert inmitten eines exklusiven Parks mit Springbrunnen, farbenfrohen Beeten und ruhespendenden Pergolen oberhalb der Lagunenstadt mit ihren mittelalterlichen Gässchen, den alten Gemäuern und verwunschenen Ecken. Von überall auf dem Anwesen hat man einen großartigen Ausblick, und jetzt, mitten in der Nacht, wo die Dunkelheit den Ausblick verschlungen hat, sorgen Fackeln am Wegrand und überall verstreute Lampions für eine romantische Atmosphäre. In meinem Bauch ballt sich Unbehagen zu einer Faust. Romantisch, genau. Wenn man Peitschen-

geknall und Demütigung für Romantik halten will.
Als ich meinen dritten Grappa bestelle, zieht das Ehepaar neben mir Leine. Offenbar haben sie endgültig genug von dem jämmerlichen Anblick einer zerzausten Frau neben sich. Der junge Barista füllt mein Glas. Diesmal greife ich danach, noch bevor er die Flasche zurückziehen kann, streife dabei wie zufällig seine Hand. Es ist erbärmlich, ich weiß das, aber trotzdem brauche ich das jetzt. Selbst wenn ich tief in meinem Gedächtnis grabe, kann ich mich an nur wenige Gelegenheiten erinnern, in denen ich mich so verstoßen gefühlt habe, so gedemütigt und allein. Zumindest in den letzten achtzehn Jahren, und tiefer werde ich nicht graben, ganz sicher nicht in einer Nacht wie dieser. Er zieht die Flasche so schnell zurück, dass ein Tropfen des edlen Zesterbrandes auf meine Finger schwappt. Ohne ihn dabei aus den Augen zu lassen, hebe ich die Hand zum Mund und lecke den Schnaps ab, zwinkere ihm dabei zu. Die Röte, die ihm ins Gesicht schießt, ist nur eine schale Genugtuung.

„Signorina? Brauchen Sie noch etwas?" Seine Stimme klingt ein wenig höher jetzt, aufgeregt. Ein Welpe, dem man einen Knochen zugeworfen hat. Pass auf, Bürschchen, die Hand, die einen streichelt, kann auch zuschlagen, denke ich und gönne mir den Anflug aus Selbstmitleid. Tizian di Maggio hat mich nicht geschlagen. Nicht mit Taten, nicht so wie Niccolo Clara geschlagen hat, und was für eine verrückte Welt ist das, in der ich mir fast wünsche, er hätte es getan. Weil zumindest würde das bedeuten, dass er sich mit mir beschäftigt. Aber bestraft werden nur Menschen, die geliebt werden. Die, die einem egal sind, die serviert man einfach ab, die werden weggeschickt, verstoßen. Im Zweifelsfall sogar mit nackten Titten.

Der Barista stellt die Flasche weg, lehnt sich mit der

Hüfte gegen die Theke. Es wäre so einfach. Er sieht nicht einmal schlecht aus. Vier, fünf Jahre jünger als ich, wahrscheinlich Mitte zwanzig, schätze ich. Dunkle Haare, ein durchtrainierter Körper, dem das auf Figur geschnittene Servierhemd die richtige Fülle verleiht. Niedliche Grübchen in Wangen und Augen, die in all der Verlegenheit, die sich jetzt in ihnen spiegelt, lebendig wirken, süß. Ich spiele den Gedanken durch. Wann hast du aus?, könnte ich fragen. Ich würde ihm zuprosten und ihn wissen lassen, dass ich selbst kellnere. Gemeinsamkeiten sind ein guter Türöffner. Gemeinsam würden wir über die unliebsame Angewohnheit von Gästen lästern, die sich so lange an der Bar festhalten, bis man sie mit Gewalt hinauskehren muss. Wie zufällig würde ich im Gespräch fallen lassen, dass ich als Claras Trauzeugin auch hier im Castellino schlafe. Wir würden die letzten zwei, drei Stunden, bis auch die hartnäckigsten Feiernden aufgeben, mit Gesprächen voller Andeutungen und unausgesprochener Einladungen verbringen, bis ich mich, kurz vor Ende der Veranstaltung, verabschieden würde, die Zimmernummer auf eine Serviette geschrieben, die ich ihm reiche. Am nächsten Morgen wäre alles vorbei, ich würde gehen, noch bevor er aufwacht, weil es so viel leichter ist, jemanden zu verlassen, als verlassen zu werden. Doch der Sieg wäre lau, so schal wie die Röte auf seinen Wangen.

Weil er nicht der ist, den ich wirklich will. Nicht der Mann, der mit seiner brutalen Arroganz den Boden unter meinen Füßen zum Wackeln bringt. Der Schuld daran ist, dass ich mir noch einen vierten Grappa servieren lasse. Dem ich mich angeboten habe, und der mich abserviert hat.

Dieser Mann tanzt gerade mit der Braut einen Schmuseblues. Selbst im gedimmten Licht hier auf der Terrasse, wo Tanzfläche und Bar von den Sternen beschienen werden, leuchtet Clara. Um das Lederband an ihrem Hals hat sie einen Chiffonschal geschlungen. Mit ein wenig gutem Willen kann man das auf die Nachttemperaturen schieben, auch wenn es beileibe immer noch nicht kalt ist. Sie schmiegt sich eng an Tizian, lässt sich von ihm führen.

Mir entgeht nicht, dass er sie sehr vorsichtig im Arm hält, seine Hand liegt auf ihrem Rücken genau über ihren Nieren, dort, wo Niccolos Peitsche sie nicht getroffen hat. Obwohl der gesunde Menschenverstand mir sagt, dass sie schreckliche Schmerzen haben muss, schwebt sie geradezu über das Parkett. Ich sehe, wie Tizian ihr etwas ins Ohr flüstert, wie sie selig lächelnd den Kopf senkt, und doch dabei ihr Stolz unverkennbar ist.

Mein Grappa will mir nicht mehr schmecken. Was habe ich falsch gemacht, dass nicht ich es bin, die Tizian gerade über die Tanzfläche führt? Ich drehe mich um, sehe auf die Etiketten der Flaschen hinter der Bar, um nicht mehr auf Tizian schauen zu müssen. Doch sein Bild ist mir auf die Netzhaut tätowiert. Groß, maskulin, sexy. Die schwarzen Haare glatt bis auf die Schultern fallend, die dunklen Augen stechend unter den kräftigen Augenbrauen. Hohe Wangenknochen und eine rasiermesserscharfe Kieferpartie werden durch den ordentlich gestutzten Bart betont, und die römische Nase verleiht seinem Aussehen etwas Aristokratisches. Nichts an diesem Mann ist weich, nichts nachgiebig. Selbst jetzt im Tanz wirkt er hart und zielstrebig, und trotzdem haben seine Gesten Clara gegenüber etwas so Beschützendes, dass mir schlecht werden will. Weil Clara wie immer die Brave und Beschützenswerte ist, und ich nur der Skandal.

Ich seufze ein wenig und fahre mit dem Finger die feuchten Ränder auf dem glänzenden Holz der Bar nach. Er will dich nicht, Biene. Mein Verstand sagt mir die Worte vor. Ja, die Erkenntnis schmerzt, aber es wird Zeit, dass ich den Tatsachen ins Auge blicke. Um mich bloßzustellen, mich zu blamieren, dazu hat es gereicht. Aber dann, wenn es hart auf hart kommt, als er gemerkt hat, dass er mich in der Hand hat, da ist er abgehauen. Es ist, wie es ist, und auch Tizian di Maggio ist keine Ausnahme. Wer sich angreifbar macht, geht unter. Manchmal frage ich mich, wann ich diese Lektion endlich lerne. Der ziehende Schmerz hinter meiner Brust sollte zumindest eine gute Erinnerung sein.

Und immerhin, einen Schritt weiter bin ich jetzt, denn eines ist nach dieser Nacht sicher. Eher wird die Hölle zufrieren, bevor Tizian di Maggio noch einmal die Hände an mich kriegt.

Tizian

Ich fühle mich wie ein verdammtes Arschloch. Kein gutes Gefühl und eines, das ich normalerweise nicht ertragen muss. Ich weiß, was sich gehört. Im Geschäftsleben bin ich hart, aber weitestgehend fair, tue wenig, bei dem ich mich schlecht fühlen muss. Hätte ich mein Erbe ausgeschlagen, sähe das heute sicher anders aus. Dann hätte ich eigenhändig dafür gesorgt, dass der Cavalli-Clan und mit ihm Pieramedeos Lebenswerk zugrunde geht, und auch wenn mein eigenes Leben dann ein Besseres wäre, würde ich mich bis ans Ende meiner Tage dafür schämen, den Mann, der mich behandelt hat wie einen Sohn, verraten zu haben. Aber ich habe mich der Verantwortung gestellt und mache das Beste draus. Im Privatleben bin ich generell ein angenehmer Zeitgenosse, auch wenn es nicht viele

Menschen gibt, mit denen ich dieses Privatleben teile.

Und dann gibt es noch die Villa delle Fantasie und all das, was damit einhergeht. Man könnte es mein sexuelles Leben nennen, doch das wäre nicht ganz richtig, denn nicht immer hängt es mit Sex zusammen. Mit Machtdemonstration, ja, mit der Übernahme von Kontrolle über andere Menschen. Ich brauche es, anderen meinen Willen aufzuzwingen. Ihnen zu zeigen, dass ich der Stärkere bin, in so vielerlei Hinsicht. Sicherlich gibt es Gründe für dieses Bedürfnis. Psychiater und Psychologen hätten ihren Spaß an mir, wenn ich es zulassen würde, dass sie in meinen Kopf schauen. Aber ich will das nicht. Es ist, wie es ist, und man wächst nicht in einer Welt auf wie der meinen, ohne Spuren davonzutragen. Was sollte es bringen, in diesen Spuren zu wühlen und darin zu schwelgen?

Es gibt genug Frauen, die sich die starke Hand eines Mannes wünschen. Manche wollen sie ständig, andere nur für eine Stunde oder zwei. Manche wollen sie beim Sex, andere wollen lediglich diszipliniert werden. Ich treffe mich selten mehr als einmal mit derselben Frau, um meinen Trieben nachzugehen. Clara ist eine rühmliche Ausnahme, aber sie ist etwas Besonderes und die Frau meines besten Freundes. Da trifft man sich eben häufiger, das liegt in der Natur der Sache.

Eines ist mir bei all meinen sexuellen Zusammentreffen sehr wichtig. Wenn ich die Kontrolle über einen anderen Menschen in meine Hand nehme, trage ich auch die Verantwortung für das Wohlbefinden dieses Menschen. Die Aufgabe, dafür zu sorgen, dass die Frauen bekommen, was sie suchen, und hinterher nicht mit ihren Empfindungen und der häufig aus den Sessions resultierenden Verletzlichkeit allein gelassen werden, habe ich immer sehr ernst genommen.

Ich beobachte Sabine, die an der Theke sitzt, mit nichts als dem verlegenen Lächeln des Barkeepers und einem Grappaglas vor sich auf dem Tresen als Gesellschaft. Sie fühlt sich nicht wohl, und ich weiß, dass es meine Schuld ist. Das Haar hängt ihr wirr auf die Schultern, der elegante Knoten halb aufgelöst. Sie trinkt den dritten Grappa, oder ist es der vierte? Clara und Niccolo turteln, nachdem ich die Braut zurück in die Arme des Bräutigams geführt habe, an einem der Tische und haben keine Zeit, sich um ihre Gäste zu kümmern. Sabine ist ohne Begleitung hergekommen, und der Mittfünfziger, den sie vorhin angeflirtet hat, tanzt Walzer mit seiner Ehefrau. Sie ist allein, und sie ist verwirrt, steht neben sich, weiß nicht, was passiert ist. Krampfhaft versucht sie, in ihrem Inneren wieder die Sabine zu finden, die sie vor der Zeremonie im Keller gewesen ist. Aber diese Sabine habe ich vertrieben.

Ich habe sie absichtlich aus dem Gleichgewicht gebracht. Damit ich auf den Grund ihrer Seele sehen kann, brauche ich sie verletzlich, ohne die Maske aus aufgesetzter Fröhlichkeit, die sie so gern vor sich herträgt. Hätte ich sie zu schnell wieder aufgerichtet, hätte ihr dies das Gefühl von Überlegenheit gegeben, und das kann ich nicht gebrauchen. Erfahrung und Verstand sagen mir das, trotzdem versetzt ihr Anblick mir einen Stich. Einer der seltsamen Widersprüche meines Lifestyles.

Langsam, von hinter einer Säule, nähere ich mich ihr. Der Barkeeper schenkt ein neues Glas ein, doch ehe sie es aufnimmt und zum Mund führt, liegt meine Hand darauf. Ihre Lider wirken schwer und ihr Kopf noch schwerer, als sie mich mit gerunzelter Stirn ansieht.

„Ich werde dir ein Taxi rufen", sage ich bestimmt und stelle das Glas weit weg.

„Du bist nicht mein Boss", murmelt sie und angelt danach, aber ich nehme ihre Finger zwischen meine.

Sie blinzelt überrascht, als meine Hand ihre heißen Fingerspitzen kühlt. Nur einen Augenblick später entzieht sie sich mir. „Außerdem wohne ich hier im Cast... Ca... Castellino."

„Dann bringe ich dich auf dein Zimmer."

Sie lacht zittrig auf. „Vergiss es. Das hast du dir versaut. Mit dir geh ich nicht auf mein Zimmer."

Ah. Da ist sie wieder. Klein und unsicher noch, aber das ist die Sabine, die zu laut lacht und offenbar nie gelernt hat, sich zurückzuhalten, wenn es darum geht, ihre Gedanken ungefiltert auszusprechen. Ich schiebe das Glas dem Barkeeper zu.

„Kippen Sie das weg."

„Hey!", protestiert Sabine, aber ich packe sie unter den Knien und hebe sie vom Barhocker. Wenn sie nicht abstürzen will, muss sie sich an mir festhalten. Ich genieße den Moment, als sie gegen mich fällt und ihre Arme um meine Schultern schmiegt. Gleichzeitig strampelt sie mit beiden Beinen und versucht, von mir loszukommen. Wie ich es mir gedacht habe, sie weiß selbst nicht, was sie will.

„Halt still", knurre ich sie an, kralle meine Finger in ihren Schenkel, und ihre Gegenwehr erstirbt. Ich sehe, wie Niccolo von dem Geturtel mit seiner Frau aufschaut und in meine Richtung blickt. Dann entdeckt mich auch Clara und sieht, was ich tue. Vielleicht stecke ich jetzt in der Scheiße. Es ist mir egal. Sabine ist mir in diesem Moment wichtiger, und die braucht jetzt ein bisschen Halt.

Auf dem Weg in die Empfangshalle, wo dick gepolsterte Sitzgruppen unter den inzwischen mit nachtschwarzem Himmel gefüllten Fenstern zum Hineinsinken einladen, halte ich eine zierliche Kellnerin an. „Bringen Sie mir einen Becher heiße Schokolade und Pralinen", verlange ich. Das Mädchen erkennt einen Befehl, wenn sie ihn hört, und eilt davon.

„Falls du vorhast, mich mit Schokolade zu verführen, dann …"

„Ich habe dich bereits verführt, Gattina", erinnere ich sie und trinke ihre Fassungslosigkeit. Meine Brüskheit hat ihr die Sprache verschlagen, und ich wäre nicht der Mann, der ich bin, wenn ich diesen Sieg nicht genießen würde. Mit ihr in den Armen lasse ich mich auf eines der Sofas fallen. Sofort beginnt sie wieder zu strampeln, um von mir wegzukommen, aber ich werde den Teufel tun, sie loszulassen. Ich presse eine Hand zwischen ihre Brüste, um sie niederzuhalten. Mein kleiner Finger streift dabei ihre Brustwarze. Hart. Erregt. Weiter wandert mein Blick zu dem Puls an ihrer Halsschlagader. Das Blut hämmert. Röte kriecht in ihr Gesicht, und ihre Pupillen sind geweitet. Sie bemerkt meinen Blick, presst die Lippen zusammen. Ich grinse sie an, sie darf ruhig wissen, dass sie durchschaut ist.

„Interessant", murmele ich und schiebe die Hand, die zwischen ihren Brüsten liegt, ganz über die Wölbung einer Brust. Sie schnappt nach Luft, will protestieren, aber ich bringe sie davon ab, indem ich sie einfach nur hart ansehe. Immerhin, einen giftigen Blick schießt sie dennoch auf mich ab.

„Mach das nochmal, Gattina, und ich dreh dich hier auf meinen Knien um und zieh dir das Kleid hoch über deinen niedlichen Hintern, um die Haut dort mit meiner Handfläche in ein wunderbares Pink zu verwandeln."

„Das wagst du nicht."

„Du solltest vorsichtig damit sein, einen Mann wie mich herauszufordern. Es gibt weniges, das ich nicht wagen würde."

Meine Hand gleitet von der perfekten kleinen Rundung ihrer Brust hinauf zu ihrem Schlüsselbein, verweilt einen Augenblick, nur mit den Fingerspitzen streichele ich sie. Ihr Atem beschleunigt sich. Dann lege ich einen Finger auf den Puls, spüre dem wilden Hämmern nach. „Außerdem glaube ich nicht, dass du etwas dagegen hast, von mir übers Knie gelegt zu werden, Gattina", sage ich wie geistesabwesend. Es sind ihre Lippen, die jetzt meinen Blick gefangen halten. Ganz wenig geschminkt. Ihre Lippen teilen sich, sie atmet schneller, heftiger, dann schluckt sie schwer.

„Ich habe etwas dagegen", sagt sie.

Mit der Hand fahre ich durch ihre ruinierte Frisur, bleibe an Haarnadeln hängen. „Du glaubst, dass du etwas dagegen haben solltest", berichtige ich sie. „Das ist nicht dasselbe. Du tust zwar so, als wären dir gesellschaftliche Konventionen egal, aber tief drinnen bist du wahnsinnig konservativ."

„Ich bin nicht prüde", widerspricht sie vehement.

Ich ziehe eine Braue hoch. „Dann hast du also nichts dagegen, wenn ich dich jetzt küsse?" Ich warte keine Antwort ab, senke meine Lippen auf ihre und küsse sie. Ein Moment der Schockstarre, aber keine Gegenwehr. Meine Zunge dringt tiefer in sie, ich schmecke Grappa und Hitze und Salz. Verdammt, diese Frau schmeckt gut. Und als sie endlich begreift, dass ich mich nicht aufhalten lasse, egal wie widerborstig sie sich gibt, küsst sie wie ein Engel. Ich ziehe Haarnadeln aus ihrer Frisur, ohne den Kuss zu unterbrechen, um meine Hand endlich doch tief in ihren Haaren vergraben zu können, ohne mir die Fingerspitzen zu zerstechen. Ich trinke den winzigen Laut, der ihr entfährt, ein weiches Seufzen in meinen Mund hinein.

Erst als die Kellnerin mit dem Kakao kommt, lasse ich von Sabine ab. Mit unsicherem Blick sieht sie mich an. Ich lächele auf sie hinunter. „Sehr gut, Gattina", murmele ich.

Die Kellnerin vermeidet angestrengt jeden Blickkontakt und beeilt sich, davonzukommen. Ich rücke Sabine auf meinen Knien zurecht, sodass sie sich aufsetzen kann. Jeden Gedanken an Flucht habe ich ihr aus dem Mund geküsst. Ich drücke ihr die Tasse in die Hände. „Hier, Piccola. Pass auf, die Tasse ist heiß. Trink das, aber langsam."

Noch einmal entweicht ihr dieses zarte Seufzen, dieses Mal als der erste Schluck Kakao durch ihre Kehle rinnt. Ich verfolge den Weg des Getränkes mit den Augen und werde schon wieder hart. Ich stelle mir vor, ihre Kehle in Besitz zu nehmen, ganz tief vorzudringen, bis sich in ihren Augen Panik mit Befriedigung mischt, weil ich sie dazu zwinge, mir das zu geben, was ich mag. Sabine bemerkt meinen Zustand unterhalb der Gürtellinie und beginnt, unangenehm berührt auf meinen Knien herumzurutschen. Ich halte sie fester.

„Warum ist es dir unangenehm, dass mich dein Anblick erregt?", frage ich sie.

„Ich werde nicht mit dir schlafen", sagt sie kategorisch.

„Das habe ich auch nicht von dir verlangt. Ich hatte nie vor, heute mit dir zu schlafen."

Ihre Augen werden riesig, ein Stich Enttäuschung, fast Empörung über meine felsenfeste Behauptung schleicht sich in ihren Blick. Ich lege einen Daumen auf ihre Unterlippe. „Meine Entscheidung, Gattina", ergänze ich. „Trink deinen Kakao." Ich nehme eine der Pralinen von dem kleinen Teller und verlange, dass sie den Mund öffnet.

„Ich mag keine Schokolade."

„Jeder mag Schokolade. Mund auf."

Als sie noch einmal zum Protest ansetzt, nutze ich den Augenblick und schiebe ihr die Trüffelpraline zwischen die Lippen. Ergeben beißt sie darauf, kostet, dann schließt sie die Augen und sackt gegen mich. Ich muss lächeln, als ich sie an mich ziehe, ihre Schultern und ihren Bauch streichle.

„Das Zeug macht fett", nuschelt sie.

„Darüber musst du dir keine Gedanken machen. Du bist eine wunderschöne Frau." Ich küsse ihren Scheitel, tippe unter die Tasse in ihren Händen, bis sie einen erneuten Schluck nimmt, dann füttere ich sie weiter mit Pralinen. Wir sitzen in einer schokoladig-weichen Wolke aus Wohlbehagen und einem ersten Hauch von Vertrauen, das sie mir schenkt. Ich bin froh, dass ich sie vom Barkeeper und vom Grappa weggeholt habe. Endlich muss ich mich nicht mehr wie ein Arschloch fühlen.

Sabine

Das Frühstück am nächsten Tag wird in der Pergola serviert. Als ich um kurz vor neun meinen Platz gegenüber von Clara einnehme, fühle ich mich, als hätte ich die ganze Nacht durchgemacht. Dabei ist halb zwei keine Zeit für mich. Nicht selten bin ich um diese Zeit noch nicht einmal von der Arbeit zuhause.

Ich bemühe mich, nicht allzu offensichtlich nach Tizian zu suchen, während ich mich an den Tisch setze, doch ich sehe ihn nirgends. Fragend blicke ich zu Clara, nicke zu dem leeren Stuhl an Niccolos rechter Seite. Sie hebt die Schultern. Ich weiß auch nicht, wo er ist, soll das heißen.

Eine Kellnerin mit kokettem Spitzenhäubchen schenkt mir Kaffee ein und bietet mir warme Milch dazu an. Ich lehne ab. Heute will ich meinen Kaffee schwarz und bitter, ganz im Gegenteil zu der süßen Cremigkeit der heißen Schokolade gestern Abend. Ich habe erstaunlich gut geschlafen, diese Nacht. Tizian hat mich bis zu meiner Zimmertür gebracht, nachdem ich seinen hochkalorischen Gabenteller geleert habe. Es hat sich gut angefühlt, umsorgt. Ich kann mich nicht erinnern, wann ich das letzte Mal mit einem Mann nur wenige Schritte von einem Bett entfernt stand und er mich einfach nur geküsst hat. Zärtlich, fast keusch. Ein Hauchen auf meinen Scheitel, wie man es bei einem Kind tun würde, dem man gute Nacht sagt. Nicht, dass ich mich mit Gute-Nacht-Küssen, die Eltern ihren Kindern geben, besonders gut auskennen würde.

Die Verwirrung kam erst später. An diesem Morgen, als ich aufgewacht bin und mein Körper nach dem verlangt hat, was ihm gestern verwehrt geblieben ist. Feuchtigkeit hat meine Schenkel zusammengeklebt, ein dumpfes Pochen in meinem Schoß. Ich hab versucht, mich selbst darum zu kümmern, aber das hat mir nicht die Erleichterung verschafft, nach der ich mich gesehnt habe. Es war eine einsame, bleierne Befriedigung, die mich leer zurückgelassen hat, traurig und allein.

Verfluchter Tizian di Maggio! Das war falsch. Falsch von ihm, gestern zurückzukommen und ... nett zu sein. Mit Menschen, die mich verlassen, kenne ich mich aus. Seine kümmernde Freundlichkeit gestern war ... seltsam. Angenehm. Nicht, dass er weniger irritierend gewesen wäre, oder weniger bestimmend, aber unter der Arroganz war plötzlich etwas anderes mitgeschwungen, etwas, das ich nicht einschätzen kann, das mir ein aufgeregtes Kribbeln im Hals verschafft hat, und noch an ganz anderen Stellen. Verdammt.

Im Gegensatz zu mir strahlt Clara beim Frühstück. Sie tauscht verliebte Blicke und kleine Gesten mit ihrem Bräutigam. Als er einen Spieß mit Cocktailtomate und Mozzarellabällchen von ihrem Teller klaut, haut sie ihm lachend auf die Finger. Er fällt in ihr Lachen ein, fängt ihre Hand und küsst ihre Fingerknöchel. Wenn ich es nicht mit eigenen Augen gesehen hätte, würde ich jeden für verrückt erklären, der mir erzählt, dass diese Frau zugelassen hat, dass ihr Mann sie in aller Öffentlichkeit ausgepeitscht und sie anschließend gezwungen hat, ihm einen zu blasen. Nun ja, zumindest in halber Öffentlichkeit. Immerhin waren die wenigen anwesenden Gäste der Zeremonie größtenteils anderweitig beschäftigt und dürften kaum etwas von Clara und Niccolo mitbekommen haben.

Ich fühle, wie mir Röte in die Wangen steigt, und versuche, sie hinter der Serviette zu verbergen. Auch ich war anderweitig beschäftigt. Clara sieht mich an, schmunzelt, wird aber direkt darauf wieder ernst. Ich habe das Gefühl, sie weiß ganz genau, woran ich denke, und es gefällt ihr nicht. Ich will mir keine Gedanken darüber machen, warum sie denkt, dass ich nicht gut genug für den besten Freund ihres Mannes bin, und verbringe den Rest des Frühstücks mit Small Talk und einem leichtherzigen Flirt mit meinem Tischnachbarn. Er heißt Marcello Devini und ist ein Geschäftspartner von Niccolo. Das ist, was ich kenne, worin ich mich sicher fühle.

Gegen elf erhebt sich das Brautpaar, um sich in die Flitterwochen zu verabschieden. Auch ich stehe auf. Es ist mein Recht als Trauzeugin, Clara zu begleiten, wenn sie sich für die Abreise noch einmal frisch macht. Dass ich ganz eigene Gründe habe, warum ich unbedingt noch einmal mit ihr sprechen muss, weiß keiner außer ihr.

Ich lasse ihr ein wenig Vorsprung, dann verabschiede ich mich von Marcello. Kaum habe ich den Gartenpavillion verlassen, ertönt eine leise Melodie in meiner Handtasche. Wer bitteschön ruft mich an einem Sonntagvormittag an? Ich angle nach meinem Handy und stöhne, als mein Blick auf das Display fällt. Das hat mir gerade noch gefehlt.

„Jakob, was gibt's?", begrüße ich meinen ehemaligen Schulfreund. Zusammen mit Clara und mir ist er auf das sündhaft versnobte Internat am Chiemsee gegangen, von dem meine Eltern gehofft hatten, dass es aus mir endlich eine Vorzeigetochter macht. Ich hatte ihnen von Anfang an gesagt, dass sie das Geld besser investieren könnten. In Aktien von Firmen, die im Braunkohleabbau tätig sind, zum Beispiel. Kein Mensch interessiert sich heute noch für Braunkohle, aber zumindest hätte es in dem Fall eine geringe Chance gegeben, dass sie ihr Geld nicht zum Fenster rausschmissen. Sie wollten nicht auf mich hören. Selbst Schuld, würde ich sagen. Im Grunde ging es ihnen ja sowieso um etwas ganz anderes. Etwas, das wie ein bleierner Schatten auf meiner Existenz liegt und an das ich nicht denken will.

„Bist du immer noch in Venedig?" Ich kann das Vibrieren in seiner Stimme hören, das ich allzu gut kenne. Jakob hat eine Spur erschnüffelt. Mit seiner etwas zu langen Nase, den dunklen Knopfaugen und dem raspelkurzen kastanienfarbigen Haar erinnert er mich auch sonst immer an einen Dackel, der den Duft eines Fuchses in die Nase bekommen hat.

„Vergiss es." Ich weiß, was gleich kommen wird, und hab absolut keine Lust darauf. Eine verpatzte Vergangenheit reicht. Jakob muss mir nicht auch noch die Zukunft ruinieren. „Ich hab dir schon oft genug gesagt, dass ich nicht mehr schreiben werde. Von deinen absolut wasserdichten Tipps hab ich ein für alle Mal genug."

„Aber diesmal ist es anders. Biene, komm schon, hör dir das wenigstens an." Noch während er spricht, klopfe ich an die Tür zu Claras Suite. Sie öffnet mit einem Strahlen im Gesicht, doch ich gebe ihr mit einem Wink auf mein Telefon zu verstehen, dass ich noch eine Minute brauche.

„Es ist immer anders." Ich will das Gespräch gerade beenden, da holt Jakob einmal tief Luft, um seine ultimative Waffe auszuspielen.

„Ach komm schon. Du willst mir doch nicht sagen, dass du den Rest deines Lebens als Kellnerin verbringen willst, wo du irgendwelchen reichen Snobs den Hintern hinterherträgst. Das bist nicht du. In dir steckt mehr, Biene. Und das, was ich habe, ist genau der Stoff, mit dem du dich rehabilitieren könntest. Wenn wirklich was an der Sache dran ist, fragt niemand mehr danach, warum du uns weggelaufen bist."

Sein Hieb sitzt. Ich erinnere mich sehr gut an all das. Im einen Moment war ich noch die gefeierte Nachwuchsredakteurin beim besten politischen Magazin Deutschlands, im nächsten ein Skandal, der mitten in einer Artikelserie das Handtuch schmiss und wie der letzte Hallodri in die Südsee verschwand. Und alles nur, weil mir München zu eng wurde und der Chefredakteur zu aufdringlich, nachdem ich es war, die zuerst mit ihm geflirtet hatte. Am Ende war sich nicht einmal Jakob zu schade dafür, mit dem Finger auf mich zu zeigen. Gerade das ist es, was mich jetzt zögern lässt. Wie kann er glauben, dass ich wieder für ihn arbeiten wollen würde, nachdem auch er kein gutes Haar mehr an mir gelassen hat? Nur um immer mal wieder die Nase in irgendwelche Recherchen zu stecken, die er dann als seine ausgeben und für seine Artikel verwenden kann, bin ich gut genug. Damit muss endgültig Schluss sein.

Ich gehe in Claras Zimmer und lasse mich aufs Bett fallen. Es ist nicht die Suite, in der sie mit Niccolo die Nacht verbracht hat, sondern das Zimmer, in dem sie sich gestern zurechtgemacht hat. An der Wand stehen, fein säuberlich aufgereiht, ihre gepackten Koffer. Clara kennt mich gut genug, sodass ihr ein einziger Blick in mein Gesicht verrät, dass mich etwas erschüttert hat. Etwas, das nichts mit letzter Nacht und dem teuflischen Spiel von Tizian di Maggio zu tun hat. Sie geht ins Badezimmer.

„Okay", sage ich. „Ich geb dir drei Minuten. Überzeug mich in drei Minuten, dass es sich lohnt, dir zuzuhören, und vielleicht überleg ich es mir anders."

„Also, es geht um Folgendes. Sagt dir das de Luca-Kartell etwas?"

Ich stöhne, reibe mir mit der Handfläche über den Kopf. Wenn Jakob so anfängt, verspricht das eine abenteuerliche Geschichte zu werden. Nur, weil ich mir geschworen habe, nie wieder zu schreiben, bedeutet das ja nicht, dass ich keine Augen und Ohren mehr habe. „Natürlich. Ein deutscher Ableger der Ndrangheta. Geht bis in die fünfziger Jahre zurück, auch wenn sie heute größtenteils autark operieren."

Jakob gibt ein kurzes Schnauben von sich. „Autark. Genau darum geht es. Ich hab Hinweise, dass es mit der Alleinstellung bei weitem nicht mehr so weit her ist. Einer meiner Kontakte beim BND ist an mich herangetreten. Alles streng vertraulich, versteht sich. Es gibt da eine heiße Spur, die sagt, dass die de Lucas und die Mala del Brenta gemeinsame Sache machen. Dort unten bei dir in Venedig scheint die Scheiße hochzukochen. Da werden neue Allianzen geschmiedet und die Hackordnung neu ausgehandelt und eine der Parteien steckt jetzt die Köpfe mit dem Kartell hier in Deutschland zusammen. Wenn das klappt, wenn die ihre Macht bündeln und in Zukunft gemeinsam Geschäfte machen, reden wir von einem Unternehmen mit einem Umsatz in Höhe von Microsoft oder Apple. Das ist ne richtig geile Sache."

„Jakob, die Mala del Brenta ist seit den Neunzigern

tot. Ich lebe seit Jahren hier, ich verspreche dir, ich hab noch nie mitbekommen, dass es hier eine Mafia geben sollte." Und wenn, dann interessiert es mich nicht, füge ich in Gedanken hinzu. So wenig, wie es Jakob zu interessieren scheint, wenn etwas streng vertraulich ist. Es. Interessiert. Mich. Nicht. Abgesehen davon, dass die Mala del Brenta ein alter Hut ist. Jeder weiß, dass der italienischen Polizei ein Riesen-Coup gelungen ist, als sie es in den Neunzigern geschafft haben, den Kopf der venezianischen Mafia, einen gewissen Felice Maniero, den sie das Engelsgesicht nannten, umzudrehen und für sich zu benutzen. Der Schlange den Kopf abgeschlagen. Davon hat die Organisation sich nie erholt.

„Du willst es nur nicht sehen", sagt Jakob. „Aber stell dir vor …"

„Ich stell mir gar nichts vor", unterbreche ich ihn. „Deine Zeit ist um. Such dir jemand anderen, die Story interessiert mich nicht." Ich muss nicht einmal lügen. Ein seltsames Kribbeln würde sich unter meiner Haut einnisten, wenn mein Instinkt von mir verlangt, die Spur aufzunehmen. Doch da ist nichts. Gar nichts. Es ist nicht mal eine Story. Nur ein Gerücht, an dem nichts dran ist. Ich lebe ein gutes Leben in Venedig und habe keine Lust, das aufs Spiel zu setzen und Dinge zu wissen, die jemand wie ich nicht wissen sollte. Überlebenswille kommt vor Selbstverwirklichung. Das wusste schon der gute alte Maslow.

Ich schließe die Augen und denke an das Gefühl von langen Fingern auf meiner nackten Haut. Den Geschmack des Atems von Tizian di Maggio, wenn er mich küsst. Nach Champagner und Panna Cotta und Mann. Die Ablenkung ist willkommen, trotzdem muss ich die Erinnerung verscheuchen, weil ich befürchte, sonst zu stöhnen. Einfach nur, weil ich mich an diesen Kuss erinnere. Diesen Kuss, der sich mit nichts vergleichen lässt, was ich je zuvor erlebt habe. Aber dieses Gefühl ist gefährlich, genauso gefährlich wie Jakobs Erinnerung an eine Zeit, zu der ich noch geglaubt habe, wenn ich es nur entschlossen genug versuchen würde, könnte ich mich ändern, könnte mehr werden als die Frau, die immer nur davonlaufen will, bevor noch einmal jemand auf die Idee kommt, sie zu verlassen. Doch die Zeit ist vorbei. Ich habe die Hoffnung hinter mir gelassen. Die schöne Blase aus oberflächlicher Lebenslust, die ich mir mühsam in den letzten drei Jahren errichtet habe, ist mir zu kostbar.

„Such dir jemand anderen", sage ich deshalb. „Ich bin raus, und nicht erst seit gestern. Ruf mich nicht mehr an."

Tizian

Das Café Caruso liegt auf halbem Weg zwischen Markusplatz und Rialtobrücke, mitten in Venedig. In einer der verwinkelten, kaum zwei Meter breiten Gassen, die sich zwischen den nach toten Fischen und Unrat stinkenden Kanälen und den Häuserfronten entlangziehen. Jeden Tag setzt kurz nach Sonnenaufgang das Singen der Gondolieri ein und bricht nicht mehr ab, bis die Nacht sich zwischen die fünfstöckigen Bürgerhäuser aus dem siebzehnten Jahrhundert senkt, deren Fassaden angelaufen sind und von denen der Putz auf die Köpfe der Touristen herunterbröckelt.

Man muss Venedig schon sehr lieben, wenn man es hier dauerhaft aushalten kann.

Kurz vor Sonnenaufgang hat mein Mobiltelefon geklingelt. Ich war gerade erst eingeschlafen. Das ist weniger der Punkt, ich bin es gewöhnt, mit wenig

Schlaf auszukommen, wenn sich die Notwendigkeit ergibt. Ebenso bin ich daran gewöhnt, Festlichkeiten nicht bis zum Schluss auskosten zu können. Immer wieder werde ich dringend weggerufen. Heute ärgert es mich, denn ich hatte mich auf den Schlagabtausch gefreut, den mir die Gattina beim Frühstück liefern würde. Verrückt, di Maggio. Ich mag keine aufsässigen Sumisas. Ich will, dass sie süß und gefügig sind und mich machen lassen, dann bin ich zufrieden. Dass es mich erregt, wenn eine mich herausfordert, ist neu.

Doch was Matteo mir am Telefon mitteilte, duldet keinen Aufschub. Bei der Prüfung der Bücher des Caruso sind Unstimmigkeiten aufgefallen. Einnahmen und Gewinne decken sich nicht. Das geht offenbar schon länger so. Scheinbar hat Paolo Cecon, der das Café in der Innenstadt für mich leitet, diese Zahlen gut verborgen, in der Hoffnung, dass die Unregelmäßigkeiten nicht auffallen.

Es ist etwas, das in allen Einrichtungen, die ich von Pieramedeo Cavalli geerbt habe, verfolgt werden kann. Denn sie alle werden zur Geldwäsche benutzt. Der Unterschied ist, dass von Matteo in Auftrag gegebene und abgezeichnete Vorgänge von Geldwäsche in den Computeraufzeichnungen nachvollzogen werden können. Diese Vorgänge hinterlassen Spuren. Schwache Spuren, aber Matteo macht das lange genug, und ich habe ihm jahrelang als Pieramedeos Protegé dabei assistiert, dass wir die Spuren erkennen. Doch diese wöchentlichen Vorkommnisse im Caruso verlaufen anders. Der einzige Grund, weshalb das geschieht, ist der, dass Paolo sein eigenes Ding dreht.

Aber da hat er sich mit dem falschen di Maggio angelegt.

Ich vermeide den Weg in die Innenstadt, wann immer ich kann. Zum Glück wickele ich meine Geschäfte zumeist außerhalb ab, in Padua oder Vicenza, manchmal auch in Mailand, aber eher selten. Dorthin schicke ich Vertreter der Familie. Meinen Geschäftssitz habe ich in der zum Palazzo umgebauten ehemaligen Glasbläserfabrik an der Südspitze der Piazzale Colonna auf Murano, direkt neben einer zweiten Fakturei, die mir gehört und seit Jahren gegen die Billigimporte aus Asien kämpft. Das gibt mir die Ruhe und Privatsphäre, die ich brauche, ohne vollkommen aus der Welt zu sein, und das Anwesen lässt sich auch ohne allzu großen Aufwand überwachen, sodass mir niemand in die Quere kommt.

Nicht persönlich, jedenfalls. Ich blicke an der rostroten Fassade des Hauses hinauf, in dessen Erdgeschoss sich das Café Caruso befindet. Die Innenräume sind bereits hell erleuchtet. Jeden Morgen vor Sonnenaufgang werden die Fenster zumindest von außen durch einen Service geputzt, einmal die Woche auch von innen, dafür sind die Kellnerinnen verantwortlich. Kerzen brennen auf jedem einzelnen Tisch, frische Blumen in kleinen Vasen. Es sieht einladend aus, und als ein junger Mann mit Zeitung unterm Arm und einem Pappbecher in der Hand durch die Tür heraustritt und mir zunickt, ergießt sich der Duft von frisch geröstetem Kaffee und Mandelhörnchen in die Gasse und vertreibt für einen Moment den Fischgeruch.

In all den dreizehn Monaten, seit das Caruso mir gehört, zusammen mit dem restlichen Erbe von Pieramedeo Cavalli, hat der Laden nie Schereien gemacht. Paolo hat all die Zeit mein vollstes Vertrauen genossen. Er hat im Rahmen des Budgets perfekt gewirtschaftet. Der Gewinn war zwar nicht üppig, aber doch zufriedenstellend, die Gäste eine bunte und gesunde Mischung aus Touristen und Einheimischen. Einmal war mitten im Sommer die Eismaschine kaputt, aber das wurde innerhalb weniger Stunden behoben. Ich habe mich nie eingemischt, die Bücher hat monatlich ein Buchhalter aus Matteos Team geprüft.

Matteo hat seine Abreibung darüber, dass ihm die bereits seit Wochen andauernden Fehlbeträge nicht früher aufgefallen sind, bereits erhalten. Alles Weitere muss ich nun mit Paolo selbst ausmachen, diesem Mann, dem ich in all der Zeit vielleicht viermal begegnet bin. Das Caruso ist nur eine von zig Einrichtungen, die Pieramedeo mir vermacht hat, ich kann mich nicht um alle davon persönlich kümmern. Einrichtungen, die wunschgemäß laufen, lasse ich in Ruhe. Viel zu beschäftigt bin ich damit, die dunkleren Geschäfte des Mannes, der für mich als Heranwachsenden wie ein Vater gewesen ist, in seinem Sinne zu leiten.

Kein Quietschen trübt das Blitzen der Eingangstür, als ich sie aufziehe. Ein Blick auf die Uhr hinter dem Tresen, es ist kurz vor zehn. Ein junges Paar, unverkennbar Venezianer, sitzt an einem der Fenstertische und genießt den Morgenkaffee, bevor die Touristen aufwachen. Würde ich genau so tun, wenn ich die Zeit dazu hätte. Ein unerwünschter Anflug von Sehnsucht streift meinen Nacken, lässt die Härchen dort erzittern, doch ich ringe ihn nieder. Seit ich ein halbes Kind war, weiß ich, dass es Dinge gibt, die für mich unmöglich sind. Ich habe es akzeptiert und lebe mein Leben, wie es mir gefällt. Als mein Blick erneut das Pärchen streift, regt sich nichts mehr in mir. Die beiden könnten Möbelstücke sein. Ansonsten ist das Café leer, bis auf die junge Frau, die hinter dem Tresen die Chromteile der Kaffeemaschine poliert und mir dabei den Rücken zuwendet. Als ich die Theke erreiche, wendet sie sich um.

Sie ist hübsch. Sehr jung. Eine Studentin, vielleicht, die ein Jahr Pause macht und sich ein wenig Geld verdient. Fast tut es mir leid, was ich hier bin zu tun. Fast. Denn was Paolo sich geleistet hat, kann ich nicht durchgehen lassen, nur damit diese junge Studentin ihren Job behält. Sie sieht pfiffig aus. Sie wird wieder Arbeit finden, es ist der Beginn der Hochsaison, die Stadt quillt aus allen Nähten, überall wird Personal gebraucht.

„Was darf es sein?", fragt sie. Sie spricht mit einem starken osteuropäischen Akzent, aber der Ton, den sie anschlägt, ist geschäftstüchtig.

„Ich möchte mit Paolo reden", erwidere ich und winke ab, als sie eine Milchkaffeetasse hochhält. „Keinen Kaffee. Paolo."

„Puh." Mit zwei Fingern schiebt sie eine vorwitzige Haarsträhne hinter ihr Ohr zurück. Sehr gewöhnlich, ein helles Braun, mit einem leichten Goldton wie von Honig. „Ich glaube, er ist hinten in der Küche. Ich hole ihn. Moment."

„Nicht nötig." Ich steuere auf den Durchgang zur Küche zu und stoße dabei fast mit ihr zusammen, weil sie auf demselben Weg ist. Ich frage mich, ob sie wirklich eine Studentin ist. „Ich finde ihn."

„Da hinten ist kein Zugang für Gäste", sagt sie.

Ich verkneife mir ein Lachen. „Ich bin kein Gast. Wie lange arbeiten Sie schon hier?"

„Etwas über ein Jahr. Für Paolo."

Ich schüttele den Kopf. „In diesem Laden arbeiten Sie für mich, nicht für Paolo, aber offensichtlich ist es nur eine Tatsache von mehreren, die Paolo Ihnen verschwiegen hat." Mit vor Überraschung halb offen stehendem Mund weicht sie einen Schritt zurück. Ich spüre ihren Blick, als ich mit einer Schulter die Tür zur Küche aufschiebe.

Dahinter herrscht Halbdunkel. Gebackene Rühreier mit Räucherlachs und Toast werden hier erst ab halb elf zum Brunch angeboten, dafür ist das Caruso so berühmt wie für seine Eiskreationen. Paolo weiß, wie man ein Café dieser Art betreibt. Er kennt dabei nicht nur die legalen, schmackhaften Wege, sondern auch die illegalen, die sogar Menschen wie mir schwer im Magen liegen.

Ich höre es linker Hand rumoren und stoße eine blau gestrichene Tür auf. Gleißende Helligkeit empfängt mich, der Duft von geschmolzener Butter und Ofenreiniger. Die Küche, das Allerheiligste. Der Mann, den ich suche, steckt mit dem halben Oberkörper in einem riesigen Kühlschrank.

„Guten Morgen, Paolo", sage ich laut.

Im Aufrichten knallt er mit dem Hinterkopf an einen der Glasböden im Kühlschrank. Plastikbehälter scheppern. Er zieht den Kopf heraus und dreht sich um, reibt sich den Nacken und starrt mich an. Ärger macht Überraschung Platz, dann eine Spur Verunsicherung. „Signor di Maggio?"

Ich schiebe meine Jacke ein wenig zurück. Dabei muss Paolo den Griff der Berretta sehen, die weiter hinten in meinem Hosenbund steckt. Seine Augen weiten sich, und er weicht ein Stück zurück. Doch da ist die offene Kühlschranktür. Er erbleicht. So reagiert nur ein Mann, der weiß, dass er Scheiße gebaut hat, und ahnt, dass das Jüngste Gericht dabei ist, über ihn hereinzubrechen.

„Wir haben die Zahlen in deinen Abrechnungen verglichen", sage ich ohne weitere Umschweife. Er soll wissen, weshalb ich hier bin. Ich rede nie um den heißen Brei herum. Weder mit Sumisas noch mit Angestellten.

„Signor, ich …"

„Den Schlüssel", belle ich ihn an. „Gib mir sofort den Schlüssel zu deinem Apartment, ich möchte mich dort umsehen."

„Aber meine Frau, Signor, die schläft …"

„Den Schlüssel!" Aus den Unterlagen über das Caruso geht hervor, dass der Geschäftsführer allein ein Apartment im zweiten Stock des Patrizierhauses bewohnt. Eine angenehme Konstellation, wenn etwas passiert, wenn mitten in der Nacht der Alarm fürs Kühlhaus anschlägt, kann er innerhalb weniger Minuten vor Ort sein.

„Signor …" Sein schlechter Atem schlägt mir ins Gesicht. Jetzt reicht es. Ich ziehe die Berretta aus dem Hosenbund und verlasse die Küche durch die Tür zum Hinterhof. Dort führt eine eiserne Feuertreppe in die oberen Stockwerke. Ich bin in Venedig aufgewachsen, ich weiß, wie diese alten, verschachtelt gebauten Häuser halbwegs auf heute geltende Standards der Brandsicherheit nachgerüstet wurden. Ich kann Paolos Schnaufen hören, der mir folgt, so schnell er vermag. Nicht besonders schnell. Das Metall der Pistole in meiner Hand schlägt gegen das Treppengeländer.

„Signor, aber es ist doch …"

„Halt den Mund!" Ich drehe mich nicht zu ihm um. Ich habe auch keine Lust mehr auf Worte. Ich will Beweise. Ich will wissen, was er gemacht hat. Ich will wissen, was es ist, das er in seinem Apartment vor mir verbirgt. Paolo ist nicht verheiratet. Hat er auch nur einen Moment lang erwartet, dass ich ihm noch irgendwas glauben werde, nachdem er versucht hat, mir eine schlafende Ehefrau auf die Nase zu binden?

Die Feuertreppe endet vor einer hölzernen Tür im zweiten Stock, von der die rote Farbe abblättert. Die Tür ist nicht verschlossen. Paolos Atem pfeift, aber jetzt bleibt er absichtlich zurück. Mir soll es recht sein. Wenn einer wie er mir zu entkommen versucht, wird er es nicht weit schaffen. Noch einmal wende ich mich zu ihm um und strecke die Hand aus. Ich gebe ihm die Chance, mir freiwillig den Wohnungsschlüssel zu geben. Sein Gesicht hat die Farbe einer reifen Tomate angenommen, in seinen Augen flackert mörderische Angst. Ich finde die Tür zu seinem Apartment, nehme Anlauf und trete gegen das Türblatt. Die Wucht sprengt das altersschwache Schloss, die Tür fliegt auf und knallt gegen die Wand.

Es riecht nach scharfem Putzmittel, nach Räucherstäbchen und unterschwellig nach Sex. Ich kann spüren, wie meine Stirn sich in Falten zieht. Nach links geht eine Tür vom Korridor ab, der Raum dahinter ist dunkel, vor dem Fenster ist ein schwarzes Rollo nach unten gezogen. Im spärlichen Licht, das aus dem Korridor in den Raum fällt, erkenne ich ein Bett mit zerwühlten Laken. Der Geruch nach altem Sperma und Schweiß, der dem kleinen Raum entströmt, überwältigt mich beinahe.

Mir wird übel. Ich schiebe die Pistole zurück in meinen Hosenbund und gehe weiter. Die Ahnung, die mich ergreift, was das für Einnahmen sind, die Paolo in den Abrechnungen des Cafés verbirgt und verschwinden lässt, drückt mir den Atem ab. Es ist vermutlich so ziemlich das Letzte, was ich diesem feisten Kerl, der das beste Eis Venedigs herstellt, zugetraut hätte.

Als ich die Mädchen finde, die in einem der anderen beiden Schlafzimmer auf dem Boden sitzen und erschrocken zu mir aufschauen, habe ich mich genug im Griff, um nicht in die Knie zu gehen. Keine von ihnen ist volljährig. Einen zierlichen Rotschopf schätze ich auf dreizehn, höchstens vierzehn. Als ich ganz langsam die Pistole ziehe, schreien die Kinder auf und drängen sich eng zusammen, aber ich wende mich gemessen zu Paolo um und richte die Mündung genau zwischen dessen Augen.

„Wer?" Das ist alles, was ich frage.

„Principale, ich … ich meine, die Einnahmen … Signor …"

„Wer ist dein Kontakt? Wer missachtet meine Anweisung, dass niemand aus der Mala del Brenta sich an Kindern bereichert?" Ich bin mir zu hundert Prozent sicher, dass Paolo nur ein Zwischenhändler ist. Dass er irgendwo eine Quelle aufgetan hat, um an die Mädchen heranzukommen, dass er sie nach Venedig bringen lässt und dann hier in seiner Wohnung zwischenparkt, bis der große Fisch sie ihm abkauft. Und weil das manchmal eine Weile dauert, lässt Paolo die Kinder schon mal für ihn anschaffen, um die Zeit bis zu dem Moment, wenn das Geld die Hände wechselt, zu überbrücken. Ein Mann muss ja auch von etwas leben, versuche ich sarkastisch seine Gedanken zu denken. Widerlich. Der Gedanke daran, was in diesem verdammten Zimmer gleich links neben dem Eingang geschehen sein muss, treibt mir Übelkeit in die Kehle.

Paolos Lider flattern, sein hochrotes Gesicht ist nass von Angstschweiß. Ich richte die Pistole nur wenige Zentimeter von seiner Stirn entfernt auf einen winzigen Leberfleck rechts innen neben seiner Augenbraue. Es ist Jahre her, seit ich das letzte Mal einen Menschen erschossen habe. Und es gibt nicht viele Situationen, in denen ich es wieder tun würde.

„Ich kann nicht, Signor …", wimmert er. „Die bringen mich doch um, wenn ich rede."

„Möchtest du lieber von meiner Hand sterben?"

„Signor, ich bin doch bloß …"

„Warum hier? Was machst du hier mit ihnen? Lernst du sie an? Müssen sie einen Test bestehen, ehe dein Käufer sie dir abnimmt? Wer, verdammte Scheiße, sag es mir!" Ich brülle ihn an. Meinetwegen kann das ganze Haus mich hören. Ich stelle mir vor, wie des Abends oder des Nachts das Stöhnen von Männern und das Weinen von kleinen Mädchen durch diese dreihundert Jahre alten Mauern dringt, und niemand etwas unternommen hat. Venedig ist ein verdammter, nach Fisch und Brackwasser stinkender Sündenpfuhl.

„Das Café ist ab sofort geschlossen. Diese Wohnung gehört nicht mehr dir. Schwing deinen fetten Hintern hier raus, Paolo, und erwarte nicht, dass ich dir deinen letzten Lohn oder gar eine Abfindung zahle. Die Mädchen lasse ich abholen. Und ..." Noch ein Schritt auf ihn zu, auch wenn der Ekel vor diesem Mann mich beinahe überwältigt. „Falls du nicht innerhalb der nächsten achtundvierzig Minuten aus Venedig verschwunden bist, werde ich dir eigenhändig die Eier abreißen, bevor ich sie dir ins Maul stopfe, damit du an ihnen erstickst! Haben wir uns verstanden?"

Der riesige Kerl ist klein geworden wie ein Dackel, und genau so blickt er zu mir auf. Er weiß, dass er gar nicht versuchen braucht, wieder einen Job zu finden. Sei es in Venedig oder sonstwo in Italien. Mit etwas Glück hat er irgendwo genug Geld vergraben, damit er seinen wertlosen Kadaver nach Amerika verschiffen kann, hoffend, dass mein Arm so weit nicht reicht.

Die Tür kracht ins Schloss, als er die Wohnung verlässt. Noch immer drängen sich die Mädchen zu einem Knäuel am Boden des Schlafzimmers zusammen. Ungeduldig zerre ich das Handy aus meiner Hosentasche und drücke zwei Tasten. Es klingelt nur ein einziges Mal.

„Matteo", sage ich, mühsam um Beherrschung ringend. „Das Caruso ist ab sofort dicht. Nimm die Webseite vom Server und schick eine Baufirma, die den Laden mit Brettern vernagelt. Bereite eine Notiz vor, die sie an die Tür hängen sollen. Umbau, Renovierung, Gasexplosion, lass dir was einfallen, es ist mir egal."

„Verstanden, Principale", murmelt er, ich höre, wie ein Stift über Papier kratzt. Ich blicke aus dem Fenster die Gasse hinunter Richtung Markusplatz, wo an einem der Anleger Tommaso mit meinem Sportboot wartet.

„Schick ein Team von mindestens zehn Männern in die Wohnung von Paolo Cecon. Sie sollen Decken und Schreibzeug mitnehmen. Hier sind fünf minderjährige Mädchen, Nationalität unbekannt, die abgeholt und zu ihren Familien zurückgebracht werden müssen. Kümmere dich darum. Paolo Cecons Wohnung wird danach ebenfalls versiegelt und nicht neu vermietet. Streiche den Mann aus unseren Registern. Hast du das?"

„Geht klar, Signor."

Kinderprostitution. Vieles, was illegal ist, unterstütze oder dulde ich zumindest. Himmel, ich bin selbst kein unbeschriebenes Blatt. Wenn ich nicht ständig die Carabinieri schmieren würde, säße ich längst hinter Gittern. Aber ich habe eine Anweisung an alle Familien der Mala del Brenta ausgeben lassen. Keine Geschäfte mit Kindern. Das ist eines meiner wenigen Tabus, eines der Dinge, von denen ich nicht zurückstehen werde. Ich werde dafür sorgen, dass sich jeder daran hält. Es ist mein verdammter Job. Für Ordnung zu sorgen in einer Welt, die sich nur selbst ordnen kann, wenn sie nicht untergehen will. Pieramedeo hat das mit der Weisheit des Alters getan. Er war ein gerissener alter Fuchs, der selbst genug Dreck am Stecken hatte, die anderen Clans haben vor ihm gekuscht. Ich arbeite anders, ich vermeide es, eine Spur von Leichen hinter mir herzuziehen, und den Respekt der Clans muss ich mir jeden Tag aufs Neue erarbeiten.

Ich kann denjenigen, der diese Mädchen hierher bringt und gegen ein fürstliches Sümmchen vergewaltigen lässt, nicht davonkommen lassen. Ich bin so dermaßen in Rage, dass ich am liebsten den ganzen Straßenzug einreißen möchte. Doch leider gehören nicht alle dieser Häuser mir.

Kapitel 3
Sabine

Drei Wochen sind vergangen seit Claras Hochzeit. Drei Wochen, in denen sie sich mit Niccolo an der griechischen Ägäis die Sonne auf den Bauch hat scheinen lassen, und ich langsam aber sicher mein inneres Gleichgewicht wiedergewonnen habe. Wir sitzen auf der Terrasse einer Tagesbar zwischen Uferpromenade und Markusplatz, trinken Cappuccino und gönnen uns jeder ein Mandelhörnchen. Clara ist süchtig nach den Dingern, und wenn ich mir ihre beneidenswert straffen und vollen Kurven ansehe, kann ich nur zu dem Schluss kommen, dass dies eine Sucht ist, der sie auf jeden Fall weiter frönen sollte.

Clara erzählt von ihren Flitterwochen, unzählige Tauben kacken vor uns auf jahrhundertealtes Pflaster, Touristen zücken ihre Fotoapparate und posieren für Erinnerungsschüsse. Es ist geradezu idyllisch. Wenn ich mich ein wenig nach vorn beuge, kann ich die Markisen des Hotels Danieli sehen. Diesen Ort, an dem so viel angefangen hat. Claras Zukunft mit Niccolo. Und meine eigene Besessenheit von Tizian di Maggio. Eine Besessenheit, die mir Angst macht, weil ich so etwas nicht an mir kenne.

Die Männer in meinem Leben rauschen an mir vorbei, ohne dass auch nur ihr Geruch an mir haften bleibt. An Tizians Duft kann ich mich genau erinnern. Sandelholz und Zimt, dieses außergewöhnliche Cologne, dessen Wirkung auf mich nur noch betörender wirkte, als ich auf seinem Schoß gelegen habe und riechen konnte, wie sein natürlicher Duft dieses exotische Aroma noch intensivierte.

Andererseits heiße ich sie willkommen, diese Besessenheit. Sie ist der Grund, warum ich in den letzten Wochen kein bisschen an das gedacht habe, was Jakob mir gesagt hat. Naja, so gut wie kein bisschen, aber trotzdem. Ich bin stolz auf mich. Wenn es ums Schreiben geht, etwas, das ich wirklich immer gern getan habe, fühle ich mich wie ein ausgehungerter Fisch. Trotzdem bin ich an dem Köder vorbeigeschwommen, in immer enger werdenden Kreisen zwar, aber konsequent, und hab dadurch verhindert, dass sich ein tödlicher Haken in meine Kehle rammt. Scheiß auf den fetten Wurm, Mandelhörnchen schmecken besser.

„Ich seh genau, wo du hinschaust", neckt Clara mich. Sie wischt sich ein paar Gebäckbrösel aus dem Mundwinkel und grinst mich an. „Hast du ihn wiedergesehen?"

„Wen?", frage ich. Ich weiß genau, von wem sie redet, aber ich habe keine Lust, mit ihr die Dinge durchzukauen, die ich selbst nicht einmal begreife. „Erzähl mir lieber, wie dir Santorin gefallen hat. War das viele Treppensteigen nicht unheimlich anstrengend?"

Sie verengt die Augen, um mir zu zeigen, dass sie ein Ablenkungsmanöver sehr wohl erkennt, wenn sie mit einem konfrontiert ist.

„Wenn du mich so fragst: Ja, war es, vor allem, wenn man Muskelkater an Stellen hat, von denen man selbst nach zwei Jahren Beziehung mit dem Cavaliere noch nicht einmal wusste, dass dort Muskeln sind." Sie zwinkert mir zu.

Gegen das bittere Kribbeln von Neid in meinem Hals hilft auch kein Cappuccino. Es ist ja nicht so, dass ich Clara ihr Glück nicht gönne. Ganz im Gegenteil. Niemand hat so sehr verdient, glücklich zu sein, wie Clara. Aber das ändert nichts daran, dass ich es auch gern für mich hätte. Einen Ort, an dem ich mich fallenlassen kann, an dem ich geborgen und sicher bin, ohne dass es langweilig wird. Einen Ort, an dem ich nicht nachdenken muss. Einen Ort wie Tizians Schoß nach der seltsamen Zeremonie im Keller des Castellinos.

„Warum willst du ihn nicht wiedersehen?", kehrt Clara zu ihrer Ursprungsfrage zurück. „Vielleicht kann er dir zeigen, was dir mit anderen immer gefehlt hat. Bevor ich Niccolo kennengelernt habe, hätte ich nie gedacht, dass ich …" Sie stockt, ihr Blick flattert hin und her, ohne dass es ihr gelingt, mir in die Augen zu sehen. „Dass ich so eine bin."

„Ja, weil du eine von den Guten bist. Aber das ist etwas anderes. Ich war schon immer ein böses Mädchen. Es gibt nichts, was ich noch nicht ausprobiert habe. Da kann sich dein Tizian noch so sehr ins Zeug legen, ich wette, er kann mir nichts Neues zeigen."

„Er ist nicht mein Tizian, und das weißt du. Und es kommt auch nicht darauf an, was er dir zeigen kann, sondern wie er es tut. Du wärst erstaunt, was für Reaktionen ein wirklich dominanter Mann aus einer Frau herauskitzeln kann, die empfänglich dafür ist."

Clara weiß nicht, was passiert ist, auf der Couch nach der Zeremonie. Sie weiß nichts von dem Gefühl von Leere und Unsicherheit, das ich am nächsten Morgen empfunden habe, und auch nichts von dem Frieden, den ich für ein paar wenige Augenblicke in Tizians Armen gefühlt habe. Und das ist auch gut so. Wenn ich ihr davon erzählen würde, müsste ich es erklären, und das kann ich nicht einmal vor mir selbst.

„Wie was? Dass man sich freiwillig zum Fußabtreter macht? Dass man sich selbst aufgibt, um lächerlich gemacht und gedemütigt zu werden? Sorry, Hühnchen, aber das ist nichts für mich."

„Aber für mich schon?" Autsch. Meine Abwehr ist

übers Ziel hinausgeschossen und hat Clara getroffen, statt den Mann, auf den sie gemünzt gewesen ist. Das hätte nicht passieren dürfen, und ich strecke meine Hand aus, um ihre zu umfassen.

„Sorry, Hühnchen."

„Schon gut. Du weißt es ja nicht besser. Ich hätte gedacht, dass du immun bist gegen die Vorurteile." Sie nippt an ihrer Tasse.

Ich muss an das denken, was Tizian gesagt hat. Dass ich mich zwar clever geben würde, aber tief drinnen ziemlich konservativ sei. Mein Gehirn hat das so interpretiert, dass er mich für prüde hält. Die Erinnerung schmeckt bitter. Als das Handy in meiner Handtasche klingelt, bin ich erleichtert, dass es mich aus diesen wenig erheiternden Gedanken erlöst. Nicht nur wegen der Sache mit der Prüderie. Da ist das, was ich zu Clara gesagt habe, und die Enttäuschung über meine Worte sitzt in den kleinen Lachfältchen um ihre Augen. Auch wenn das niemand meinen möchte, aber ich mag es nicht, anderen wehzutun, schon gar nicht, wenn sie zu den wenigen Menschen gehören, die mir wirklich etwas bedeuten. Ich angle nach meiner Tasche und entschuldige mich bei Clara.

„Sorry, nochmal, aber da muss ich dran gehen." Vermutlich die Arbeit, wir hatten in den letzten Tagen viele kurzfristige Buchungen und mein Chef hat uns alle darauf vorbereitet, dass wir gegebenenfalls Extraschichten schieben müssen. Ich sehe nicht auf das Display, nehme das Telefonat an. „Sí."

„Gattina." Nur ein Wort, aber mehr braucht es auch nicht. Ich erkenne seine Stimme sofort. Als hätte mein Gespräch mit Clara seinen Geist heraufbeschworen. Seinen Geist und auch seine Stimme.

„Ich bin nicht dein Kätzchen, Tizian. Was willst du von mir? Ich dachte, wir hätten alles geklärt." Hätte er Interesse daran gehabt, unsere Bekanntschaft zu vertiefen, hätte er auf Claras Hochzeit nach unserem schokoladigen Mitternachtssnack irgendwas versucht und mich nicht einfach an meiner Zimmertür abgesetzt und wäre verschwunden. Ich kann eine Abfuhr deuten, wenn sie mir ins Gesicht geschleudert wird. Clara gibt vor, nicht jedes Wort dieses Telefonats mit gespitzten Ohren zu belauschen. Konzentriert schiebt sie die Mandelhörnchenkrümel auf ihrem Teller hin und her.

„Ich will mit dir einen Kaffee trinken gehen, Gattina." Klar, keine Frage, was ich will. So viel Respekt wäre von einem wie Tizian di Maggio natürlich zu viel verlangt. Das, was bei seinem autoritären Statement durch meinen Bauch schwirrt, muss Wut sein. Ganz klar. Was auch sonst?

„Kätzchen trinken keinen Kaffee. Sie bekommen davon Magengeschwüre und werden unleidlich."

„Ich kann dich auch mit Schokolade füttern."

„Wie kommst du darauf, dass ich noch einmal von dir gefüttert werden will? Du hast deinen Standpunkt reichlich klar gemacht, als du, ohne dich richtig von mir zu verabschieden, verschwunden bist."

„Dann sehen wir uns also morgen. Um drei, an der Rezeption des Danieli. Um der guten, alten Zeiten willen. Ich freue mich."

„Es gibt keine ..." Weiter komme ich nicht. Ein Tuten deutet an, dass er das Gespräch unterbrochen hat. Sturköpfiger alter Esel.

Fassungslos über so viel Starrsinn lasse ich das Telefon sinken, starre Clara an. „Woher hat der meine Nummer? Ist der ein Stalker oder sowas?"

Die Röte, die in Claras Wangen schießt, sagt mir alles. Ein entgeistertes Schnauben entfährt mir. „Das hast du nicht gemacht! Wie konntest du nur? Das ist ein Vertrauensbruch, ich hab dir gesagt, dass ich ihn nicht wiedersehen will."

„Biene ..."

„Nichts Biene. Ich geh doch auch nicht hin und verteile deine Nummer hinter deinem Rücken. Ich will ihn nicht wiedersehen, hast du verstanden? Und jetzt stellt er mich vor vollendete Tatsachen und ich hab gar keine andere Wahl." Einer Eingebung folgend, checke ich mein Telefon, ob die Nummer des letzten Anrufers registriert ist. Natürlich ist sie das nicht. Rufnummer unterdrückt. „Was für eine Freundin bist du eigentlich? Schön, die Geschichte von dir und Niccolo hat ein tolles Happy End bekommen, aber das bist du. Ich glaub nicht an Märchen, und noch viel wichtiger, ich bin keine Prinzessin, die aus ihrem Dornröschenschlaf geweckt werden muss. Ich kann sehr gut allein entscheiden, was ich will und was nicht."

„Du willst ihn doch schon länger, als du denken kannst." Clara spricht ruhig, doch da ist noch etwas in ihrer Stimme, Verletztheit und ein bisschen Bedauern. „Und er wollte dich wiedersehen. Hast du eine Ahnung davon, wie es ist, wenn man versucht, einem echten Dom etwas abzuschlagen?"

„Was? Hätte er dich sonst übers Knie gelegt und grün und blau geprügelt, während dein toller Ehemann nebendran steht und Beifall klatscht?" Einige der anderen Gäste drehen sich zu uns um. Scheiße, ich habe nicht bedacht, dass an einigen Tischen Touristen sitzen, die sich auf Deutsch unterhalten. Ich weiß, dass ich übers Ziel hinausgeschossen bin, denn jetzt steht der Schmerz, den ich zuvor nur in Claras Stimme erahnt habe, klar und deutlich auf ihrem Gesicht.

„Scheiße!", sage ich, und versuche erneut nach ihrer Hand zu greifen, doch diesmal lässt sie mich nicht. Sie zieht ihre Hand zurück, angelt in ihrem Portemonnaie nach einem Zehner und wirft ihn auf den Tisch zwischen uns. Ihre Oberlippe zittert ein wenig, als sie aufsteht, und ich komme mir vor wie ein Arschloch,

das ein kleines Kätzchen getreten hat.
„Clara, bleib doch. Es tut mir leid."
„Wenn du so etwas auch nur denken kannst, hast du keine Ahnung. Niccolo gibt mir, was ich brauche, nur das. Nicht mehr und nicht weniger und auch dann, wenn ich es selbst noch nicht weiß. Ich vertraue ihm mit meinem Leben. Du bist meine beste Freundin und ich hab dich lieb, aber ich werde nicht zulassen, dass du auf etwas herumtrampelst, was mir guttut und mir wichtig und kostbar ist. Ich kann dir sagen, warum du dich so wehrst, Tizian wiederzusehen. Weil du Angst hast, dass er dich durchschauen könnte, ebenso wie ich. Dass er hinter deine Fassade blicken könnte und all das Hässliche sieht, was du dort versteckt hältst, nur um sich dann angeekelt abzuwenden. Du tust ja ach so hart, aber in Wirklichkeit bist du feige. Denk mal darüber nach. Ich habe sehr wohl bemerkt, wie du reagiert hast, als er dich auf unserer Hochzeit getoppt hat."

Ich will etwas sagen, aber in meinem Kopf ist nur Watte. Noch bevor ich Worte finde, dreht sie sich um und geht davon. Ich sehe ihr nach. Ganz toll gemacht, Sabine. Die Kandidatin hat hundert Punkte. Ich hab es mal wieder geschafft, hab dafür gesorgt, dass jemand mich sitzenlässt, den ich eigentlich bei mir haben will. Aber mit einem liegt sie falsch. Ich hab keine Angst. Und ich bin auch nicht feige. Ich habe keine Angst, und ich werde es ihr beweisen.

Tizian

Ich hatte versucht, es zu vermeiden, aber natürlich habe ich damit gerechnet. Es ist fünf Minuten nach drei Uhr, natürlich laufe ich Niccolo hier über den Weg. Der Eigentümer von La Giarrettiera macht seinen üblichen zeitigen Feierabend, um es sich für den Rest des Tages gut gehen zu lassen. Er verlässt den Aufzug und kommt selbstverständlich direkt auf mich zu. Warum sollte er auch nicht? Wir sind alte Freunde, es wäre ein Affront, mir nicht wenigstens die Hand zu schütteln, wenn er mir begegnet.

„Seltsamer Ort, um auf dich zu treffen", murmelt er und nimmt mir gegenüber an dem niedrigen Foyertisch Platz. Vor mir steht eine leere Espressotasse. Es dauert keine drei Sekunden, und der ältere Concierge vom Empfang steht vor uns und fragt, ob er uns noch etwas bringen kann. Niccolo ist der beste Kunde des Hotels, der Sitz der Geschäftsleitung seiner Firma nimmt fast das komplette oberste Geschoss in Anspruch.

Etwas in mir wünscht sich, dass er verneint und seines Wegs zieht, aber es ist eine eitle Hoffnung. Er bestellt noch zwei Espresso und macht es sich im gepolsterten Leder bequem. „Erwartest du jemanden?" Das süffisante Grinsen in seinem Mundwinkel sagt mir alles, was ich wissen muss. Er weiß ganz genau, mit wem ich hier und jetzt verabredet bin.

„Ich schätze, ich sollte euch beide mal wieder in die Villa bestellen und deiner Sumisa zeigen, was mit ungezogenen Gören geschieht, die Dinge ausplaudern, die niemanden etwas angehen."

„Sie wird es mit großer Freude ertragen, Tizian, aber vergiss nicht, auch deine Subbie zu bestrafen, denn zuerst war sie es, die Ort und Zeit preisgegeben hat. Du hast nicht mit Clara gesprochen, sondern mit Sabine."

Der Kaffee kommt. Hat Giancarlo den in einem Regal hinter der Spanischen Wand fertig stehen, dass das so schnell geht?

„Sie ist nicht mein Eigentum", sage ich, als der Concierge sich zurückzieht.

„Sie sollte es aber sein. Ich hab ihr Gesicht gesehen, kurz nachdem du sie aus deiner Umklammerung entlassen hast. Ich meine, ich bin ihr recht oft begegnet in letzter Zeit, aber noch nie hab ich ihr Gesicht so … entspannt gesehen. Entrückt. Es war wundervoll, das zu erleben." Er nimmt die Tasse auf. „Dann wäre da noch der zusätzliche Bonus, dass sie süße kleine Brüste hat." Abschätzig wiegt er den Kopf und schiebt die Unterlippe vor, während sich seine Mundwinkel kräuseln. Zweifellos stellt er sich gerade nicht zum ersten Mal vor, was man mit den empfindsamen Knospen alles anstellen kann. „Sollte man nicht unterschätzen."

Ich verenge die Augen. „Bist du fertig?"

Er schmunzelt und trinkt seinen Espresso mit einem einzigen Schluck aus. „Ich kann es kaum erwarten, euch wieder zusammen zu sehen. Sie hat es verdient. Ich hab so oft darüber nachgedacht, dass es ihr guttun würde, jemanden zu finden, der ihr Manieren beibringt. Persönlich habe ich dich lediglich für zu streng gehalten, um derjenige zu sein, und außerdem magst du keine Zicken." Gedankenverloren streicht er sich mit dem Daumen über das Kinn. „Aber wenn ich jetzt darüber nachdenke, finde ich, du hast es auch verdient, mein Freund. Etwas Süßes in deinem Leben."

„Sie ist nicht süß."

„Nein, das kann man wirklich nicht behaupten." In seiner Stimme klingt ein Lachen. Er mag Sabine, mit all ihrer Scharfzüngigkeit.

„Zumindest nicht im Moment. Aber was nicht ist, kann ja noch werden."

Das Portal schiebt sich auf, und es ist Sabine, die das Foyer betritt und sich suchend umsieht. Niccolo erhebt sich und legt mir kurz die Hand auf die Schulter. „Unter der richtigen Führung wird sie es werden, ich bin mir sicher. Lass sie nicht davonkommen, Tizian. Ihr seid gut füreinander. Verdirb es nicht."

Er wartet keine Antwort ab, geht in Richtung Tür davon. Unweigerlich kreuzt sein Weg den von Sabine. Sie wechseln ein paar Worte. Ich beobachte sie. Er hat Recht. Sabine wirkt in seiner Präsenz steif, verklemmt, nicht so übertrieben selbstsicher wie sonst. So, als sei das Bewusstsein, was er in der Lage ist zu tun, genug, um ihr die Zunge zu gefrieren. Ich mag ihre vorlaute Art nicht, aber ich mag auch nicht, dass sie vor Angst steif ist. Schließlich wendet sich Niccolo halb um und zeigt ihr, wo sie mich finden kann. Dann verlässt er das Hotel.

Ich erhebe mich nicht, als sie an meinen Tisch tritt. „Setz dich doch", fordere ich sie mit einer einladenden Handbewegung auf. Erst jetzt wird mir klar, dass ich tief drinnen die Befürchtung gehegt habe, sie würde nicht kommen. In dem Fall hätte ich sie nie wiedergesehen. Dass sie hier ist, verschafft mir eine Erleichterung, die schwer zu verbergen ist. Sie bleibt einen Moment länger stehen, scheint zu überlegen, was sie tun soll, dann setzt sie sich hin. Ihre Finger, die den Rock über ihren Knien glattstreichen, beben ein wenig. Ihr Gesicht wirkt angespannt, ihre Augen müde.

„Hast du vergangene Nacht schlecht geschlafen?", frage ich sie und neige mich ein wenig vor.

Sie runzelt die Stirn. „Ich hatte bis halb zwei Schicht", sagt sie dann, ohne meine Frage zu beantworten.

„Halb zwei nachts?" Ist das legal?

„Nein, Frühschicht. Von sechs am Morgen bis mittags halb zwei."

„Du hast mir nicht geantwortet. Hast du schlecht geschlafen?"

„Nicht schlecht. Nur zu wenig."

Giancarlo nähert sich. Sabine blickt auf, erkennt ihn

und zuckt zusammen. Ich muss grinsen. Wir denken beide an dasselbe. Unsere Begegnung hier in dieser Lobby, an Sabines Zusammenrauschen mit dem Concierge, an ihr freches Mundwerk dem älteren Mann gegenüber. Sie senkt den Kopf auf ihre Hände und knotet die Finger umeinander.

„Sie nimmt einen doppelten Espresso", sage ich zu Giancarlo und reiche ihm meine leere Tasse. „Bringen Sie mir bitte noch einen einfachen. Reservieren Sie einen Tisch auf der Terrasse für in einer halben Stunde. Wir nehmen das Arrangement aus Meeresfrüchten für zwei und eine Flasche Corton Charlemagne. Dazu Mineralwasser. Danke."

Seine Augen weiten sich, er wird eine Spur blasser. „Signor, der Corton …"

„Ja?" Ungeduldig blicke ich zu ihm auf.

„Unser Weinkeller …" Er fängt sich, reißt sich zusammen und drückt die Schultern zurück. „Sehr wohl, Signor. Es wird alles zu Ihrer Zufriedenheit sein." Ohne sich irgendwas zu notieren, eilt er davon.

Es ist mir relativ egal, woher er den Wein nimmt. Ich weiß, dass dieser Chablis auf der Karte steht, es ist das einzige Restaurant Venedigs, das diesen Wein führt. Ich will, was ich will.

Und ich will Sabine. Auch sie ist erbleicht, starrt mich an. Schluckt schwer. „Hast du gerade Corton Chablis bestellt?", krächzt sie. „Findest du nicht, dass das ein wenig übertrieben ist? Ich will gar nicht davon anfangen, dass ich es für ziemlich voreilig halte, ein opulentes Menü zu bestellen, ohne mich vorher zu fragen, ob ich Hunger habe."

Ich lehne mich zurück. „Hast du Hunger?"

Sie verdreht die Augen. Kopfschüttelnd entschließe ich mich, über ihre Reaktion amüsiert zu sein.

„Sieh es so, Sabine. Du hast bis vor anderthalb Stunden gearbeitet. Du kommst zu spät, wir waren schon vor zehn Minuten verabredet, eigentlich wäre ich sauer gewesen, aber wenn du bis halb zwei Dienst hattest, sehe ich dir die Verspätung nach, denn sicher musstest du dich umziehen, um dich für mich hübsch zu machen. Das weiß ich zu würdigen. Es bedeutet aber auch, dass du noch keine Zeit gehabt hast, etwas zu Mittag zu essen, also sehe ich nicht ein, warum es ein Problem sein sollte, wenn ich etwas zu Essen für uns bestelle. Ich habe heute auch noch nichts gegessen."

Wieder starrt sie auf ihre Finger. Sie kann sich der Logik meiner Argumentation nicht entziehen. Wunderbar. Der gesenkte Kopf, der Nacken halb entblößt unter dem zum einfachen Zopf zusammengenommenen blonden Haar, sprechen zu mir auf eine Weise, die nur wenige Menschen nachvollziehen können. Für mich sind es deutliche Zeichen, dass sie ist, was ich will. Sobald ich ihr die Möglichkeit nehme, sich mit Worten in den Vordergrund zu rücken, verliert sie das Gleichgewicht und flieht sich in Unterwerfung. Es ist eine Freude, das mitanzusehen.

Giancarlo bringt uns den Kaffee und verschwindet eilig wieder. Sicher muss er den Wein organisieren. Er hat eine halbe Stunde. Ich wünsche ihm innerlich viel Glück.

„Wie ist es dir ergangen in den letzten drei Wochen?", frage ich sie.

Überrascht hebt sie den Kopf. „Warum ist das wichtig?"

Ärger wallt in mir auf. „Gattina", sage ich ruhig, bemüht, sie meine Irritation nicht spüren zu lassen. „Versuch bitte einfach einmal, nicht jede Frage mit einer Gegenfrage zu beantworten. Gib mir eine offene, zivilisierte Antwort, wenn ich dir eine so simple Frage stelle. Dann bin ich zufrieden, finde dich bezaubernd und wir können weitermachen."

Sie blinzelt, Röte schießt ihr ins Gesicht. „Ich … es war okay. Nichts Besonderes. Ich habe viel gearbeitet."

Ich schenke ihr mein bestes Lächeln, das, bei dem Höschen reihenweise in Kniekehlen zu rutschen pflegen. „Sehr gut, Gattina. Und gar nicht schwer. Trink deinen Kaffee."

Es wird leichter, stelle ich fest. Nach einer halben Stunde, in der sie mir von ihrer Arbeit als Kellnerin im Hilton Hotel Molino Stucky auf der Insel Giudecca erzählt und ich ihren Fragen nach meinem täglichen Broterwerb weitgehend ausweiche – ich bin der Dom, ich darf das – siedeln wir in das großzügige Terrassenrestaurant auf dem Dach des Hotels um. Selbstverständlich hat Giancarlo den besten Tisch reserviert. Die Aussicht über die Lagune ist sensationell. Um diese Tageszeit, kurz vor vier, sind nur wenige Menschen hier, ein paar Hotelgäste trinken Kaffee. Aber die Aufmerksamkeit des Küchenchefs gilt ganz uns, denn wir sind die einzigen Gäste, die jetzt opulent zu speisen wünschen. So hab ich es gern. Eine blutjunge Kellnerin stellt ein Körbchen mit Brotscheiben auf den Tisch, die noch warm vom Ofen sind und deren Kruste beim Hineinbeißen kracht. Der Oberkellner entkorkt den Wein und serviert elegant. Sabine schweigt, ein bisschen eingeschüchtert und ein bisschen verstört. Die ruppige, vorlaute Sabine hat sie wohl unten im Foyer gelassen, um dem armen Giancarlo das Leben schwer zu machen. Ich muss schmunzeln, als ich ihr den Brotkorb reiche.

„Hast du gewusst, dass der Name Sabine ein römischer Name ist?", frage ich sie.

Sie runzelt die Stirn, nimmt mit spitzen Fingern eine Scheibe und legt sie auf das Tellerchen neben ihrer Gabel. „Ich habe in den Gallerie dell'Accademia ein Gemälde gesehen, das den Raub der Sabinerinnen darstellt", sagt sie vorsichtig und sieht mich aus dem Augenwinkel an, unsicher, ob es okay ist, das zu sagen.

„Ist es das, worauf du hinauswillst? Ich habe eine Verbindung vermutet, aber nicht weiter nachgeforscht."

Ich lege den Kopf schräg. Himmel, wenn sie nur versucht, eine normale Konversation zu führen, macht sie einen riesigen Schritt von einem süßen Gesicht hin zu einer wahrhaften Schönheit. Auch mein Schwanz weiß das zu würdigen und erinnert mich pochend und ziehend daran, aber bedauerlicherweise hat er in dieser Angelegenheit nichts zu sagen. Mit ihrem braven Verhalten hat sich Sabine meine ungeteilte Aufmerksamkeit verdient.

„Sehr gut, Gioia. Ja, es gibt diese Verbindung, dass der Name Sabine direkt auf das Volk der Sabiner zurückzuführen ist. Was weißt du über den Raub der Sabinerinnen?"

„Es ist eine Sage, oder?"

„Eine der Sagen über die Gründung der Stadt Rom. Denn die Römer wollten die mächtigste Stadt auf Erden bauen, doch sie brauchten Frauen dazu. In ihrem Land gab es keine Frauen, oder vielleicht auch nur nicht solche wie die, die diesen machthungrigen Männern vorschwebten." Anzüglich grinse ich ihr zu. Sie erwidert mit einem zaghaften Lächeln. „Die Römer also luden Vertreter aus den umliegenden Städten in ihre neue Stadt zu Kampfspielen ein. Unter denen, die kamen, waren auch die Sabiner, die einen der sieben Hügel bewohnten, auf denen jetzt die Stadt Rom thront. Wusstest du das?"

Sie schüttelt den Kopf. Ihr Blick hängt an meinen Lippen. In ihren Augen kann ich die Gier lesen, dass ich weitersprechen soll. Der Oberkellner stellt einen angewärmten Teller vor jeden von uns und eine riesige Platte mit kalten und warmen Meeresfrüchten aller Art in die Mitte des Tisches. Sabine achtet kaum darauf.

„Iss etwas", sage ich und greife nach einem gegrillten Langustenschwanz. Doch weil ich sie dabei nicht aus den Augen lasse, sehe ich den Schatten, der über ihr Gesicht gleitet. Sie mag es nicht, dass ich das Thema wechsle. Gerade noch rechtzeitig fängt sie sich, nimmt fachkundig das Anlegebesteck in die Hand und legt ein paar gegrillte Calamaretti und etwas Kaviar auf ihren Teller. Gehorsam beginnt sie zu kauen. Ich nicke zufrieden.

„Mitten im Kampfspiel fielen die Römer plötzlich über ihre Gäste her. Sie schlugen einen jeden von ihnen in die Flucht, doch die unverheirateten Frauen der Sabiner fingen sie ein und behielten sie."

„Sie versklavten sie?"

„Sie machten sie zu ihren Ehefrauen, zeugten Kinder mit ihnen."

„Gegen deren Willen?"

„Am Anfang vielleicht schon. Aber man darf nicht nur die eine Seite betrachten, Gioia. Es gibt immer mehrere Blickwinkel. Das Land der Sabiner war zu jenem Zeitpunkt schon im Niedergang begriffen. Die geraubten Sabinerinnen hatten in den Häusern der Römer ein ganz anderes Leben. Alles, was das Herz begehrte, konnten ihre neuen Herren, ihre Ehemänner, ihnen zu Füßen legen, und taten es auch bereitwillig, im Gegenzug dafür, dass die Sabinerinnen ihnen getreue und folgsame Gefährtinnen wurden. Warum sollten sie sich wehren?"

Sie tupft sich mit der Stoffserviette über die Lippen und betrachtet mich. Ein Funken der altbekannten Widerspenstigkeit glitzert in ihren Augen. „Ich habe das Gefühl, dass du mir etwas sagen willst."

„Trink deinen Wein."

„Tizian, dieser Wein kostet mehr, als ich in einem halben Monat verdiene. Ich möchte ihn genießen, nicht in mich reinschütten."

Guter Punkt, denke ich und verkneife mir ein zustimmendes Grinsen. „Ich kann dich vieles lehren, Gattina." Ich senke meine Stimme ein wenig. „Ich kann dir zeigen, wie du der Mensch wirst, der du immer sein wolltest. Ich kann dir die Schönheiten des Lebens zeigen. Kann dich lehren, wie du nur allein dadurch, dass du du selbst bist, einen ganzen Raum voller Menschen zum Schweigen bringst, weil sie wissen wollen, was du zu sagen hast."

„Warum sollte ich jemand anders werden wollen, als ich bin?"

Ich hebe eine Braue. „Das solltest du."

„Warum?"

„Weil du unglücklich bist, Gioia, und ich hasse es, dich unglücklich zu sehen."

Sie öffnet den Mund zu einer schnippischen Erwiderung, die ihr jedoch in der Kehle steckenbleibt. Zuerst wird sie fahl, dann schießt ihr das Blut ins Gesicht und sie senkt den Kopf.

Ich schiebe meine Hand auf ihre, die den Fuß des Weinglases umklammert. „Drei Tage, Gioia. Gib dich mir in die Hand, für drei Tage und drei Nächte. Erfüll mir jeden Wunsch. Sei mir das, was Clara für Niccolo ist. Ich werde ..."

„Du wirst mich auspeitschen?", zischt sie.

Meine zweite Augenbraue schnellt nun ebenfalls hoch. „Ich bin sicher, die Menschen an den anderen Tischen finden es recht interessant, was wir bereden, Piccola."

Die Röte auf ihrem Gesicht intensiviert sich.

„Ich werde dich disziplinieren, wenn es nötig ist", sage ich ruhig. „Aber viel lieber wäre es mir, wenn du einfach nur folgsam bist und ich dich nicht disziplinieren muss. Ich möchte für dich sorgen, dir jeden Gedanken abnehmen, derjenige sein, der entscheidet, wie wir Sex haben. Und ja, ich möchte dich für meine eigene Befriedigung benutzen. Und ich will, dass du es alles klaglos über dich ergehen lässt, meine Aufmerksamkeit genießt und mir vertraust, dass ich dir alles gebe, was du brauchst, aber nicht zu viel von dem zumuten werde, was ich brauche."

Es ist faszinierend, die Veränderungen ihres Gesichts zu beobachten. Jetzt sackt wieder alles Blut aus ihren Wangen, sie wird aschfahl. „Das meinst du nicht ernst."

„Das meine ich sehr ernst."

„Das ist, was Niccolo und Clara miteinander machen?"

Leise lache ich auf und nehme einen tiefen Schluck Wein. „Redet ihr überhaupt nicht miteinander, Clara und du?"

„Jedenfalls nicht über so etwas."

Gedankenverloren nicke ich. „Sie will dich schützen, nehme ich an. Oder sich selbst und deine Meinung von ihr. Aber es ist ganz einfach, Gattina. Ich habe dich beobachtet. Bei der Zeremonie im Keller des Castellinos. Du bist wie Clara. Deshalb versteht ihr euch so gut. Du blühst auf, wenn jemand dir sagt, was du tun sollst. Wenn das, was geschieht, nicht deine Entscheidung ist. Aber um das Beste aus dieser Veranlagung herauszuholen, brauchst du jemanden, der dir zeigt, wie das geht. Nenn es einen Lehrer. Dieser Lehrer will ich für dich sein. Nach den drei Tagen, die wir zusammen verbringen werden, wirst du besser einschätzen können, was du brauchst. Und ich auch. Wenn du willst, kann ich dir anschließend helfen, einen passenden Padrone zu finden." Bei diesen Worten beobachte ich sie sehr genau und kann das *Aber nur in deinen Träumen* sehr deutlich in ihren Augen lesen. Es zementiert meine Absicht, dass ich aus ihr herausholen werde, was ihr Leben vergiftet. An einem dieser drei Tage. „Es ist auf Zeit, Gioia. Ich weiß, dass du mich willst. Seit du mir in der Cafébar des Tessera Flughafens die Hände auf die Brust gelegt hast, willst du mit mir schlafen. Dies ist deine Gelegenheit."

Feuerrot läuft sie an, umkrallt den Stiel des Weinglases und stürzt ein halbes Glas des teuren Chablis hinunter.

„Habe ich Recht?", hake ich nach.

„Ja, verdammt", presst sie zwischen zusammengebissenen Zähnen hervor. „Mit dir schlafen, nicht von dir ausgepeitscht werden. Und was hat das damit auf sich, dass du mir danach einen anderen finden willst? Bist du sowas wie ein Zuhälter? Dann vergiss es."

„Ich bin kein Zuhälter und ich verbitte mir, dass du mir so etwas unterstellst." Die Erinnerungen an die Mädchen in Paolos dreckiger Absteige flirren durch meine Gedanken und ich muss mich zusammenreißen, Sabine das Aufwallen meines Zorns nicht sehen zu lassen. Sie weiß nicht, wer ich bin und womit ich mir die Hände dreckig machen muss. Es ist nicht ihre Schuld. Stattdessen greife ich zu einer Erklärung, die so nah wie möglich an der Wahrheit ist, ohne zu viel preiszugeben. „Aber ich binde mich nicht. Ich liebe Herausforderungen. Was liegt da näher, als meine Erfahrungen und mein Können zur Ausbildung unerfahrener oder unsicherer Sumisas zu nutzen? Doch weil dir drei Tage nicht genug sein werden, ist es nur fair, dir anschließend dabei zur Seite zu stehen, einen Padrone zu finden, der deine Veranlagung zu schätzen weiß und zu mehr bereit ist als zu einer Abmachung auf Zeit." Ihre Fassungslosigkeit ist ein Geschenk, ebenso wie eine Strafe. Was, wenn ich es sein werde, dem drei Tage nicht genug sind? Diese Frage lasse ich ebenso wenig an mich heran, wie die Erinnerung an die Kinderhuren. Fokus, di Maggio, ermahne ich mich.

„Was das andere betrifft: Beides ist eins. Bestrafung und Belohnung. Betrachte es als Motivationspaket. In meiner Welt gehören die beiden Dinge zusammen. Wenn du mich willst, Gattina, dann nur so. Ganz, oder gar nicht. Denk an all die Dinge, die ich dir zeigen kann. Ich bin ein guter Trainer." In Vorbereitung auf dieses Gespräch habe ich eine Liste mit Namen und Telefonnummern zusammengestellt. Frauen, die ich in die Kunst der Unterwerfung eingewiesen habe und die mir seither in tiefer Dankbarkeit verpflichtet sind. Diesen Zettel schiebe ich Sabine zwischen die Finger. „Meine Referenzen. Du kannst dich gern erkundigen."

Ich greife beherzt zu und lade Garnelen, Hummerschwanz und winzige Katzenfischfilets auf meinen Teller. Sabines offensichtlichen Schock über meine Worte nutze ich aus, um weiterzureden. „Ich gebe dir eine Woche Bedenkzeit. Betrachte dich hiermit als zum Abendessen eingeladen, kommenden Freitag um zweiundzwanzig Uhr in den Giardinetti bei San Marco. Dann will ich deine Antwort. Jetzt iss."

Misstrauisch betrachtet sie die Wagenladung Meeresfrüchte vor ihren Augen. „Wenn ich doch eine Woche Bedenkzeit habe, warum kommandierst du mich dann jetzt schon herum?", fragt sie brummig.

Die Garnelen schmecken göttlich. Perfekt zu dem Wein. „Sei vorsichtig, Piccola. Alles, was du sagst, kann und wird in einer Woche gegen dich verwendet werden, wenn du dich in meine Hände legst."

„Wer sagt, dass ich das werde?"

„Deine Augen." Ich lächele sie an. Sie kann mir gar nicht widerstehen, wenn ich es darauf anlege, ihr Höschen zum Schmelzen zu bringen. „Aber schau einfach auf die Kehrseite. Die goldene. Da, wo geschrieben steht, dass die schönen Dinge, die du mir sagst, dir Belohnungen einbringen werden, die du noch gar nicht abschätzen kannst. Hast du eine Ahnung, wie aufregend es ist, wenn ich dir jede Bewegungsfreiheit nehme? Mit Fesseln, oder Ketten? Oder vielleicht auch nur mit meinem Willen."

„Und was ... was ist es, das du davon hast? Warum willst du das alles tun?", fragt sie so leise, dass ich die Worte kaum verstehe.

Ich denke eine Minute über meine Antwort nach. Ich verlange Ehrlichkeit von ihr. Es ist nur fair, wenn auch ich ehrlich zu ihr bin. Zumindest so ehrlich, wie meine Berufung es mir erlaubt.

„Weil ich dich will, Gattina. Weil ich seit unserer ersten Begegnung darüber nachdenke, wie es sein wird, dich in meinen Fesseln zu haben. Dich meinem Willen zu unterwerfen. Wie es sein wird, dich zu fordern und dich danach zu halten."

Blinzelnd blickt sie auf. Der Schock über diese Offenbarung ist noch größer als der Schock über mein Angebot an sie. „Warum dann nur drei Tage und drei Nächte? Was soll dieses Zeitlimit?"

Ich lasse meine Serviette fallen und lehne mich zurück. Diese Frage rührt an einen wunden Punkt, einen, den ich, auch wenn ich wünschte es wäre anders, nicht mit ihr teilen kann. „Weil ich mich nicht binde, Gioia, und frag mich nicht warum, ich kann dir das nicht sagen. Ich muss ein Zeitlimit setzen, das ist eher eine Rückversicherung für mich, nicht so sehr ein Limit für dich. Ich fürchte, dass ich ohne diese zeitliche Begrenzung kein Ende finden werde, weil ich dich so sehr will, aber das darf nicht sein. Zwei Tage sind mir zu wenig mit dir. Aber mehr als drei wären unverantwortlich."

Mit einiger Mühe senkt sie den Blick zurück auf das Essen, um mich nicht anzusehen. „O Gott", flüstert sie. „Das klingt ... geheimnisvoll. Auf jeden Fall klingt es nicht gut."

„Das lass meine Entscheidung sein."

Sabine

Okay, Zeit, den Stier bei den Hörnern zu packen. Vier Tage sind vergangen seit meinem Rendezvous mit Tizian im Hotel Danieli. Seit dieser Dekadenz, am Nachmittag ein überschäumendes Arrangement aus edlen Meeresfrüchten zu verspeisen und dazu den teuersten Weißen zu trinken, den Venedig zu bieten hat. Ich arbeite hier, ich kenne mich aus. Dekadenz. Offen zur Schau gestellte Arroganz und Macht. Wer ist dieser Mann?

Vier Tage, in denen sein Angebot mich schier um den Verstand bringt. Informationen. Das ist genau das, was ich brauche. Wie soll ich eine vernünftige Entscheidung treffen, wenn ich nicht einmal wirklich weiß, wovon er spricht? Nicht zu wissen, wer er ist, ist die eine Sache. Keine Ahnung zu haben davon, wie er tickt, ist nicht weniger gefährlich. Tief in mir schlummert das vage Verstehen, dass beides untrennbar miteinander verbunden ist. Wenn ich also nicht will, dass mich ein Güterzug überrollt, muss ich mich informieren.

Die Worte, die er mir auf der Terrasse des Danieli um die Ohren gehauen hat, vermischen sich in meinem Kopf mit der Legende über die Sabinerinnen, mit den Bildern von Claras und Niccolos Hochzeitszeremonie und mit meinen Erfahrungen, wenn ich mit dem einen oder anderen Liebhaber mal ein wenig experimentiert habe. Wer hat das nicht? Handschellen aus pinkfarbenem Plüsch, eine Kinderpeitsche aus weichen Lederstreifen. Augenbinden kann man in jeder Apotheke kaufen. All das hat mich in der Vergangenheit eher zum Lachen gebracht. Ganz anders als die bloßen Berührungen von Tizian auf der Hochzeit. Egal, für wie erfahren ich mich halte, ich muss mir eingestehen, dass nichts, was ich bisher erlebt habe, mich darauf vorbereitet hat, was mich womöglich an der Seite von Tizian di Maggio erwartet.

Natürlich könnte ich Clara fragen. Vielleicht wäre das sogar die naheliegendste Option, aber ich scheue davor zurück. Zum einen sind da die bösen Worte, die zwischen uns gefallen sind. Außerdem ist da die vage Ahnung in mir, dass sie versuchen würde, mich zu schonen, weil ihr der Gedanke gefällt, dass Tizian und ich uns näherkommen könnten. Die beste Freundin die Geliebte des besten Freundes des eigenen Ehemanns. Klar, dass ihr das gefallen würde. Ganz ehrlich, auch ich fände es cool. Ist das nicht, wovon alle Mädchen zu jeder Zeit geträumt haben? Aber ihr zensierter Blick auf Tizian di Maggio und sein teuflisches Angebot ist nicht das, was ich brauche. Was ich brauche, ist die ungeschminkte Wahrheit.

Ich nehme einen großen Schluck von dem Chianti, den ich mir geöffnet habe, und fahre den Rechner hoch. Es gibt nichts, was man im Internet nicht finden kann. Und immerhin gab es mal eine Zeit, in der ich als außerordentlich talentierte Rechercheurin gegolten habe. Weil ich schon viel zu lange keinen Virenscan mehr auf meinem Laptop gemacht habe, dauert es eine halbe Ewigkeit, bis sich die Netzverbindung aufbaut.

Ich rufe Google auf. Google weiß alles. Blöderweise verlassen sie mich da schon. Was gebe ich in die Suchzeile ein? Nicht, dass mir die Begrifflichkeiten nicht bekannt sind. Das Problem ist eher, dass ich nicht einmal genau weiß, was ich mir von der Suche erwarte. Zwei weitere Schluck Wein später beschließe ich, mit den Grundlagen anzufangen.

BDSM, tippe ich in die Suchmaske und klicke auf Return. Das ist einfach genug. Wiki erklärt mir, dass

BDSM die heute gängige Sammelbezeichnung für eine Gruppe miteinander verwandter sexueller Vorlieben ist. Aha. Das klingt ungefähr genauso spannend wie eine Darmkrebsvorsorgeuntersuchung. Was ich brauche, ist etwas anderes. Ich möchte Google fragen, warum ich eigentlich so verrückt bin, überhaupt mit dem Gedanken zu spielen, Tizians Angebot anzunehmen. Was sind schon drei Nächte? Nichts. Und doch so viel.

Ich rufe die Bildersuche auf. O Gott! Augenkrebsalarm. So schnell, wie mein Finger mit der Maustaste das kleine Kreuz findet, schließe ich das Bild wieder. Niemals im Leben wollte ich wissen, wie eine Vagina aussieht, wenn sie mit geschätzt dreißigtausend Nadeln durchstochen ist. Auch auf Bilder von rotgeschwollenen Penissen in seltsamen Metallkäfigen kann ich gut und gern verzichten. Gibt es tatsächlich Menschen, die so etwas anmacht? Männer, die ihr bestes Stück freiwillig dafür hergeben, das mit sich machen zu lassen? Warum?

Okay. Okay, okay, okay. Immer mit der Ruhe. Das ist auch nichts anderes als der Aufklärungsunterricht, den wir in der elften Klasse hatten, als eine Gynäkologin und ein Urologe zu uns in die Schule kamen, um uns sehr bildhaft zu zeigen, wozu ungeschützter Geschlechtsverkehr führen kann, richtig? Keine Frage, dass das wirklich Spannende nicht die Fotos von Schwangeren und süßen Babys waren, die sie uns gezeigt haben, sondern die von einer Gonorrhoe dritten Grades und eines fortgeschrittenen Herpes.

Spannend? Biene, du bist ja krank.

Gut. Neuer Versuch. *Dominanz und Unterwerfung* sind diesmal meine Schlagworte. Die Artikel, die mir die Suchmaschine diesmal auswirft, sind nichtssagend. Blabla aus Frauenzeitschriften über die sexuelle Befreiung der Frauen und Wege, wieder ein bisschen

Pfeffer ins Liebesleben zu bringen. Ich schenke mir Wein nach und rüste mich für die Ergebnisse der Bildersuche.

Diesmal schocken mich die Fotos weniger. Wohl weil ich jetzt vorbereitet bin. In mir drinnen kichert etwas. Sabine Kirchheim, die Frau mit den vielen Affären, die nichts anbrennen lässt, hat echt noch nie Google nach diesen Dingen befragt? Was wird Tizian di Maggio noch alles aus mir herausholen, wenn ich ihn lasse? Ich nehme mir mehr Zeit, wage mich, genauer hinzusehen, und etwas Seltsames geschieht. Vielleicht ist es bei dem Bild, das einen Mann in Anzug zeigt, der den Kopf einer splitterfasernackten Frau, die vor ihm kniet, in seinen Schritt presst. Seine Geste hat etwas Grobes und ist dennoch zärtlich. Die Schultern der Frau sind entspannt, da liegt keine Angst in ihrer Haltung, nur ... Hingabe. Ja, Hingabe ist das richtige Wort.

Gieriger jetzt vergrößere ich das nächste Foto. Es erinnert mich an die Hochzeitszeremonie. Der Mann auf diesem Bild hakt einen Finger in das Halsband, das die Frau, die auf allen vieren vor ihm kriecht, um die Kehle trägt. Dicker und gröber als das von Clara. An dem schwarzen Leder zieht er sie zu sich heran, sieht ihr dabei so intensiv in die Augen, dass ich schaudere. Die Freude in den Augen der Frau ist dieselbe wie die, die ich bei der Hochzeit an Clara wahrgenommen und um die ich sie so hemmungslos beneidet habe. Ruhe, Entspannung und tiefe Zufriedenheit. Das Bild erinnert mich an die Momente in Tizians Armen auf der Couch. Perfektioniert wird die Aufnahme durch die Worte, die über das Foto gelegt sind. *Jeder Mensch braucht einen anderen, der seine dunkle Seite aushält.* Geht es darum bei dem, was mir Tizian versprochen hat? Ein Zuhause für meine dunklen Seiten und für seine? Ich lecke mir über die Lippen, schmecke den dünnen

Schweißfilm. Schnell stehe ich auf, um mir ein Glas Wasser aus dem Kühlschrank zu holen. Eiswürfel. Eiswürfel sind jetzt genau das Richtige.

Ich kann von Google denken, was ich will, aber ich bin angefixt. Ich klicke und suche weiter, lese Blogbeiträge von Frauen, die jeden Tag, jede Stunde unter dem Kommando ihres Doms stehen, andere, die es nur stundenweise tun und sonst mit beiden Beinen fest im Leben stehen. Eine Frau sitzt im Aufsichtsrat in einem der größten amerikanischen Konzerne. Sie schreibt inkognito über ihre Erfahrungen mit dem Mann, dem sie sich jeden Tag ab dem Moment, da sie die Firma hinter sich lässt, als Sklavin hingibt.

Unwillkürlich überlege ich, was ich wohl tun würde. Stundenweise oder tageweise? Könnte ich einfach so von der einen Gemütsverfassung in die andere wechseln? Wenn man es stundenweise macht, empfindet man nur dann diesen inneren Frieden, wenn man mit seinem Dom zusammen ist, oder strahlt das Gefühl der Zufriedenheit auch auf den Teil des Tages aus, wo man selbst stark sein und Entscheidungen treffen muss? Und kann ich es überhaupt fassen, dass ich mir darüber Gedanken mache?

Viele Dinge, die ich lese, machen mir Angst, andere widern mich an. Wenn es um Blut und Fäkalien geht, um Knebel und Ganzkörper-Gefängnis-Masken. Aber da sind noch die Untertöne, die Innuendos, die bei so vielen der Bilder und Erfahrungsberichte mitschwingen. Die Akzeptanz der Menschen, die in den Foren miteinander kommunizieren, die Schönheit und Ästhetik der Fotos. Ich stolpere über ein Wort, das Tizian auf der Terrasse des Danieli gebraucht hat und für mich vollkommen neu war. Shibari. Meine Kehle wird trocken, als ich die Bilder sehe. Immer mehr rufe ich auf. Das ist es, was er mit mir machen will? Wie würde sich das anfühlen? Ich versuche mir vorzustellen, wie raues Hanfseil über meine Brüste kratzt, und spüre Feuchtigkeit zwischen meinen Beinen. Die sich intensiviert, als ich darüber nachdenke, wie es sein muss, wenn ich mich nicht rühren kann, weil er mich aufgeknüpft hat und ich einfach nur noch aushalten kann, was er mir gibt.

Das Eis ist längst geschmolzen. Das in meinem Wasserglas, aber auch das andere. Das, welches für die Einsamkeit hinter meiner Brust sorgt, auch dann, wenn ich unter Leuten bin, wenn ich lache und scherze und flirte. Zumindest für den Augenblick. Zurückgeblieben ist Neugier. Aufregung und Erwartung. Drei Tage noch, dann werde ich mehr erfahren.

Tizian

Ich betrete den klimatisierten, weitläufigen Raum im Keller der Chiesa di San Michele. Kühle umfängt mich, der Geruch von Tod und Vergängnis, dazu das Aroma von uralter Feuchtigkeit, das an Venedig haftet wie Pech. Der Raum, der aus der Erbauungszeit der ersten Kirche an dieser Stelle im dreizehnten Jahrhundert stammt, wird von Säulen und Kapitellen gestützt. An den feuchtkalten Steinen summen Leuchtstoffröhren.

In der Mitte steht der Sarg von Marco Mittarelli. Es wurde Zeit, dass der jähzornige Sizilianer, der die Malavita noch zu Zeiten des Engelsgesichtes Maniero erlebt hat, endlich Platz machte. In seinen ältesten Sohn Mauro, der am Kopfende des Sarges die Totenwache hält, hege ich große Hoffnungen, dass er die Geschäfte seines Vaters in weniger blutige Bahnen lenkt.

An der Seite des Sarges, in ein schwarzes Gewand gehüllt, schwenkt Parroco Tassotti das Weihrauchgefäß. Erleichterung malt sich auf seinen ausgemergelten Zügen, als er mich wahrnimmt. Ich lege dem Pfarrer die Hand auf die Schulter und bedeute ihm damit, dass er sich zurückziehen kann. Für den Abschied der Gemeinschaft von einem ihrer altgedienten Mitglieder brauchen wir keinen Priester. Wir wickeln das allein ab.

Ich bin mir bewusst, was für eine Farce das hier ist. Marco Mittarelli war einer der notorischsten Gangster Venedigs. Er hat unzählige Morde in Auftrag gegeben. Kein Pfarrer dieser Welt muss einem solchen Mann das letzte Geleit und einen Platz auf seinem Friedhof geben. Doch die Mala del Brenta hat noch immer dafür gesorgt, dass ihre Mitglieder ordentliche katholische Begräbnisse erfuhren. Geld spielt keine Rolle. Und Parroco Tassotti würde es so wenig wagen wie seine Vorgänger oder Nachfolger, der Malavita die Stirn zu bieten und sich zu weigern. Das Geld, das wir ihm dafür zustecken, ist ein hübscher Bonus.

Mauro blickt zu mir auf, als der Pfarrer gehetzt das Weite sucht. Noch sind wir allein. Das wird sich bald ändern. In Anwesenheit des Toten wird dessen ältester Sohn die Geschäfte der Famiglia übernehmen, und alle von uns werden dabei zugegen sein, um diese Übernahme zu bezeugen. Es sind alte Rituale wie dieses, die Ruhe in die Gemeinschaft bringen und den gegenseitigen Respekt auffrischen.

Meine Beziehungen zu Mauro waren nicht immer spannungsfrei. Das liegt in erster Linie daran, dass er seinem Vater den bedingungslosen Gehorsam zollte, den ich meinem verweigert habe. Er hat seine Beziehung zu seinem Vater nie von den Skrupeln überschatten lassen, die ich Ercole di Maggio entgegenbringe. Darüber hinaus hat ihn vor gut und gern fünfzehn Jahren mal eine Frau verlassen und mich als den Grund angegeben. Dass ich lediglich ein einziges Mal einen Blick mit ihr gewechselt habe, hat er mir nie geglaubt. Doch diese Zeiten liegen lange zurück.

Ungewollt bricht der Gedanke an Sabine in meine angespannte Ruhe und wühlt mich auf. Was würde sie sagen, wenn sie wüsste, mit was für Leuten ich tagtäglich zu tun habe? Mehr noch, wenn sie wüsste, womit ich meinen Lebensunterhalt verdiene? Macht macht sexy, auf jeden Fall, eine Aura, die man sich in einem Leben wie meinem aneignet, legt man nicht ab, nur weil man sich in der Freizeit außerhalb der Grenzen der Gemeinschaft bewegt. Die meisten Menschen da draußen glauben, ich bin einfach so. Arrogant, unnahbar, skrupellos und kalt. Machthungrig und gierig danach, mir andere Menschen untertan zu machen. Die wenigsten wissen, dass es mehr ist als nur eine Fassade. Dass es lebensnotwendig ist, das Fundament, auf das ich mein Leben stützen muss, wenn ich nicht in dem Morast untergehen möchte, in den ich geboren wurde. Wie würde Sabine reagieren? Würde sie immer noch in Erwägung ziehen, meinen Befehlen zu gehorchen, wenn sie wüsste, wie sehr eine Beziehung zu mir ihr schaden kann?

Mauro ist gut zehn Jahre älter als ich, sein schwarzes Haar bleicht an den Schläfen bereits aus und beginnt sich zu lichten. Tiefe Falten haben sich in seine Mundwinkel gegraben. Seit dem Tod von Fabrizio Cavalli kommen wir besser miteinander zurecht, weil wir in Pieramedeos einzigem Sohn beide einen Freund verloren haben. So etwas schweißt zusammen.

Der Gedanke an Fabrizio liegt mir schwer im Magen. Neben seinem Vater, der ihm vor einem Jahr in den Tod folgte, liegt Fabrizio unter hohen Zypressen im südlichen Teil des Friedhofes begraben. Werde ich noch hier sein, wenn sein Leichnam, so wie die von so vielen anderen, wieder gehoben wird, um im Ossarium am Nordende der Insel zusammen mit Tausenden anderer Toten gestapelt zu werden? Der Gedanke lässt mich erschaudern. Nicht der Gedanke daran, dass ich nicht mehr hier sein könnte. Mein Leben ist gefährlich. Neider gibt es immer, andere, die nach dem streben, was ich habe, und eine Kugel ist schnell abgefeuert und kann eine wahnsinnige Endgültigkeit mit sich führen. Ich liebe das Leben, aber ich lebe seit mehr als dreißig Jahren, seit ich alt genug wurde, um zu verstehen, was ich bin, mit dem Wissen, dass meines vermutlich nicht lang sein wird. Kaum ein Mitglied der Gemeinschaft schafft es, wie Marco Mittarelli, fast neunzig Jahre alt zu werden. Nein, was mich schaudern lässt, ist der Gedanke daran, dass Faby, dieser junge Mann mit dem begeisternden Lächeln und dem ansteckenden Humor, der so lange vor seiner Zeit gehen musste, als Teil eines namenlosen Knochenhaufens enden wird. Vielleicht sollte ich Parroco Tassotti schmieren, dass er eine andere Lösung findet. Und für Pieramedeo auch. Ich schließe kurz die Augen.

Quietschend öffnet sich eine Tür. Nicht die winzige Seitenpforte, durch die Tassotti verschwunden ist, sondern das große, schwere Hauptportal. Ich nehme neben Mauro Aufstellung, die Arme vor der Brust verschränkt, die Beine schulterbreit gespreizt. Mein dunkler Mantel steht offen. Wir sind hier auf einer Trauerfeier, aber auch auf einer Veranstaltung, wo nicht nur dem Toten Respekt gezollt wird. Allianzen werden zementiert. Treueschwüre erneuert. Hinter Mauro stehen seine beiden jüngeren Brüder, die ebenfalls beide älter sind als ich. Jeder der Männer, die jetzt den Raum betreten, ist auf seine Art ein Schwergewicht in der venezianischen Unterwelt, und jünger als ich sind höchstens die Erben oder die Leibgarden.

Meine eigenen Bodyguards habe ich strategisch im

Raum verteilt. Sie beobachten weniger mich als vielmehr die anderen, lassen sich kein Zucken einer Hand, kein Blinzeln entgehen. Ich bin der Principale, und als solcher darf ich niemandem hier trauen. Genau so halten es auch meine Leibwächter, die auch dem besten Mann immer das Schlechteste zutrauen werden.

Am wenigsten traue ich dem alten Mann mit den schwarz gefärbten schütteren Haaren, der als dritter in einer Reihe an den verzierten und blumengeschmückten Sarkophag tritt und dem Verstorbenen seinen Abschiedsgruß entrichtet. Ercole di Maggio gönnt mir keinen Blick, auch nicht, als er sich wieder aufrichtet und sich neben seine langjährigen Kampfgefährten Inzaghi und Moro ins Halbdunkel zwischen zwei Kapitele zurückzieht. Es ist Cristiano, der mich unverhohlen mustert, mein jüngerer Bruder, der jetzt Ercoles Erbe ist.

Ich rühre keinen Muskel in meinem Gesicht. Kein Zeichen des Erkennens, nichts. Wenn es noch etwas gibt, das meinen Erzeuger, meinen Bruder und mich verbindet, dann ist das Hass. Nicht einmal das Blut, das durch meine Adern fließt, erkenne ich noch als das meines Vaters an. Sein Blut in mir ist gestorben, als ich vierzehn Jahre alt war und er mich verstieß. Weil ich schwach war, unwürdig, ein Nichts. Weil er den Gedanken nicht ertrug, mich noch weiter durchzufüttern, mich, den Nichtsnutz. Doch profitiert von dieser brutalen Trennung habe ich, nicht er. Ich bin jetzt der Principale, der Kopf des Cavalli-Clans, der mächtigsten Familie in der Mala del Brenta. Ich bin mir fast sicher, dass es Cristiano war, der im Auftrag von Ercole vor drei Jahren Fabrizio erschossen hat, um dann mit Pieramedeos Tod den Cavalli-Clan in die Bedeutungslosigkeit zu stürzen und den di Maggios die Führungsrolle zu sichern. Doch ich kann Cristiano diesen Mord nicht beweisen. Alles, was ich gegen ihn in der

Hand habe, ist meine Genugtuung, dass Ercoles Plan nicht aufgegangen ist, weil Pieramedeo mich als seinen Ziehsohn betrachtete und mir kurz vor seinem Tod alles vermachte, was ihm gehörte.

Noch nicht, denke ich grimmig. Noch kann ich es nicht beweisen. Aber irgendwann nagele ich dich fest, kleiner Bruder, und ich werde Faby rächen.

Es ist Inzaghi, dessen Familie seit Jahren strauchelt und der sich nur durch die Zuwendungen aus dem Hause Cavalli über Wasser hält, der als Erster sein Knie vor mir beugt und mir seine Ehrerbietung erweist. Dass die anderen es ihm nur zögerlich nachtun, überrascht mich nicht. Doch sie tun es. Alle. Seit einem guten Jahr bin ich es, dem sie Respekt zollen müssen, der jüngste Anführer, den die Malavita jemals hatte. Noch immer fällt es ihnen nicht leicht und bei mindestens einem von ihnen ist die Demut, die sie mir beweisen, trügerisch. Ich habe die Mädchen in dem dreckigen Apartment über dem Café Caruso nicht vergessen. Noch konnten meine Leute nicht festnageln, welcher der Männer in diesem Raum den Fehdehandschuh geworfen hat, indem er meinem Dekret so offen zuwider handelte. Es ist eine Frage der Zeit. Meine Mühlen mahlen langsam, aber effektiv, meine Fühler reichen bis in die Ränge des Innenministeriums, wo so manch braver Politiker auf meiner Gehaltsliste steht. Auch in Brüssel und Strasbourg habe ich meine Spitzel. Der Mann, der heute seinen Kopf vor mir senkt, obwohl er mich betrogen hat, kann diesen Kopf bald verlieren. So ist das Leben in der Malavita. Wir haben Gesetze und Regeln. Das oberste Gesetz bin ich.

Ercole und Cristiano bleiben stockstoteif im Halbdunkel. Ich warte geschlagene zehn Minuten auf sie, ehe ich mich aus meiner stoischen Haltung löse, den Segen unserer Gemeinschaft über Marcos verrottender Seele spreche und anschließend Mauro offiziell die Führung über den Mittarelli-Clan anvertraue. Mauro kniet vor mir, den Kopf tief gesenkt, den Nacken entblößt, und schwört mir und jedem Cavalli, der nach mir kommt, ewige Treue und das Gelöbnis, in meinem Sinne zu handeln und meine Feinde als seine Feinde zu betrachten. Mit kraftvollem Griff ziehe ich ihn zurück auf die Füße, umarme ihn, wie Männer es tun, die einander oder einem Raum voller anderer etwas beweisen müssen. Gemurmel kommt auf, das Rascheln unruhiger Füße auf Steinfußboden. Doch auf ein Zeichen von mir hin verstellen zwei Gorillas aus meiner Leibwache das Portal, ein weiterer versperrt die Seitentür. Niemand kommt hier raus, ehe ich es sage.

Ich fasse Ercole ins Auge. Gebe ihm noch einmal ein paar Minuten, während Totenstille in dem riesigen Raum mit der niedrigen tonnengewölbten Decke einkehrt. Die Männer scheinen nicht einmal mehr zu atmen. Ich lasse meinen Vater nicht aus meinem Blick. Wir starren einander an. Feindseligkeit liegt in seinen Augen.

Schließlich gibt er Cristiano einen Stoß, der daraufhin wie an einem Faden gezogen vor mich hintritt und auf ein Knie fällt. „Principale", murmelt er kaum hörbar.

Ich schaue ihn nicht einmal an. Ich starre weiter auf Ercole. Meine Lippen werden schmal, meine Schultern spannen sich. Ich kann hier stundenlang stehen, wenn ich das muss. Und in dieser Sache muss ich es.

Er gibt nach. Er fällt nicht auf das Knie, wie er sollte, aber er tritt vor mich hin und neigt den Kopf. „Principale."

„Padron di Maggio", erwidere ich kalt. „Es freut mich, dass Ihr Eure Entscheidung überdenkt."

Als er den Kopf wieder hebt, glitzert unverhohlener Hass in seinen schwarzen Augen. Meine Bodyguards geben die Türen frei. Der Raum leert sich mit einer Geschwindigkeit, als sei jeder hier auf der Flucht. Noch einen Augenblick länger dauert das Blickduell zwischen meinem Erzeuger und mir, dann wendet er sich ab, packt Cristiano bei der Schulter wie einen nassen Straßenköter und zerrt ihn zum Ausgang.

Ich bleibe allein in einem großen Raum mit einem Sarkophag zurück. Wie kann ich jemals einer Frau zumuten, dieses Leben mit mir zu teilen? Es ist kein Zufall, dass Männer aus der Gemeinschaft sich ihre Partnerinnen in anderen Familien aus dem organisierten Verbrechen suchen. Dann wird die Frau von zwei Familien geschützt. Von der, aus der sie stammt, und der, in die sie eingeheiratet hat. Dann hat sie eine Chance. Wer auch immer es schaffen sollte, mir unter die Haut und mitten ins Herz zu kriechen, wäre eine Zielscheibe. Ich würde mich verletzlich machen, würde eine Frau an meiner Seite einem Leben in ständiger Gefahr aussetzen. Das kann ich nicht tun, also habe ich einen Eispanzer um mein Herz errichtet, den nichts durchdringen kann.

In Wirklichkeit sind selbst die drei Tage, die ich Sabine angeboten habe, zu viel. Zweiundsiebzig Stunden, und siebzig davon sind zu viel. Welcher Teufel hat mich geritten? Natürlich habe ich die Kontrolle darüber, wer die Villa delle Fantasie betritt, diesen Ort, an dem Wünsche wahr werden und Menschen alles finden können, was sie in den finsteren Winkeln ihrer Seele begehren. Aber ich gebe mich keinen Illusionen darüber hin, dass jemand, der einen Spion dort hineinschleusen will, das auch schaffen würde. Dass ich außerhalb der Villa unter ständiger Beobachtung stehe. Dass es nur eine Frage von Stunden wäre, bis die Malavita und meine Feinde erfahren, wenn es eine Frau gibt, die mir etwas bedeutet. Es ist in meinem ganzen Leben noch nie vorgekommen, dass ich mich mehr als zwei Stunden mit ein und derselben Frau abgegeben habe. Eine einsame Existenz? Vermutlich ja, aber eine, die Leben rettet.

Ich weiß, welcher Teufel es ist, der mich geritten hat, dieses Angebot zu unterbreiten. Gattina. Und eine Sehnsucht, die mich überrumpelt und überwältigt.

Amen.

Kapitel 4

Sabine

Aufgeregt wie ein Backfisch betrete ich den kleinen verwunschenen Garten an der Riva degli Schiavoni, ganz in der Nähe des Markusplatzes. Nachtblühende Rosen haben ihre Blütenkelche geöffnet und überschütten den Abend mit ihrer schweren Süße. Obwohl die Nacht bereits hereingebrochen ist, ist es immer noch heiß. Der Sommer hat Venedig fest in seiner Umklammerung. Die Luft scheint zu flirren unter dem schwarzblauen Himmel, auf dem Myriaden Sterne mit den Lichtern der Stadt konkurrieren. Ein fast voller Mond blickt auf mich herunter, während ich die Cafés und Restaurants der Strandpromenade passiere, ein aufgeregtes Flattern in der Brust.

Ich bin zu spät. Natürlich. Nicht, dass ich es nicht geschafft hätte, pünktlich zu sein. Ganz im Gegenteil. Selten ist mir etwas in meinem Leben so schwer gefallen, wie nicht zu früh an unserem Treffpunkt zu erscheinen. Aber ich erinnere mich an das, was meine Oma immer gesagt hat. Willst du gelten, mach dich selten. Und es ist dieses Spiel aus Erwartung und Sehnsucht, aus Zugänglichkeit und Zurückhaltung, das ich in den Jahren meiner Herumreiserei perfektioniert habe. Die Ruhe, die ich bei meinem Entschluss, mich auf dieses Abenteuer einzulassen, empfunden habe, ist dahin. Es sind nur drei Tage, habe ich mir eingeredet. Nur drei Tage? Ich muss verrückt sein. Solange ich noch einen freien Willen habe, möchte ich ihn auskosten, auch wenn das nur heißt, dass ich erst zwölf Minuten nach zehn den Park betrete.

Meine Haare kleben im Nacken, erste Schweißtröpfchen rinnen meine Wirbelsäule entlang. Neunundzwanzig Grad schwüler Hitze sind nicht die richtige Temperatur, um die Mähne offen zu tragen, trotzdem mache ich es. Bis beinah zur Hüfte fallen mir die wilden Locken. Ich weiß, dass das Mondlicht sich in ihnen fängt, sie noch heller wirken lässt, als sie ohnehin sind, und die Haare so einen starken Kontrast zu dem schwarzen, halterlosen Chiffon-Kleid bieten, das mir in einer Wolke stoffiger Leichtigkeit lose bis knapp zu den Knien reicht.

Er wartet. Ich sehe ihn sofort. Unter dem schmiedeeisernen Gitter hat er sich aufgebaut. Seine Haltung kerzengerade, wie ich es von ihm kenne, schwarzer Einreiher, blütenweißes Hemd, polierte Schuhe. Fast, als hätten wir unsere Outfits aufeinander abgestimmt. Ich beschleunige meine Schritte, setzte ein entschuldigendes Lächeln auf. Der Countdown läuft.

„Tizian", sage ich im Näherkommen und achte darauf, dass meine Stimme ein klein wenig gehetzt klingt. So, als ob ich wirklich alles gegeben hätte, um noch pünktlich zu unserer Verabredung zu erscheinen. „Es tut mir so leid. Ich hatte schon Angst, dass du weg bist. Aber du weißt ja, der Wasserbus ist eine Seuche. Nie fährt er pünktlich."

Er sieht auf. Eine Bewegung so präzise und scharf wie mit einem Schweizer Messer geschnitten. Weil er eine Sonnenbrille trägt, kann ich seine Augen nicht erkennen, und plötzlich ist meine Nervosität nicht mehr gespielt. Ich will noch einen Schritt auf ihn zutreten, um ihn zur Begrüßung auf die Wangen zu küssen, aber kann nicht. Er nagelt mich fest mit seinem Blick. Der Effekt ist unmittelbar. Schlange-Kaninchen, Katze-Maus, Löwe-Gazelle. Die Vergleiche springen in meinen Kopf, ungefragt und ungewünscht, und ich kann mich nicht mehr rühren. Was gerade noch eine

Floskel war, mein Bedauern, wird mit einem Mal bitterer Ernst, und statt weiter auf ihn zuzugehen, weiche ich instinktiv zurück.

Noch immer lächelt er nicht, als er die Hand austreckt, um mich am Ellenbogen zu fassen. Nicht fest, aber unmissverständlich.

„Wenn du Angst vor mir hast, Gioia, hättest du mich nicht herausfordern sollen." Seine Stimme ist ruhig, beherrscht, trotzdem jagt sie einen Schauer über meinen Nacken. Der dünne Schweißfilm dort gefriert zu Eis.

„Es tut mir wirklich leid. Ich wollte dich nicht warten lassen. Aber ..."

„Unsinn", unterbricht er mich. „Du wolltest und du hast."

Plötzlich weiß ich nicht mehr, was ich sagen soll. Ja, ich weiß, das hört sich seltsam an. Ausgerechnet ich, die immer einen flotten Spruch auf den Lippen hat. Kurz frage ich mich, wie ich auf die Idee gekommen bin, Tizian di Maggio würde auf mein Zuspätkommen reagieren wie die Männer, die ich kenne. Mit zwei möglichen Reaktionen habe ich gerechnet und mich darauf vorbereitet. Mit einer gönnerhaften Annahme meiner Entschuldigung einerseits, oder einer wütenden Zurechtweisung. Tizians Reaktion jedoch ist keines von beidem. Er lässt mich wissen, dass er mein Spiel durchschaut hat, aber geht nicht weiter darauf ein. Als wäre es nicht einmal eine Rüge wert. Als würde er es zur Kenntnis nehmen, einfach so, als Splitter in einem Mosaik, Splitter, die er sammelt, um später daraus ein Bild zu formen. Ein Bild, das Sabine Kirchheim heißt und das ihm sagen wird, wer ich wirklich bin. Die Vorstellung gefällt mir nicht. Ich sammle zusammen, was ich an Stolz habe, zwinge die Muskeln in meinem Arm unter seinem Griff, sich zu entspannen, und sehe ihn von der Seite her an.

„Was passiert jetzt?" Meine Frage kommt klein, unsicher. Ich selbst erkenne meine Stimme kaum. Sie klingt weicher, irgendwie, weiblicher, und in meinem Bauch beginnt ein aufgeregtes Flattern, das in meine Brust steigt und von dort in meinen Hals.

„Du musst eine Entscheidung treffen."

Erst jetzt wird mir klar, wie viel größer als ich er ist. Mein Scheitel reicht ihm gerade bis zum Kinn, aber das ist es nicht. Ich bin es gewohnt, zu Männern aufsehen zu müssen. Es ist die Aura aus arroganter Macht, die ihn umgibt, die ihn riesig wirken lässt. Überlebensgroß, wie einer der römischen Götter, die seinerzeit die Flüsse und Wälder, Tümpel und Wiesen bevölkerten.

„Ich bin hier, oder? Sagt das nicht alles?"

Der Geist eines Lächelns zupft an seinem Mundwinkel. Es wirkt kalt, nicht freundlich, aber das Bienenvolk in meinem Bauch reagiert darauf, wird unruhig und aufgeregt. „Dass du hier bist, ist reine Höflichkeit. Ich habe nicht weniger erwartet." Die Hand, die noch immer meinen Oberarm umfasst hält, lockert sich. Langsam beginnen seine Finger über meine Haut zu streichen. Nicht viel, nichts Aufdringliches. Ein kaum merkbares Locken. Unbewusst schmiege ich mich in seine Berührung, die so zart ist, dass ich sie mir auch einbilden könnte, will sicher sein, dass sie echt ist.

„Wir werden essen gehen, Gioia. Ich habe einen Tisch bestellt im La Traversa. Prickelnder Wein, als Vorspeise Pasta mit Trüffeln, danach fangfrische Meeresfrüchte und leichte Gespräche. Du wärst die Königin des Abends, und ich dein ergebener Diener." Seine Finger haben meinen Hals erreicht, tanzen über meinen Kiefer, streifen die empfindliche Stelle unter meinem Ohr. Er fängt eine Locke ein, zerreibt sie zwischen den Fingern. Als hätte er alle Zeit der Welt. Sein

Atem perlt über meinen Scheitel, mir wird schwindelig. Was macht dieser Mann mit mir? Wie kann es sein, dass seine Worte, seine kaum existenten Berührungen mich feuchter machen als das Reiben, Drängen und Pumpen eines anderen? Ich will mehr. Mehr davon, mehr von ihm. Mehr von allem.

„Oder?", hauche ich. Meine Lider flattern. „Was ist die Alternative?" Ich muss die Augen kurz schließen, so hypnotisch sind seine Zärtlichkeiten, so sehr verlangt es mich, mich an ihn zu lehnen, ihn um mehr zu drängen. Mehr als dieses Versprechen, das um uns flirrt, uns einhüllt in einem Umhang begieriger Erwartung.

„Oder ..." Seine Hand hält still, sein Griff wird fester. Unnachgiebig krümmen sich seine Finger um meinen Hinterkopf, biegen mein Gesicht seinem entgegen. In meinem Bauch explodieren die Kribbelbläschen, Lust schießt heraus, wie aus einer Sodaflasche, die man geschüttelt hat, lang und beständig, und von der man dann den Verschluss abdreht. Wie kleine Nadelstiche bohren sich Empfindungen in meine Kopfhaut, als er mich an seinen Körper zieht, senden heißes Verlangen durch meinen Unterleib. Da ist nichts Süßes mehr, nichts Lockendes. Da ist nur noch Gier.

„Oder du folgst mir auf die dunkle Seite der Stadt. Wo Gefängnisse und Kerker auf Missetäter warten. Wo Ungehorsam bestraft wird, wo der Wein schwer ist und herb und so berauschend wie nichts, was du bisher erlebt hast. Wo du nicht kämpfen musst, nicht denken, nicht rebellieren. Wo ich dein Herr bin, der Grund deiner Existenz, und du meine Sabinerin." Wie Kanonenfeuer verlassen die Worte seine Lippen. „Wo ich jede Entscheidung für dich treffe, wo du nicht nachdenken wirst, nur gehorchen. Ohne die Gefahr, etwas falsch zu machen." Ich kann nicht wegsehen, muss auf diesen Mund sehen, der Versprechen macht, die berauschend sind und gleichzeitig gefährlich.

„Was soll es sein?", fragt er nach ein paar Sekunden. Sekunden, in denen sich seine Worte zwischen uns gelegt haben, schwer wie Blei. „Es sind nur drei Tage und Nächte. Drei Tage, in denen ich dich auf ein Podest stelle und dir huldige. Oder drei Nächte, in denen du dich mir zu Füßen wirfst und deinen Körper und deine Seele meiner führenden Hand anvertraust. Deine Wahl, meine schöne, schöne Sabine, und ich verspreche dir, danach wirst du mehr über dich wissen, als du jemals geahnt hast."

Und danach? Die Frage ist ganz plötzlich in meinem Kopf. Und was passiert danach, wenn du dein teuflisches Spiel mit mir getrieben hast, wenn ich von dem herben Wein gekostet habe, den du mir versprichst, und ich Dinge über mich erfahren habe, die ich eigentlich gar nicht wissen wollte? Ich will nicht, dass er mir einen Padrone aussucht, der fortsetzt, was er mit seinen magischen Fingern beginnt. Ich bin hier, weil ich ihn will, Tizian di Maggio, nicht irgendeinen dominanten Mann, der mich herumkommandiert. Es ist eine Wahl, vor die er mich stellt, und doch auch nicht. Wie sollte ich nein sagen? Wie sollte ich wegsehen, wenn sich vor mir ein Meer aus Möglichkeiten öffnet? Diesen Mann zu haben. Ihm zu gehören. Er hat mich doch schon längst gefangen. Seine Hand in meinen Haaren, sein Körper dicht an meinem fühlt sich so gut an.

„Ich ..." Ich muss schlucken, weil mein Hals plötzlich zu trocken ist, um Worte herauszuquetschen. Gott, mache ich das wirklich? Kann ich das? Mich in seine Hand geben, zulassen, dass er mir die Kontrolle nimmt? Was bleibt übrig von mir, wenn er mit mir fertig ist? Ich werde es nie erfahren, wenn ich es nicht zumindest ausprobiere. Ich schöpfe Atem, schöpfe Mut, dann zwinge ich mich, ihm direkt in die Augen zu sehen. „Ich bin ein Fan von schwerem Rotwein", sage ich schließlich.

Seine Lippe zuckt, und ich würde gern seine Augen sehen. Vielleicht wüsste ich dann, ob es Spott ist, der ihn lächeln lässt, oder Zuneigung. Aber selbst diese kleine Sicherheit verwehrt er mir. Stattdessen lockert er den Griff in meinen Haaren, streicht federleicht eine Locke hinter mein Ohr, streichelt einmal mit der Spitze des Zeigefingers über meine Wange.

„Sehr schön, Gioia. Dann lass uns gehen."

Seine Hand auf meinem unteren Rücken führt mich durch den Garten und die kleinen Gassen der Innenstadt, wo das Kopfsteinpflaster glänzt unter dem silbernen Licht des Mondes. Ich fühle die Blicke der wenigen nächtlichen Passanten auf uns. Ich weiß, dass wir ein schönes Paar abgeben. Tizian strahlt eine Eleganz aus, wie sie nur Italiener haben. Diese Mischung aus dolce Vita und selbstverständlichem Selbstbewusstsein, und auch ich brauche mich nicht für mein Aussehen zu schämen. Es sollte ein Leichtes sein, ein unverfängliches Gespräch in Gang zu halten, aber meine Zunge scheint wie an den Gaumen geklebt. Meine Knie und Schultern zittern so stark, dass ich alle Mühe habe, nicht zu stolpern. Tizian macht keine Anstalten, es mir leichter zu machen, obwohl ich mir sicher bin, dass er meine Nervosität bemerkt. Je länger das Schweigen anhält, desto schlimmer wird es. Obwohl ich Venedig kenne wie meine eigene Westentasche, verliere ich die Orientierung. Zu präsent sind die Bilder, die sich zwischen mich und meine Umgebung schieben. Bilder wie die, die ich vor ein paar Tagen bei meiner Recherche gesehen habe. Bilder von Blut und Schmerz und Gewalt. O Gott, ich will das nicht mehr. Was habe ich mir nur gedacht? Aber ich weiß auch, dass es jetzt zu spät ist. Ich habe meine Entscheidung getroffen, und jetzt werde ich sie auch durchziehen. Erst als wir vor einer dicken Holztür stehen, unter Reihen um Reihen kunstvoller Steinbögen, verziert mit Säulen und Heiligenbildchen, erkenne ich, wo wir sind.

„Der Dogenpalast?", frage ich verwundert, als er die Hand ausstreckt, um eine Klingel zu betätigen. „Aber der hat doch jetzt längst geschlossen."

„Nicht für mich."

Nein. Natürlich nicht. Wie konnte ich daran zweifeln?, denke ich voller Sarkasmus, aber es fühlt sich seltsam an. So, als würde mein Geist sich weigern, Sarkasmus zu empfinden, weil ich tief in mir drinnen weiß, dass mehr in ihm steckt als die Fassade eines Mannes, der gern den Mächtigen spielt.

Knirschend öffnet sich die Tür. Ein kleiner, hutzeliger Mann öffnet, mit einer altmodischen Laterne in der Hand. „Principale." Seine Verbeugung wirkt so überschwänglich, dass ich einen Moment befürchte, er könnte vornüberfallen.

„Was für eine Freude. Alles ist vorbereitet, wie Sie gewünscht haben."

„Danke, Andrea." Ohne das Männlein weiter zu beachten, nimmt Tizian ihm die Laterne aus der Hand und führt mich ins Innere des gotischen Justizgebäudes. Seine Ansprache im Garten fällt mir wieder ein. Wie wörtlich er das mit den Gefängnissen gemeint hat, wird mir erst jetzt bewusst.

Natürlich bin ich schon hier gewesen, doch jetzt wirkt es anders. Gruselig. Keine Schritte außer den unseren auf den blankgetretenen Steinfußböden, das einzige Licht ist der schwache Schimmer aus Tizians Laterne. Es ist, als hätte die Zeit sich zurückgedreht und wir wären wirklich in der Renaissance gelandet. Als in diesem Palast mächtige Männer über Leben und Tod entschieden.

„Ich dachte, wir lernen uns vielleicht erst ein bisschen kennen", sprudelt es aus mir heraus. „Wie bei einem Date. Ich meine, ich brauche doch auch Vertrauen in dich, wenn du ... wenn ich ..." Ich gerate ins Stottern. Das Schweigen, die Hitze, dieser Ort, all das ist mit einem Mal zu viel, ich kann nicht mehr. Er hält an, dreht sich zu mir um. Sein Finger verschließt meine Lippen. Obwohl die Berührung sanft ist, fühle ich das Blut in meinen Lippen unter seinem Finger pulsieren. Es ist so heiß, dass ich kaum atmen kann.

„Psst, Gattina. Nicht denken, nur folgen." Wir sind in einem Treppenhaus angekommen. Flackernd reflektiert das Licht aus der Laterne über Hinweisschilder. Ich weiß, wohin diese Treppenflucht führt. In die Bleikammern, hoch unters Dach, wo die Hitze noch unerträglicher sein wird und die Enge erdrückend.

„Ich hab Angst."

Fest sieht er mich an, umfasst meine Schultern, hält mich und wartet, als hätte er alle Zeit der Welt. Langsam fährt die Panik ihre Krallen wieder ein. „Du bist nervös. Das ist verständlich. Aber Angst ist unnötig, denn du bist mit mir hier, weil ich das will, und ich lasse nicht zu, dass dir etwas passiert. Komm."

Die Wände des Treppenhauses werfen unseren Atem zurück, während wir höher steigen und noch höher.

Ich habe die Bleikammern einmal besucht, ganz am Anfang, als ich gerade nach Venedig gekommen war. Damals habe ich ein angenehm prickelndes Schaudern empfunden, aber damals war ich Teil einer Gruppe und es war helllichter Tag. Heute befinde ich mich in Begleitung eines undurchsichtigen Mannes, und vor den schießschartenartigen Fenstern wabert die Schwärze der Nacht. Die sieben Gefängniszellen, in denen zu früheren Zeiten hochrangige Adelige und wichtige Menschen inhaftiert wurden, wenn sie dem Magistrat zuwider gehandelt hatten, stehen wie Kisten in dem langen Raum. Auch hier ist es dunkel, die Hitze noch schlimmer als weiter unten im Gebäude. Vor einer der Kammern hält er an.

„Weißt du, wer der berühmteste Insasse der Piombi war?" Als hätte es meine kleine Panikattacke im Treppenhaus nicht gegeben, hat seine Stimme einen plaudernden Tonfall angenommen.

„Casanova. Er wurde weggesperrt wegen seines ausschweifenden Lebenswandels. Gotteslästerung, Magie, Freimaurerei, Wollust. Nenn ein Verbrechen, Casanova hat es begangen."

„Trotzdem haben die Frauen ihn geliebt." Er stößt die Tür auf und der Blick, der sich mir bietet, raubt mir den Atem. Die Zelle ist nicht kahl und unpersönlich, wie ich sie von meiner Führung im Palast in Erinnerung habe. Ein üppig gedeckter Tisch ist in ihre Mitte gerückt, zwei Stühle davor. Tausend Kerzen erleuchten den engen Raum. Tizian di Maggio hat es mal wieder geschafft. Von all den Dingen, die ich erwartet habe, überrascht er mich mit etwas, das selbst in meinen kühnsten Träumen nicht vorgekommen ist.

Tizian

Es gibt ein paar Dinge, die ich an Menschen sehr schätze. Es handelt sich dabei vermutlich um die Dinge, um die ich von meiner eigenen Familie betrogen wurde, die aber andere Menschen mir entgegenbrachten. Dinge, die mich auf verschiedene Weisen geformt haben.

Eines davon ist Ehrlichkeit. Einzugestehen, was man wirklich denkt.

Das andere ist Mut. Nicht nur der Mut, mit dem eine Maus einer Katze entgegentritt, oder, wie in diesem Fall, das Kätzchen dem großen bösen Wolf. Nein, auch der Mut, zu dem zu stehen, der tief in einem selbst wohnt. Und zuzulassen, dass man einem anderen Menschen das Vertrauen entgegenbringt, diese Dunkelheit auszuloten.

In Sabines Augen sehe ich Mut. Und Nervosität. Überraschung über die Erkenntnis, dass da diese Dunkelheit ist. Es ist ein Cocktail, der zu Kopf steigt, wenn man ihn nur ansieht. Wie viel berauschender wird die Droge erst sein, wenn ich davon kosten werde? Mein Blick schweift über das Bankett, das Andrea, der alte Hausmeister des Dogenpalastes, in meinem Auftrag hat herbringen lassen. Häppchen, Früchte, nichts davon zu vergänglich, als dass wir nicht mit dem Essen ein wenig warten können. Dem tiefdunklen Rotwein wird es gut tun, noch eine halbe Stunde zu atmen.

„Kennst du die Itinerari Segreti?", frage ich sie, trete dicht hinter sie, bei den Worten streicht mein Atem über die Haut ihres Nackens. Ich betrachte die kleine Tätowierung dort, ein Schmetterling, sehr weiblich und sehr ungewöhnlich für sie. Ihr Schaudern entgeht mir nicht. Die Geheimen Gänge des Dogenpalastes.

„Ich habe davon gehört." Ihre Stimme zittert. „Ich war nur einmal kurz im Palast. Ich habe nicht alles gesehen."

„Willst du das? Alles sehen?" Mit den Fingerspitzen meiner rechten Hand fahre ich über ihren Rücken, die Wirbelsäule hinauf. Lese sie. Lese ihre Reaktionen. Die Welt sperre ich aus. Hier drin, an diesem Ort hoch über Venedig und unter einer Schicht von Blei, die uns umhüllt wie ein Kokon, ist das leicht. Ich kann Sabines Unsicherheit riechen, sie befeuert mein Blut. Ich habe nicht vor, sie heute zu nehmen, aber bei Gott, ich werde dafür sorgen, dass sie sich danach sehnt, ich würde es tun.

Sie nickt, versucht etwas zu sagen, doch vermutlich ist es ihre hoffnungslos ausgetrocknete Kehle, die eine verbale Antwort unmöglich macht. Ich lächele, froh, dass sie es nicht sehen kann, weil ich hinter ihr stehe und sie nicht wagt, sich umzudrehen.

„Nach links", flüstere ich, meine Lippen an ihrem Ohr. „Die linke Tür, Gioia. Öffne sie für mich."

Es ist ein langer, schmaler, mit uralten Holzbohlen ausgekleideter Gang, der in einem quadratischen Raum endet. Auch hier sind die Wände vollständig mit altem, seit Ewigkeiten nicht gestrichenem Holz verkleidet. Der Staub, der auf allem liegt, ist Absicht und verstärkt die gruselige Wirkung des Ortes. Man hat das Gefühl, in der Zeit zurückgewandert zu sein. Als könne jeden Augenblick ein venezianischer Justiziar unter prächtiger Perücke aus einer der Türen treten, die sich in drei der Wände des Raumes befinden. Drei Türen, sowie eine Balustrade um eine Treppe, die nach unten führt.

„Welche Tür jetzt?", fragt sie mich heiser.

„Welche möchtest du?", frage ich zurück.

„Das kommt darauf an, wohin sie führen." Sie muss sich räuspern. Vielleicht hätte ich eine der Flaschen gekühlten Mineralwassers mitnehmen sollen. Werde ich nachlässig? Nein, ich will, dass sie dürstet. Nach mir. Nach den Dingen, die ich ihr geben kann. Und die ich ihr versage, weil ich es kann.

„Weiß man immer, was hinter der nächsten Tür lauert? Öffne eine, Gioia."

Als sie sich zu mir umwendet, blinzelt sie nervös. „Warum nennst du mich so?"

Dieses Mal lasse ich sie mein Lächeln sehen, und es ist offen, frei. „Weil es eine Freude ist, dich bei mir zu haben, Gioia." Ich senke meine Lippen auf ihre, eine

Geste, die sie überrascht und beinahe ins Stolpern bringt. Ich fange sie mit beiden Händen auf, halte sie nah an meinem Körper. Die Finger der Rechten schiebe ich hinauf in ihre Haare, in diese Mähne seidiger hellblonder Locken. Ich halte sie daran fest, damit sie mir nicht entkommen kann, und küsse mich satt.

„Eine Tür, Gioia", sage ich dann. „Jetzt."

Bebend vor Erregung geht sie rückwärts, ohne mich aus den Augen zu lassen, auf eine der Türen zu. Eine Bodendiele knarrt unter ihren Füßen, sie erschrickt und macht beinahe einen Satz. Ich folge ihr. Mit wenig Abstand. In ihren Augen sehe ich mein Spiegelbild. Es ist wahnsinnig heiß. Die drückende Luft in diesem Raum, aber auch das Gefühl, mich in ihren Pupillen zu erkennen. Sie klinkt die Tür in ihrem Rücken auf, die Scharniere quietschen, dann knarren sie.

Es ist die Folterkammer. Sie hat unbewusst die Folterkammer gewählt. Ich packe sie im Nacken und drehe sie um, muss wieder lachen, als sie die Augen schließt. „Augen auf", befehle ich ihr. „Keine Feigheit, Sabine, nicht jetzt."

Die Folterkammer im Dogenpalast ist für die meisten Menschen eine bittere Enttäuschung. Sie stürzen von überhöhter Erwartung in tiefe Desillusion. Denn Folterinstrumente gibt es hier keine. Zwei mehrere Meter lange Pulte aus unbehandeltem, wurmzerfressenem Holz, die sich an der Nord- und der Südwand gegenüberstehen, ein einzelner Stuhl unter einem winzigen Fenster, ein Podest in der Mitte des Raumes. Ein Regal, gefüllt mit den Kopien von Schriftrollen, deren Originale sicher verwahrt liegen. Von der Decke herunter baumelt ein einzelner, zweimal fingerdicker Strick, rollt sich zu einer Schlange auf den Bohlen des Podestes.

„Das ist alles?", entfährt es Sabine.

„Es ist perfekt", erwidere ich. „Mehr braucht es

nicht."

„Ich hab ein bisschen mehr Dramatik erwartet", gibt sie zu.

Das tun die meisten Menschen, aber für mich ist dieser Raum in seiner Kahlheit perfekt. Er beflügelt die Fantasie. Ich kann mir Dinge ausmalen, ich kann ...

„Zieh dich aus", sage ich zu Sabine, ohne meine Gedanken zu Ende zu führen. Ich folge meiner Intuition. Ihre Augen weiten sich entsetzt.

„Hier?"

Meine Antwort besteht nur aus einem Heben der Augenbrauen.

„Aber ... der alte Mann ..."

„Wenn ich wollte, dass er dich ansieht oder anfasst, Gioia, würde ich ihn rufen, und ich würde dich vorher nicht fragen, ob du es willst." Ich lasse offen, ob ich es tun werde, ich will, dass sie ihr Gleichgewicht nicht so schnell wiederfindet, dass in ihrem Kopf Bilder entstehen, die verstörend sind und entmutigend. Ich wiederhole meine Aufforderung nicht und trinke den Augenblick, als ihre Schultern herabsacken und sie beginnt, den Reißverschluss an der Seite ihres Kleides herunterzuziehen. Wie eine Wolke aus schwarzem Nebel fällt das Kleid an ihr herab. Sie trägt darunter nur ein Höschen, ihre kleinen, festen Brüste brauchen keinen zusätzlichen Halt.

Ich betrachte sie schweigend, lege die Fläche meines rechten Daumens an meine Lippen, sage kein Wort. Drehe eine Runde um sie herum, beobachte im staubigen Licht der alten Lampen, wie Gänsehaut über ihre Arme rinnt. Mein Unterbewusstsein malt sich in herrlichsten Fantasien aus, was ich alles mit ihr machen kann. Ich kann praktisch hören, wie in ihr die störrische Frage wächst: *Und jetzt?* Aber sie stellt sie nicht.

Sie lernt.

„In Zukunft, wenn wir ein Date haben, Sabine, wirst du keine Unterwäsche tragen. Haben wir uns verstanden?"

Ihr Atem stockt, Röte schießt von ihrem Gesicht bis hinunter in die Haut, die sich über ihren Brüsten spannt. Perfekt. Wunderschön. Sie blinzelt, ballt die kleinen Hände zu Fäusten und nickt schließlich steif.

„Antworte mir. Hast du mich verstanden?"

„Ja."

„Du darfst mich Signor nennen oder Principale, wenn es das leichter für dich macht. Wann immer eine meiner Anweisungen nicht klar ist, darfst du nachfragen. Hast du auch das verstanden?"

„Ja, Signor."

Es geht runter wie Öl. Ich trete hinter das Podest und strecke meine Hand aus. „Hier herauf, bitte, Sabine."

Dieses Mal dauert ihr Zögern kaum einen Wimpernschlag lang. Misstrauisch beäugt sie das Seil, das von der Decke herunterbaumelt, und weicht der Berührung aus. So, wie sie jetzt das Seil beäugt, mit einer Mischung aus Horror und Faszination, habe ich jeden Beweis, den ich brauche, um zu wissen, dass sie sich informiert hat.

Braves Mädchen.

Ich lege meine Hand auf ihre Schultern, auf denen sich ein feiner Schweißfilm gebildet hat. Doch der Schweiß ist nicht kalt. Sie hat keine Angst. Nicht nur. Sie ist erregt. Das Seil erregt sie, die Vorstellung, was ich alles mit ihr machen kann, erregt sie. Die Unsicherheit. In ihrem Körper kämpfen die Emotionen sichtbar miteinander und bündeln sich zu Lust. Sie ist perfekt in ihrer Hingabe, in der sie auf meine Gnade angewiesen ist.

Adrenalin schießt mir ins Blut. Dieser Abend ist eine

Herausforderung für mich fast noch mehr als für sie. Es wird mich alle Selbstbeherrschung kosten, die ich aufbringen kann, meinen Vorsatz, sie an diesem Ort nicht zu nehmen, einzuhalten. Sie testet meine Kontrolle, ohne es zu wissen, und ich genieße es. Genieße die Kraft, die ich aufbringen muss, um ihr standzuhalten. Noch nie habe ich eine solche Frau gekannt.

„Bleib so stehen." Ich ziehe das Seil, das ein Relikt ist und gar nicht angefasst werden, geschweige denn mit schweißbedeckter Haut in Berührung kommen darf, ein wenig zur Seite. Dann gehe ich hinüber zu einem der Pulte und ziehe eine Schublade auf. Ah, auf Andrea ist Verlass. Er hat dort das zusammengerollte Bondage-Seil abgelegt, wie ich es angeordnet habe.

Ich löse den Knoten, als ich zu Sabine zurückkehre. Sie starrt mich an. Starrt das Seil in meinen Händen an. Schluckt schwer. „Du willst mich fesseln? Hier?"

„Nein."

„Sondern?"

„Silenzio."

Ihre Brüste sind so verdammt verführerisch.

„Ich will dir etwas zeigen." Ich spanne ein kurzes Stück Seil zwischen meinen Händen, lasse ihr Gesicht nicht aus den Augen. „Es braucht keine aufwändigen Geräte, um Angst in Menschen zu schüren und Geständnisse aus ihnen herauszufoltern." Sie hat nur Augen für die gedrehten Hanffasern. Licht spiegelt sich in ihren geweiteten Pupillen. Der Puls klopft an ihrer Halsschlagader, so heftig, dass ich es sehen kann. Nervös windet sie die Finger umeinander.

Ich lehne mich vor und umkreise mit der Zungenspitze ihre linke Brustwarze. Sabine ist so schockiert über die Selbstverständlichkeit der Liebkosung, dass ihr ein Wimmern entfährt. Gehorsam richtet sich die Brustspitze auf. Ich ziehe den Kopf zurück, falte das Seil in der Mitte und lege beide Hälften um den erregt aufgerichteten Nippel. Sabines Atem stockt, unentwegt starrt sie auf das, was ich mit ihr tue. In einer schnellen Bewegung verdrehe ich die Enden des Seils umeinander. Ihre Brustspitze wird brutal zwischen den beiden Hälften gequetscht. Zuerst ist es ein erschrockenes Stöhnen voller Schock über den plötzlichen Schmerz, dann gellt ein Schrei durch den Raum, wird von dem alten Holz zurückgeworfen. Wann hat zum letzten Mal in diesem Raum jemand so erfrischend geschrien?

Ich löse das Seil, gebe mir eine Sekunde, um zu beobachten, wie das Blut in die Brustspitze schießt und sie feuerrot färbt. Dann lege ich die Lippen um die Brust, spiele mit meiner Zunge, lecke, sauge zart, tröste das empfindliche Fleisch, das ich nur Sekunden zuvor gequält habe. Sabine fällt gegen mich, als die Knie unter ihr nachgeben. Ich halte sie. Das Seil in meiner linken Hand streichelt ihren Körper. Sie schluchzt, verschluckt sich, und als ich meine freie Hand zwischen ihre Beine und die Finger unter den Stoff ihres Höschens schiebe, zuckt sie weg. Doch das lasse ich nicht zu, packe sie fester. Meine Finger gleiten durch ihre Schamlippen. Sie ist nicht nur feucht, sie trieft. Ich ziehe die Hand zwischen ihren Beinen hervor und hebe sie vor ihr Gesicht. Sie soll die Nässe sehen, die an meinen Fingern glitzert.

„Du bist wunderbar", murmele ich gegen die malträtierte Brustwarze. „Und du gehörst mir. Ob ich dich quälen will oder verwöhnen, es ist nicht deine Entscheidung. Du wirst tun, was ich dir sage, nehmen, was ich dir gebe."

Noch einmal lasse ich die Zunge um ihren Nippel kreisen, platziere einen kleinen Biss auf die Unterseite ihrer Brust. Meine Zähne hinterlassen rote Abdrücke, und sie wimmert ein wenig. Sie ist nicht nur wunderbar, sie schmeckt auch so, und das erinnert mich daran, dass am anderen Ende des hölzernen Ganges unser Bankett wartet.

Sabine

„Hast du Hunger?"
Seine Frage perlt über die Unterseite meiner Brust, streichelt und tröstet die malträtierte Haut. Es ist seltsam. Das, was er mit dem Seil getan hat, hat wehgetan. Aber nicht nur. Es war nicht wie der Schmerz, wenn man auf ein Knie fällt und sich die Haut aufschürft, oder wenn man stolpert und sich den Knöchel verstaucht. Es war ein Schmerz, der in erster Linie Gefühl war, eine Empfindung, die die Nervenenden geweckt und nach mehr pulsierend zurückgelassen hat. Sein zarter Atem jetzt, die sachten Vibrationen, die seine Stimme über die Spitze meiner Brust jagt, lässt meine Nippel noch weiter anschwellen, schickt Schockwellen unter meine Haut, wo sie sich tief in meinem Bauch zu einem Knoten aus Lust und Hunger verdichten.
„Ja."
„Dann komm." So plötzlich, wie er mit seinem Angriff begonnen hat, unterbricht er ihn wieder. Sekunden später sind wir zurück in Casanovas Zelle. Er rückt mir den Stuhl, bedeutet mir, mich zu setzen. Es ist verrückt, aber in diesem Moment kommt es mir kein bisschen seltsam vor, dass ich komplett nackt bin. Ich folge seiner Anweisung, lasse mich auf dem Stuhl nieder und kämpfe kurz gegen einen Anflug aus Peinlichkeit, als ich fühle, wie Feuchtigkeit aus meinem Schoß auf das Leder sickert. Nur ein kleiner Teil davon ist der Hitze hier oben geschuldet. Der andere, weitaus größere Teil ist ein Beweis für Tizians Wirkung auf mich.
Er beugt sich über mich, streicht meine Haare über die Schultern nach hinten. Sein Atem streichelt dabei meinen Hals, mit der Zunge leckt er einen Schweiß-

tropfen unter meinem Ohr ab, und nur mit Mühe kann ich ein Stöhnen unterdrücken.

„Vertraust du mir?"

Wahrscheinlich sollte ich nicht. Himmel, ich weiß so gut wie nichts von diesem Mann. Außer, dass er ein Freund von Niccolo und Clara ist. Gerade erst hat er mir gezeigt, was er mit nichts weiter als einem Stück Seil tun kann. Ich will ihm nicht vertrauen und will es doch. Gott, das ist alles so verwirrend. Ich fühle seine Hände auf meinen Schultern, alles ist so anders mit ihm als mit anderen Männern. Die ruhige Zielstrebigkeit, die er ausstrahlt, als hätte er den ganzen Abend Zeit, um auf meine Antwort zu warten. Als wäre das Warten selbst das Ziel, nicht der Sex, der zwischen uns in der Luft hängt. Die Antwort kitzelt meine Lippen, bevor ich mir überhaupt bewusst bin, dass ich etwas sagen wollte. „Ja, Signore."

„Dann nimm deine Hände hinter der Lehne zusammen." Ich muss meine Schultern ein wenig verrenken, um tun zu können, was er sagt. Das Ziehen in meinen Schultern ignorierend, kreuze ich meine Handgelenke und beinah unmittelbar fühle ich wieder das raue Seil auf meiner Haut. Mein Atem überschlägt sich. Ich bin wie der Hund von Pawlow. Ich habe gelernt, dass dieses Seil Schmerzen zufügen kann, und kaum, dass ich es wieder fühle, spült Aufregung und atemlose Erwartung über mich hinweg. Ich weiß jetzt, dass er es mir um die Finger schlingen und mit einem leichten Verdrehen schreckliche Schmerzen zufügen könnte. Doch diesmal tut er mir nicht weh. Flink und sehr routiniert schlingt er das Seil um meine Handgelenke, knotet und knüpft, bis meine Unterarme bis fast zu den Ellenbogen aneinandergefesselt sind. Ein kurzer Kuss auf meine Schulter, ein fast nebensächliches Zwicken in meine Brustwarze als Beweis dafür, dass er Recht hat und wirklich alles mit mir machen kann, was er will, dann richtet er sich auf. Ich schnappe nach Luft.

„Du bist sehr schön, Gioia. Es ist eine Freude, dich anzusehen." Er umrundet den Tisch, setzt sich mir gegenüber. Instinktiv streiche ich mir mit der Zunge über die Lippen, als er Wein einschenkt. Ich bin wahnsinnig durstig. Fast meine ich die herbe Süße des Rotweins bereits auf meinem Gaumen zu spüren. Doch er füllt nur ein Glas, nimmt es auf, trinkt einen tiefen Schluck. Feucht glänzt in seinem Mundwinkel ein roter Tropfen im Kerzenlicht.

Er muss meinen Blick bemerken, denn er lächelt mich an, tupft sich mit der Serviette den Mund ab. Am liebsten würde ich weinen, so sehr verlangt es mich nach diesem Wein. Nach einem Schluck Wasser, nach irgendwas.

„Du wolltest, dass wir einander besser kennenlernen, also lass mich dir ein paar Fragen stellen." Er betrachtet mich intensiv, tippt nachdenklich mit seinem Zeigefinger auf seine Unterlippe. Tausend Fragen gehen mir im Kopf rum, die ich ihm gern stellen möchte, aber ich kann mich an die Regeln erinnern, die er aufgestellt hat, an den Befehl, still zu sein, und reiße mich zusammen. Umso brutaler trifft mich seine Frage, als er sie endlich stellt.

„Ist dein Po noch Jungfrau?"

„Was?" Wäre mein Hals nicht so trocken, hätte ich mich mit Sicherheit verschluckt. Ich kann einfach nicht glauben, dass er das wirklich gefragt hat.

„Du hast mich sehr gut verstanden, Gattina. Aber lass es mich anders formulieren, wenn dir das lieber ist." Er nimmt noch einen Schluck Rotwein, lehnt sich ein wenig über den Tisch, um mir direkt in die Augen sehen zu können. „Hat dich schon mal jemand in den Arsch gefickt?"

Für die Dauer eines Herzschlags bin ich wie gelähmt. Meine Augen springen auf, sie brennen vor

Trockenheit und Unglauben, instinktiv rucke ich an meinen Fesseln, doch sie geben mich ebenso wenig frei wie sein Blick. Ich reiße mich los von diesem intensiven Starren, wende den Kopf ab, weiß nicht, wohin ich blicken soll. Dann fällt mein Blick an mir selbst herab, auf meinen nackten Körper, auf den roten Ring, den sein Seil um meiner Brustspitze hinterlassen hat. Die Erkenntnis trifft mich wie ein siedender Pfeil. Ich liege in seiner Hand, bin seiner Gnade ausgeliefert. Was immer er will, er kann es tun, denn ich habe mich von ihm fesseln lassen. Habe ich mich noch vor wenigen Tagen im Stillen gefragt, warum es Leute gibt, die sowas mit sich machen lassen? Ein Prickeln zittert bei dem Gedanken um meine Nippel, bis sie so hart sind, dass es wehtut.

„Nun?" Ein einziges Wort, und ich weiß, er wird nicht nachgeben. Er wird nicht zulassen, dass ich ihm nicht antworte. Ich schließe die Augen, presse meine Lippen aufeinander, fühle mich mit einem Mal schrecklich bloßgestellt. Wenn ich ihn nicht ansehe, ist es einfacher. Geschlagen schüttele ich den Kopf.

„Nein, Signore." Meine Antwort ist nur ein resigniertes Hauchen.

Das Gefühl von Kälte an meiner Unterlippe lässt mich hochfahren. Es ist das schwere Kristallglas, das er mir an die Lippen hält. Vorsichtig kippt er es an, seine freie Hand stützend an meinem Hinterkopf, bis der herbe Tropfen meinen Mund flutet. Vielleicht würde es Stärke beweisen, seine Gabe zurückzuweisen, aber diese Stärke besitze ich nicht. Dankbar nehme ich an, was er mir gibt, und trinke einen tiefen Schluck. Angenehm temperiert rinnt der Wein meine Kehle hinab. Ich schlucke. Er streicht mir mit dem Daumen über die Wange und setzt das Glas wieder ab.

„Wie sieht es mit mehreren Männern aus? Schon mal ausprobiert?"

Diesmal geht es leichter zu antworten. Ich sehe ihm gerade in die Augen, lege Herausforderung in meinen Blick. „Ein paar Mal."

„War es gut?"

„Anstrengend." Ich zucke mit den Schultern. „Nicht der Rede wert."

Fast nebensächlich nimmt er ein Häppchen von den perfekt angerichteten und reich verzierten Platten zwischen uns, ein kleines Stück Melone, umwickelt mit Parmaschinken. „Mach den Mund auf", kommandiert er, dann explodiert der Geschmack auf meiner Zunge. Fruchtig, saftig, wunderbar. Es stillt meinen Hunger, ebenso wie meinen Durst. Seine durchdringende Art, mir beim Essen zuzusehen, zittert durch meine Wahrnehmung, bringt mich ins Schwitzen.

„Was hast du sonst schon probiert?"

Wieder hebe ich die Schultern. Ich begreife den Sinn hinter diesem ganzen Verhör nicht. Was will er von mir? Dass ich mich wie eine Schlampe fühle? Nun, wenn das sein Ziel war, dann hat er es erreicht. „Ein paar Fesselspielchen, verbundene Augen. Ein Klaps auf den Po beim Sex hier und da. Nichts Besonderes."

Diesmal ist es ein Cracker mit weichem Ziegenkäse, den er mir zwischen die Lippen schiebt. Arrgh. Ich hasse Ziegenkäse. So schnell es geht, kaue und schlucke ich. Sofort setzt er mir wieder das Glas an die Lippen und kippt vorsichtig, hilft mir, den ekelhaften Geschmack loszuwerden. Dankbar lächle ich ihn an.

Lange betrachtet er mich. Eingehend, prüfend. Könnte ich mich bewegen, würde ich meine Finger umeinander wickeln. Unter seinem Blick beginnt sich mein Herzschlag zu beschleunigen. Was hat er vor? Er greift nach einer Feigenhälfte, streicht einen klitzekleinen Klecks Gorgonzola darauf, quetscht das Fruchtfleisch ein wenig, bis es sich feucht glänzend zu einem Oval formt. Er windet und rollt die Frucht zwischen seinen Fingern, dreht sie so, dass ich die Schnittstelle sehen kann, dann hebt er sie zu seinem Mund, gräbt die Zunge in die Spalte in der Mitte, leckt genüsslich den Käse von der Frucht. Schweiß bricht mir aus. Noch nie habe ich gesehen, wie jemand Essen zu etwas derart Unanständigem machen kann.

„Zeig mir deine."

„Ich …" Ich muss mich räuspern. Meine Gedanken sind auf Abwege gegangen und es fällt mir schwer, ihm zu folgen. „Was meinst du?"

Wieder dreht er die Feige, streicht mit dem Daumen in den Spalt in der Mitte. Nicht für eine Nanosekunde lässt er dabei meinen Blick los.

„Ich habe gesagt, dass ich deine Fica sehen möchte. Jetzt."

Diesmal kann ich das Stöhnen nicht herunterschlucken. Mein Herz stolpert, mein Puls rast, trotzdem kann ich nicht wegsehen, als er genüsslich über das Fruchtfleisch leckt, bevor er die Feigenhälfte komplett in den Mund steckt und bedächtig verspeist. Ich kann mich nicht rühren. Er schluckt, runzelt die Stirn. Einen weiteren Cracker mit Ziegenkäse in der Hand, greift er mit der anderen Hand um meinen Kiefer. Fest bohren sich sein Daumen und sein Zeigefinger in meine Wangen, bis ich nicht mehr anders kann als meinen Mund zu öffnen. Schneller, als ich seinen Bewegungen folgen kann, legt er mir den Cracker mit dem Käse nach unten auf die Zunge. Ich will ihn ausspucken, kann aber nicht, weil er mein Kinn nach oben drückt, bis ich den Mund schließe um zu kauen. Nur mit Mühe überwinde ich die Übelkeit, die in mir bei dem Geschmack des Käses aufsteigt.

„Soll ich dich noch einmal bitten?", fragt er, gefährlich ruhig, und ich weiß im selben Moment, dass es mir nicht lieber ist, wenn er noch einmal bitten muss. Also öffne ich meine Schenkel, ein wenig zunächst.

Meine Haut klebt am Leder des altertümlichen Stuhls, auf dem ich sitze, sein Blick streift beinah körperlich über meine intimste Stelle, und ich fühle das Pochen in meiner Klit überdeutlich, die Lust, die sich dort sammelt, trotz meiner Verlegenheit, oder gerade deswegen.

„Weiter", kommentiert er.

Ich folge.

„Noch weiter. Spreiz die Beine, ich will dich ansehen. Ich will sehen, was mir gehört. Du hast nicht das Recht, es mir zu verweigern." Es fühlt sich falsch an. Überdeutlich fühle ich, wie meine intimste Stelle sich auseinanderfaltet wie eine nachtblühende Blume. Er muss es sehen, die kleine Pfütze, die sich zwischen meinen Schenkeln gebildet hat, die Erregung, die auf meinen Falten glitzert. Gott, was passiert mit mir? Wie kann es sein, dass mich etwas derart anmacht, obwohl ich am liebsten vor Scham sterben würde?

„Hat es einen Grund, dass du nicht komplett rasiert bist?"

„Ich ..." Erneut stocke ich. Dieses Gespräch ist surreal. Was bildet sich der Kerl eigentlich ein? Aber der Geschmack des Ziegenkäses verätzt immer noch meine Zunge, und ich habe keine Lust auf einen weiteren Cracker. Wenn es nicht so aufregend wäre, dieses Bewusstsein, dass er sich Zeit nimmt, um meine Reaktionen zu studieren, sollte es mir Angst machen, dass er so schnell durchschaut hat, welche der Kostbarkeiten auf dem Tisch ich mag und welche nicht. „Ich hab es nie probiert. Ich hab mit dreizehn oder so angefangen, mich so zu rasieren, und es immer beibehalten."

„Wenn ich dich das nächste Mal sehe, möchte ich dich komplett blank und glatt."

„O... okay." Das macht ja keinen so großen Unterschied. Es kommt mir wie ein kleines Zugeständnis vor und die gekühlte Traube, die er mir kurz nach der

Antwort zwischen die Lippen schiebt, ist mir Belohnung genug. Auch die nächsten Happen sind köstlich. In Butter gedünsteter Spargel mit einer frischen Zitronenvinaigrette, mehr Melone mit Parmaschinken, Grissinistangen, die er in frisches Pesto tunkt, und Gabeln voll Ruccolasalat mit frisch gehobeltem Parmesan. Zuletzt taucht er seinen Finger in ein Glas mit Zabaione, steht auf und kommt zu mir. Er rückt meinen Stuhl so weit nach hinten, dass er sich zwischen mich und den Tisch stellen kann, lehnt sich mit dem Hintern an die Tischplatte. Fast nebensächlich tupft er mir die Weincreme auf die Lippen, bevor er mich küsst.

Sein Kuss schmeckt nach Ei, Vanille und Weißwein, ist köstlich und berauschend, und ich bin so froh, dass er jetzt zu nah vor mir steht, um immer noch direkt auf meine Pussy sehen zu können. Das ist die einzige Entschuldigung, die ich dafür habe, dass ich nicht merke, wie er einen Eiswürfel aus einer der Kühlschalen angelt und ich zusammenzucke, als er damit beginnt, meinen Hals entlang zu fahren. Sofort bildet sich Gänsehaut auf meiner überhitzten Haut. Aber die Kälte ist willkommen, gar nicht wirklich kalt, sondern prickelnd, fast angenehm.

„Dominanz", sagt er und fährt weiter mit dem Eiswürfel meinen Körper entlang. „... ist kein Spiel." Zuerst umkreist er meine rechte Brustwarze, dann die linke. „Sie kann sich in einem keuschen Kuss auf die Stirn verstecken, in einem opulenten Mahl, in einem geflüsterten Gespräch, mitten in der Nacht." Weiter wandert der Eiswürfel und weiter. Hinterlässt brennend feuchte Spuren auf meinem Körper, bis meine Schenkel vor Verlangen zu zittern beginnen. Mit der Zunge fährt er die Wasserspuren nach, zupft an meinen Brustwarzen, knabbert und lockt. Seine Liebkosungen finden ein Echo in meinem Schoß, mein

Fleisch steht in Flammen, pocht und weint um seine Berührung. Trotzdem schreie ich auf, als er den Rest des Eiswürfels in mich schiebt. Der Druck ist eisig, ist wunderbar, stillt die Flammen und heizt das Pochen weiter an. Ich schüttle den Kopf, weil die Kälte brennt, weil sie angenehm ist, intensiv, weil ich mich nicht rühren kann, weil mir nichts anderes übrig bleibt, als zu fühlen. Die zärtlichen Küsse, die er auf meinen Hals tupft, und die schmerzenden Bisse. Ich muss ... ich muss mich bewegen, doch ich kann nicht. Kann gar nichts, nur fühlen. Fühlen, wie er ...

„Tizian." Sein Name ist ein Flehen auf meinen Lippen und doch weiß ich nicht, um was ich bitte. Mit den Fingerspitzen hält er das schmelzende Eis in mir, drückt gleichzeitig mit dem Handballen auf meine Klit. Seine andere Hand findet meine Brust, reibt und drückt, seine Küsse flattern über mein Gesicht, rauben mir Verstand und Sinn. Ich zittere und bebe. Vor Kälte, vor Hitze, vor seiner Nähe und der Art, wie er mir die Fähigkeit zum Denken raubt. Das ist gefährlich, gemein. Heiß und kalt. Der Druck baut sich auf, seine Finger nehmen den Platz des Eiswürfels ein, erst einer, dann zwei, dann drei, glitschig und weich vom Schmelzwasser und meiner Lust. Er beginnt, seine Finger in mich zu stoßen, reibt meine Klit, küsst mich, zwirbelt meinen Nippel. Mehr, es ist mehr, als ich ertragen kann, mehr, als ich jemals empfunden habe. Ich reiße an meinen Fesseln, drücke meinen Schoß in seine Hand. Suche Reibung, suche Druck, suche mehr. Doch ich kann mich nicht rühren, er hält mich in der Hand, fickt mich mit den Fingern, ungerührt, gnadenlos. Ich komme mit einer Wucht, die mir den Atem als langgezogenen Schrei aus der Kehle reißt, zersplittere in einem Regen aus flüssigem Sternenlicht.

Langsam löst er sich von mir. Mein lauter Atem ist mir peinlich. Sanft küsst er meine Lippen, ein beinahe keuscher Kuss nach dem Feuerwerk aus Kerzenlicht, mit dem er mich überschüttet hat.

„Das war sehr schön, Gioia. Du machst deinem Namen alle Ehre." Er schmunzelt mir in die Augen, hat die Unverfrorenheit, mich anzuzwinkern. „Allen deinen Namen." In meinem Rücken geht er in die Knie, löst meine Fesseln, massiert meine Handgelenke, bevor er meine Arme vorsichtig zurück in die richtige Position dreht. Mit einem Mal fühle ich mich schrecklich erschöpft.

„Zieh dich an, Piccola. Ich warte vor der Tür auf dich."

„Tizian!" Ich will ihn fragen, ob das alles war. Ich will wissen, was mit ihm ist, warum er nicht will, dass ich ihn ebenso befriedige wie er mich, denn das ist doch wohl die Aufgabe der Sabinerin in seinem Leben. Ich will wissen, was es bedeutet, dass es an diesem Abend Momente gab, als ich gedacht habe, ihn zu hassen, und ihn gleichzeitig anflehen wollte, mich zu lieben. Weil er unantastbar war und unnahbar und gleichzeitig so verboten verführerisch, dass mein Körper die Führung übernommen und darum geweint hat, ihm das zu geben, was er sich wünscht. Alles, was er sich wünscht. Doch ich komme nicht mehr dazu. Die schwere Zellentür fällt hinter ihm ins Schloss und ich merke, dass es nicht nur mein Körper war, der geweint hat, sondern dass da auch echte Tränen sind, die über meine Wangen fließen. Ich ziehe die Knie an, schlinge die Arme um die Schienbeine und verberge den Kopf zwischen meinen Knien. Mein Körper klebt vor Schweiß, und trotzdem zittere ich. „Lass mich nicht allein", flüstere ich in die Dunkelheit, in die ich mich gehüllt habe. Es sind die Worte, die ich oft gedacht, aber noch nie ausgesprochen habe, und ich bin froh, dass er sie nicht hören kann, durch die geschlossene Tür.

Kapitel 5

Tizian

Meine Hand liegt auf dem Türrahmen, ich lehne mich leicht nach vorn. Ihr schwerer Atem dringt durch das poröse, uralte Holz, dann ihre Worte, leise. Die Sehnsucht darin, gepaart mit Panik und bitterer Enttäuschung, reißt an mir. Natürlich hatte ich nie die Absicht, sie allein zu lassen. Damit sie meinen Auftrag, sich anzuziehen, überhaupt ausführen kann, braucht sie ihr Kleid. Doch das liegt noch in der Folterkammer am Ende des Ganges.

Wie lange, ehe sie unter dem Druck der Enttäuschung zerbricht? Ich stoße mich vom Türrahmen ab und mache mich auf den Weg den spärlich beleuchteten Gang hinunter. Die Tür zur Folterkammer steht offen. Vor dem Podest liegt ihr Kleid, eine Wolke aus federleichtem Chiffon, dort, wo sie es an sich hat herunterfallen lassen. Die Erinnerung daran, wie der Stoff an ihrer weißen Haut hinabgeglitten ist, fährt mir als glühendes Schwert in den Nacken, zieht sich hinunter bis in die Nieren, für einen Augenblick bekomme ich vor Gier auf sie kaum Luft. Was ist das? Was macht sie mit mir?

Ich hebe den Stoff auf, gemeinsam mit ihrem Slip, und der Duft, der den beiden Kleidungsstücken entströmt, verschärft noch meine Reaktion auf sie, auf das, was mir klar zu werden beginnt. Im Aufrichten streife ich mit der Schulter das schwere Seil, das von der Decke herabhängt. In meinen Seilen soll sie hängen. Ausgeliefert sein. Unfähig, sich der Lust zu entziehen, die meine Finger und meine Zunge ihr bereiten.

Drei Nächte lang, di Maggio. Drei Nächte, und danach wird es zu Ende sein. Stöhnend vergrabe ich mein Gesicht im schwarzen Chiffon, atme tief und zwinge mich, an die Trauerfeier für den alten Mittarelli zu denken, an die Gesichter all dieser Menschen, von denen jeder einzelne im Verdacht steht, mir das Genick brechen zu wollen. Im Verdacht stehen muss, wenn ich überleben will. Ich denke an Fabrizios Tod, der meine Schuld ist und der seinem Vater das Genick gebrochen, ihm jeden Lebenswillen genommen hat. Wenn man einen von uns in die Knie zwingen will, dann vergreift man sich an einem Menschen, der ihm nahesteht.

Ich reiße mich zurück ins Hier und Jetzt, packe den Stoff, kralle meine Finger hinein und mache mich auf den Weg zurück zu Sabine. Ein kurzer Blick auf mein Handy. Es ist kurz nach Mitternacht, es gibt hier keinen Empfang. Kunststück, unter einer fast meterdicken Schicht aus Blei. Ich überlege, ob ich anklopfen soll, ehe ich die Zelle betrete, aber entscheide mich dagegen. Die Szene ist vorbei, aber die Nacht noch lange nicht.

Sabine steht in der Mitte des Raums, immer noch nackt, und als ich so unerwartet eintrete, weicht sie zur hinteren Wand zurück und bedeckt ihre Brüste mit beiden Armen. Der Anblick reißt ein vollkommen irrationales Gefühl von Unzulänglichkeit in mir auf. Ich habe mich nie als Arschloch gesehen, in diesem Augenblick aber tue ich es. Schon zum zweiten Mal mit ihr, denn so ähnlich ging es mir schon nach der Zeremonie auf der Hochzeit. Ihre Augen sind geweitet.

„Signore, ich …"

Ich erinnere mich. Ich habe ihr gesagt, sich anzuziehen und dass ich vor der Tür warten werde. Jetzt hat sie, die so tief im Subspace ist, wie man es nach einer solch leichten Szene sein kann, die Verbindung gezogen, dass ich wütend sein muss, weil sie meinen Auftrag nicht ausgeführt hat. Ich schließe die Tür hinter mir und trete auf Sabine zu, strecke ihr das Wölkchen aus Chiffon und ihren Slip entgegen. Ihre Lippen teilen sich. Allein die Tatsache, dass sie, obgleich nicht länger gefesselt und auch nicht mehr unter dem Einfluss der psychischen Klammern, in die ich sie vorhin gelegt habe, nicht wieder in das Muster fällt, alles mit einem coolen Spruch kommentieren zu müssen, zeigt mir, wie verstört sie noch immer von ihrer eigenen Reaktion ist.

„Piccola", sage ich leise, sehe ihr tief in die Augen. „Lass die Wand los."

Erschrocken blickt sie hinter sich. Ich lächle sie an. „Komm her." Weich, kultiviert, sanfte Worte, die meine Zunge streicheln und ihre Nerven.

„Sie sind nicht wütend?"

Sie wird lernen, dass ich niemals wütend bin. Dass ich meine Emotionen anders kanalisiere, als sie es vielleicht von Männern gewöhnt ist. Ist sie das? Wurde sie angeschrien, niedergemacht und dann verlassen? Ihre letzten Worte, als ich die Zelle verließ, hallen noch immer in mir nach. Wenn es jemanden gibt, auf den ich wütend bin, dann denjenigen, der ihr diese Angst vor dem Verlassenwerden eingepflanzt hat. Aber dieser Jemand ist nirgendwo greifbar, also ist es eine Wut, die sich nicht lohnt.

„Komm her", wiederhole ich, ohne die Stimme zu heben. „Ich helfe dir. Ich bin nicht wütend. Ich habe dein Kleid geholt." Sachkundig breite ich ihr Höschen aus, dehne die Beinlöcher ein wenig, damit sie besser einsteigen kann, und stütze sie mit einer Hand dabei. Als sie wieder fest auf ihren Füßen steht, schüttele ich den Stoff ein wenig aus, hebe das Kleid über ihren

Kopf und sehe zu, wie es über ihre geröteten, geschwollenen Brüste in Form gleitet. „Heb den Arm, Baby." Ich halte den Zeigefinger meiner Linken zwischen ihre Haut und den Stoff, als ich mit der anderen Hand vorsichtig den Reißverschluss hochziehe, darauf bedacht, dass keine ihrer wild zerzausten Locken zwischen die Zähnchen gerät und ziept. Dann zupfe ich den Stoff über ihren Brüsten zurecht. Die ganze Zeit steht sie wie eine Puppe, lässt jetzt den Arm wieder sinken, und als ich mein Gesicht hebe, um sie anzusehen, glitzern ihre Augen wie ein Bergsee. Tief und weit.

„Das ist ein bezauberndes Kleid", sage ich nachdenklich und streiche mit der Fläche meines Daumens über ihre Unterlippe. So will ich sie haben. Genau so. Weich und geöffnet. Körper und Seele. Jeder Gedanke an Widerspruch weit weg, schimmert in der Tiefe ihrer Augen Hingabe. Sie gehört mir. Wenn ich wollte, könnte ich sie auf diesen Tisch setzen, zwischen all die Platten mit den Köstlichkeiten, die wir kaum angerührt haben, könnte ihren Rock hochziehen, das Höschen aus dem Weg schieben und sie nehmen. Ich will. Aber nicht heute. Der Hunger nach ihr brennt in meinen Adern wie flüssige Lava, ein stetiger Strom, der kein Ende findet, aber wenn ich dem nachgebe, wenn ich sie mir nehme, dann beweise ich nur mir selbst, dass ich keine Selbstbeherrschung mehr habe. Doch die brauche ich. Mit ihr mehr als mit jeder anderen vor ihr, denn ich begreife, dass sie es ist, die all meine Eiswälle zum Einsturz bringen kann.

„Danke", flüstert sie.

„Komm." Ich lege meine Hand tief in ihren Rücken und schiebe sie zur Tür. Ihre ganze Körperhaltung ist eine einzige Frage, doch sie stellt sie nicht. Ich schmunzele und küsse ihren Nacken, als ich hinter ihr in den Gang hinaustrete. „Frag, Piccola. Es ist in Ordnung."

„Wohin gehen wir?", will sie nach kurzem Zögern wissen.

„Aufs Meer", sage ich kryptisch. Sie wendet sich halb um, der Blick aus diesen hellen Augen versengt mich fast. Doch sie fragt nicht weiter. Ich stütze sie auf dem Weg nach unten. Vielleicht ist es nicht nötig, aber ich tue es gern. Im Erdgeschoss treffen wir auf Andrea.

„Tommaso erwartet Sie am Pier, Principale", sagt der Alte mit einer Verbeugung.

„Danke, Andrea. Wir sind hier fertig." Er wird aufräumen, sodass alles wie immer ist, wenn morgen Vormittag die erste Touristengruppe kommt, um die Bleikammern und die Geheimen Gänge zu bestaunen. Sie werden keine Ahnung haben, wozu Macht Männer wie mich befähigt, was ich an diesem Ort tun kann, wenn ich will.

Wir treten durch eine kleine Seitenpforte hinaus in den Säulengang. Venedig ist selbst um diese Uhrzeit nicht vollkommen still. Immer gibt es Nachtschwärmer, die wissen wollen, wie die Stadt sich anfühlt, nachdem die Sonne untergegangen ist. Die Cafés und Restaurants sind längst geschlossen, die Marktstände entlang der Riva, wo man tagsüber Masken und Firlefanz kaufen kann, sind verhängt. Im Mondlicht schaukeln Gondolas am Anleger. Neben einer der kurzen Brücken, die in die Lagune hinausreichen, steht Tommaso und erwartet uns. Mit leichtem Druck schiebe ich Sabine auf ihn zu.

„Was ist das?", fragt sie, alarmiert.

„Mein Boot, Gioia." Ich drücke einen leisen Kuss auf ihren Scheitel. „Tommaso ist ein Freund." Alles in mir sträubt sich gegen den Gedanken, dass Sabine jemals herausfindet, was ich bin. Dass sie herausfindet, dass ich Bodyguards brauche. Dass Tommaso nur einer von fünf ist, die in diesem Augenblick an strategischen Punkten rings um den Palazzo stationiert sind und Ausschau halten, ob sich jemand auffällig benimmt. Tommaso geht voran, springt hinüber an Deck und streckt Sabine seine Hand mit den kräftigen Fingern entgegen.

„Signorina."

Hilfesuchend wendet sie sich zu mir um. „Kommst du auch?"

Ihr Blick zerreißt mich fast. Sie hat Angst, dass ich sie allein auf dieses Boot steigen lasse, damit mein Freund sie irgendwohin bringt? Wie tief geht diese Furcht eigentlich? Ich streiche mit der Rückseite meiner Finger über ihre Wange.

„Ich komme auch, Baby."

Endlich legt sie ihre Hand in die von Tommaso und balanciert an Bord. Ich folge ihr ohne Hilfe.

„Wohin fahren wir?", fragt sie scheu.

„Wohin willst du?"

„Ich darf entscheiden?"

„Nein, ich frage nur." Einem plötzlichen Impuls folgend, dränge ich sie gegen die Wand der Führerkabine, in die Tommaso verschwunden ist, und küsse sie mit einem Ausbruch an Heftigkeit, der uns beiden den Atem raubt. Unter uns erwachen die Motoren der Yacht zum Leben, ein angenehm leises Vibrieren. Als das Boot beginnt, sich rückwärts vom Pier wegzuschieben, lege ich meine Stirn gegen die von Sabine.

„Wenn du jemals wieder glaubst, dass ich dich verlassen werde, werde ich dich übers Knie legen und so lange versohlen, bis du weißt, wie viel du mir bedeutest, Gattina."

Erst verspätet merke ich, dass ich die Einschränkung mit den drei Nächten weggelassen habe. Aber ich hole es nicht nach. Hinter uns bleibt die Riva zurück, der Dogenpalast, das Hotel Danieli. Vor uns ragen die vom Mondlicht herausgemeißelten Strukturen der Kirche auf der Insel San Giorgio Maggiore aus dem Wasser, dieser Anblick, den niemand vergisst, der einmal am Canale Grande war. Tommaso lenkt das Boot, dessen Motor kaum zu hören ist, um das Eiland herum und hinaus auf die Lagune, in Richtung des Lido. Er kennt mein Ziel, ich habe es ihm bereits gesagt, ehe ich zu meinem Treffen mit Sabine aufgebrochen bin.

Sie steht neben mir, der Fahrtwind zerzaust ihr das Haar. Es ist berauschend, mitanzusehen, wie sie ihre Unsicherheit ablegt, ohne in ihre alten Muster zurückzufallen. Sie lehnt sich ein wenig gegen mich, weist auf den Lido, erklärt mir die Gebäude, die im Nachtlicht erkennbar sind. Sie kennt die Stadt wohl nicht so gut wie ich, aber sie lebt seit Jahren hier, und in diesem Moment ist das deutlich genug. Liebt sie Venedig? Kann man Venedig überhaupt lieben, wenn man es besser kennenlernt? Sie wendet sich um, zeigt mir die Silhouette des Hilton Molino Stucky auf La Giudecca, in dem sie arbeitet. Als der Motor der Yacht beinahe erstirbt, hört sie auf zu reden, blickt auf das Ufer, das langsam näher kommt.

„Das ist San Servolo", sagt sie endlich.

„In der Tat." Tommaso lenkt das Boot mit viel Geschick an die Poller, sodass es kaum ruckelt, als die Seitenwand das Holz berührt.

„Was machen wir hier? Das ist ein Konferenzzentrum."

Ich küsse ihre Schläfe. „Wie gut du dich auskennst, Piccola mia." Ich werde den Teufel tun, ihr zu erklären, dass die Insel und alles darauf mir gehört. „Es ist gerade keine Konferenz. Die Insel ist menschenleer. Wir haben den ganzen Ort für uns."

Sie sieht mich an. Faszination über die Aussicht, diesen Ort vollkommen ungestört bewundern zu können, mischt sich mit Furcht darüber, warum ich sie hierhergebracht haben mag. Keine Fessel aus Hanf oder Eisen kann stärker sein als die Fessel des Wassers, das uns ringsherum umgibt und verhindert, dass sie fliehen kann.

„Du kannst mir ohnehin nicht entkommen, Gioia", flüstere ich ihr ins Ohr. „Auch dann nicht, wenn du beschließen solltest, dich in eine Meerjungfrau zu verwandeln. Du gehörst mir. Drei Nächte lang. Die erste davon ist erst halb vorbei."

Sabine

Wir liegen im Gras und blicken in den Sternenhimmel. Tizian hat eine Decke für uns ausgebreitet, um meine nackten Schultern liegt ein dünner Seidenschal. Noch immer ist es warm, aber die drückende Schwüle des Tages hat einer erfrischenden nächtlichen Brise Platz gemacht. Mein Kopf liegt in seiner Schulterbeuge, gedankenverloren malt er Kreise und Kringel auf meine Haut. Mein Bein liegt zwischen seinen Schenkeln, seine Hand krallt sich in meinen Hintern und hält mich nah an seinem Körper.

Die Anspannung ist von mir abgefallen. Die ersten Minuten, vielleicht sogar die ersten Stunden, habe ich damit gerechnet, dass er nun die Befriedigung einfordert, die er mir geschenkt, aber sich selbst verwehrt hat. Dass er womöglich noch mehr machen will. Mich quälen, schlagen, peitschen, was auch immer. Ich habe schließlich nicht wirklich eine Vorstellung davon, was er braucht, um Erfüllung zu finden. Doch er macht nicht einmal die leisesten Anstalten. Ich kann es immer noch nicht ganz glauben, aber alles, was wir tun, ist kuscheln. Kuscheln mit dem Principale, irrwitzig.

„Was hat dich nach Venedig gebracht?", fragt er leise. Ich halte die Augen geschlossen, inhaliere seinen Duft. Er hat sein Jackett ausgezogen, unter dem dünnen Stoff seines Hemdes fühle ich die Wärme seines Körpers.

„Abenteuerlust. Reisefieber." Die Lügen gehen mir leicht von den Lippen, weil ich sie in meinem Leben so oft gesagt habe, dass sie mir selbst schon wahr erscheinen. Trotzdem fühlen sie sich dieses Mal falsch an. Weil auch all die anderen Reaktionen, die er heute aus mir hervorgekitzelt hat, von einer so brutalen Ehrlichkeit waren, dass es mich bis ins Mark erschüttert hat. Ob er mich durchschauen kann? Wenn es einen gibt, der es kann, dann er. Was würde er tun? Meine Kopfhaut prickelt.

„Bist du dafür nicht schon etwas lange hier?"

„Davor war ich in Indien und Nepal. Auf Mykonos habe ich auch Halt gemacht und in Sankt Petersburg. Ich war sogar mal für ein paar Wochen in einem Schweigekloster. Kannst du das glauben?" Ein Kichern steigt aus meiner Kehle. Ein Laut, der mir vollkommen fremd erscheint, weil er anders klingt als mein normales Lachen. Unschuldig, mädchenhaft. Dabei war ich nie ein unschuldiges Mädchen. Nicht wirklich.

Er küsst meinen Scheitel, spielt mit meinen Locken. „Das ist ein sehr hübsches Lachen, Gioia. Leider hört man es so selten."

„Was meinst du?" Das kann nicht sein Ernst sein. Ich lache viel und gern. Ich habe mein Lachen perfektioniert und weiß genau, wann ich wie lachen muss, damit es seine Wirkung nicht verfehlt.

„Dein Lachen sonst ist gekünstelt und laut. Es lebt nicht. Dabei ist da so viel Leben in dir. Man muss es nur finden."

„So wie vorhin?" Ich stupse ihm mit den Ellenbogen in die Seite, aber er fängt meinen Arm ein, zieht meine Hand zu sich, küsst meine Fingerknöchel, bevor er seine Zähne in sie gräbt und mich beißt.

„Au!"

Er lockert seinen Griff, tupft noch einmal einen kleinen Kuss auf die brennende Stelle, dann lässt er meine Hand los. Ich frage mich, ob ihm überhaupt bewusst ist, was er da macht. Ob er absichtlich kleine Strafen verteilt, sobald ich etwas tue, was ihm nicht gefällt, oder ob die Überzeugung, dass alle und jeder nach seinem Willen handeln müssen, so sehr eine Facette seiner Persönlichkeit ist, dass seine Handlungen unbewusst sind.

Ich rücke mich in seiner Umarmung zurecht, blicke erneut in den Himmel. Für eine Weile bin ich zufrieden damit, einfach gemeinsam mit ihm zu schweigen. Dieselbe Luft zu atmen. Eingehüllt von seinem Duft. Gedanken kommen und gehen, im selben trägen Rhythmus wie die Wellen hinter der Mauer, die in ihrem Lied gegen den Strand pladdern.

„Ich hätte nie damit gerechnet, dass ich so auf das reagiere, was du ... also auf deine Spielchen."

„Du bist devot", sagt er, einfach so, und in mir regt sich Widerspruch. Devot, das klingt wie ein Etikett. Mein Schnauben bringt ihn zum Lachen.

„Lach nur, Piccola. Aber es ist so. Du bist laut und auffällig und gibst dich selbstsicher und dominant. Wahrscheinlich ist das der Grund, warum du die Aufmerksamkeit von Männern erregst, die schwach sind und selbst nach Führung suchen. Doch das sind Männer, die dir niemals geben können, was du wirklich brauchst, um zu leben. Sag mir, wer hat die Handschellen besorgt, von denen du mir erzählt hast?"

Röte schießt mir ins Gesicht, und ich bin froh, dass er es in der Schwärze der Nacht nicht sehen kann.

Trotzdem bin ich sicher, dass er die Antwort kennt.

„Lass mich raten. Du hast sie gekauft und ihm gesagt, wie er sie anlegen soll. Du hast vorgeschlagen, dass er dir den Hintern versohlen soll, und als er es gemacht hat, bist du vor Langeweile fast gestorben. Und weil dich das so frustriert hat, hast du ihm anschließend ordentlich die Leviten gelesen, und der arme Kerl ist mit eingezogenem Schwanz und hängendem Kopf von dannen gezogen. Und du warst wieder allein."

„Woher ..." Ich komme nicht dazu, meine Frage zu Ende zu bringen.

„Weil das nicht ist, was du brauchst. Du lechzt nach Dominanz, aber du bist zu stark, um dich leicht unterwerfen zu lassen. Das ist eine gefährliche, sehr herausfordernde Mischung. Aber wenn du dich fügst, so wie vorhin im Palast unter meiner Führung, dann bist du weich und süß und wundervoll. Dann klingt dein Lachen wie flüssiger Honig."

Seine Worte hallen durch meinen Kopf. Ich frage mich, ob er Recht haben kann. Ob die Zickigkeit, die mich manchmal ganz kopflos macht, ein Zeichen von Unzufriedenheit und Unglück ist. Ich weiß es nicht und heute ist es auch egal.

Mit zwei Fingern male ich Kringel und unsichtbare Linien auf seine Haut. „Ich weiß nicht, was du brauchst ... wirst du es mir sagen? Irgendwann? Damit ich für dich ..."

Leise lachend schiebt er seine Hand über meine Lippen, dann seinen Mund, küsst mich, bis mir schwindelig wird. Ich habe die Frage schon fast vergessen, als er endlich antwortet. „Du wirst es herausfinden, da bin ich sicher, Gattina. Wer so ungefiltert sagt, was ihm in den Kopf kommt, der wird früher oder später eine Gelegenheit heraufbeschwören, wo er all das herausfindet."

Ein Seufzen entringt sich mir. Diese Antworten, die keine sind, machen mich kopflos. „Kuscheln? Ich hätte nicht gedacht, dass Kuscheln dazugehört."

Seine Fingerspitzen auf meiner Stirn fühlen sich gut an. Unter dem Nachthimmel sind seine Augen pechschwarz, winzige Lichtpünktchen schwimmen darin. Wie ein Maler zeichnet er die Linie meiner Augenbrauen nach. „Es gehört alles dazu, was es mir ermöglicht, in dir zu lesen. Manchmal wird dazu eine Strafe nötig sein, aber heute hast du dir eine Belohnung verdient. Du musst mir vertrauen, damit du dich öffnen kannst, und ohne deine absolute Ehrlichkeit kann ich gar nichts erreichen. Ich will, dass du glücklich bist, Gattina, doch dazu musst du erst selbst herausfinden, was du wirklich brauchst. Ich kann dir dabei erst helfen, wenn du dich mir ganz öffnest. Das ist mein Ziel." Mit weit offenem Mund küsst er mich, ich trinke seinen Atem, er trinkt meinen. Es ist unglaublich erotisch, zwischen meinen Schenkeln erwacht ein Feuer, dabei hat er mich dort unten seit den Bleikammern nicht mehr berührt. Wie schafft er das?

Mit Worten. Mit Gesten. Mit dem, was er sagt und wie er es sagt. Damit, dass er sich neben mich auf den Rücken sinken lässt, mit mir zusammen in den Sternenhimmel schaut, der Duft seiner Haut sich mit dem Aroma von zerdrückten Grashalmen mischt. Es steigt mir zu Kopf. Ich lausche auf Tizians Atem, der gleichmäßig geht und so viel tiefer als meiner, und werde eins mit der Nacht um uns her. Schwärze flutet mein Bewusstsein und eine Zufriedenheit, wie ich sie noch nie empfunden habe.

Sanfte Küsse auf meiner Schläfe wecken mich. Ich blinzle meine Augen auf, brauche einen Moment, bis ich begreife, wo ich bin. Am Horizont färbt sich der Himmel in einem hellen Violett, wo die Sonne sich ankündigt für einen neuen Tag.

„Aufwachen, Gioia." Seine Stimme ist ruhig und doch bestimmt. Die Nacht ist vorbei.

Den Vormittag vor meiner Schicht verbringe ich mit rastlosen Gedanken. Eine Unruhe hat mich ergriffen, die ich selbst nicht verstehe, die von mir verlangt, etwas mit mir anzufangen. Etwas Sinnvolles. Ich will nicht daran glauben, dass dies eine Folge der vergangenen Nacht ist, dass Tizian di Maggio die Macht hat, in wenigen Stunden den Wunsch in mir zu wecken, mehr zu sein als die, die ich schon so lange bin. Das flatterhafte Vögelchen, das hier und da Halt macht, aber nirgends eine Spur hinterlässt. Kurz streift mich der Gedanke, ob ich Jakob anrufen soll und ihm anbieten, dass ich mich in die Recherche stürze, aber ich verwerfe ihn sofort. Das ist ein viel zu heißes Pflaster, damit will ich nichts zu tun haben. In meinem Rechner klicke ich mich durch Fotos von meinen Reisen, suche in mir den Wunsch, an einen dieser Orte zurückzukehren, weil sie mir etwas bedeutet haben, doch finde nur Leere. Mehr durch Zufall stoße ich auf die Artikel und Berichte, die ich vor Ewigkeiten für den Reiseblog geschrieben habe, den ich einmal einrichten wollte, es aber dann doch nie gemacht habe. Venedig ist auch ein schönes Reiseziel, und ich wüsste viel zu berichten. Über die Lagune, eine verlassene Insel in nachtschlafender Trägheit und die Geheimnisse des Dogenpalastes. Worte wirbeln in meinem Kopf, ich müsste sie nur herausfließen lassen. Es wäre ein kleiner, vorsichtiger Schritt. Wieder zu schreiben, aber nur für mich. Meine Finger zittern, als ich den ersten Satz beginnen will, aber bevor ich das erste Wort geschrieben habe, ist es Zeit, mich für die Arbeit fertigzumachen.

Tizian

Das Hilton Molino Stucky Hotel auf der Insel La Giudecca kenne ich bisher nur von außen. Ein siebenstöckiger Prachtbau, der im späten neunzehnten Jahrhundert als Kornmühle erbaut wurde, gemauert aus roten Ziegelsteinen und mit einem Eckturm, der aussieht wie Teil einer mittelalterlichen Wehranlage. Es hat meine Fantasie nie beflügelt. Selbst für Venedig, wo es nun wirklich nicht an Luxuskästen jeder Größenordnung mangelt, wirkt es viel zu protzig und gewaltig. Doch ich weiß aus Berichten von Menschen, die es von innen kennen, dass es ganz anders wirkt, wenn man es erstmal betritt.

Hm, ich bin mir nicht sicher. Der Fußboden im Eingangsbereich, glänzend polierte Granitfliesen, ist durchbrochen von mehreren Mosaiken aus goldenem, weißem und hellblauem Muranoglas. Sehr edel. Und sehr übertrieben. Riesige Lampen hängen von der Decke, mehrere in Mahagoni verkleidete Aufzüge. Der Raum ist ebenso weitläufig wie menschenleer. Meine Schritte hallen auf den Fliesen, als ich zu dem Monstrum aus Mahagoni, Glas und Messing gehe, das einen Rezeptionstresen darstellt.

Der junge Mann, der dienstbeflissen den Kopf hebt und mich strahlend anlächelt, trägt am Revers ein Namensschild. Daniele heißt er und wirkt, als freue er sich außerordentlich, mich begrüßen zu dürfen. Mit einem unverkennbaren Südtiroler Akzent fragt er, was er für mich tun kann.

„Ich suche Sabine Kirchheim", informiere ich ihn und frage mich gleichzeitig, ob dieses Hotel so viele Mitarbeiter hat, dass die einander gar nicht alle kennen. Selbst hier an der Rezeption, trotz all der Menschenleere in der Lobby, sind in diesem Augenblick fünf livrierte junge Menschen beschäftigt. Ich denke an Giancarlo im Danieli Hotel, das teurer ist, noch protziger, und zugleich so viel bodenständiger wirkt. Das Molino Stucky auf Giudecca scheint nur Menschen unter dreißig zu beschäftigen. Der arme Gianluca hätte hier keine Chance.

Daniele betätigt die Maus seines Computers, ruft ein Programm auf, studiert die Einträge. Dann greift er nach einem Telefonhörer. „Sehr gern, Signore", sagt er mit ausgesuchter Höflichkeit zu mir. „Ich werde ihr Bescheid sagen, dass Sie sie erwarten. Darf ich Ihren Namen wissen?"

Ich schüttele den Kopf, ohne zu lächeln, und seine überfreundliche Miene entgleist ein wenig. Es irritiert ihn, dass ich seine Freundlichkeit nicht erwidere.

„Signor, Signorina Kirchheim arbeitet in diesem Haus und die Geschäftsleitung schätzt es nicht, wenn die Mitarbeiter ... ähm ..." Er wirkt verunsichert, errötet ein wenig, als er merkt, dass er sich vergaloppiert hat und aus der Sackgasse nicht mehr rauskommt.

„Stalkern ausgesetzt werden?", helfe ich ihm höflich dabei, den Satz zu beenden. „Ich kann Ihnen versichern, meine Absichten Signorina Kirchheim gegenüber sind vollkommen harmlos und von ehrbaren Absichten getragen." Nicht ganz. Egal. „Sie kennt mich, aber ich würde sie gern überraschen. Wenn Sie es vorziehen, kann ich eine Suite für eine Nacht mieten, damit Sie mir den Zutritt nicht verweigern können, und werde dann die nächsten drei Stunden damit verbringen, die einzelnen Restaurants Ihres Hauses nach ihr zu durchsuchen." Ich zücke meine Brieftasche. Die junge Frau, die am benachbarten Desk sitzt und eifrig etwas in ihren Rechner tippt, hebt neugierig den Kopf. Ich wende den Blick nicht von Daniele.

„Oder Sie könnten uns beiden die Mühe ersparen."

Daniele wird feuerrot. „Wünschen Sie denn, über Nacht hierzubleiben?" Kein Wunder, dass ihn das überrascht. Ich rede mit ihm im breitesten venezianischen Dialekt. Er weiß ganz genau, dass ich in dieser Stadt geboren bin, aufwuchs und zeit meines Lebens hier gewohnt habe. Ich brauche kein hoffnungslos überteuertes Hotelzimmer im Molino Stucky. „Nein, Daniele, das wünsche ich nicht. Ich möchte lediglich wissen, wo sich Signorina Kirchheim in diesem Augenblick aufhält. Ich weiß, dass sie in ..." Ich schaue auf meine Rolex, darauf achtend, dass er die Marke sieht und erkennt. Es ist Viertel vor acht. „Dass sie in etwa einer halben Stunde Feierabend hat. Geben Sie mir einfach die Auskunft, die ich wünsche, und wir trennen uns friedlich."

Daniele gibt auf. Die junge Frau hämmert mit neugewonnenem Elan auf ihre Tastatur ein, und mir ist durchaus bewusst, dass ich, sobald ich die Lobby verlassen habe, Gesprächsthema sein werde. „Signorina Kirchheim hat Dienst in der Pool-Bar auf dem Dach des Turmhauses." Er weist mit einer eleganten Handbewegung zu den Aufzügen. „Drücken Sie auf die Acht, Signor. Der Aufzug bringt Sie direkt hinauf."

Na, das war doch gar nicht so schwer.

Der Aufzug stoppt neben der Aussichtsplattform im Inneren des mittelalterlichen Wehrturms. Oder diesem Turm, der so aussieht, als wäre er einer. Ich trete hinaus. Drei Pärchen bevölkern die Plattform, sehen hinunter auf Venedig, das im Licht des vergehenden Tages badet wie in Honigwein. Romantisch. Ich folge den Hinweisschildern für den Pool. Das Molino Stucky verfügt über den einzigen Swimmingpool in solcher Höhe in dieser Stadt. Ich muss schon sagen, jetzt bin ich beeindruckt.

Glasklar und unbewegt liegt das Wasser im Becken.

Da war vermutlich schon seit Stunden niemand mehr drin. Zwei elegante Damen von etwa Mitte vierzig kommen mir entgegen, mit weiten Hüten und Sonnenbrillen wirken sie, als kämen sie vom Strand. Sämtliche Sonnenliegen sind verwaist. Der Pool und die angeschlossene Bar schließen um zwanzig Uhr, wie ich dem in Gold und Weiß gehaltenen Schild entnehmen kann.

Ich bleibe im Schatten stehen und beobachte Sabine, die das Tischchen neben den Sonnenliegen abräumt, wo wohl gerade die beiden Frauen aufgestanden sind. Sie wirkt anmutig, selbstsicher, kontrolliert. Sie trägt eine taillierte burgunderfarbene Bluse, auf deren rechter Brust das Logo des Hotels eingestickt ist. Dazu einen kurzen schwarzen Rock mit einem zur Bluse passenden Schürzchen. Kurz frage ich mich, wie es wohl aussehen würde, wenn sie auf Rock und Strümpfe verzichtet hätte, und Hitze schießt mir das Rückgrat entlang, direkt in die Lenden. Aber Sabine wäre nicht Sabine, wenn sie dem anständigen Dienerinnen-Look nicht ihre eigene Note aufgedrückt hätte. Einzelne Locken haben sich aus ihrem strengen Zopf gelöst, spielen keck um ihre Nase, ins Haar hat sie eine Sonnenbrille gesteckt und an den Füßen trägt sie Flipflops. Nicht gerade die Art von Schuhwerk, die ich in diesem Hotel von den Serviererinnen erwartet hätte, aber hundert Prozent Sabine. Als sie das Tablett mit den Gläsern zur Bar trägt und auf dem Tresen abstellt, erkenne ich, dass dort noch ein Mann auf einem Barhocker balanciert. Vorsichtig gehe ich näher, nah genug, um das Gespräch der beiden belauschen zu können.

Der Mann spricht mit schleppender Zunge, ganz offensichtlich ist der Cocktail, der vor ihm steht, nicht sein erster. Sabines Antworten sind selbstbewusst, ein bisschen flirtend, aber auch überzeugend. Ohne unverschämt zu werden, legt sie ihm nahe, dass er langsam aber sicher umziehen sollte in eine der anderen Bars oder vielleicht gleich auf sein Zimmer. Sie erinnert ihn neckend daran, dass er ihr von dem wichtigen Termin auf einer Konferenz erzählt hat, den er am kommenden Morgen wahrnehmen muss. Er brummt etwas Unverständliches. In einem fröhlichen, keineswegs drängenden Tonfall erklärt sie ihm, dass die Cocktails, die er wohl schon seit Stunden in sich hineinschüttet, ihm morgen den Tag ganz schön erschweren werden, ebenso wie den Kopf.

Ich bin fasziniert. Ich habe mir nicht vorstellen können, wie Sabine kellnert. Ich kannte die burschikose, freche, laute Sabine, die viel zu überzogen ist für ein Hotel wie dieses. Ich kannte die hingebungsvolle, stille und süße Sabine, zu der ich sie reduziert habe, die im Umgang mit anderen Menschen untergegangen wäre. So, wie ich meine Sumisas haben will, als Anhängsel, die darauf angewiesen sind, dass ich für sie die Verhandlungen führe. Jetzt sehe ich noch eine weitere Facette. Eine junge, selbstsichere Frau, die sich darauf versteht, mit Menschen umzugehen, bestimmt, aber dabei immer freundlich. Eine Frau, die den Menschen gefallen will. Eine Frau, die als Serviererin in diesem Nobelschuppen fast so etwas wie eine Berufung gefunden hat. Sie passt hierher wie niemand sonst, nicht einmal der überfreundliche Rezeptionist Daniele, und ich weiß, ich habe sie noch nie so sehr gewollt wie in diesem Moment. Und mehr. Ich habe noch nie irgendeine Frau so gewollt, wie Sabine in diesem Moment. Weil sie gerade jetzt all das verkörpert, was ich mir wünsche, und noch mehr. Weil hier und jetzt in ihrem Selbstbewusstsein Hingabe schimmert und nicht Geltungslust. Weil es Stärke ist, die sie weich macht, und nicht Unsicherheit, weil sie perfekt ist in all ihrer Widersprüchlichkeit, mit ihren verrückten

Flipflops zu der anständigen Uniform, ihrem weichen Lachen und dem ungezügelten Wissen, dass das, was sie tut, das Richtige ist.

Ich trete aus den Schatten. Sie hebt den Kopf, sieht mich, und für die Dauer eines Herzschlags leuchtet ihr Gesicht. Sie strahlt mich an. Meine Knie werden weich. Womit habe ich sie verdient? Womit habe ich den Tritt des Schicksals verdient, dass ich nur derjenige sein soll, der sie trainiert? Derjenige, der ihr zeigt, wie sie eine Frau aus sich machen kann, die in jedem Moment ihres Lebens echte Aufmerksamkeit verdient? Der ihr zeigt, dass die Freude, die sie an ihrer Arbeit empfindet, auch in ihren Beziehungen zu anderen Menschen Platz hat, auch wenn sie das im Moment nicht wahrhaben will. Aber ich darf nicht mit ihr zusammen sein. Ein anderer wird es sein, der die Früchte meiner Arbeit mit Sabine ernten wird. Ist das fair? Aber ist das Leben jemals fair?

Wie selbstverständlich nehme ich auf einem der freien Barhocker Platz. Sie steht auf der anderen Seite der nicht besonders hoch gebauten Theke. Ich packe sie im Ausschnitt ihrer Bluse und ziehe sie über den polierten Tresen hinweg zu mir heran, um sie lange und gründlich zu küssen. Nicht nur sind mir die Blicke des betrunkenen Geschäftsmannes egal, nein, ich will, dass er uns sieht. Er soll begreifen, dass es Zeit ist, nach Hause zu gehen, damit diese Frau Feierabend machen und ich sie auf den Rücken legen kann.

„Ich bin gekommen, dich abzuholen", sage ich an ihren Lippen, ohne ihren Ausschnitt loszulassen.

Sie seufzt ein bisschen, überrumpelt und aufgeregt.

„Brauchst du noch lang?" Die Frage geht nicht nur an sie. Endlich kapiert es auch der Betrunkene. Er lässt sich seine Rechnung reichen, um sie abzuzeichnen, und trollt sich, schwankenden Schrittes, ein bisschen zu nah an der Poolkante. Wenn der da jetzt reinfällt, dauert das hier noch länger. Zum Glück geht alles gut. Sabine stellt die letzten Gläser in die Spülmaschine, schiebt die abgezeichnete Rechnung in ein Etui mit Zetteln und Bargeld, das sie in einem mit Zahlencodierung gesicherten Schacht fallen lässt, und schaltet die Registrierkasse aus. Sie stemmt die Hände in die Hüften und sieht mich herausfordernd an.

„Und nun, Principale?", fragt sie ein wenig zu laut.

Mit schräg gelegtem Kopf sehe ich sie an. „Versuch das nochmal, und ein bisschen freundlicher bitte."

Sie blinzelt, Röte steigt in ihre Wangen. „Sagst du mir, wohin wir heute Abend gehen, Tizian?", fragt sie, viel weicher, viel sanfter. Viel, viel besser.

„Ich gebe eine Party", erkläre ich, greife sie mir erneut und ziehe sie zwischen meine Knie. „Ich gehe normalerweise ohne Begleitung. Es wird also eine Premiere sein. Wichtig ist, dass deine Anwesenheit dort meine Gäste nicht brüskiert. Sie erwarten von einer Frau, mit der ich mich in der Öffentlichkeit dieses Ortes zeige, dass sie die Etikette versteht und sich daran zu halten vermag. Glaubst du, dass du das für mich tun kannst?"

Erschrocken gleitet ihr Blick an mir vorbei, irrt über den blau ausgeleuchteten Pool und weiter zu der Aussichtsterrasse auf der anderen Seite.

„Dann muss ich zuerst nach Hause, Tizian. Ich habe seit knapp acht Stunden gearbeitet. Ich möchte mich zuerst duschen, frisch machen, etwas anderes anziehen. Geht das?"

Dass sie mich so artig fragt, wärmt mir das Herz und die Hose. Dem Gedanken, dass sie sich für mich hübsch machen will, bin ich selbstverständlich auch nicht abgeneigt. Ich lege meine Fingerspitzen an ihr Gesicht, sehe ihr tief in die Augen. „Kein Problem. Wir haben noch ein bisschen Zeit, die Party geht erst gegen zweiundzwanzig Uhr so richtig los. Ich begleite dich in dein Apartment und du kannst mir einen Kaffee machen, während ich auf dich warte." Was für eine schöne Vorstellung. Von ihr umsorgt zu werden, in einem echten Zuhause. Ihrem Zuhause.

Als ich aufblicke, kann ich in ihren Augen erkennen, dass sie, im Gegensatz zu mir, diese Idee alles andere als gut findet.

Sabine

Für den kurzen Wasserweg zwischen der Insel Giudecca und dem Hafen in der Nähe der Tabakfabrik auf der Hauptinsel eine Ferretti Yacht zu bemühen, ist das venezianische Äquivalent dazu, andernorts mit einem 7-er BMW in der Luxusausstattung mal eben kurz zum Brötchenholen zu fahren. Absolut übertrieben. Wie in der vergangenen Nacht erwartet uns Tizians Freund am Heck des Schiffes, um mir über das kurze Trittbrett zu helfen. Ich streife meine Flipflops ab, bevor ich Tommasos Hand ergreife. Keine Schuhe auf Sportbooten, das ist etwas, das man in der Lagunenstadt sehr schnell lernt.

„Signorina", begrüßt er mich. Seine Miene bleibt stoisch. Grundsätzlich passt er damit hervorragend zu Tizian, aber bei Tommaso wirkt die Ausdruckslosigkeit anders, gefährlicher. Als wäre er eine Art weiterentwickelter Terminator, erschaffen, um zu töten. Es macht mich nervös, noch nervöser, als ich ohnehin schon bin. Die Freude und das aufgeregte Kribbeln in meinem Bauch, als ich Tizian plötzlich auf der Dachterrasse des Hilton Molino gesehen habe, sind verraucht. Die Aussicht, mit ihm gemeinsam auf eine Party zu gehen, auf der er an meinem Benehmen gemessen wird, verunsichert mich. Und dann auch noch sein Besuch in meiner Wohnung. Ich bin nicht auf Besuch vorbereitet, schon gar nicht von einem Mann wie Tizian. Nirgendwo sonst auf der Welt könnte die Unterlegenheit, die ich ihm gegenüber ohnehin ständig fühle, offensichtlicher sein als in meinem Apartment. In dieser Bruchbude, korrigiere ich mich im Stillen, die ich liebe, gerade weil sie so imperfekt ist. Ich halte Tommasos Hand für einen Augenblick länger, als unbedingt nötig, lächle ihm in die Augen und zwinkere.

„Tommaso, schön Sie wiederzusehen. Gesteht Ihr anmaßender Chef Ihnen auch mal einen freien Tag zu? Sie würden doch bestimmt auch mal gern den Tag genießen." Noch ein Zwinkern, ein Lächeln. Als ich meine Hand aus seiner löse, streiche ich mit den Fingern über seinen Handrücken. Es würde sich so viel besser anfühlen, wenn diese Maschine wenigstens ein klein wenig menschliche Regung zeigen würde. Wenn ich nicht die Einzige wäre, die auf dieser Yacht ständig von einem emotionalen Extrem ins andere rutschen würde. Es würde mir Sicherheit verleihen, Stärke, das Wissen, dass es für mich einen Ausweg gibt, auch wenn Tizian mich glauben lassen will, dass dem nicht so ist.

Für die Dauer eines halben Wimpernschlags kräuselt sich seine Oberlippe, als hätte er eine besonders fette Kakerlake gesehen. In Wahrheit ist es meine Hand. Dann lässt er mich los, um sich Tizian zuzuwenden. Oh je. Mein Mut sinkt. Das ist ja mal volle Kanne nach hinten losgegangen.

„Principale", begrüßt Tommaso seinen Arbeitgeber. „Alles ruhig. Wir können umgehend ablegen."

Ich schaudere. Schon gestern ist mir aufgefallen, dass sowohl der Nachtwächter im Dogenpalast als auch Tommaso Tizian so anreden. Eher fresse sich einen Bullen am Stück, als dass ich für einen Moment länger glaube, dass Tommaso ein Freund ist. Der Kerl atmet Bodyguard aus jeder Pore seiner Haut. Der kleine Knopf im Ohr, die halb verborgene Beule von der Größe einer Handfeuerwaffe an seiner Seite, das alles spricht für sich. Dazu die archaische Anrede, von der ich, solange ich diesen Mann kenne, immer gedacht habe, sie sei sowas wie ein Spitzname, den er sich gibt, wenn er Frauen beeindrucken will. Wieder einmal wird mir bewusst, wie wenig ich von Tizian wirklich weiß. Die Nervosität verdichtet sich in meinem Bauch zu einem dicken Knoten. Was ist das für eine Party, zu der er mich entführen will, was für eine Welt? Alles in mir sagt mir, dass es hier um mehr geht als darum, ein bisschen Abwechslung und Schärfe ins Liebesleben zu bringen, und ich weiß nicht, ob ich bereit bin, hinter die Maske zu sehen.

Von einem bereitgestellten Tablett nimmt Tizian zwei Champagnerflöten und reicht mir eine davon. Mit einem Kopfnicken bedeutet er mir, auf der weißen Ledersitzbank im Heck des Schiffes Platz zu nehmen. Automatisch folge ich. Nicht, weil ich besonders gehorsam sein will, sondern weil meine Beine müde sind nach meiner Schicht. Vorsichtig nippe ich an dem Glas. Der Champagner ist köstlich. Herrlich kühl, ohne jede Säure und so feinperlend, dass er jede Nervenzelle in meinem Gaumen weckt, ohne sie dabei zu verätzen.

„Wer bist du wirklich, Tizian?" Von unten suche ich seinen Blick. Gegen die untergehende Sonne in seinem Rücken wirkt er wie ein bedrohlicher Schatten in seinem schwarzen Anzug. Sonnenbrille, schwarzes Haar, gemeißelte Gesichtszüge. Das alles trägt nicht gerade dazu bei, mein Vertrauen zu stärken, und dass ich hinter der Sonnenbrille nicht einmal seine Augen sehen kann, macht alles nur schlimmer. Aber ich spiele nicht mehr. Ich will es wirklich wissen, jetzt wo die berauschende Macht seiner Küsse nachgelassen hat und ich wieder klar denken kann. Er rührt sich nicht. Sieht auf mich herab und trinkt seinerseits von seinem Champagner.

„Ich meine es ernst, Tizian. Oder sollte ich Principale sagen? Du hast eine Yacht, Bodyguards, auf dein Wort hin verwandelt sich der Dogenpalast in einen Sexclub. Dazu reicht nicht ein bisschen Geld. Niccolo muss auch nicht gerade knausern, aber er kommt ohne Gorillas aus, die ihm auf Schritt und Tritt folgen, und für seine Angestellten ist er Signor Contarini und nicht der Cavaliere. Er kann das sehr gut trennen und er tut es auch. Sag mir einen Grund, warum ich dir heute auf eine Party folgen sollte, von der ich nicht einmal weiß, wo sie ist. Von der niemand weiß, dass ich dort sein werde. Mein gesamtes Barvermögen mag nicht einmal die Kosten deines linken Designerschnürsenkels decken, aber das heißt nicht, dass ich nicht an meinem Leben hänge."

Die Frage schießt mir in den Sinn, warum mir all diese Risiken gestern noch nicht aufgefallen sind, und mit jedem Wort, das ich sage, steigt die Panik in mir. Weil ich seine Nähe genossen habe, ist die Antwort. Weil er dafür gesorgt hat, dass ich mich lebendig gefühlt habe und gleichzeitig beschützt. Wertvoll. Warum sollte ich diese Nähe, dieses Gefühl des Dazugehörens mit Fragen bombardieren? Ich habe mich wohlgefühlt in meiner Blase aus seliger Unwissenheit. Aber das ist jetzt vorbei. Ich weiß, wohin so etwas führt. Hoffnung ist eine Einbahnstraße, und an ihrem Ende steht Enttäuschung, und immerhin habe ich Recht. Nichts von dem, was ich sage, ist übertrieben oder an den Haaren herbeigezogen. Ich kann gar nicht mehr aufhören zu reden.

„Was weiß ich denn schon von dir? Dass du mich drei Nächte lang für dich haben willst. Was sind schon drei Nächte und warum gerade drei? Und dann? Dann willst du mich weiterreichen an einen von deinen Freunden, ja? Das nennt man Zuhälterei, ist dir das klar? Dafür könnte ich dich in den Knast bringen. Weißt du was, ich hab es mir anders überlegt. Vergiss die drei Nächte. Wir beenden das am besten direkt hier und jetzt. War schön, dich ein wenig näher kennengelernt zu haben, aber vielen Dank. Ich habe beschlossen, dass das doch nichts für mich ist. Viel Spaß auf deiner Party." Ich stelle das Champagnerglas ab und stehe auf, um das Weite zu suchen.

Nicht einmal zwei Schritt weit komme ich, dann wird mir wieder bewusst, dass wir uns auf einem Schiff befinden. Super Auftritt, Sabine Kirchheim. Warum liegt diese Yacht auch auf dem Wasser wie ein Schnellzug auf Schienen? Tizian hat sich in der Zwischenzeit kein bisschen bewegt. So nah steht er jetzt, dass meine Schulter um ein Haar seinen Körper berührt. Ich verschränke die Arme vor der Brust und quetsche mich an ihm vorbei, um wenigstens ein paar Schritte Abstand zwischen uns zu bringen. Diese verdammte Bootsfahrt kann nur noch Sekunden dauern. Ich kann bereits die einzelnen Steine der Hafenmole erkennen.

Verdammt, ich will ihn nicht verlassen. Aber es ist das Vernünftigste. Die Argumente sprechen für sich, ich hab sie schließlich nicht erfunden. Besser, ich gehe jetzt, als dass er es sich anders überlegt und mich verlässt, weil ihm aufgeht, dass die kleine Kellnerin nicht in seinem überlebensgroßen Leben zu suchen hat. Und sei es nur für drei Nächte. Meine Augen brennen. Das kommt vom Fahrtwind, ganz sicher. Woher auch sonst sollte es kommen?

Seine Berührung an meinem Oberarm lässt mich zusammenzucken.

„Fass mich nicht an", zische ich und drehe mich

weg. Doch sein Arm greift um meine Mitte, zieht mich an seinen Körper. Ich zapple und kämpfe und will mich losmachen, aber sein Griff gibt nicht nach. Er ist nicht grob, kämpft nicht, so wie ich, sondern er ist nur unnachgiebig. Die andere Hand legt sich auf meine Stirn, presst meinen Kopf gegen sein Schlüsselbein, bis ich mich kaum noch rühren kann. Der Duft seines Körpers flutet meine Sinne. Ich verkrampfe mich in seinem Griff, will das nicht, seine Nähe, seine Sicherheit. Ich hab doch Schluss gemacht, zum Teufel noch mal! Aber er gibt nicht nach, zielstrebig massieren seine Fingerspitzen meine Schläfen, bis ich nicht mehr kann, und mein Widerstand erstirbt. Erst als ich in seiner Umklammerung in mich zusammensinke, beginnt er zu sprechen.

„Drei Nächte, Gioia. Das war unsere Abmachung. Du hast zugestimmt, daran möchte ich dich erinnern. Drei Nächte, dann werde ich dich gehen lassen. Nicht früher und nicht später."

„Ich will aber nicht mehr."

„Und wenn ich sage, dass Clara auch anwesend sein wird, heute Abend? Ruf sie an, sie wird es dir bestätigen. Wir werden nicht allein sein, Gattina. Wenn du dich damit sicherer fühlst, ruf einen Freund an und sag, dass du heute Abend mit mir zusammen bist, und dass er die Polizei alarmieren soll, wenn du dich bis morgen Mittag nicht bei ihm meldest. Du weißt, dass du das willst. Du weißt, dass du danach lechzt, zu erfahren, was ich noch alles mit dir machen kann."

„Du lässt mir doch ohnehin keine Wahl, oder?"

Ein kurzes Lachen rumpelt durch seine Brust, er küsst meinen Scheitel. Es könnte zärtlich wirken, doch seine Arme, die mich immer noch fest umklammert halten, sprechen eine andere Sprache. „Nein, Gioia. Eine Wahl lasse ich dir nicht."

Tizian

Die Gegend, in der Sabine wohnt, das langgestreckte Gebäude einer längst stillgelegten und zu Apartments umgebauten Tabakfabrik liegt strategisch günstig in der Nähe des großen Parkplatzes nahe der Piazzale Roma. Es ist der einzige Großparkplatz auf dem Stadtgebiet des alten Venedig, ab hier kommt man nur noch per Gondel oder Wassertaxi weiter. Für die Touristen fühlt sich das unglaublich malerisch an, für viele Einheimische ist es eine logistische Herausforderung. Viele Geschäftsleute haben ihren Wohnsitz oder zumindest einen Firmensitz in der Nähe der Piazzale Roma, auch wenn die Gegend vergleichsweise unspektakulär und billig wirkt.

Als Tommaso die Yacht an der Dreibrückenkreuzung in den Neuen Kanal einlenkt, kann ich ein Stück den Canale Grande hinunter den Palazzo meines Vaters erkennen. Auch er hat sein Domizil in dieser Gegend, weil es strategisch günstig ist. Das Haus zu sehen, lässt mich kurzzeitig an meine Mutter denken, aber mehr empfinde ich nicht dabei. Vielmehr frage ich mich, weshalb Sabine hier wohnt.

„Wie lange arbeitest du schon im Molino?", frage ich sie. Nachdenklich steht sie neben mir an der Reling und starrt auf das Wasser, das an dieser Stelle aus mehreren Kanälen ineinanderfließt. Auf den Brücken über uns stehen winkende Touristen, die mein Boot bestaunen, aber ich habe kein Interesse an ihnen.

„Etwas mehr als ein Jahr", beantwortet sie meine Frage, ohne mich anzusehen.

Ich bin mir sicher, dass das Molino Hotel in einem Seitenflügel Unterbringungsmöglichkeiten für sein Personal eingerichtet hat. Doch Sabine wohnt hier draußen in Santa Croce, in der Nähe des Hafens, des Großparkplatzes und, nicht zu vergessen, des Bahnhofes. Mehr noch, sie nimmt Tag für Tag einen verhältnismäßig langen und umständlichen Transfer mit einem Wassertaxi auf sich. Das könnte sie einfacher haben, indem sie auf La Giudecca wohnen würde.

Ein weiteres Puzzleteil rutscht an seinen Platz. Sabine hat nicht nur Angst davor, verlassen zu werden. Sie fürchtet den Schmerz, der Körper und Seele beutelt, wenn man verlassen wird, so sehr, dass sie es ist, die von sich aus davonläuft. Dass sie diejenige ist, die zuerst geht, nur um sich diesen Schmerz zu ersparen. Sie kommt den anderen zuvor. Sie wohnt an diesem Ort, weil er perfekte Fluchtmöglichkeiten bietet. Genau das hat sie gerade mit mir versucht, doch da ist sie an den Falschen geraten. Sie kann provozieren und quengeln solange sie will, ich werde nicht zulassen, dass sie mir davonläuft, denn in erster Linie würde das bedeuten, dass sie vor sich selbst davonläuft. Damit hilft sie sich nicht.

Tommaso schiebt die Yacht vorsichtig an einen Anleger unterhalb des Großparkplatzes. Während des ganzen Manövers sage ich kein Wort mehr, hänge viel zu sehr meinen Gedanken nach, sodass Sabine sich, als Tommaso den kurzen Steg auslegt, plötzlich umdreht und mich ansieht.

„Warum willst du das wissen?"

„Ich wundere mich, dass du in Santa Croce wohnst. Es ist ein ziemlich umständlicher Arbeitsweg."

„Ich liebe Bootsfahrten", sagt sie, doch die Schlichtheit der Erklärung täuscht nicht über die Anspannung in ihrer Stimme hinweg. Tommaso hilft ihr hinüber auf den Kai, ich folge und greife nach Sabines Ellenbogen. Tommaso wirft mir einen fragenden Blick zu.

„Bring die Yacht zurück nach Murano", sage ich zu ihm. Es bedeutet, dass ich ohne Schutzbegleitung in

Santa Croce unterwegs sein werde. Keine besonders kluge Aktion, aber es weiß ja niemand, dass ich hier bin. „Felice soll den BMW für Viertel nach neun auf der Piazzale parken."

„Verstanden, Principale."

Während er den Steg wieder einholt und die Leinen losmacht, bedeute ich Sabine mit einer Handbewegung, dass sie den Weg weisen soll.

„Du musst nicht mitkommen", sagt sie. Nervosität liegt in ihrer Stimme. Irgendwas ist am Ende dieses Weges, das ich nicht sehen soll. Pech gehabt, Piccola, denke ich. Um dich durchschauen zu können, muss ich alles von dir wissen.

„Ich bin schon da", erwidere ich leichthin. „Keine Diskussion, Gattina. Ich lasse dich nicht allein abends durch Santa Croce gehen."

„Ich gehe jede Nacht nach der Arbeit allein nach Hause. Ich bin schon ein großes Mädchen."

„Sabine", sage ich, sehr leise, sehr akzentuiert und sehr gefährlich. „Du hast es hier mit einem Mann zu tun, der nicht einfach so behauptet, dominant zu sein. Fordere mich heraus, es wird mir eine Freude sein."

Im letzten Moment bewahrt sie sich selbst davor, die Augen zu verdrehen, wohl wissend, dass das etwas wäre, das ich nicht durchgehen lasse.

„Ich wohne nicht so toll", sagt sie vorsichtig. „Du würdest dich erschrecken."

„Wieso glaubst du das?"

Sie senkt den Kopf, resignierend. Endlich dreht sie sich um und stapft voran, den schmalen Fußweg entlang des Kanals, der hinunter zur Tabakfabrik führt. An der Haustür wendet sie sich wieder zu mir um.

„Danke, Tizian. Es war sehr …" Sie sucht nach Worten, und ich helfe ihr nicht dabei. „Es war nett von dir, mich hierher zu bringen. Viertel nach neun auf der Piazzale, ja? Was für ein Auto hast du?"

Wieder zucken meine Mundwinkel. „Versuche es gar nicht, Baby. Ich komme mit rauf."

„Tizian, wirklich. Es ist sehr nett von dir, dass du mich bis hierher begleitet hast, aber du musst nicht mit hinaufkommen. Wirklich nicht. Ich muss ein paar Mädchen-Dinge erledigen, damit du zufrieden bist. Mir ist hier noch nie was passiert. Ich gehe jede Nacht nach der Schicht allein nach Hause. Jetzt lass mich."

Ich lege die Finger gegen die Mauer in ihrem Rücken und lehne mich zu ihr. Ganz sacht küsse ich sie. Trinke das leise Seufzen aus ihrem Mund. Meine Lippen streicheln ihre. Ich liebe diesen Geschmack nach Sonnenlicht, auch wenn ich ihr entnervtes Schnauben dabei höre. Ich lasse mich nicht davon beeindrucken. Sabine ist auf Krawall gebürstet, und sie wird ihre Strafe dafür erhalten. Indem sie versucht hat, sich mir zu entziehen, wollte sie sich selbst bestrafen. Für ihre Schwäche, oder dafür, dass sie unvorsichtig geworden ist und mir zu viel von sich gezeigt hat. Aber das werde ich nicht zulassen. Wenn jemand Sabine diszipliniert, dann bin ich das, nicht sie selbst. Noch etwas, das sie lernen wird, heute Abend.

„Wie hast du es empfunden?", frage ich sie ohne Übergang.

„Was?" Verwirrt sieht sie mich an.

„Das Essen im Dogenpalast. Als ich dir die Hände gefesselt habe. Als ich mit dir hätte tun können, was ich wollte. Und es getan habe." Das Gefühl der Haut ihrer Fica an meinen Fingerspitzen drängt sich in meine Erinnerungen und droht mein Inneres zu versengen. „Was hast du dabei empfunden?"

„Ich habe mich ... wehrlos gefühlt. Ausgeliefert." Ihre Stimme ist kratzig, stockend.

„Das solltest du auch." Ich schenke ihr mein bestes diabolisches Grinsen. Der Principale hat nicht immer einen Stock im Hintern, schöne Sabine, denke ich dabei. Wenn alles nach seinen Wünschen geht und die Menschen nach seiner Pfeife tanzen, kann er auch anders sein. „Was noch?"

„Es war … erniedrigend."

„Das war der Sinn der Übung. Was noch?"

Sie hebt den Blick, um mir in die Augen zu sehen. Dass sie die Finger ausstreckt, merke ich erst, als sie mir über die Kinnlinie streicht. Eine federleichte Berührung voll Hitze. „Es war gut, Tizian. Es war wirklich … es hat mir die Augen geöffnet. Ich habe das nicht erwartet. Es war anders als bei Claras Hochzeit. Intensiv. Ich dachte, mir würde das Herz platzen. Ich wollte mehr."

Ich halte die Luft an. Dass sie es ausspricht, einfach so, verwandelt die Gehwegplatten unter meinen Füßen in Flöße auf hoher See. Bei Windstärke acht. Ohne Rettungsboot und ohne Schwimmwesten.

„Schließ die Tür auf, Gioia", flüstere ich an ihren Lippen. „Lass uns raufgehen. Du musst dich fertigmachen, damit ich dir zeigen kann, wie sich wirkliche Unterwerfung anfühlt. Du hast kaum an der Oberfläche gekratzt."

„Tizian …" Es ist ein atemloses Hauchen.

Ich nehme ihr Kinn zwischen Daumen und Zeigefinger und drücke zu. „Ab jetzt wird jedes deiner Widerworte mit fünf Hieben mit der flachen Hand bestraft, sobald wir auf der Party sind. Vor den Augen meiner Gäste. Es wird mir Spaß machen, Gioia, aber dir wahrscheinlich nicht. Verstanden? Dann wollen wir mal sehen, wie viel mehr du aushalten kannst. Schließ auf. Du versuchst jetzt seit dem Hilton Molino, mich davon abzubringen, einen Fuß in deine Wohnung zu setzen. Jetzt will ich verdammt nochmal wissen, warum."

Drei Minuten später weiß ich es.

Mir klappt die Kinnlade herunter, als Sabine das

Licht anschaltet. Nichts passt zusammen. Es ist ein Sammelsurium aus Möbeln und Nippes von Flohmärkten und aus Benefiz-Läden. Kein farbliches Thema, noch weniger als ein stilistisches. Dazwischen, auf Tischen, auf dem Boden, auf den Fensterbrettern stehen Kaffeebecher, liegen Zeitschriften und Bücher. Unmengen von Büchern. Ein Laptop mit staubigem Display summt aufgeklappt auf einem niedrigen Glastisch vor sich hin. Plüschtiere stehen Spalier auf dem Pfad zur Küchenzeile, wo sich der Abwasch türmt. Es riecht nach Weichspüler und Raumspray. Es ist nicht verdreckt oder ungepflegt, nur wahnsinnig unordentlich.

„Ich warte", sage ich und nehme eine Zeitschrift in die Hand. Eine deutschsprachige Modezeitschrift.

„Worauf?" Sie lässt resigniert den Kopf hängen.

„Auf die Katze."

„Ich habe keine Katze."

„Oh, das wäre immerhin eine Erklärung für die Unordnung gewesen."

Sie schürzt die Lippen, fängt meinen Blick ein und weist dann kommentarlos auf ein Schild, das über der Küchenanrichte hängt. *Ich bin nicht unordentlich. Das ist ein chemisches Experiment.* Ich verstehe genug deutsch, um es lesen zu können.

Ich betrachte sie. Sie sieht unglücklich aus, aber nicht beschämt. Es ist ihr Zuhause, begreife ich im gleichen Moment. All diese Möbel, die nicht zueinander passen, die Kissen und die Wolldecken, die planlos herumliegen, und all diese Bücher, die sich auf dem Fußboden türmen. Das ist sie. Chaos. Sabine, die kleine Chaotin. Die kleine Chaotin, die den Fluchtweg am liebsten direkt vor der Haustür haben will, um nicht verletzt zu werden.

Vielleicht ist es ja das, was mich zu ihr zieht. Gegensätze. Ich denke an meine sterile Villa in Murano, die immer aussieht, als wäre sie ein Schau-Haus und kein Ort, an dem Menschen leben.

Ich lege die Zeitschrift zurück auf den Tisch, klappe den Laptop zu, damit das jämmerliche Summen aufhört, und trete zu Sabine. Sanft lege ich meine Hände um ihr Gesicht und küsse sie. Sehr lange, sehr langsam und gründlich. Sie lässt mich. Antwortet. Zaghaft, scheu.

Als ich von ihren Lippen ablasse, lege ich meine Stirn gegen ihre. „Ich kann verstehen, warum du mich das nicht sehen lassen wolltest, Gioia", murmele ich.

Sie hebt die Schultern. „So wohne ich eben. Für mich ist es okay. Nicht besonders toll, aber hey, ich hab selten Zeit und ..."

Und bin darauf eingerichtet, von einem Moment auf den anderen zu packen und abzureisen, für immer wegzufahren, und das geht einfacher, wenn ich nicht so viel mitnehmen muss, weil mein Herz nicht an dem Sammelsurium hängt, beende ich im Kopf ihren Satz, während ich ihren Mund mit meinem verschließe, damit sie aufhört zu reden. „Für mich ist es auch okay", sage ich dann. „Aber ich hoffe, dass der Weg zu deinem Kleiderschrank nicht allzu sehr zugestellt ist, denn du hast kaum mehr als eine halbe Stunde Zeit, um dich für die Party fertigzumachen. Ich will dich rasiert, Gioia, und ich will dich zugänglich und sexy. Hast du das verstanden?"

Ihre unerhört langen Wimpern streifen meine Wangen, als sie blinzelt, so nah sind sich unsere Gesichter. Ich lege einen Daumen gegen ihr Kinn, streiche über ihren Hals nach unten, atme ihren Duft. Ich will diese Frau. Mehr, als ich je eine gewollt habe. Mit all ihrem Chaos. Mit all ihrer Widerspenstigkeit. Noch einen Augenblick länger starren wir einander an, dann entlasse ich sie aus meiner Dominanz und schicke sie ins Bad.

Kapitel 6

Sabine

Frisch rasiert und eingehüllt in den Duft meiner Lieblings-Bodylotion stehe ich gut zwanzig Minuten später vor meinem Kleiderschrank und kann mich nicht entscheiden. Sexy, hat er gesagt, aber da ist ja auch noch der Weg zum Parkplatz, auf dem ich nicht wirken will wie eine Schlampe. Ich schiebe die Kleider auf den Bügeln hin und her und hoffe auf Inspiration. Jede Menge Sommerkleider finden sich dort. Ein paar Shorts, Spaghettiträgertops mit Glitzersteinchen. Nichts davon scheint mir das Richtige zu sein. Dann fällt mein Blick auf ein Kleid, das ich mir einmal für eine Mottoparty gekauft habe. Es ist ein schwarzes Stückchen Stoff mit eng anliegendem, ultrakurzem Vinylrock und einem losen Oberteil, dessen großer Wasserfallausschnitt nur von zwei dünnen Schnüren im Nacken zusammengehalten wird. Der Rücken ist komplett frei. Das Ding ist ultrasexy, aber je nachdem, wie man es kombiniert, kann es auch elegant wirken, und wenn ich die Bänder kurz genug binde, laufe ich auch nicht Gefahr, meine Brüste ungewollt raushängen zu lassen. Automatisch greife ich in der Schublade nach einem String, stoppe dann jedoch mitten in der Bewegung. Zugänglich heißt wohl auch keine Unterwäsche. Außerdem erinnere ich mich jetzt auch wieder daran, dass er gestern zu mir gesagt hat, ich dürfe überhaupt keine Unterwäsche tragen, wenn wir zusammen sind. Nun, nun. Ein heißes Kribbeln zittert über meine Haut. Unten ohne in einem Ultrakurz-Mini, wie verrucht.

Mit meinen Haaren mache ich kurzen Prozess. Ich nehme sie auf dem Oberkopf zusammen, wickle sie ein paar Mal um sich selbst und fixiere sie mit einer Dutt-Spange. Meine Locken sind wirr genug, dass es trotzdem nicht streng aussieht, aber der entblößte Hals lässt mich zumindest ein bisschen größer wirken. Ein letzter Blick in den Spiegel und ich fühle mich bereit. Auf in den Kampf!

Tizian lehnt mit dem Hintern auf einem der Barhocker vor dem Frühstückstresen und blättert in einem Modemagazin, blickt jedoch sofort auf, als ich aus dem Schlafzimmer komme. Sein Blick trifft mich, sendet augenblicklich einen Funken Unsicherheit in meinen Magen. Und wenn ich es übertrieben habe? Im Türrahmen bleibe ich stehen, hebe unsicher meine Schultern.

„Passt das so?"

Langsam legt er die Zeitschrift beiseite und richtet sich zu seiner vollen Größe auf. Mit einer Krümmung seines Zeigefingers bedeutet er mir näherzukommen, bis ich mitten im Raum stehe. Dann eine kreisende Fingerbewegung. Ich soll mich umdrehen. Wortlos folge ich, spüre seine Blicke fast körperlich auf der Haut. Als ich meine Runde vollendet habe, tritt er auf mich zu, bleibt in meinem Rücken stehen, um wortlos die Schnüre in meinem Nacken zu lockern, bis der leichte Stoff des Wasserfallausschnitts so weit hinabgleitet, dass der Saum nur noch an den Spitzen meiner Nippel hängenbleibt. Meiner aufgerichteten Nippel, verdammt noch mal. Woher zum Teufel kommt das?

„Das ist besser." Er nimmt die Hand von meiner Haut, umrundet mich noch einmal, nur um mit einem guten Schritt Abstand vor mir stehenzubleiben. Seine Lippen sind zu einer schmalen Linie gepresst, sein Gesicht spiegelt keinerlei Emotion. Wenn ich ihm gefalle, dann zeigt er es nicht, und das ist etwas, was mich zusätzlich verunsichert. In meinem Bauch beginnt ein Ziehen und Sinken.

„Hast du dich vorbereitet?", fragt er. Auch seine Stimme hat sich verändert, hat eine scharfe, unnachgiebige Kante angenommen. Er wirkt noch größer jetzt, mächtiger. Ich versuche seinen Blick zu erwidern, nicke.

„Dann zeig her." Himmel, was hat der Mann mit rasierten Schamhaaren? Als wäre eine rasierte Pussy der Nabel der Welt. Gerade setze ich zu einem Widerspruch an, weil, mal ehrlich, wie soll ich das machen, mit einem Rock, der eng sitzt wie eine zweite Haut, da fange ich aus dem Augenwinkel sein Kopfschütteln ein. Eine winzige Geste, und doch enthält sie so viel Autorität, dass mein Herz für einen halben Schlag aussetzt.

„Hoch mit dem Röckchen, Gattina. Jetzt, und ohne Widerworte."

Einen Moment lang zögere ich noch, doch dann tue ich, was er von mir verlangt. Es ist ja nicht so, als ob er nicht ohnehin schon alles gesehen hätte. Etwas umständlich schiebe ich den engen Stoff des Rockes über meine Hüften. Das Vinyl klebt an meiner Haut. Als meine Finger abrutschen, merke ich, dass ich zittere. Dieser verdammte Bastard. Was macht er mit mir?

Er legt seinen Kopf schräg, betrachtet meine Handarbeit. „Hübsch", kommentiert er. Ich hab keine Ahnung, ob ich ihm zustimmen würde, aber die Frage zerbirst in Bedeutungslosigkeit, als er die kurze Distanz, die uns noch trennt, überwindet, um mit einer Hand hart durch meine Spalte zu fahren. Seine Finger glänzen feucht, als er sie mir vor das Gesicht hält.

„Wie ich dachte", sagt er und schiebt mir zwei der feuchten Finger in den Mund. Der Geschmack explodiert auf meiner Zunge. Ein bisschen salzig, ein bisschen süß, mit einer darunterliegenden Säure. Vor und zurück schiebt er die Finger in meinem Mund, dringt weiter vor, presst auf meine Zunge, bis ich instinktiv zu saugen beginne. Er zieht die Hand zurück, küsst kurz meine Lippen. Ein kaum sichtbares Lächeln hebt seinen Mundwinkel.

„Ich plane, diesen Mund heute noch anders zu benutzen. Ist das ein Problem für dich?" Zu überrollt von den Ergebnissen, schüttle ich den Kopf. Im Gegenteil, ich würde ihn gern lecken, schießt es mir in den Sinn, mit einem solchen Nachdruck, dass es mich fast schwindelig macht. Dieser Kerl behandelt mich wie einen Gegenstand aus seiner Sammlung antiker Vasen, und ich will ihm dafür den besten Blowjob seines Lebens verpassen? Ich würde gern von seiner Erregung kosten, einmal erleben, wie er die Kontrolle verliert und vor Lust und Gier zittert. Vielleicht würde ich mich dann endlich nicht mehr so unsicher fühlen, so abhängig von ihm und dem, was er macht. Weil ich weiß, dass ich gut darin bin. Mehr noch, ich bin absolut davon überzeugt, dass ich für ihn noch besser darin sein würde.

„Gut." Er geht zurück zum Tresen, stützt sich mit dem Ellenbogen darauf ab und steckt sich eine Traube aus der Obstschale in den Mund. Da wir mit dieser seltsamen Inspektion nun fertig sind, will ich mir den Rock wieder runterziehen.

„Lass das!" Sein Zischen fährt mir in die Eingeweide, stoppt mich mitten in der Bewegung. Erst als ich die Arme wieder an meine Seiten sinken lasse, entspannt sich seine Haltung.

„Sehr schön. Nun, da wir die Kleiderfrage diskutiert haben, möchte ich dir ein wenig mehr über den heutigen Abend erzählen. Wie ich dir bereits sagte, folgen die Verhaltensregeln auf meinen Partys einem strengen Protokoll. Das heißt, du schweigst, bis du von mir aufgefordert wirst zu sprechen. Wenn ich dich auffordere zu sprechen, sind die einzigen Worte, die du in den Mund nimmst ‚Ja, Signore'. Es sei denn, dir wird eine offene Frage gestellt. Hast du mich verstanden?"

„Ja, Signore."

„Du wirst den Blick gesenkt halten. Auch dann, wenn du redest, sobald du die Aufforderung dazu erhältst. Wenn ich gehe, hältst du dich einen Schritt hinter mir. Wenn ich stehe, hältst du den Kopf gesenkt, wenn ich sitze, kniest du an meiner Seite. Hast du das verstanden?"

Schweigen, duckmäusern, knien. Das ist ja nun wirklich nicht zu viel, um es sich zu merken. Trotzdem flattert es aufgeregt in meinen Adern, wenn ich es mir bildlich vorstelle. Auf den Knien? Ehrlich? Mittlerweile sind meine Lippen vor Hitze so trocken und spröde, dass ich sie mit der Zunge befeuchten muss, bevor ich antworten kann.

„Ja, Signore."

„Gut. Zeig es mir." Mit der Hand deutet er auf den Boden vor sich. Unsicher gehe ich auf ihn zu. Habe ich wirklich gerade noch gedacht, dass das alles ein Kinderspiel ist? Meine Beine fühlen sich zu weich an, als ich versuche, mich möglichst elegant auf die Knie sinken zu lassen. Zu gern würde ich nach seinem Blick suchen, mich versichern, dass ich mich nicht lächerlich mache, aber wage es nicht. Ich komme auf die Knie, setze mich auf die Fersen und warte.

„Spreiz die Knie. Die Hände mit den Handflächen nach oben auf die Oberschenkel. Den Rücken gerade, die Schultern gestrafft, den Hals lang und elegant. Zeig mir deinen Nacken, wenn du den Kopf senkst, und wenn du ihn auf Aufforderung hebst, dann will ich, dass meine Gäste deine Brüste bewundern können. Zeig mir den Stolz darüber, dass du mir dienen darfst."

Wer hätte gedacht, dass es so viel zu beachten gibt,

wenn man sich einem Kerl zu Füßen werfen will. Aber noch während ich den Gedanken denke, erkenne ich, dass er falsch ist. Er ist nicht irgendein Kerl. Er weiß, was er will, und er fordert es ein. Er ist arrogant und willensstark und attraktiver, als ein einzelner Mann sein dürfte. Und während ich die Haltung einnehme, die er von mir verlangt hat, wird mir noch etwas anderes klar. Ich bin tatsächlich stolz, dass ich ihm dienen darf. Unerwartete Ruhe sickert in mich hinein, Ergebenheit, Freude und Stolz. Ich bin stolz, dass er sich die Zeit nimmt, mich zu formen, wie er es haben will. Ich bin stolz darauf, ihm zu gehören, und sei es nur noch für zwei Nächte.

Zeit vergeht, während ich vor ihm knie und er mich betrachtet. Aus dem Augenwinkel sehe ich, wie er aufsteht, mich umrundet, sein Finger tanzt über das Tattoo auf meinem entblößten Nacken, sendet Schockwellen über meine Haut, lässt sie kribbeln und nach mehr verlangen. Mit knappen Griffen korrigiert er meine Haltung nach, schiebt meine Schultern ein wenig weiter zurück, drückt meinen Rücken, bis mein Oberkörper noch aufrechter ist.

„So sieht Demut aus, Sabine", sagt er schließlich. „Die Stärke zu besitzen, den Kopf vor einem Mann zu neigen, der mächtiger ist als man selbst, und dabei nicht den eigenen Wert zu vergessen, erfordert Kraft. Dich so zu sehen, ist eine Freude. Stark und stolz und dennoch ausgeliefert zu meinem Gefallen. Bleib so."
Von oben greift er in den Ausschnitt meines Kleides, legt die Hände um meine Brüste, beginnt zu spielen, bis die Spitzen hart sind und pochen und alles in mir danach schreit, mich in seine Berührung zu pressen, damit er mir mehr geben kann. Doch er hat gesagt, ich soll bleiben, wie ich bin, soll mich nicht bewegen. Ich will, dass er stolz auf mich ist, ebenso stolz wie ich auf das Kompliment bin, das er mir gemacht hat, das das

Schönste war, das ich jemals gehört habe. Stolz soll er sein und zufrieden mit mir. Mehr als zufrieden. Glücklich. Noch nie hat jemand meine Stärke bewundert und meinen Stolz.

Drängender werden seine Liebkosungen, fester, er zwirbelt und zieht und rollt, und ich höre meinen Atem, viel zu laut in der kleinen Wohnung, weil es gut ist, so wahnsinnig gut und mich meine reglose Haltung dazu zwingt, jede Empfindung zu absorbieren, bis sie an Macht gewinnt, eins wird mit dem wachsenden Feuer in meinem Schoß, das droht, mich jeden Augenblick zu verschlingen.

Plötzlich hört er auf. Ich muss mir auf die Zunge beißen, um mein Stöhnen zu unterdrücken, so brüllend ist die Enttäuschung darüber.

„Der wichtigste Grundpfeiler in der Beziehung zwischen einem Padrone und seiner Sumisa ist Vertrauen. Ich muss darauf vertrauen, dass du nichts von dir zurückhältst, dass du mir deine Hingabe schenkst und ehrlich in deinen Reaktionen bist. Du musst darauf vertrauen, dass ich deine Grenzen erkenne und deine Hingabe zu würdigen weiß, ohne dir zu schaden. Unehrlichkeit und aufmüpfiges Verhalten lässt mich an deiner Hingabe zweifeln und untergräbt mein Vertrauen zu dir. Genau das ist heute bereits mehr als einmal geschehen."

Ein heißes Gefühl von plötzlicher Beschämung schießt mir wie Säure in den Magen. Mein Kopf ruckt nach oben, ich suche seinen Blick.

„Tizian, was ..."

„Meinst du wirklich, ich würde über dein Fehlverhalten einfach hinweg gehen?" Sein Tonfall ist schneidend, sein Lächeln gemein. „Ganz davon abgesehen, dass du gerade schon wieder gesprochen hast, ohne die Erlaubnis zu haben." Meine Finger zucken, so sehr will ich sie zu Fäusten ballen. Verdammt, ja, das hatte ich wirklich gedacht. Ich hatte geglaubt, mein kleiner Ausrutscher auf der Yacht sei vergessen, nachdem ich mich gefügt und zugestimmt habe, ihn zu begleiten. Bedächtig schüttelt er den Kopf.

„Oh nein, Gattina. Nicht nur, dass du mich beleidigt hast, indem du unser Arrangement vor der Zeit beenden wolltest, sondern du hast auch mein Vertrauen in dich missbraucht, indem du Gründe aufgeführt hast, die nicht der Wahrheit entsprechen. Du wolltest nicht vor mir davonlaufen, sondern vor dir selbst. Du wolltest mich provozieren und dich stärker fühlen, indem du mit meinem Angestellten flirtest, und du hast mir Widerworte gegeben, wo ich deinen Gehorsam erwartet habe."

Die Worte schneiden sich in mein Bewusstsein. So war es doch nicht. Ich hab das doch nicht absichtlich gemacht, ich wollte ihm doch nie böse Absichten unterstellen, oder ihn absichtlich ärgern. Ich wollte doch nur … ich hatte doch nur vor mir selbst Angst. Ich wollte vor mir … meine Gedanken stocken. Verdammt. Es war genau so, wie er sagt. Ich wollte vor mir davonlaufen und ihn dazu bringen, mir zuvorzukommen, indem er mich von sich stößt. Die Erkenntnis trifft mich hart, ein Knoten wächst in meiner Kehle, ich schaffe es nicht mehr, meine Schultern gerade und gestrafft zu halten, und sinke in mich zusammen.

„Du darfst mich um Verzeihung bitten, wenn du bereust", drängt sich seine Stimme in meine Gedanken. Lockend jetzt, weich. „Wenn ich dir vergebe, werde ich dir durch eine angemessene Disziplinierung zeigen, dass ich bereit bin, die Dinge, die uns trennen, aus der Welt zu schaffen. Deine Willigkeit, alles, was ich dir auferlege, dankend anzunehmen, wird mir zeigen, dass du deine Lektion gelernt hast und mein Vertrauen in dich nicht verschwendet ist. Eine brave Sklavin bittet ihren Herrn um Vergebung, indem sie sich vor ihm erniedrigt. Die Stirn auf den Boden gepresst, die Arme über den Kopf ausgestreckt. Willst du das probieren? Für mich?"

Fassungslos starre ich ihn an. Das kann nicht sein Ernst sein, oder? Gut, ich bin vielleicht übers Ziel hinausgeschossen, aber es ging doch um mich, zum Teufel noch mal. Das hat er doch erkannt, viel früher sogar als ich selbst. Er musste mir doch erst zeigen, wie meine Gedanken in dieser Sache gearbeitet, in welche Sackgasse sie mich manövriert haben. Ein Blick in seine Augen sagt mir, dass es sein Ernst ist. Er will das wirklich, nein, er fordert es wirklich. In meinen Ohren rauscht das Blut, mein Herz rast. Eines ist mir absolut klar. Wenn ich mit ihm auf diese Party will, ist die einzige Möglichkeit, alles zu tun, was er von mir verlangt. Also beuge ich meinen Oberkörper, strecke die Arme aus, presse die Stirn auf die rauen Dielenbretter meines Appartements.

„Es tut mir leid, Principale. Bitte vergeben Sie mir." Ein Nuscheln nur, es fühlt sich falsch an. Ich warte. Er schweigt. Ich nehme einen kräftigen Atemzug, versuche es noch einmal, ein wenig lauter und fester.

„Es tut mir leid, Principale. Bitte vergeben Sie mir." Immer noch nicht gut genug. Der Knoten in meiner Kehle wächst, wird dicker und dicker, bevor er platzt, Schluchzer hustet, die einen Weg nach draußen suchen. Gott, mir ist das alles so peinlich. Vor ihm zu liegen, mehr nackt als angezogen, um Verzeihung zu bitten, mich zu demütigen und auszuliefern. Warum habe ich das gemacht, warum habe ich mich selbst in diese Situation gebracht? Ich hätte es besser wissen müssen. Und ich will ihn doch. Wollte ihn, seit dem ersten Moment, als ich ihn gesehen habe, und gestern, in seinen Armen, da habe ich mich für ein paar Stunden im Himmel gewähnt. Und bei aller Scham, die mir in diesem Augenblick die Brust zerquetscht, will ich ihn jetzt sogar noch mehr. Nicht nur seinen Körper, sondern ihn. Weil er unverrückbar ist, felsenfest in seinen Ansichten und Bedingungen, weil ich mich an ihm reiben kann, so lang ich will, aber er doch nicht abrückt. Weil er mir gewachsen ist, auf eine Art, wie noch keiner vor ihm mir gewachsen war. Ihn zu verlieren, jetzt schon, würde mich zerbrechen.

„Es tut mir leid, Principale, Bitte vergeben Sie mir." Noch mal und noch mal. „Es tut mir leid. Es tut mir wirklich leid."

Sein Griff um meine Schultern richtet mich auf, zieht mich auf die Füße. Er nimmt mich in den Arm, streichelt meinen Nacken, meinen Rücken und meinen Kopf, doch ich kann einfach nicht aufhören.

„Es tut mir leid, dass ich davonlaufen wollte. Es tut mir leid, dass ich an dir gezweifelt habe und daran, dass du mit mir zusammen sein willst. Es tut mir leid, dass ich gedacht habe, du würdest mich verstoßen, und dass ich weglaufen wollte."

„Ich weiß, Gattina, und dir ist verziehen."

„Willst du mich jetzt bestrafen?", frage ich, Worte begleitet vom wilden Stakkato meines Herzens. Wie wird das sein, wenn er mich bestraft? Was wird er tun? Und ich begreife, dass das nicht nur Angst ist in meinem Inneren. Auch Erwartung.

„Nein." Er schüttelt den Kopf, und ein Brennen schneidet in meinen Bauch, das sich fast wie Enttäuschung anfühlt. Aber das kann ja kaum sein, oder? Als hätte er es genau bemerkt, lacht er ein wenig. Er schiebt mich auf Armlänge von sich, wischt mit dem Daumen ein paar Tränen aus meinen Augenwinkeln und zwinkert mich an.

„Nicht jetzt. Aber hab keine Angst. Du wirst deine Gelegenheit, mir deine Hingabe zu beweisen, noch bekommen. In der Villa, auf der Party. Freu dich drauf."

Skeptisch sehe ich ihn an, schaffe nicht ganz, das Augenverdrehen zu verhindern. Drauf freuen? Der Herr hat nen Knall, ehrlich. Einen Knall, der mindestens so groß ist wie meiner. Tizian fängt meinen Blick auf, schüttelt den Kopf und lacht. Er lacht aus tiefster Seele und so befreit, wie ich ihn noch nie lachen gehört habe.

„Gattina, Gattina, mach weiter so, und ich bin mir sicher, du wirst mir heute noch eine Menge Freude bereiten, wenn wir sehen, wie rot dein Hintern unter meiner Hand glühen kann. Jetzt zieh den Rock runter. Bis zum Auto darfst du ihn unten lassen, danach sorgst du wieder für den richtigen Sitz. Verstanden?"

„Sí, Signore." Und mit seinem letzten Wort, gesprochen wie aus der Pistole geschossen, hat er die Schmetterlinge zurück in meinen Bauch gebracht.

Tizian

Warmes Licht geht von gelblich weißen Kugellampen aus, fließt über den weißen Rollsplitt auf dem Pfad, der vom Parkplatz hinauf zur Villa führt. Es sind nur wenige Schritte. Der Duft, den die Blumenbeete links und rechts des Pfades verströmen, ist überwältigend. Ich habe meinen Gärtner angewiesen, nachtblühende Blumen zu pflanzen, da tagsüber ohnehin höchstens mal ich selbst an diesem Ort bin, und auch das nur selten.

Die Villa delle Fantasie ist ein Ort für die Nacht.

Der Sommerwind streicht kaum hörbar durch die Zypressen, die hinter den Beeten in geometrischen Formen angeordnet sind und dem Park Tiefe verleihen. Weiter entfernte, in Bodennähe installierte Lichtquellen verstärken den Effekt, schaffen ein Spiel aus Schatten und Mysterien, dem sich niemand entziehen kann.

Sabine drängt sich an meine Seite. Alle paar Schritte zuckt sie zurück, als erinnere sie sich daran, dass sie mich um Erlaubnis fragen müsste, ob sie mich berühren darf. Und kehrt dann doch zurück, getragen von einem versteckten Wispern im Wind, von der Furcht vor einem Schatten, der unseren Pfad kreuzt. Sie sucht Schutz bei mir, ein erster Hinweis darauf, dass meine Arbeit Früchte trägt, dass sie beginnt, mir wirklich zu vertrauen. Schließlich lege ich meinen Arm um ihre Taille und ziehe sie an mich.

Auch das ist neu. Ich erscheine nie in Begleitung an diesem Ort. Bei den wenigen Anlässen, wenn ich mich im Vorfeld einer Party mit einer Frau verabrede, erwartet sie mich dort, in meinem Audienzzimmer, demütig auf den Knien, die Stirn auf dem Boden. In mir wächst Hitze, als ich daran denke, wie Sabine vorhin diese Haltung eingenommen hat.

In den meisten Fällen habe ich nicht mal eine Verabredung, sondern suche mir aus den anwesenden Frauen eine aus, deren Willigkeit und Scheuheit zu mir sprechen, die geteilt werden will und deren Dom klug genug ist, das zu fördern.

Heute wird es nur Sabine sein, mit der ich mich beschäftige, keine der auf den Knien wartenden, duldsamen Frauen, die alles nehmen, was ich austeilen kann. Ohne Widerspruch, ohne Chaos in den eigenen Gefühlen. So, wie ich es normalerweise will. Der Gedanke an die Enttäuschung, die so manch hoffnungsvolle Sub durchfließen wird, wenn sie das begreift, erheitert mich ungemein. Es gab schon Anlässe, bei denen das Buhlen um meine Gunst wettkampfmäßige Formen angenommen hat. Das ist nichts, das ich unterstütze. Ich weiß, dass es Männer gibt, die darauf abfahren, wen Frauen sich ihretwegen benehmen wie Kampfhähne, sich die Haare ausreißen und noch andere Dinge. Ich gehöre nicht zu diesen Männern. Ich will die Frau auf den Knien, wartend. Duldsam. Nehmend, was ich austeilen möchte, und nicht um meine Aufmerksamkeit ringend.

Was es nur um so verwirrender macht, dass es ausgerechnet die kleine Sabinerin ist, bei der ich Gefahr laufe, mich in ihr zu verlieren. Sie ist das genaue Gegenteil von dem, was ich in einer Frau suche. Ihre Gier nach Aufmerksamkeit grenzt an Selbstzerstörung.

Es müssen die subtilen Signale sein, die sie aussendet. Ein verborgener Hilfeschrei, den sie schon so lange in sich vergraben hält, dass sie sogar selbst vergessen hat, wie sehr sie sich nach einer helfenden, führenden Hand sehnt. Sie will so nicht sein. Sie will nicht zu den Kampfhennen gehören. Sie will zu denen gehören, die duldsam auf den Knien warten, weil sie wissen, dass sie zu jemandem gehören.

An dieser Stelle schließt sich der Kreis. Unsere Ziele sind gar nicht so verschieden. In diesem Fall, in dieser Sache, die uns heute Abend hierher gebracht hat, wollen wir beide dasselbe.

Einer der beiden livrierten Türsteher, perfekt ausgestattet in Renaissance-Uniform und mit den entsprechenden Waffen des Leibwächters eines Königs, öffnet uns die Tür. Er verneigt sich tief, als ich Sabine an ihm vorbei in das goldene Licht schiebe, das durch das Portal nach draußen fließt. Sofort dringen die Geräusche an mein Ohr, die Musik aus Lust und Begehren, wegen derer ich diesen Ort ins Leben gerufen habe. Die Party hat kurz nach achtzehn Uhr begonnen, doch da ich wusste, dass Sabine erst später Zeit haben würde, habe ich Niccolo gebeten, mich im Audienzraum zu vertreten.

Stocksteif bleibt Sabine im Foyer stehen, sobald die

Tür hinter uns zugefallen ist. Bebend holt sie Luft, so, als versperre ihr etwas die Atemwege. Es wundert mich nicht. Selbst für devote Menschen, seien es Männer oder Frauen, die seit Jahren in der Szene aktiv sind, ist das erste Mal in der Villa delle Fantasie ein Schock.

Gold, Marmor, Edelsteine. Padrones in weit schwingenden, schwarzen Mänteln, viel nackte Haut bei den Sumisas. In einer Ecke des Foyers lässt sich ein Padrone von einem jungen Mann mit dem Mund verwöhnen. Als ich Sabine im Rücken berühre, macht sie einen kleinen Satz. Ohne zu lächeln, schiebe ich sie weiter, durch die weit offenen Flügeltüren hinein in den großen Saal.

Überall laufen Bedienstete in Renaissance-Kostümen zwischen den Gästen herum und sorgen dafür, dass jeder alles hat, was er braucht, aber Sabine sieht sie gar nicht. Ihr Blick hängt an den Menschen, die offen kopulieren. An der jungen Frau, die ans Andreaskreuz gekettet ist und von ihrem Padrone mit einem Vibrator so lange malträtiert wird, bis sie ihn unter Tränen anfleht, kommen zu dürfen. An dem Mann jenseits der Sechzig, den seine von Kopf bis Fuß in Lack gehüllte Begleiterin einer Schwanztortur unterzieht, die sich sehen lassen kann.

Menschen, an denen wir vorbeigehen, nicken mir höflich zu, begrüßen mich, ohne überschwänglich zu werden. Ich nehme eine Traube vom Tablett eines Bediensteten und stecke sie mir in den Mund. Süße und Säure explodieren auf meiner Zunge. Ein Mann der Leibgarde nähert sich mit tiefer Verbeugung und reicht mir auf einem kleinen Silbertablett meine Edelsteinmaske, ohne die ich mich hier selten blicken lasse. Fassungslos sieht Sabine mir dabei zu, wie ich sie anziehe. Ich würdige sie keines Blickes, wende mich an den Gardisten. „Ist der Cavaliere noch im Audienzsaal?"

„Ja, Principale. Wenn Sie wünschen, werde ich Sie ankündigen."

„Ich bitte darum."

Er zieht sich zurück und ich schiebe Sabine an die kreisrunde Bar in der Mitte des Saals. Während ich einen Espresso für mich und ein Mineralwasser für meine Sumisa bestellte, sieht sie sich um, halb neugierig, halb fasziniert. Sobald sie erkennt, dass keine einzige Sumisa an dieser Bar auf Augenhöhe neben ihrem Meister steht, lässt sie sich mit unerwarteter Anmut auf die Knie sinken, ohne dass ich sie dazu auffordern muss. Fragend schaut sie zu mir auf. In ihren hellen Augen lese ich die Hoffnung, dass sie es richtig gemacht hat. Mir geht das Herz auf. Sie ist wunderbar. Ich lege meine Finger an ihren Kiefer und lasse Wärme und Lob in meinen Blick sickern.

„Das sieht sehr schön aus, Baby", murmele ich, streiche durch ihr Haar, ziehe ihre Stirn gegen meinen Oberschenkel. Tief seufzend bleibt sie so.

Ich bin mir der Blicke meiner Gäste durchaus bewusst. So kennen sie mich nicht. Sie sind neugierig auf die Frau, die mich so verändert hat. Ein warmes Gefühl droht mir die Brust zu sprengen. Ist das Stolz? Weil sie an meiner Seite kniet, demütig, wunderbar, und ich Zustimmung in den Augen der Padrones finde?

Mein Blick gleitet zu der Sitzgruppe in der Nähe der Bar, wo die Sumisas sitzen, deren Padrones in diesem Augenblick anderweitig beschäftigt sind. Ohne Begleitung kommt außer dem Principale niemand hierher. Nur drei Frauen sitzen jetzt dort. Zwei von ihnen starren dermaßen von Neid erfüllt in meine Richtung, dass ich mir eine mentale Notiz mache, ihren Padrones eine Bestrafung zu empfehlen. Mindestens eine von ihnen ist das, was wir in der Szene eine Pain Slut nennen, eine extreme Masochistin, sodass ihr Herr besonders einfallsreich sein muss, um eine angemessene Strafe zu finden. Das wird sicher interessant. Die andere senkt ihren Blick, als sie spürt, dass ich sie gesehen habe.

Die dritte Frau, die dort sitzt, ist Clara.

Ich trinke meinen Espresso aus und sehe auf Sabine hinunter. Meine Hand in ihrem Haar. „Ich möchte dich gern belohnen, Gattina."

Ihre Augen leuchten auf, ein unglaublich kostbarer Moment. Ihre Finger krampfen sich um die Wasserflasche.

„Danke, Principale", sagt sie sehr ruhig.

„Steh auf." Ihr zierlicher Körper an meiner Seite sieht richtig aus. Ich lege meine Hand tief in ihren Rücken und gehe mit ihr hinüber zur Sitzgruppe. Ich kann erkennen, wie Clara uns aus den Augenwinkeln wahrnimmt, aber sie hebt nicht den Kopf. Ein Ruck geht durch Sabine, als sie ihre Freundin erkennt. Ich weise sie an, sich neben Clara zu setzen, greife neben die Armlehne der Couch und ziehe das Halsband mit der Kette hervor. Clara trägt ihr eigenes Halsband, in das der Cavaliere die Kette gehakt hat, doch Sabine besitzt noch keines. Mit sicheren Fingern befestige ich das weiche Leder um ihren Hals. „Zu stramm?" Eine rein rhetorische Frage.

„Nein, Principale." Ihre Stimme bebt, ihr ganzer Körper zittert vor Aufregung. Ob das wegen des Halsbandes ist oder wegen der Aussicht, ein wenig Zeit mit Clara zu verbringen, wage ich in diesem Augenblick nicht zu beurteilen. Im Gegensatz zu Sabine ist Clara vollkommen nackt. Früher oder später wird das auch Sabine sein, aber ich habe beschlossen, sie langsam einzuführen in diese ihr vollkommen fremde Welt. Langsam, aber doch so, dass sie weiß, was im Leben einer devoten Frau wichtig ist.

„Sieh mich an."

Sie hebt den Blick. Blinzelt. „Sí, Principale?"

„Du bleibst hier bei Clara. Die Kette bedeutet, dass niemand hier dich in Anspruch nehmen darf. Ich muss etwas erledigen. Ich bin in zwanzig Minuten wieder da." Vermutlich früher, weil ich ahne, dass mich die Sehnsucht nach diesem wasserhellen Blick viel eher wieder hier herunterspülen wird. Wann habe ich jemals so empfunden? Ich kann mich nicht erinnern. „Clara hat ein Safeword. Sag ihr, wenn dir etwas unangenehm ist, wenn du dich überfordert fühlst, und sie wird dafür sorgen, dass jemand sich darum kümmert. Hast du verstanden?"

„Sí, Signore."

Wie magisch zieht die Haut ihrer Wangen meine Fingerspitzen an. Ich streiche mit zwei Fingern an ihrem Hals nach unten. Nachdenklich folgt mein Blick der unsichtbaren Spur, hinab zu ihrem Dekolleté, weiter zwischen ihre Brüste. Ich schiebe den weichen Stoff ein wenig weiter nach unten, bis ihre zarten braunroten Nippel entblößt sind. „Bleib so", sage ich, ohne den Blick zu ihren Augen zu heben. „Wenn ich wiederkomme, will ich dich genau so sehen." Und ich will, dass alle anderen sie so sehen. Die Sumisa des Principale, die angekettet auf ihn wartet, während er seinen Pflichten im Audienzsaal nachgeht.

Wie gern würde ich bleiben.

Wie ein Vizekönig sitzt Niccolo in meinem Thron im Audienzsaal und grinst mir breit entgegen. Außer ihm ist niemand mehr hier. Niemand von den Padrones des Rates, die anwesend sind, wenn neue Mitglieder in unseren Kreis aufgenommen werden. Nicht einmal ein räudiger Leibwächter. Nur er, und jetzt ich. Gemessenen Schrittes gehe ich auf ihn zu, der Luftzug bringt das Feuer der Fackeln in den Wandhalterungen zum Flackern.

„Was treibst du noch hier?", frage ich ihn.

Er beugt sich vor, die Ellenbogen auf den Oberschenkeln, und betrachtet mich. „Ich warte auf dich. Nimm die Maske ab, ich will dein Gesicht sehen. Du freakst mich aus, wenn du das Ding trägst."

Genau so ist es gedacht. Ich ziehe die Maske vom Gesicht, sie ist sowieso zu schwer. Niccolo legt den Kopf schräg.

„Du siehst mitgenommen aus."

„Was meinst du?"

„Sie geht dir unter die Haut, die kleine Kratzbürste?"

„Ich trainiere sie."

„Bullshit. Du willst sie. Du bist vernarrt in sie. Herzlichen Glückwunsch, mit ihr wird dein Leben jedenfalls niemals langweilig sein. Ich hätte nicht gedacht, dass es so weit kommt. So viel, wie sie redet ..."

„Alle Frauen reden zu viel. Deine Chiarina auch. Aber mit zwei Fingern und den Lippen an der richtigen Stelle hören sie auch sehr schnell damit auf."

Er lacht fröhlich. „Guter Punkt. Hast du schon?"

„Zwei Finger und die Lippen? Was glaubst du denn?"

„Und mehr? Hast du sie gevögelt?"

„Das muss sie sich verdienen."

„Und du?"

Ich hocke mich auf die Stufen zu Füßen des Thrones und blicke von ihm weg in den leeren Raum, der bis auf die Fackeln in Dunkelheit versinkt. „Es geht um sie, Niccolo, nicht um mich. Die Frau ist voller Widersprüche. Hab ich deine Rückendeckung? Gehst du mir zur Hand mit ihr, wenn ich sie in eine Szene ziehe? Ich will ein paar Antworten." Ich drehe den Kopf zu ihm.

Eine von Claras ersten Szenen hier in der Villa delle Fantasie haben wir zusammen durchgespielt. Wir haben sie gemeinsam fliegen lassen. Ich bin keiner, der in seinem Privatleben Gefallen einfordert, nur weil ich bei jemandem was gut habe. Dieses Verhalten ist auf mein Geschäftsleben beschränkt. Was ich von Niccolo will, ist ein Freundschaftsdienst. Aus Freundschaft zu mir, aber auch aus Freundschaft zu der Gattina.

Er wird ernst, sieht mich an. „Es ist dir wichtig, nicht wahr?"

Ich antworte nicht, schaue wieder von ihm weg. Es gibt Dinge, die ich nicht einmal vor Niccolo zugeben kann, und schon gar nicht vor mir selbst. Hinter mir knarrt das uralte Holz des kunstvoll verzierten und mit edelsten Stoffen verhängten Throns. Dann spüre ich seine Hand auf der Schulter. „Mein Freund, es wird mir eine Ehre sein."

Sabine

Kaum ist Tizian um die nächste Ecke verschwunden, stupst mich Clara mit dem Ellenbogen in die Seite und reißt mich aus meiner Starre. Ein süßes, warmes Kichern sprudelt aus ihrer Kehle.

„Du bist wirklich kein Typ für halbe Sachen, oder? Ein nachsichtiger, freundlicher Padrone für deinen ersten Besuch in der Villa? Keine Chance, es muss schon der Principale sein."

Mein Blick ruckt zu ihr. Ich kann nicht glauben, dass sie so gelöst ist. Schließlich gibt es in diesem Raum mehr Schlagwerkzeuge als Pheromone und das Klatschen und Stöhnen, das Zischen und Ächzen aus den für diverse Szenen eingerichteten Nischen beweist, dass es genug Menschen hier gibt, die auch wissen, was sie damit anfangen sollen. Und zum Teufel noch mal, sie ist nackt! Splitterfasernackt, bis auf das Lederband um ihren Hals, und auch wenn ich mich immer für ziemlich freizügig gehalten habe, irritiert es mich doch ein wenig, meine beste Freundin so zu sehen. Das ist was anderes als ein gemeinsamer Saunabesuch. Weil ihre Nacktheit hier aus so viel mehr besteht als nur entblößter Haut.

„Hier hat das mit dir und Niccolo angefangen?" Ich kann es immer noch nicht ganz glauben. „Und du hast nicht direkt die Beine in die Hand genommen und bist gerannt, als ob der Teufel persönlich hinter dir her wäre?" Ich flüstere, dabei ist es weniger die Angst, dass jemand uns belauschen könnte, als vielmehr die Tatsache, dass es mir schlicht die Sprache verschlagen hat. Ich hätte vorbereitet sein sollen, wahrscheinlich, nach der Zeremonie im Keller des kleinen Schlösschens, als Clara Niccolo ihre Unterwerfung und Treue geschworen hat. Aber so ist es nicht. Das dort war ein Kindergeburtstag gegen die Szenen, die sich in unserer unmittelbaren Nähe abspielen. Gegen den Geruch nach Sex, Gier und Schweiß, der hier in der Luft hängt, gegen die Musik aus Schreien, manche ekstatisch, manche voll Qual.

Clara wird ernst. Wo gerade noch Heiterkeit das Licht in ihren Augen tanzen ließ, schimmert jetzt Sorge.

„Du hast doch keine Angst vor ihm, oder? Also vor Tizian, meine ich. Ein bisschen Nervosität ist gut, das ist das, was sie von uns wollen und was das Ganze so aufregend macht, aber wenn er dir Grund gibt, ihn wirklich zu fürchten, dann hat er was falsch gemacht. Er, hörst du, nicht du. Alles, was passiert, muss immer und zu jeder Zeit in gegenseitigem Einvernehmen passieren. Der Principale legt sehr viel Wert auf die Einhaltung dieser Grundregel, und wenn er dich überfordert, dann handelt er gegen seine eigenen Grundsätze. „

Ich ringe mir ein Lächeln ab und zwinge mich, meinen Blick von dem Vierer abzuwenden, der kaum drei Schritte von unserer Ecke entfernt auf einem großen runden Plüschsofa stattfindet. Drei Männer bearbeiten dort eine Frau, füllen sie an allen nur erdenklichen Öffnungen. Oh je, das wäre nun wirklich nichts für mich. Einen tiefen Atemzug nehmend, sehe ich Clara ins Gesicht.

„Nein." Ich schüttele den Kopf. „So ist es nicht. Ich hab keine Angst vor ihm. Es ist eher, dass ich ..." Die richtigen Worte zu finden ist nicht leicht, vor allem, wenn ich daran denke, wie harsch ich Clara erst vor ein paar Tagen in dem Café angefahren habe. „Es ist eher so, dass ich vor mir selbst Angst bekomme. Vor der Frau, zu der er mich reduzieren kann. Ein bettelndes Häufchen Elend. Das bin nicht ich. Das will ich nicht sein, aber dann ist da noch die andere Seite, der Frieden, den ich empfinde, wenn er mich aus mir herausholt, wenn er mich zu ... zu einer Puppe macht, fast zu sowas wie einem ... Ding." Selbst es nur auszusprechen ist mir peinlich. Plötzlich muss ich heftig blinzeln. Obwohl es nur Clara ist, schäme ich mich unsagbar für die Dinge, die Tizian aus mir herauskitzelt, und noch mehr schäme ich mich dafür, dass ich all diese Dinge so sehr genieße. Der Gedanke, dass morgen alles vorbei sein wird, ist so unerträglich, dass es mir die Luft abschnürt und Wasser in die Augen treibt.

Claras Umarmung reißt mich aus meinen alles andere als fröhlichen Gedanken. Sie schlingt ihre Arme um meine Schultern, zieht mich an sich. Ihre vollen Brüste, um die ich sie immer so sehr beneidet habe, quetschen mir den Atem ab. Gurgelnd versuche ich mich freizumachen.

„Hilfe, Hühnchen, du erstickst mich mit deinen Riesenmelonen. Hast du für die einen Waffenschein?"

Sie kichert, und diesmal falle ich in ihr Lachen ein. Es tut gut, gemeinsam mit ihr zu lachen, dass sie es gar nicht seltsam zu finden scheint, nackt zu sein, dass wir beide angekettet sind und brav wie gut dressierte Hündchen auf die Rückkehr unserer Herren warten.

„Okay, Süße. Ich lass das mit den Melonen, aber du versprichst mir, dass du dich nicht schlecht fühlst, wegen etwas, das dir guttut. Soll ich dir sagen, was Niccolo das erste Mal gemacht hat, als wir hier waren? Der perverse Bas…" Sie stockt mitten im Satz, ihre Augen werden groß, die Miene erstarrt, bevor sie den Kopf senkt.

Ein tiefes Lachen von hinter mir lässt mich über die Schulter schauen. Direkt in meinem Rücken steht Niccolo. Die langen Beine in weißen Reithosen hüftbreit gespreizt, die Hände lose in die Seiten gestützt. Mit dem weißen Rüschenhemd, das er trägt, und den kniehohen Reiterstiefeln aus glänzend schwarzem Leder sieht er aus wie geradewegs aus einem historischen Nackenbeißer entsprungen.

Ich erinnere mich daran, dass ich fremden Padrones nicht ins Gesicht sehen soll, und korrigiere meinen Blick schnell nach unten, doch Niccolo scheint mich gar nicht zu beachten. Seine volle Aufmerksamkeit ist auf Clara gerichtet, die er mit einer Mischung aus Herausforderung und gemeiner Schadenfreude mustert.

„Komm, Cioccolatina, lass dich nicht aufhalten. Sag deiner Freundin, was der *perverse Bastard* mit dir angestellt hat."

Aus dem Augenwinkel sehe ich das Klopfen in Claras Halsvene. Das ist schockierend. Ich glaube nicht, dass es gesund ist, wenn man den Puls bei anderen Menschen auf diese Entfernung hin sehen kann. Sie ballt die Hände zu Fäusten, atmet schwer. O Himmel, ich weiß genau, wie sie sich fühlt.

„Er hat mich auf eine Bank geschnallt, Kehle und

Pussy weit offen. Und dann hat er erlaubt, dass sich ein anderer Padrone meinen Mund nimmt, während er mich …" Sie schluckt. Selbst im Halbdunkel ist die Röte zu erkennen, die von ihren Wangen über ihren Hals fließt, ihre Brüste. Ihre Haut hat die Farbe von Milchschokolade, und trotzdem errötet sie so tief, dass es für jeden, der sie ansieht, offensichtlich ist. Ihre Nippel sind hart wie Bleistiftenden. „Während er mich erst zum Orgasmus geleckt und dann genommen hat, bis ich nochmal gekommen bin und nochmal."

„Und ich habe jeden Augenblick davon genossen, als ich gesehen habe, welche Freude du meinem geschätzten Freund machst." Zärtlichkeit ist in seine Stimme gesickert, genauso wie in die Geste, mit der er ihr liebevoll über die glühende Wange streicht.

Oh wow. Die liebe, brave, immer um Anstand bemühte Clara bei einem Gang-Bang? Das hätte ich niemals erwartet, aber irgendwie gibt mir ihre Enthüllung innere Ruhe. Vielleicht bin ich doch nicht so kaputt, weil es mich anmacht, wie Tizian mit mir umgeht. Weil es mich überwältigt, zu wissen, dass ich ihm gefalle, und wie berauschend der Weg bis dorthin ist, weil er mich führt.

Nach einem verzehrenden Kuss auf Claras Lippen trennt sich Niccolo von seiner Frau. Diesmal bin ich es, auf die er heruntersieht.

„Schiavina", sagt er, und sein Ton fährt mir direkt in die Eingeweide. Huch, das ist nicht der lebensfrohe Ehemann meiner besten Freundin, das hier ist der Cavaliere, und plötzlich verstehe ich sehr gut, wie es ihm gelingt, Clara so nervös zu machen. „Der Principale erwartet dich. Wie ich meine zu wissen, wartet heute Abend eine Strafe auf dich."

Er greift unter die Couch. Ein leises Klicken zeigt an, dass er die Kette aus ihrer Verankerung löst. Ohne mir das Halsband abzunehmen, streckt er seine Hand nach mir aus. „Er hat mich gebeten, dich zu ihm zu bringen."

Kapitel 7

Tizian

Als Niccolo Sabine zu mir bringt, verlangsamt sich mein Atem ganz wie von selbst. Ich spüre jeden Atemzug, jeden einzelnen Schlag meines Herzens. Spüre das Blut, wie es meinen Körper befeuert, kein rasendes, heftiges Rauschen, vielmehr ein kraftvoller und stetiger Strom. Sabine starrt auf ihre Füße, so, als wage sie nicht, mich anzusehen. Niccolo bleibt vor der Bühne stehen und legt Sabine die Hand auf die Schulter.

„Hol deine Sumisa, Cavaliere", sage ich laut. „Dann kehr zu mir zurück."

Ohne ein Wort wendet er sich ab, um zur Sitzgruppe zurückzugehen. Dabei beobachte ich Sabine sehr genau. Sie scheint zu frösteln, sobald Niccolo nicht mehr an ihrer Seite steht. Noch immer hebt sie nicht den Kopf. Ich strecke meine Hand aus. „Komm zu mir, Gattina."

Sie hebt das Gesicht. Ihre Augen, sonst von diesem hellen Blau, glänzen jetzt wie flüssiges Blei. Ihre Gesichtshaut ist fahl, die Finger hat sie an ihren Seiten zu kleinen Fäusten geballt. Noch einen Moment länger zögert sie, dann steigt sie zu mir auf die Bühne. Ich lege beide Hände um ihre Schultern. Die Kette an dem Halsband aus feinem Leder klirrt ein wenig, als ich sie zum Saal zurückdrehe. Ich spüre das Schaudern, das sie durchläuft, dann das Entsetzen. Das, was uns jetzt bevorsteht, wird nicht leicht. Für keinen von uns, aber ich habe einen Plan und ich muss ihn durchziehen, wenn ich endlich erfahren will, was es ist, das Sabine immer wieder dazu treibt, nach einer Aufmerksamkeit zu gieren, die ihr nicht guttut.

Normalerweise ist dies der Augenblick, wenn der Principale sich die Sklavin eines seiner Gäste aussucht und ihren Körper in das faszinierende Knotenspiel des Shibari entführt, um sie fliegen zu lassen. Aus diesem Grund haben sich sämtliche Paare, die sich nicht gerade selbst mitten in einer Szene befinden, im Saal eingefunden. Sehr gemächlich füllt sich der Raum direkt vor der Bühne, die Menschen kommen näher. An diesem Abend sind knapp sechzig Leute anwesend, und wenn wir beginnen, wird jeder einzelne von ihnen dort stehen und zusehen.

Sabine, die so sehr nach Aufmerksamkeit lechzt, zittert vor Nervosität. Das ist nicht die Aufmerksamkeit, die sie sich gewünscht hat, aber ich gebe sie ihr, weil sie begreifen muss, dass sie mit ihrem Verhalten an erster Stelle sich selbst schadet. Sie ist noch lange nicht soweit, das verinnerlicht zu haben, trotz der Entschuldigung in ihrer Wohnung. Ihre Schultern unter meinen Händen beben. Zischend atmet sie ein, als sie Clara entdeckt, die, den Kopf tief gesenkt, an Niccolos Seite direkt vor die Bühne tritt. Aber im Gegensatz zu ihm bleibt Clara vor der Bühne, während Niccolo behände die drei Stufen heraufsteigt und sich an den Rand stellt, die Arme vor der Brust verschränkt, um auf meine Anweisungen zu warten.

Der Duft von Jasmin, Sandelholz und Mandelmilch umhüllt uns. Ich kann Sabines stockenden, ungleichmäßigen Atem bis in meinen Körper hinein fühlen. Am liebsten würde ich ihr das hier ersparen. Aber der Drang, in sie zu tauchen, in die dunkelsten Ecken ihre Seele, um dort zu heilen, was krank ist, ist zu stark, um es mir oder ihr einfach zu machen. Langsam nehme ich meine Hände von ihren Schultern und trete zur Seite. Auf meinen Blick hin nimmt Niccolo die Position hinter ihr ein, umfasst mit hartem Griff ihre Handgelenke und führt ihre Arme zur Seite und nach oben, bis sie steht, als sei sie gekreuzigt. Ich selbst trete vor sie, so nah, dass sie den Geruch meines Körpers wahrnehmen muss, so wie ich die Angst in ihr rieche. Mit zarten Fingern massiere ich für einen kostbaren Augenblick ihre Schlüsselbeine, streife wie unabsichtlich die Brüste und spüre ihre aufgerichteten Nippel. Ich tausche einen Blick mit Niccolo, der noch immer ihre Handgelenke umklammert.

„Ich will, dass du mich ansiehst, Gattina", sage ich rau.

Sie hebt das Gesicht zu mir. Meine Fingerknöchel streichen über ihre Wangen, mit den Flächen der Daumen fahre ich ihre Lippen nach, dann ihre Augenbrauen. „Du bist eine wunderschöne Frau", sage ich und lächele in ihre Augen. „Ich bin sehr stolz darauf, dass du hier bist. Ich werde jetzt meinen Gästen zeigen, wie schön du bist." Aufs Stichwort zieht Niccolo ihre Arme ganz nach oben, sodass ich mühelos das weitgeschnittene Oberteil ihres Kleides über Sabines Brüsten nach unten bis auf die Hüften ziehen kann. Ich liebe es, dass ihre Brüste so klein und fest sind, dass sie nie einen BH tragen muss. Sorgsam umschließe ich mit den Händen die kleinen, verführerischen Hügel mit den hart aufgerichteten Spitzen.

Ich trete zurück. „Lass sie los, Cavaliere."

Als ihre Arme frei sind, gehen ihre Hände instinktiv zu ihren entblößten Brüsten, doch ich halte ihren Blick mit meinem fest, und sie fängt sich, zwingt sich, die Arme an ihren Seiten herabhängen zu lassen, die Blicke der Anwesenden auszuhalten. Eine feine Gänsehaut überzieht ihre Schultern. Ich mache einen Versuch, löse für Sekunden die Intensität meines Blickes, und sofort irren ihre Augen davon, fliegt ihr Blick über das Publikum, das sich interessiert versammelt.

„Gattina", sage ich schneidend. Nur das eine Wort, und ohne die Stimme zu heben. Fange ihren Blick mit meinen Augen wieder ein. Ein bebender Atemzug, es ist, als würde sie sich mit den Augen an mir festkrallen, und es wärmt mich von ganz tief innen, dass sie Halt an meiner Anwesenheit findet.

„Den Rock, Gattina", sage ich. „Zieh ihn aus." Ich hätte das gern selbst getan, weil ich weiß, dass sie darunter nackt ist, weil ich meine Finger an ihren Lippen entlangziehen möchte, in ihre Hitze eintauchen will. Aber das Ding ist so verdammt eng, dass ich mich lächerlich machen würde, wenn ich daran ziehe und zerre, um es über ihre Beine nach unten zu kriegen. Also überlasse ich das ihr. Ein Senken meiner Lider schickt Niccolo an ihre Seite, und nach kurzem Zögern stützt sie sich auf seinen Arm, um das Kleidungsstück irgendwie herunterzuziehen, ohne dabei umzukippen. Leises Lachen klingt vom Publikum herauf. Sabines Gesicht läuft feuerrot an. Sie begreift, sie hat die Aufmerksamkeit jedes einzelnen der Anwesenden, weil ich es so will. Und ich werde sie nicht fliehen lassen. Ich kann mich nicht ganz in sie hineinversetzen, aber ich ahne, wie weh ihr das Begreifen tut. Das Wissen, wie sehr das, was sie tut, immer eine Strafe war. Strafe wofür? Ich bin determiniert, es herauszufinden.

Nackt steht sie auf meiner Bühne, kämpft gegen das Bedürfnis an, ihre Blöße zu bedecken. Niccolo tritt wieder zurück. Ich halte ebenfalls Abstand und genieße ihren Anblick, die Röte in ihrem Gesicht, aber mehr noch die Spannung in ihrem Körper, die Furcht, aber auch die Erregung, die leise, ganz leise aus ihrem Schlummer in den Tiefen ihrer Seele erwacht. Es ist ihr peinlich, hier zu stehen, von allen betrachtet, und doch erregt es sie. Das ist gut, denn es wird es ihr einfacher machen. Zumindest am Anfang. Der Puls in ihrer Halsbeuge rast.

Niccolo reicht mir einen schwarzen Seidenschal. Für den Bruchteil einer Sekunde weitet sich Sabines Blick, dann lege ich mit schnellen, effizienten Handbewegungen den Schal vor ihre Augen und zurre einen festen Knoten an ihrem Hinterkopf. Ihre Lippen öffnen sich, ein schauderndes Einatmen, der Ansatz zu einem Protest, den ich mit einem tiefen, hungrigen Kuss im Keim ersticke.

„Sabine." Ich ziehe ihre Aufmerksamkeit von dem Fakt weg, dass sie nichts mehr sehen kann, und auf mich. Streichle mit sanften Fingern ihre Halsbeuge, die Mulde zwischen ihren Schlüsselbeinen, die Seiten ihrer Brüste. „Du warst unaufrichtig, respektlos und aufmüpfig zu mir. Du hast mich um eine Strafe gebeten, damit ich dir beweise, dass ich dir nach deiner Entschuldigung vergeben habe. Du sollst deine Strafe bekommen, aber sie wird genau das sein. Eine Strafe. Du wirst es nicht mögen, aber wenn irgendwas von dem, was wir tun, unerträglich für dich wird, dann sag das Wort *Rot*. Wir werden es honorieren. Nichts anderes. Nur dieses eine Wort. Hast du das verstanden?" Mein Finger liegt auf dem Puls in ihrer Leiste, ich spüre das Blut hindurchschießen. Die Haut über ihren Brüsten glüht. Sie nickt heftig.

„Ja, Principale", bringt sie hervor, die Stimme ein raues Hauchen, das mir durch Mark und Bein geht.

Das Gerassel, mit dem Niccolo die Schaukel, eine Sitzfläche aus weichem Leder, gehalten von vier justierbaren Ketten, von der Decke herablässt, ist in der ehrfürchtigen Stille fast ohrenbetäubend. Ich dränge Sabine rückwärts, ohne ihr zu sagen, was es ist, das diesen Lärm verursacht. Ihre Hände krallen sich in meine Arme, ich muss lächeln und küsse ihre Stirn. „Du schaffst das, Baby", raune ich in ihr Ohr. Die Worte sind nur für sie bestimmt. „Du bist wirklich ein Geschenk, weißt du das?"

Sie wimmert, verbirgt ihr Gesicht an meinem Hals. Mit einem Schmunzeln schiebe ich sie zurück, bis ihre Kniekehlen gegen die Schaukel stoßen. Ich nehme ihre Hände in meine und bringe sie an die hinteren beiden Ketten. „Halt dich fest."

„C-Clara ..." Sie unterbricht sich sofort. Ungewollt ist ihr der Name herausgerutscht, ein kurzes Wort, ein Anflug von Panik. Ich schmiege meinen Körper gegen ihren, lasse sie meinen Geruch atmen, meine Haut fühlen, bis der Moment abklingt und ihr Atem sich ein wenig beruhigt.

„Sie ist hier, Baby", murmele ich. „Sie sieht dich, aber sie wird dich nicht verurteilen. Sie weiß, wie du dich jetzt fühlst, sie hat Ähnliches selbst schon durchgemacht. Aber du brauchst sie nicht. Du hast mich. Ich passe auf dich auf." Die Erkenntnis, dass es mehr ist als die Fürsorge, die ich jeder Sumisa unter meiner Führung entgegenbringe, droht mich in die Knie zu zwingen. Ich will nicht, dass sie sich schäbig fühlt und beschämt ist. Ich will, dass sie erkennt, wie wunderbar sie ist, auch und gerade dann, wenn sie nicht darum kämpft, sondern einfach nur sie selbst ist. Niemals werde ich zulassen, dass dieser Frau etwas zustößt. Dann schlägt das Wissen zu, dass ich aus eben diesem Grund nie mit ihr zusammen sein darf. Ich beiße die Zähne zusammen, als mich ein Schwall Traurigkeit überläuft wie eisiger Herbstregen. Nicht jetzt. Jetzt ist sie hier. Vertraut sich meinen Händen an. Ich werde genießen, was ich von ihr bekommen kann. Jede verdammte Minute.

Sie krallt die Finger um die kühlen Kettenglieder und lässt ergeben den Kopf in den Nacken sinken. Niccolo bringt weitere Ketten, lange Ketten mit schmaleren Gliedern, während ich Manschetten aus weichem Leder um Sabines Handgelenke schnalle, um ihre Ellenbogen, die Knie und die Knöchel. Sie sind zum Schutz ihrer Haut vor Verletzungen gedacht. Später, irgendwann einmal, werde ich ihr das antun können ohne diesen zusätzlichen Schutz. Sie wird die Markierungen lieben, die die Ketten auf ihrer Haut hinterlassen. Den Gedanken, dass dieser Tag für uns nicht kommen wird, verbiete ich mir.

Niccolo geht mir zur Hand. Gemeinsam fixieren wir Sabines Arme und Beine an den Halterungen der Schaukel, indem wir die Ketten dicht an dicht um ihre Glieder wickeln. Fest. Enganliegend. Ich lasse meine Hände über Haut gleiten, die feucht von Schweiß ist. Küsse ihren Puls überall an ihrem Körper. Sie ist ein Kunstwerk. Jedes Mal, wenn sie versucht, sich zu bewegen, rasseln die Ketten. Ich habe ihr nicht ganz die Bewegungsfreiheit genommen, sie kann sich noch rühren, anders als die Sumisas, die ich sonst mit Seilen verknote. Aber ich kenne das schwere Gefühl, das vom Gewicht der Ketten ausgelöst wird. Jede für sich, mögen die Ketten schmalgliedrig und beinahe leicht sein, aber in der Menge ziehen sie ihren zarten Körper unaufhaltsam nach unten. Pressen sie in den ledernen Sitz der Schaukel.

Ich trete zurück. Sie liegt weit geöffnet. Die Beine angewinkelt und aus dem Weg, der Oberkörper ein wenig tiefer als ihr Schoß. Die Lippen ihrer Fica glänzen, ein dunkles Rosa, aufgepumpt vom Blut ihrer Erregung und Angst. Bereit, bespielt zu werden. Bereit, benutzt zu werden. Ihr Brustkorb hebt und senkt sich hektisch. Niccolo verlässt die Bühne, geht zu Clara, umfasst sie mit beiden Armen von hinten und zieht sie an sich. Ich sehe die Tränen, die in Claras Augen glänzen und weiß, dass ich Sabine nicht belogen habe. Clara verurteilt sie nicht, aber sie leidet mit ihrer Freundin, und wahrscheinlich hasst sie mich in diesem Moment mit einer Innigkeit, die ich meiner Meinung nach nicht verdient habe.

Sekundenlang bleibe ich vor Sabine stehen, ohne sie zu berühren, während Stille im Raum einkehrt. Nur unterbrochen vom gelegentlichen Klirren der Ketten, wenn sie sich rührt.

Ich warte.

„Principale?" Eine leise, zaghafte Stimme. Keine Panik. Noch nicht. Ich strecke eine Hand aus und berühre die Innenseite ihres Schenkels, ernte ein heftiges Zusammenzucken, die Ketten rasseln.

„Gattina", sage ich ruhig. „Du hast die Aufmerksamkeit jedes einzelnen Mannes in diesem Raum. Das ist es, wonach du immer suchst. Sie alle sehen dich an. Sehen alles von dir. Du fühlst ihre Blicke, auch wenn du sie nicht sehen kannst. Sie werden dich benutzen, weil du mit deiner Aufmüpfigkeit danach verlangt hast. Du wolltest eine Strafe, jetzt hast du sie."

Ich nicke zu einem der livrierten Bediensteten der Villa, der mir auf einem Silbertablett einen kleinen Flacon heraufreicht. Ich nehme den Stöpsel heraus. Sofort bin ich eingehüllt in den Duft reinen Pfefferminzöls, mit dem ich meine Hände benetze. Ich trete hinter Sabine, lege meine Hände auf ihre Schultern, beginne, sie sacht zu massieren, ihre Schultern, den Ansatz ihrer Brüste, ihre Seiten. Der Duft dieses ganz besonderen Öls geht sofort ins Blut, weckt alle Nervenenden auf, schießt in den letzten Winkel unserer Körper.

„Sie alle werden dich anfassen, Gattina", erkläre ich.

Sie zuckt so heftig zusammen, dass die Ketten erneut rasseln. Ihr Körper bäumt sich geradezu in der Schaukel auf. Sie öffnet die Lippen zum Protest. Ich warte den Bruchteil einer Sekunde, ob es das Wort Rot ist, das sie formen will, aber dann hindert sie sich daran, und ich küsse sie, lasse dabei die Finger über ihre Wangen gleiten. „Der Duft von Pfefferminze, Baby. Solange dieser Duft da ist, bin ich bei dir. Solange ich bei dir bin, wird niemand dir ein Leid tun. Vertraust du mir, dass ich darauf achten werde, dass dir nichts geschieht? Dass all dies hier zu deinem Besten ist? Wenn du deine Strafe durchgestanden hast, können wir einander wieder vertrauen. Du erinnerst dich doch daran, was ich dir in deinem Apartment gesagt habe?"

Ihr Körper sackt in sich zusammen. Sie inhaliert, holt tief Atem, noch einmal, noch einmal. Dann, nach Sekunden, die mir wie Stunden vorkommen, nickt sie.

Sie vertraut mir. Sie will meine Vergebung und ist bereit, dafür alles anzunehmen, was ich ihr gebe. Ein Anfang. Der Anfang von einem schweren Weg.

Ich nicke hinunter zum Publikum. Der erste Padrone steigt herauf, kniet sich zwischen Sabines Beine, betrachtet ihre Fica. Sie hält es aus. Stolz auf diese Schönheit, diese Ergebenheit brennt sich durch meine Adern. Mein, durchfährt es mich. Sie ist mein. Betrachte sie, fass sie an, denn nur so kann sie lernen, was sie lernen muss, aber wag nicht, ihr wehzutun, oder ich breche dir alle Finger.

Sabine

„Eine hübsche, heiße Fica hast du dir da zum Spielen ausgesucht, Principale. Volle Lippen."

Unbekannte Finger greifen mir zwischen die Beine, spreizen meine Schamlippen, ein Finger zieht die Haube meines Kitzlers nach oben, bevor er mit Druck auf das exponierte Nervenbündel reibt. Ich zucke zusammen, gebe einen kleinen Schrei von mir. Das ist zu viel, zu intensiv. Ich hab mir vorgenommen, das alles über mich ergehen zu lassen, wie eine gynäkologische Untersuchung, aber das geht nicht. Vieltöniges Männerlachen tönt durch den Raum, Zwischenrufe.

„Ein bisschen empfindlich, die Sklavin."

„Braucht noch ein wenig Training."

Der Unbekannte reibt weiter. Drückt. Ich klammere meine Fäuste um die Ketten, bis es wehtut.

„Ob sie mag, wenn man hier und da etwas in sie reinsteckt?" Das ist wieder der zwischen meinen Beinen. Auch in seiner Stimme klingt ein Lachen.

„Probier es aus." Tizian hinter mir streichelt meine Haare, küsst meine Schläfen, sein Atem ist ganz nah jetzt. „Er wird dir nicht wehtun. Halt es aus." Diese Worte richten sich nur an mich. Ich kann nicht begreifen, was geschieht, als ich fühle, wie etwas in mich eingeführt wird, ein großes feuchtes Ding, das kühl ist und mich bis zur Grenze füllt. Wie kann er das tun? Wie kann er zulassen, dass ich so behandelt werde, und gleichzeitig so zärtlich zu mir sein? Ein Klicken ertönt, dann ein Vibrieren, tief in mir. Mein Körper quittiert es mit mäßigem Interesse, und dann verkünden Schritte, dass der Padrone sich entfernt und dem nächsten Platz macht.

Unsicherheit wallt erneut durch meine Adern. Diesmal streichen fremde Hände über meinen Körper, der glitschig ist vom Öl. An meinen Brüsten hält er sich länger auf, zwirbelt, rollt, reizt.

„Himmel, Principale, ich liebe empfängliche Nippel." Er drückt fester zu, ein feuchtes Saugen, dann ein Schmerz, der zubeißt. Er hat etwas an meiner Brustwarze befestigt, eine Klemme, und er stellt sie enger und enger, bis ich nicht mehr kann, mein ganzer Körper sich verkrampft.

„Das reicht", stoppt Tizians Stimme die Folter. „Der Nächste."

Und so kommen sie. Einer nach dem anderen. Sie reiben mich, spielen mit meiner Klit, ficken mich mit dem Vibrator. Einer beißt mir so fest in den Oberschenkel, dass ich aufschreie. Andere sind sanfter, lockender, können mir fast etwas wie Gefühl abringen. Meine Brüste, mittlerweile beide mit Klemmen verziert, fühlen sich geschwollen an und viel zu empfindlich. Schmerz brandet durch meinen Körper, immer begleitet von den Kommentaren und dem Lachen der Padrones. Nicht schlimm, nicht unerträglich, ein leichtes Brennen, weil mich der Vibrator zu weit dehnt, das Pochen in meinen geschwollenen Brüsten, die Kniffe und Kratzer, mit denen sie mich bedenken, aber angeheizt durch die bittere Scham in mir, fühlt es sich tausendmal schlimmer an, als es ist. Und tausendmal besser, wenn sie die richtigen Stellen treffen, wenn Zwang Erregung durch meinen Körper jagt. Doch immer ist es vorbei, bevor ich zum Höhepunkt komme. Dann kann ich mein Stöhnen nicht herunterschlucken, meine Enttäuschung, und sie lachen, und ich weiß nicht, ob ich erleichtert sein soll, dass mir die Scham erspart bleibt, auf diese Weise zum Orgasmus gezwungen zu werden, oder noch mehr gedemütigt, weil die Verweigerung wehtut, mit jedem Mal ein wenig mehr.

Ich halte es nicht mehr aus, kann mich nur schützen, indem ich meine Gedanken auf Wanderschaft schicke. Sie fliegen davon, aus meinem Kopf hinaus, aus meinem Körper, der nichts mehr ist, nur noch ein Stück Fleisch, hin an einen Ort, den es nicht wirklich gibt. Eine Strafe hat Tizian mir versprochen, ich habe mit seiner Hand auf meinem nackten Hintern gerechnet, vielleicht sogar mit einem Flogger oder einer Gerte, aber nicht damit. Nicht damit, dass er mir mich selbst nimmt, mich zu nichts als einer Ware reduziert. Zu einer Schlampe. Tränen beginnen aus meinen Augen zu laufen, tränken den Stoff des Seidenschals. Weißes Rauschen umgibt meinen Sinn, trennt mich von der Realität. Eine Frauenstimme erhebt sich über dem Tuscheln um mich herum, erklärt dem Principale, dass ihr Sklave es nötig hat, eine Nachhilfestunde im Lecken zu bekommen, und ob sie mich dafür nutzen darf.

Ich höre keine Antwort, aber ich fühle die groben Finger, die den Vibrator aus mir entfernen.

„Als Erstes musst du sie feucht kriegen", weist sie den Mann an, von dem ich annehme, dass er zwischen meinen Schenkeln Aufstellung genommen hat. „Atme auf die Fica, leck sie von unten nach oben. Vom Arschloch bis zu ihrer Klit. Aber nicht weiter." Es klingt so kalt, wie sie es sagt. Eine feuchte Zunge wühlt sich zwischen meine Beine, als der Sklave ihren Anweisungen folgt. In mir rührt sich nichts mehr. Nichts außer Ekel. Doch da ist auch noch die andere Seite, meine Gedanken, die im Raum umherschwirren und sich in der Dunkelheit hinter der Maske verlieren, wo sie sich mit dem Pfefferminzduft vermischen, wo ich weiß, dass ich beschützt bin. Ich, nicht die Sabine auf der Schaukel, sondern ich.

„Fester", kommandiert sie. „Du bist ja nicht das Essen wert, das ich dich füttere, wenn du nicht einmal eine kleine Schlampe wie die hier, feucht bekommst."

Eine kleine Schlampe. Wertlos. Ein Nichts. Eine Schlampe, die ihren Körper verschenkt, um Liebe zu bekommen, Anerkennung. In meinem Kopf reißt etwas, der Pfefferminzduft reicht nicht mehr, ich muss ihn spüren. Ich will nach ihm tasten, aber meine Hände sind an die Ketten der Schaukel fixiert. Leere, Einsamkeit, Nichts. Die Blase aus Sicherheit zerplatzt. Er kann mir nicht mehr helfen, meine Gedanken fliegen davon, fliegen an einen Ort, an den ich nie wieder denken wollte.

Sei ein bisschen lieb zu mir, dann wird es wieder gut.

Ich will dir doch nicht wehtun. Das ist, was liebe Mädchen aushalten, und du willst doch in die Siebte kommen, oder? Was würden deine Eltern sagen, wenn du durchfliegst? Aber gute

Noten müssen kleine Schlampen wie du sich verdienen. Meinst du, ich hab dich nicht gesehen, hab nicht beobachtet, was du für eine bist?

Hecheln, Stöhnen zwischen meinen Beinen, das Klatschen von Leder auf Fleisch. Ich weiß nicht mehr, was Vergangenheit ist und was Realität. Er fickt mich. Es tut weh, so weh. Und immer wieder das Wort, dieses eine Wort. Schlampe, Schlampe, Schlampe. Kettenklirren. Plötzlich stoppt alles. Der Nächste wird kommen. Der Nächste und der Nächste, die mich behandeln wie ein Nichts, die mich nicht sehen, die nur sehen, was sie sehen wollen.

„Nein", wimmere ich. „Nein, nein, nein." Mit jedem Mal, dass ich es ausspreche, wird es lauter, sicherer, bis ich schreie. Ich weiß, dass es da ein anderes Wort gibt, das ich sagen sollte, aber es fällt mir nicht ein. Gar nichts fällt mir ein, ich werfe meinen Kopf hin und her, schreie und schreie. Kämpfe mit den Armen, trete und weine, und irgendwo ganz weit weg in meinem Kopf, wirbelt die Frage herum, warum ich nicht mehr angekettet bin. Schon nicht mehr angekettet war, bevor ich begonnen habe, zu schreien.

„Ich will das nicht. Das bin ich nicht. Ich bin keine …"

„Pssst, Gattina, ich hab dich." Der Duft nach Pfefferminzöl hüllt mich ein, intensiver jetzt als jemals zuvor, und der Duft nach Tizian. „Es ist vorbei. Es wird Zeit, dass wir reden." Tizian, der mich hält, der mich trägt. Weg von den anderen, die mich nicht sehen, nicht sehen wollen, ganz egal wie laut ich danach schreie, gesehen zu werden. Ich sacke in mich zusammen, sinke an seine Brust. Ich spüre meinen Körper nicht mehr, so weggetreten bin ich.

„Will nicht reden." Ich will nicht reden. Ich will nicht denken. Ich will einfach nur hier bleiben, solange es geht, bis er mich wegschickt, sich aus meinem Leben stiehlt, wie es alle gemacht haben.

„Was bist du nicht, Gattina?" Seine Stimme ist so sanft. Ich bin mir gar nicht sicher, ob er wirklich spricht, oder ob es nur ein Traum ist. Ein Traum, in den ich abgedriftet bin, weil der Albtraum zu schlimm war.

„Bin keine Schlampe. Wollte das doch nicht." Zähflüssig, wie kochender Sirup, blubbern die Worte aus meinem Mund. Ich weiß nicht, ob ich schlafe oder wach bin.

„Wer hat das gesagt? Wer hat gesagt, dass du eine Schlampe bist?"

„Alle." Alle, alle, alle. Erst der Hänssler und dann alle. Mama, Papa, alle.

Ich wollte das doch nicht, Mama. Aber er hat gesagt ...

Du bist immer wieder hingegangen, Sabine. Freiwillig. Ich weiß wirklich nicht, was wir noch mit dir tun sollen.

Aber ...

Kein Aber, junges Fräulein. Du warst alt genug, eine Affäre mit einem verheirateten Mann anzufangen, dann bist du alt genug, die Konsequenzen zu tragen. Hast du einmal daran gedacht, was es für Papa bedeutet, das Gerede? Wir können nur hoffen, dass Gras über die Sache wächst, wenn du nicht mehr hier bist.

„Wie alt warst du, Gioia?"

„Zwölf. Ich war zwölf."

Ich will nicht auf euer bescheuertes Internat! Meint ihr wirklich, dass ihr mich damit loswerdet? Ich kann euch da genauso blamieren wie hier.

Aber ich bin nicht wirklich zu Hause, oder? Ich war schon lange nicht mehr zu Hause. Wo bin ich? Ich fliege in einer Wolke aus Pfefferminzöl. Dort ist es sicher und warm. Ich vergrabe mein Gesicht in dem herrlichsten Duft, den ich je gerochen habe, schmiege mich in das Vergessen, das zwischen Erinnerung und Realität lockt. Lass mich nie mehr aufwachen, denke ich. Nie, mehr.

Tizian

Statt sie in den Subspace zu treiben, wie ich es geplant hatte, erlebt Sabine einen der dramatischsten Abstürze, die ich je bei einer Sumisa erlebt habe. Sie wieder aus diesem Zustand zurückzubringen, der ihr kalten Schweiß über die Haut treibt und ihr Inneres zittern lässt, ist eine meiner größten Herausforderungen. Und die wahrscheinlich beste Gelegenheit, die ich jemals haben werde, um wirklich zu ihr durchzudringen.

Ein Blick genügt, um dafür zu sorgen, dass Clara in der Nähe bleibt. Das Vertrauen, das Sabine in dieser Szene in mich gesetzt hat, ist immens und macht mir noch immer weiche Knie, weil ich nicht sicher bin, ob ich es wirklich verdiene. Ich bin verantwortlich für das, was gerade mit ihr geschehen ist, und obwohl es sie weit für mich öffnet, sie zugänglich und weich für mich macht, genau so wie ich sie haben wollte, hätte ich ihr einen derart heftigen Absturz gern erspart. Sie ist jetzt an einem ganz anderen Ort, weit weg, vermutlich auch weit weg von mir, und wenn sie zurückkehrt, kann es sein, dass sie mich als Feind betrachtet. Es wäre ihr gutes Recht und sehr verständlich. Dann brauche ich Clara hier, den einen Menschen, den sie von Kindesbeinen an kennt.

Schlampe. Es ist nicht ungefährlich, eine devote Frau, deren Trigger man noch nicht kennt, mit verbalen Misshandlungen zu konfrontieren. Einige von ihnen fallen in eine Art Schockstarre, Beleidigungen gehören zu den häufigsten Triggern für Panikattacken. Andere sind so gestrickt, dass sie nur mithilfe solch

drastischer Maßnahmen überhaupt zum Orgasmus kommen. Ich wollte meine Gattina dem nicht aussetzen, bevor ich sie besser kannte, aber weil keiner der anderen Wege sie an diesen Ort brachte, an dem ich sie haben wollte, habe ich es am Ende doch riskiert.
Bingo.
Meine Gattina. Ganz ohne Panzer und Barriere.
Ich sitze auf einer der schwarzen Ledercouchen in einem von Blicken abgeschirmten Teil des Saals. Niccolo steht an der Theke und bestellt etwas, Clara kniet zu meinen Füßen, den Kopf gesenkt. Wenig später bringt eine der Bediensteten ein Tablett mit Amarettini, einer Tasse heißer Schokolade mit einem Schuss Drambuie darin, daneben steht der Flacon mit dem Pfefferminzöl. Mit einer Kopfbewegung bedeute ich ihr, das Tablett auf den niedrigen Couchtisch zu stellen. Diskret zieht sie sich zurück. Um uns herum pulsiert die ruhige, sexgeladene Atmosphäre der Villa delle Fantasie. Es ist lang nach Mitternacht, da wird es stiller hier drin, die meisten haben bekommen, weshalb sie hier sind, schweben in einem Zustand von Erfüllung und Glücklichsein. Niccolo kehrt zu uns zurück, nimmt in einem der tief gepolsterten Sessel Platz, nachdem er eine flauschige Decke über Sabines zitternden Körper gebreitet hat.
Sie trägt immer noch das Halsband mit der Kette daran. Meine Finger spielen damit, ganz ohne mein Zutun. Leise klirren die Kettenglieder aneinander. Ich bin ein Mann, der Seile liebt, aber an Sabines Körper waren die Ketten der Schaukel sensationell.
Clara hebt den Kopf, sieht mich an, eine Mischung verschiedener Emotionen in ihrem Gesicht. Ich sehe Verständnis in ihrer Miene, aber auch Abscheu. Sie will zu ihrem Padrone zurück, wo sie sich sicher fühlt, weil sie das, was ich gerade mit ihrer Freundin gemacht habe, zwar vielleicht verstehen kann, aber es sie

nichtsdestotrotz erschreckt. Ich verziehe einen Mundwinkel zu einem spöttischen Grinsen und gebe ihr ein harsches Zeichen mit dem Kopf. Geh zu deinem Master. Es braucht keine Worte. Sie neigt den Kopf in perfekter Anmut, erhebt sich, ohne die Hände zu Hilfe zu nehmen, geht die paar Schritte hinüber zu Niccolo und lässt sich zu seinen Füßen wieder auf den Teppich sinken. Mit einem zufriedenen Seufzen lehnt sie sich an sein Bein. Nachdenklich schiebt er seine Finger in ihr Haar, spielt mit den widerspenstigen Strähnen. Sie entspannt sich sichtlich, doch mit der Sicherheit, wieder an der Seite ihres Meisters zu sein, tritt auch das andere weiter hervor. Das Missfallen und der Ärger. Auf mich. Ich tausche einen Blick mit Niccolo, er nickt mir kaum merklich zu. Er wird sich um Clara kümmern. Natürlich wird er das, er liebt sie abgöttisch.

Sabine rührt sich ein wenig. Meine Sinne spannen sich sofort an. Ich tunke einen Zeigefinger in die Schokolade, ignoriere den Fakt, dass ich mir die Fingerspitze an dem heißen Getränk verbrenne, und streiche damit über ihre Unterlippe. Zaghaft leckt sie den Geschmack ab. Ihre Lider beginnen zu flattern. Ich küsse ihre Stirn, stecke mit der freien Hand die Decke um sie herum fest.

„Wenn du nicht bereit bist, aufzuwachen, Gioia, dann schlaf weiter", murmele ich.

Sie schmiegt sich tiefer in meinen Arm. Zu entrückt, um aufwachen zu wollen. Es ist mir recht. Ich hefte meinen Blick auf die dunkelhäutige Sumisa zu Niccolos Füßen. „Clara. Die Augen zu mir."

Sie blickt mich an, blinzelt verwirrt und kämpft dagegen an, das Missfallen zu zeigen, das sie mir gegenüber in diesem Moment empfindet. Loyalität halte ich für eine der besten Tugenden, die ein Mensch besitzen kann. Clara und Sabine kennen sich, seit sie Kinder waren. Sie sind bedingungslos loyal.

„Du hast gehört, was sie gesagt hat", erinnere ich sie. „Ich will jetzt von dir wissen, was du über all das weißt. Ich muss wissen, wo der Schmerz liegt, in den ich meinen Finger gebohrt habe."

Sie kann den Zorn auf mich nicht länger zügeln, doch Angst und Respekt lassen sie zuerst zu Niccolo aufsehen. Der schmiegt seine Hände um ihre Schultern, bedeutet ihr damit, dass er auf sie achtet. Dass er nicht zulassen wird, dass ich es übertreibe. Good Cop, bad Cop ist normalerweise nicht mein Stil, aber in diesem Fall heiligt der Zweck die Mittel.

„Sie hat gesagt, dass alle sie eine Schlampe genannt haben. Wer, Clara? Wer hat das getan?"

Sie schaudert, presst sich an Niccolos Bein. „Ich weiß nicht ..."

„Wurde sie in der Schule gemobbt?"

„Nicht ... nicht in der Schule, auf die wir gemeinsam gegangen sind zumindest. Sie war wahnsinnig cool. Sie sah viel älter aus als wir alle, hat sich schon geschminkt, war wahnsinnig sexy und selbstbewusst. Sie konnte die Lehrer in den Wahnsinn treiben. Wir Mädchen wollten alle ein bisschen so sein wie sie. Und die Jungs waren, glaube ich, alle in sie verliebt, doch sie hat sie alle abblitzen lassen. Ziemlich rüde manchmal, aber so war sie einfach."

Ja, ich habe keine Probleme, mir das vorzustellen. Das ist genau die Sabine, die ich kennengelernt habe. Die Maskerade, die einen Schmerz verbirgt, der so, so tief sitzt.

„Wann war das?"

„Sie kam auf das Internat, als die siebte Klasse begann."

Ich mache ein kleines Rechenexempel in meinem Kopf. Zwölf, erinnere ich mich. *Ich war zwölf,* hat sie gesagt. Das passt zusammen.

„Hat sie sich in Schwierigkeiten gebracht?"

Clara seufzt. „Die ganze Zeit."

Zeit für den Todesstoß. Niccolos Finger legen sich fester um Claras Schultern, noch fester.

„Hat nie jemand versucht, herauszufinden, warum sie so war? Warum sie das tat?" Clara hebt die Augen, Schmerz glitzert in ihren Pupillen. „Nicht einmal du, Clara?", frage ich schneidend. „Ich dachte, du bist ihre Freundin."

Sie blinzelt. Wasser steigt in ihre Augenwinkel, ihr ganzer Körper zittert, dann bricht sie in Tränen aus. Sofort hebt Niccolo sie auf seine Schenkel, hält sie wie ein Kind.

Clara hat keinen Fehler gemacht. Nicht in der siebten Klasse. Das waren Kinder, was wussten sie schon? Immerhin ist Clara immer für Sabine da gewesen, sie sind immer befreundet geblieben, obwohl sie so verschieden sind. Das ist mehr, als die meisten Rebellen von sich sagen können, dass es ihnen gelungen ist, solche Freunde zu finden. Loyalität. Doch ich musste das wissen, und nur Clara konnte es mir sagen.

Verhaltensmuster, die Sabine seit knapp zwanzig Jahren mit sich herumträgt. Eine Mauer aus Beton, aus Eis, die zu durchbrechen mehr brauchen wird als eine einzelne Session in der Villa delle Fantasie.

Mehr als eine Abmachung, die nach drei Tagen enden soll.

Wieder rührt sich Sabine ein wenig. Ihre Nasenflügel beben, dann schlägt sie die Augen auf. Sie lächelt, aber es wirkt verwirrt, entrückt. Ihre Mundwinkel verziehen sich. Röte steigt in ihre Wangenknochen, wo direkt nach der Szene nur fahle Blässe war. Wie ein Kätzchen schmiegt sie sich fester in meinen Schoß, aber da ist dieses hilflose Lächeln, das meine gesamte Fassung seitwärts zu kippen droht.

„Mehr", murmelt sie.

„Mehr?" Ich weiß nicht, wovon sie redet.

„Schokolade." Das Bleigrau ist aus ihren Augen verschwunden. Ich starre in zwei Seen von der Farbe des Himmels über Venedig, wenn an einem Frühlingsmorgen der Nebel über die Lagune zieht. Atemberaubend. Verstörend. „Mehr Schokolade. Was ist da drin?"

„Whiskylikör."

„Ah. Alkohol."

Ist sie sich überhaupt bewusst, was sie zu mir gesagt hat? Sie wirkt nicht so, sie scheint ganz weit entfernt und gleichzeitig so eins mit sich und der Welt, wie ich sie noch nie erlebt habe. Wie ich sie für immer haben will.

Für immer.

Meine Gioia.

Ich setze die Tasse an ihre Lippen, halte ihren Hinterkopf wie bei einem Kleinkind, sorge dafür, dass sie nur kleine Schlucke nimmt, um sich nicht zu verbrennen.

„Das ist gut", murmelt sie.

Ich will diese Frau behalten. Will auf den Grund ihrer Seele sehen, will alles von ihr wissen. Will die Menschen töten lassen, die ihr das angetan haben, alles, was ich tun muss, ist, einen Auftrag zu erteilen, verdammt. Plötzlich wird mir klar, dass sie hier nicht die Einzige ist, die sich selbst gequält hat mit ihrem Verhalten, über so viele Jahre hinweg, wie ich nun erahnen kann. Sie war zwölf, hat sie gesagt. Zwölf, als das alles seinen Anfang nahm. Jetzt ist sie hier. In meinen Armen. Ihr Leben hat sie hierher geführt, an diesen Ort. Zu mir, dem einzigen, der jemals versucht hat, zu ihr durchzudringen. Ist das Schicksal? Ich bin nicht so viel anders als sie, geht mir auf. Ist das der Grund, dass ich es bin, der ihr helfen will? Weil sich niemand besser in sie hineinversetzen kann? Lange bevor Faby starb, lange bevor ich Pieramedeos Nachfolger wurde, habe ich mir geschworen, nie eine Frau zu lieben. Fabys Tod, die Umstände, wie es dazu kam, haben diesen Grundsatz, den ich mit mir herumtrug, seit ich noch ein Teenager war, zementiert. Nie einen Menschen haben, der mir so wichtig wäre, dass ich mich für ihn verletzlich mache.

Doch kann man das? Können wir verhindern, dass Menschen in unser Leben treten, die wir nie mehr daraus entlassen wollen? Habe ich mit dem Eispanzer um mein Herz nur bewirkt, dass ich mir selbst etwas verwehrte, das gut und richtig und jeden Blutstropfen, den man dafür vergießt, wert ist?

Ich kann sie nicht gehen lassen. Ihre Augen mustern mich, ihr Lächeln verblasst, wird weicher. Eine Hand stiehlt sich aus der Umklammerung der Wolldecke, ihre Finger gleiten über mein Gesicht. Sie hat damit begonnen, sich mir zu öffnen. Angefangen, mich die Dinge sehen zu lassen, die sie seit vielleicht zwanzig Jahren tief in sich verschloss, weil sie zu wehtaten, um sie zu zeigen. Was für ein riesiger Fehler, ausgerechnet mir? Aber vermutlich ist sie sich dessen ja noch gar nicht bewusst. Ich will, dass es ihr klar ist. Ich will, dass sie nicht bereut, es getan zu haben, doch das kann sie mir nur schenken, wenn sie es weiß.

„Wo bist du, Gattina?", frage ich sie ruhig.

Sie blinzelt, scheint zu überlegen. Über ihren Gesichtszügen scheint ein Schleier zu liegen, der ihre Empfindungen ganz weich zeichnet.

„Auf deinem Schoß", sagt sie schließlich langsam, bedächtig.

Ich muss schmunzeln. Das trifft es recht gut. „Ja, auf meinem Schoß, Baby. Und wo ist das? Ein bisschen … genereller. Weißt du, wo du bist?"

Sie dreht ein wenig den Kopf, um sich umzusehen. Runzelt die Stirn. Ihr Blick trifft Clara auf Niccolos

Knien, der mit den Brüsten seiner Sumisa spielt, während sie leise weint. Doch auch diesen Anblick scheint Sabine in diesem Moment nicht verarbeiten zu können. Der einzige, den sie erkennt, bin ich. Ich habe das Gefühl, als wolle mein Herz platzen. Sie sieht mich als ihren Anker. Sie vertraut mir.

„Das ist die Villa delle Fantasie", sage ich.

Sie denkt einen Augenblick nach. Langsam. Dann sickert wieder dieses verstörende Lächeln auf ihre Lippen. „Auf deinem Schoß in deinem Schloss, Principale."

Ich senke meine Lippen auf ihre und küsse den Atem aus ihrem Mund.

Sabine

Mitten in der Nacht wache ich auf. Es ist dunkel im Zimmer und ganz still. Nur Tizians Atem, der ruhig und gleichmäßig über mein Gesicht fächert. Ich blinzle die Augen auf. Er sieht mich an, seine Augen wirken wie glänzende Seen in der Unendlichkeit.

„Du schläfst nicht?" Meine Stimme klingt verschlafen und rau. Er liegt auf der Seite, ebenso wie ich. Eine Hand unter den Kopf geschoben, die andere lose um meine Mitte gelegt.

„Ich passe auf dich auf." Ganz ruhig ist seine Stimme. Ganz zart.

„Das tust du." Ja, das tut er. Er achtet auf mich, sorgt sich um mich, kümmert sich. Vorhin, als wir aus der Villa delle Fantasie gekommen sind, hat er mich gewaschen, hat meine Haare gekämmt und mich gestreichelt, bis ich zurückgefunden habe in den Schlaf. Einen tiefen, traumlosen Schlaf diesmal, ohne störende Bilder aus der Vergangenheit. Er hat mir das geschenkt. Er, Tizian, und er hat mich nicht allein gelassen auf meiner Reise dorthin, auf meiner Reise durch dunkle Täler, in denen fratzenhafte Erinnerungen darauf gewartet haben, mich zu erschrecken.

Ich lehne mich zu ihm, hauche ihm einen sanften Kuss auf die Lippen. Ganz vorsichtig tasten meine Lippen über seine. Er liegt still, lässt mich machen. Ich lege meine Hand an seine Wange, erfühle den rauen Bartschatten dort. Es ist spät, oder früh. Seit gestern Abend hat er sich nicht eine Sekunde lang von meiner Seite bewegt.

„Du schmeckst so gut", flüstere ich in seinen Mund, schließe die Augen. Ich kann mich nicht erinnern, wann ich das das letzte Mal gemacht habe. Einfach nur geküsst. Es ist lange her, auf jeden Fall. Zu lange, denn ich wusste nicht mehr, wie wunderbar es ist. Mit der Zungenspitze erforsche ich jeden Millimeter seiner Lippen, finde die raue Stelle in seinem Mundwinkel, ertaste eine kleine Narbe auf seiner Oberlippe. Ich wüsste gern, was dort passiert ist, würde gern die Geschichten aller seiner Narben kennen, denen, die im Inneren verborgen sind, genauso wie denen auf seiner Haut. Denn ich weiß, jeder Mensch hat Narben, und jede Narbe hat eine Geschichte. Meine Geschichte kennt er seit heute ein wenig besser. Und trotzdem ist er hier, bei mir. Auf meinem Bett, dessen Bettzeug ich seit über einer Woche heute wechseln wollte.

Er lässt mich machen, küsst mich zurück, aber nur so viel, dass es nicht uninteressiert wirkt, sondern fast schüchtern. Ein Schauder rinnt seinen Nacken hinab, ich kann es unter meiner Hand fühlen. Ein fast heiliger Moment inniger Zweisamkeit. Als wäre es das erste Mal, dass ich küsse, das erste Mal, dass er küsst, und irgendwie ist es das ja auch, denn einen solchen Kuss habe ich noch nie erlebt.

Ganz langsam werde ich mutiger, tauche mit der Zunge in seinen Mund. Er lässt sich einladen, geht auf meinen Tanz ein. Tief in mir wird alles ganz weich, während unsere Zungen miteinander spielen, sich sanft umkreisen, locken, reizen und sich zurückziehen. Ich lasse meine Hand über seine Schulter gleiten, auf seine Brust. Noch immer trägt er das schwarze Seidenhemd, das er in der Villa getragen hat. Die Muskeln darunter sind fest. Kein Gramm Fett an diesem Mann, aber auch keine Muskelmassen. Nur lange, elegante Stränge aus Kraft und Sicherheit.

„Darf ich dich ausziehen?" Meine Finger spielen mit dem ersten Knopf seines Hemdes. Dann dem zweiten.

Seine Finger geben mir die Antwort, helfen mir, auch die restlichen Knöpfe zu lösen, einen nach dem anderen. Er setzt sich ein wenig auf, um sich das Hemd von den Schultern streifen zu können, doch gleich darauf liegen seine Lippen wieder auf meinen. Als das erste Mal meine Hand seine nackte Brust berührt, würde ich am liebsten weinen, so kostbar kommt mir der Moment vor. Ich lasse meine Finger durch seine Brusthaare streichen, die fest sind und lockig, ganz so wie es sich für einen Italiener gehört. Mit den Fingerspitzen ertaste ich seine Brustwarzen. Obwohl sie kleiner sind als meine, gut verborgen in dem Nest dichter Haare, richten sie sich sofort auf, recken sich meinen Fingern entgegen. Ich lege meine Lippen um eine und sauge, fahre mit dem Finger weiter zu seinen Schlüsselbeinen. In der kleinen Kuhle unter seiner Schulter ertaste ich eine Erhebung, einen runden Wulst. Ich fühle, während er sich unter meinen Erforschungen verkrampft, wie seine Muskeln hart werden und sein Atem stockt. Ich weiß, dass er dagegen ankämpft, meine Hand von seiner Haut zu ziehen, aber er tut es nicht. Jede Narbe hat eine Geschichte, doch jede Geschichte hat auch den richtigen Moment, um erzählt zu werden. Der richtige Moment für die Geschichte hinter Tizians verletzter Schulter ist nicht jetzt.

Jetzt ist der Moment für Küssen, für Streicheln, Suchen und Finden. Dafür, ihm zu danken, dass er mir das hier schenkt. Ein erstes Mal, wie ich es nie hatte. Ein erstes Mal voller seliger Unwissenheit, voller Aufregung und Neuem. Nur um seine Hose auszuziehen, löst er sich von mir, streift seine Socken ab, dann kommt er zurück auf das Bett. Wir sind jetzt beide nackt. Seine Finger flüstern über meine Haut, und ich meine dieselbe Ehrfurcht in seinen Berührungen zu erahnen, wie auch ich sie empfinde.

In der Nachttischschublade taste ich nach einem Kondom. Wir reißen es gemeinsam auf, und ich sehe ihm dabei zu, wie er es sich überstreift. Wie alles an ihm, ist auch seine Erektion schön. Lang und schlank, mit einem perfekten Kranz um die Eichel. Er fängt meinen Blick auf, in seinen Augen brennt schwarzes Feuer.

„Ich hab das noch nie gemacht", sagt er, und es klingt fast verlegen.

„Ich auch nicht", antworte ich, denn ich weiß, wovon er redet. Das, was wir gerade teilen, ist kein Sex. Nicht so, wie ich ihn kenne, und wahrscheinlich noch viel weniger wie der Sex, den der Principale kennt. Doch hier in diesem Bett, in meinem Apartment, das sind nicht der Principale und seine Sklavin. Das sind Sabine und Tizian, die sich lieben. Die ineinander Vergessen suchen und Halt.

Ganz vorsichtig schiebt er sich in mich. Ich stöhne ein bisschen, öffne meine Schenkel noch weiter. Mein Eingang ist geschwollen und ein wenig wund von der Bestrafung in der Villa. Aber das Dehnen, das leichte Brennen, das ich empfinde, als er in mich eindringt, ist köstlich, weil es mir jeden Zentimeter, den er tiefer in mich kommt, jeden Millimeter, den er weiter vordringt, bewusst macht, bis unsere Becken aneinanderliegen und nichts mehr uns trennt, nicht einmal ein Hauch von Luft.

Er gibt mir Zeit, um mich an die Fülle zu gewöhnen, sprenkelt meinen Hals mit leisen Küssen.

„Meine Gioia, meine süße, süße Gioia." Im Takt seiner Worte beginnt er sich zu bewegen. Ganz langsam, ganz vorsichtig. Zuerst liege ich nur still, schwelge in dem Gefühl, wie er in mich hineingleitet und wieder heraus, dann hebe ich ihm meine Hüften entgegen, stimme in seinen Takt ein, in dieses Lied, das so alt ist wie die Menschheit selbst. Unser gemeinsames Lied. Sein Atem singt in meinen Ohren, das Geräusch feuchter Nässe, das unseren Tanz begleitet, das leise Stöhnen und Schnauben.

Ich komme nicht, bevor er sich in mir verliert, aber das stört mich nicht. Ganz im Gegenteil. Nicht abgelenkt von meiner eigenen Lust, kann ich es viel besser genießen, das Zittern, das durch seinen Körper rinnt, das Schaudern und den Moment der Erlösung.

Hinterher liegt sein Kopf an meinem Hals, weht sein Atem über meine Brust, während der Schweiß von seiner Stirn auf meine Haut tropft. Ich streiche mit den Fingern durch seine Haare, spiele mit den seidigen schwarzen Strähnen in seinem Nacken. Frieden hüllt uns ein und Ruhe.

„Danke", wispere ich. Vielleicht ist er nun doch eingeschlafen. Es macht nichts. Die Worte sind es wert ausgesprochen zu werden, ganz egal wann und wie. „Das habe ich mir so lange gewünscht."

Eine Weile hüllt Schweigen uns ein. Ich ziehe ihn noch näher an mich, küsse seinen Scheitel. Erst als er meine Umarmung erwidert, sich an meinem Körper nach oben schiebt, um nun mich an seine Brust zu ziehen, merke ich, dass er nicht eingeschlafen ist.

„Seit du zwölf warst?", fragt er. Ich nicke. In diesem Augenblick habe ich das Gefühl, dass ich ihm alles erzählen kann.

„Wer war er?"

Er muss nicht fragen, er hat mehr verstanden, als ich ahnen wollte, von den Worten, die ich ausgestoßen habe, in dem seltsamen Zustand zwischen Wachen und Träumen, als die Welt um mich herum zerfasert ist und nur er es war, der mich gehalten hat. Eine Geschichte muss nicht erzählt werden, um wahr zu werden, doch manchmal tut es gut, sie zu teilen. Zumindest habe ich mir das sagen lassen. Ich nehme einen tiefen Atemzug und beginne zu erzählen.

Kapitel 8
Tizian

„Wenn ich mich anstrenge, kann ich mich an eine Zeit erinnern, als ich gern zur Schule gegangen bin."

Sabines Stimme klingt verträumt, so, als wäre sie immer noch weit weg. Dass sie es nicht ist, dass sie ganz nah bei mir ist, spüre ich an ihren schmalen Fingern, die sich in meine Haare wühlen. An dem leisen Vibrieren ihres Atems, als sie die Worte gegen meine Kehle haucht. Ich schlinge beide Arme um sie, als wäre ich die Decke, die sie wärmt und beschützt. Der Nachhall unseres unglaublichen Liebesspiels singt noch durch meinen Körper, ich fühle mich wie betrunken. Ich bin diese Nähe nicht gewohnt, aber sie fühlt sich himmlisch an. Der Gedanke, dass ich das Vertrauen, das sie in mich setzt, indem sie das alles mit mir teilt, betrügen muss, wenn diese Nacht irgendwann endet, legt sich wie eine Hülle aus Blei auf mich.

„Im Kindergarten hatte ich eine sehr nette Erzieherin. Ich habe nicht so gern mit Puppen oder der Autorennbahn gespielt. Ich mochte Wortspiele, Zahlenspiele. Sie hat das gefördert, und sie hat es auch in meine Empfehlung geschrieben, als ich eingeschult wurde. Dass ich sehr gut mit Worten umgehen kann. Ich war weiter als die anderen Kinder. Die anderen konnten mit etwas Glück den eigenen Namen schreiben. Ich habe ganze Sätze geschrieben. Meine erste Klassenlehrerin war wie die Erzieherin im Kindergarten. Die hat mich gefördert und gelobt." Sie seufzt ein wenig, als wären die Erinnerungen ganz weit weg. „Ja. Damals bin ich wirklich gern zur Schule gegangen."

Meine Hände liegen auf ihrer Haut, bewegungslos. „Du warst schon damals ein kluges Köpfchen." Was soll ich sonst sagen? Ich ahne, dass all das nicht wirklich etwas mit dem zu tun hat, was sie mir eigentlich erzählen möchte. Aber sie braucht einen Einstieg, irgendwas, mit dem sie die erste Scheu überwinden und einen Anfang machen kann.

„Meine Eltern hat es nie interessiert. Ich kam aus der Schule, habe den ganzen Weg mein Heft an die Brust gedrückt, das Heft, in dem die Lehrerin nicht ein, sondern gleich zwei Bienchen unter das Diktat gestempelt hat. Stolz habe ich es meiner Mutter gezeigt, aber sie hat viel lieber weiter telefoniert. Mein Vater hat Zeitung gelesen. Es hat sie nie interessiert. Zuerst dachte ich, dass das normal sei und Eltern nichts anderes erwarten. Sie waren ja meine Eltern, ich kannte sie nicht anders. Also habe ich versucht, immer besser zu sein. In den unteren Klassen war ich immer Klassenbeste, hab gekämpft, damit meine Eltern einmal so stolz auf mich sein würden, wie es meine Lehrerin war. Aber wann immer ich etwas gut gemacht habe, haben sie es einfach nur mit einem Nicken quittiert. Das war, was sie von mir erwarteten. Ansonsten war es, als gäbe es mich nicht." Ihre Finger in meinen Haaren werden kalt. „Ich war ein Einzelkind. Aber ich war nicht verzogen. Ich habe gar nicht existiert. Es gab immer etwas, das wichtiger war als ich. Der neue Yoga-Kurs von meiner Mutter, ein Geschäftsessen von meinem Vater, eine Bildungsreise. Ich hatte alles, und ich hatte nichts."

Langsam beginnt sich in meinem Kopf ein Bild zu formen. Es hätte mich auch gewundert, wenn das, was ihr Leben verpfuscht hat, wirklich erst begonnen hat, als sie zwölf Jahre alt war. Der Grundstein wurde schon viel früher gelegt. Ich bin mir nicht sicher, ob ich hören will, was das einschneidende Erlebnis war, das sie mit zwölf aus der Bahn geworfen und dann ins Internat gebracht hat. Beinahe befürchte ich, dass ich es nicht werde ertragen können. Der Sex mit ihr, hier in ihrem Bett, war so innig, so zart, tastend, suchend, als wäre es das erste Mal. Gut und süß und wundervoll, aber auch erschreckend, weil ich nicht erwartet habe, dass eine Frau, die keinem sexuellen Abenteuer abgeneigt ist, auf diese Weise die körperliche Liebe erfahren kann. So, als habe sie nie zuvor Sex gehabt.

Es verunsichert mich ein bisschen, obwohl es in gewisser Hinsicht auch für mich eine Premiere war.

„Möchtest du Musik hören?", fragt sie mich plötzlich.

„Ich möchte deine Geschichte hören", erwidere ich. Sie dazu auffordern zu können, einfach so, ist die eine Sache, aber das viel größere Wunder ist, dass sie schon mitten in der Erzählung drinsteckt. Ich verstehe, dass sie einen halbherzigen Versuch macht, abzulenken, während ihre Stimme vibriert von der Gier, mir alles zu sagen. Zu schmerzhaft sind die Dinge, die sie sich von der Seele reden will. Ich weiß das, weil ich ihren Schmerz fühlen kann, so intensiv, als wäre es mein eigener. Meine Finger verfangen sich in ihren weichen Locken, sie soll wissen, dass ich für sie da bin, dass ich ihr zuhöre, weil es in diesem Moment nichts und niemanden auf der Welt gibt, der wichtiger ist als sie.

„Also bist du rebellisch geworden, weil du ihnen egal warst? Weil du gehofft hast, dass sie dann anfangen, sich für dich zu interessieren?"

„Woher weißt du das?"

Ich schmunzele ein bisschen. „Weil es etwas ist, dass ich selbst hätte tun sollen, als ich ein Kind war. Ein wenig rebellischer sein. Auffallen. Und damit meinem Vater zeigen, dass ich nicht der war, für den er mich hielt."

„Für wen hielt er dich?"

„Wir reden hier über dich, Gattina, nicht über mich."

Sie seufzt. „Es hat ja nicht geholfen. Meine Noten wurden immer schlechter. Die Lehrer wussten nicht, was mit mir los war. Meine Eltern mussten zu Gesprächen in die Schule kommen. Hast du eine Ahnung, wie sehr ich mich nach irgendwas gesehnt habe, und sei es eine Ohrfeige von meinem Vater, nur damit er mir zeigt, dass er mich überhaupt wahrnimmt? Während sie weg waren, habe ich mir vorgestellt, wie sie nach Hause kommen würden, und mir mein Papa den Hintern dafür versohlt, dass ich nicht aufpasse in der Schule. Und anschließend würde er mir androhen, dass ich ab jetzt jeden Abend mit ihm Mathe lernen muss. Ich hab mich schon richtig darauf gefreut. Aber nein. Er … sie kamen von so einem Gespräch nach Hause, ich war noch wach, hab sie belauscht, wie sie in der Küche redeten, und sie haben einfach nur gesagt, dass sie mir Nachhilfelehrer beschaffen würden, und dann haben sie übers Fernsehprogramm gesprochen."

Sie zieht die Nase hoch. Ich presse sie enger an mich, die Wärme meines Körpers sickert in ihren.

„Weiter", raune ich an ihrem Ohr. „Hör nicht auf." Ich kann alles ertragen, für sie.

„Ich wurde älter. Als ich zehn oder elf war, war ich viel reifer als andere Mädchen. Plötzlich habe ich bemerkt, wie manche Jungs mich anders ansahen. Die Jungs aus den höheren Klassen. Manchmal pfiffen sie mir hinterher. Oft haben sie mich gefragt, ob ich mit ihnen abhängen wollte, wenn sie abends um die Häuser zogen. Plötzlich wurde ich bemerkt. Also fing ich an, meinen Hüftschwung zu üben. Ich wollte mehr von dieser Aufmerksamkeit, weil sie so gut tat."

„Daran ist nichts Verwerfliches", mache ich ihr Mut. „Viele Mädchen tun das, wenn sie in die Pubertät kommen." Aber es ist gefährlich. Es gibt zu viele miese Schweine auf der Welt. Doch das sage ich nicht, weil ich fürchte, dass sie es selbst am eigenen Leib erfahren hat. In mir wird es ganz kalt.

Es folgt eine lange Pause. Ich lausche auf ihren Atem, sie auf meinen. Wir liegen nebeneinander. Im Dachüberhang vor dem Fenster scheint ein Vogel sein Nest zu haben, ein leises Zwitschern kündigt das Ende der Nacht an, diesen Augenblick, vor dem ich mich fürchte, denn wenn der Tag beginnt, muss ich sie wieder allein lassen, und dann bleibt uns nur noch eine Nacht.

„Eines Tages hat mich der Rektor meiner Schule zu sich ins Büro bestellt", sagt sie endlich, so leise, dass ich sie kaum hören kann. „Ich war zwölf. Einer der Nachhilfelehrer hatte Kontakt mit ihm aufgenommen, weil er meinte, dass ich klug genug sei, alles zu verstehen, nur zu störrisch. Dass es mein Wille war, der nicht passte, nicht meine Intelligenz."

Wieder schweigt sie minutenlang, und ich unterbreche ihre Pause nicht. Ein zweites Vogelstimmchen gesellt sich zum Zwitschern des ersten.

„Ich hatte nicht gemerkt, dass er schon lange auf meinen Arsch starrte. Ich meine, wer erwartet das denn? Er war der Rektor, ich hatte überhaupt keine Berührungspunkte mit ihm. Aber er ... er sorgte dafür, dass wir von nun an viele Berührungspunkte hatten." Sie schluckt schwer, scheint auf meine Reaktion zu warten, aber ich sage nur, dass sie weiterreden soll. Sie ist so weit gekommen. Jetzt will ich auch den Rest hören. Ich bin es ihr schuldig, das zu ertragen.

„Er sagte, wenn ich lieb zu ihm bin, würde er dafür sorgen, dass meine Noten in Zukunft wieder meine Intelligenz widerspiegeln und nicht meine Faulheit. Und er hat mir versprochen, dass dieser Umstand meine Eltern sicherlich auf mich aufmerksam machen würde. Was sollte ich tun? Ich steckte schon viel zu tief drin. Ich wollte wahrgenommen werden. Also habe ich es gemacht." Ich spüre das Schaudern, das durch ihren zarten Körper läuft, ein feines Beben, heftiges Zittern, ihr Atem stockt bei der Erinnerung.

„Er hat mir so wehgetan." Nur dieser eine Satz, dann wieder Stille.

„Nur das eine Mal?", will ich wissen, als das Schweigen mich zu erdrücken droht.

Sie schüttelt den Kopf. „Ich habe mir jedes Mal vorgenommen, nur noch dieses eine Mal. Aber er schenkte mir Aufmerksamkeit. Er hat mir Angst gemacht, dass alle Welt mich als Hure und Schlampe bezeichnen würde, wenn ich etwas verraten würde, niemand würde mir glauben, denn ich war ja schon als ziemliches Flittchen verschrien, das lieber mit Jungs als mit Mädchen abhing und wo immer sie ging, mit dem Hintern wackelte. Sie würden sagen, dass es meine Schuld sei, und sich nicht vom Gegenteil überzeugen lassen. Ich habe ihm geglaubt und den Mund gehalten."

„Du warst ein Kind, Baby", sage ich, zwinge meine Stimme, ruhig zu bleiben, auch wenn ihre Erzählung mich bis in den Grund meiner Seele aufwühlt. Ob sie mir den Namen des Schweins verraten würde, wenn ich sie danach frage? Ich wünsche mir fast, sie würde es nicht tun. Ich würde ein Mordkommando auf ihn losschicken, aber ich habe schon seit vielen Jahren keinen Mord außerhalb der Gemeinschaft mehr angeordnet und habe mir vor langer Zeit geschworen, es auch nie wieder zu tun.

„Das war ja nicht das Schlimmste", flüstert sie.

„Was war das Schlimmste?"

„Er hat mir Geschenke gemacht. Hinterher, wenn ich nett zu ihm gewesen bin. Nicht nur wurden meine Noten besser, obwohl meine wahren Leistungen immer schlechter wurden. Er schenkte mir Dinge. Ein hübsches Armband, ein Buch, das ich mir schon lange gewünscht hatte, Kinokarten. Er war aufmerksam." Wieder dieses heftige Schlucken, dieses Verdrängen aufsteigender Tränen. „Ich hab mich schon vorher nach Aufmerksamkeit gesehnt. Mein ganzes Leben lang. Aber süchtig danach, gewillt, alles dafür zu tun, dass jemand aufmerksam war, wurde ich durch ihn. Also ging ich immer wieder hin, ertrug, was er tat, und ließ mich beschenken für diesen flüchtigen Moment der Seligkeit, wenn ich einen Beweis hatte, dass da jemand war, dem ich nicht egal war. Ich war noch nicht dreizehn, aber konnte einen Blowjob geben wie die beste Schlampe von der Ingolstädter Landstraße, zumindest hat er das gesagt. Ich hab mich so geschämt dafür, aber ich konnte es auch niemandem erzählen, weil er mich ja zu nichts gezwungen hat. Ich bin immer wieder freiwillig zu ihm gegangen."

Stille. Nur das Tschirpen der Vögel unter dem Dachüberhang. Sabines Herzschlag in meinem Ohr, ihr Atem, der feucht rasselt von den Tränen, die sie nicht weinen will. Ich weiß jetzt, was wir in der nächsten Nacht tun werden. Was ich tun werde. Ich werde sie dazu bringen, vollkommen loszulassen. Hemmungslos zu weinen. All diese Tränen, die sie vermutlich in sich aufstaut, seit sie zwölf Jahre alt war, und von denen sie immer noch denkt, dass sie sie nicht verdient, weil sie sich das, was ihr angetan wurde, selbst zuschreibt.

„Was ist dann passiert?", frage ich.

Sie krallt sich an meine Schultern. „Seine Frau hat uns erwischt. Sie hat ... sie hat uns bei meinen Eltern verpfiffen. Es war alles so ... so verquer. Ich weiß nicht genau, wie sie den Deal ausgehandelt haben. Ich war viel zu durcheinander, viel zu zerstört. Alles, woran ich denken konnte, war, dass ich den einzigen Menschen verlor, der mir Aufmerksamkeit schenkte.

Ist das nicht krank? Denn natürlich haben meine Eltern mir nicht geglaubt. Sie waren auf ihren eigenen Ruf bedacht. Sie schoben mich ab, und dieses Mal nicht in irgendwelche Nachhilfestunden. Sondern endgültig, sie schoben mich ab in ein Internat, und wann immer Schulferien waren, mussten sie gerade auf Geschäftsreise."

Ich atme den Duft ihrer Haare, nach Jasmin und Holunderblüten, halte sie fest und danke dem Herrn oder wer auch immer dafür verantwortlich ist, dass er dieser Frau, die hier in meinen Armen liegt, so viel Kraft geschenkt hat. Jede andere, die ich kenne, wäre unter diesem Druck zusammengebrochen und nie wieder aufgestanden. „Und im Internat hast du Clara kennengelernt."

Sie nickt müde. „Und Jakob."

„Wer ist Jakob?"

„Ein guter Freund." Ihre Schultern beben, aber das ist kein Weinen, sondern ein kleines Lachen. „Bist du eifersüchtig, mein venezianischer Prinz?"

„Habe ich einen Grund dazu?"

„Nein. Er ist über all die Jahre nur ein guter Freund gewesen. Er und Clara haben mir geholfen. Sie haben mich ernst genommen. Sie mochten mich, und sie haben … sie haben sich nicht vertreiben lassen. Ganz egal wie ekelhaft ich manchmal zu ihnen war. Mit ihrer Hilfe habe ich es geschafft, mich von Menschen wie … wie dem Rektor loszumachen und nie wieder auf solche Maschen anzuspringen. Ich habe es geschafft, selbst über mich zu bestimmen. Die Männer zu benutzen, statt mich von ihnen benutzen zu lassen." Sie schlägt die Augen auf, sieht mich an. „Oh je."

„Oh je?" Ich hebe die Brauen, doch ich empfinde keine Strenge dabei, nur abgrundtiefe Dankbarkeit für die Frau, die in meinen Armen liegt. Ich habe sie nicht verdient, denn sie verdient die Welt.

„Und jetzt habe ich dich. Alles wieder kaputt."

Ich schmunzele und küsse ihre Stirn. „Ich würde sagen, alles wieder heil. Oder zumindest die Chance darauf, dass alles wieder heil wird. Du hast darüber gesprochen. Das ist ein Anfang." Ich nehme ihr Gesicht zwischen meine Hände, sehe ihr tief in die Augen, die im beginnenden Tageslicht hellblau schimmern. Ein feuchtes Glitzern. „Ich finde, dass du eine sehr starke Frau bist, Sabine Kirchheim. Meine Gattina. Ich bin sehr, sehr stolz auf dich. Du hast etwas überlebt, das andere Menschen für immer zerbrochen hätte. Aber jetzt ist es an der Zeit, dass diese Wunden heilen. Dass du zu dem Menschen wirst, der du immer sein solltest. Zu einer Frau, die Beachtung findet, weil sie freundlich ist und süß, wunderschön und wahnsinnig intelligent. Zu der Frau, die ich in dir sehe."

Ihre Hände legen sich um meine Handgelenke, eine Berührung so zart wie Schmetterlingsflügel. Tief in ihren Augen schimmert Dankbarkeit und Entschlossenheit. „Das würde ich wirklich gern, Tizian."

Sabine

Der Duft nach frisch gebrühtem Kaffee und Mandelhörnchen weckt mich am nächsten Morgen. Ich weiß nicht, wie spät es ist. Zu erschöpft von den Ereignissen der letzten Nacht und meinem Geständnis, bin ich wieder eingeschlafen, eingehüllt in das Wissen um Tizians Nähe, die Sicherheit seiner Arme und die Erleichterung, alles ausgesprochen zu haben.

Ich rolle mich auf die andere Seite, angle nach Tizians Kopfkissen und drücke es mir auf den Kopf. Keine Chance, dass ich jetzt schon aufstehe. Es ist noch viel zu früh, ganz egal, was die Uhr sagt.

„Ich merke gar nicht, dass du da bist", brumme ich ins Kopfkissen und trinke das tiefe Lachen, das darauf folgt. Es streichelt über meine Haut wie mit tausend Federbüschen, dringt in mich ein und tanzt in meinem Blut. Ich möchte jeden Morgen zu diesem Lachen aufwachen.

„Aufwachen, tesoro mio. Ich muss bald weg, aber ich wollte nicht gehen, bevor ich mich richtig von dir verabschiedet habe." Über dem dünnen Stoff des Bettlakens streift seine Hand meinen Rücken entlang bis zu meinem Hintern. Seine Finger kneten, tasten spielerisch meine Poritze entlang, bis zwischen meine Beine.

Ich wackle mit dem Hintern, schüttle seine Hand ab. „Kein Guten-Morgen-Sex heute", schelte ich. „Das hast du dir selbst verbaut, als du mich die ganze Nacht lang wach gehalten hast."

„Ich hatte eigentlich eher an Frühstück gedacht, aber jetzt, wo du es sagst ..." Ein gepfefferter Hieb saust auf meine Kehrseite. Ich quietsche, springe in eine sitzende Position, das Kissen fliegt von meinem Kopf, nur im letzten Moment kann ich es noch auffangen und schlage damit nach Tizian, der in seinem verdammten Einreiher so unverschämt aufgeräumt aussieht, dass man ihn einfach nur hassen kann.

Lässig fängt er das Kissen auf und grinst mich böse an. „Nur zu deiner Information, Gattina, wenn ich Morgensex will, kriege ich den auch, da frage ich nicht danach, ob du Lust darauf hast. Ich würde dafür sorgen, dass du Lust darauf bekommst. Wenigstens bist du jetzt wach. Komm, Frühstück wartet. Ich hab Hunger und ausnahmsweise einmal nicht auf kleine Kätzchen."

Im Vorbeigehen angle ich mir ein altes T-Shirt von meinem Stuhl und streife es mir kichernd über den

Kopf. Ich hatte Angst, dass mir am nächsten Morgen peinlich sein würde, was ich gestern von mir preisgegeben habe. Dass das, was ich als Rausch erlebt habe, zu einem fahlen Gefühl, übers Ziel hinausgeschossen zu sein, verkümmert. Aber so ist es nicht. Tizian mit seiner ungewöhnlich verspielten Art nimmt mir jede Möglichkeit, Scham zu empfinden. Ich betrete eine luftige Wolke romantischer Zweisamkeit, als ich in meine Wohnküche komme. Auf dem kleinen runden Esstisch stehen zwei Tassen Espresso neben zwei leeren Tellern. Er hat den ganzen Krimskrams, der auf dem Tisch lag, auf den Küchentresen geschichtet, stattdessen prangt in der Mitte des Tisches nun ein braune Papiertüte, aus der es verführerisch duftet. Im Hintergrund dudelt das Radio italienische Popsongs.

Noch bevor ich mich setze, angle ich mir eines der Mandelhörnchen aus der Tüte und beiße herzhaft hinein. Ein paar Krümel mehr oder weniger auf dem Boden machen den Braten auch nicht mehr fett. Das Wissen, dass er, noch während ich geschlafen habe, hinunter zu dem wahnsinnig überteuerten Bäcker an der Ecke der Piazzale Roma gegangen ist, um Frühstück zu kaufen, macht seltsame Dinge mit meinem Unterleib. Schon bereue ich es, Morgensex so kategorisch abgelehnt zu haben. Am liebsten würde ich in diesen Mann hineinkriechen, damit er mich überallhin mitnehmen müsste.

„Willst du Organgensaft?", frage ich auf dem Weg zur Küchenzeile.

„Bist du sicher, dass der noch trinkbar ist?" Tizian hat es sich auf einem der beiden Stühle bequem gemacht und legt eines der Hörnchen elegant auf dem Teller ab. Natürlich brösselt es bei ihm kein bisschen. Das Leben ist einfach nicht fair.

Unter hochgezogenen Augenbrauen werfe ich ihm über die Schulter einen vernichtenden Blick zu.

„Denkst du etwa, ich will dich vergiften?" Um meinen Punkt zu unterstreichen, nehme ich einen tiefen Schluck Saft direkt aus der Flasche.

„Nein Gioia, ich nehme nur ernst, was auf diesem Schild steht." Mit dem Kopf nickt er zu meinem Blechschild. „Setz dich."

Nur mit Mühe unterdrücke ich ein Grinsen. So ausgelassen und häuslich Tizian heute auch ist, der Principale ist niemals weit entfernt. Während ich mein Mandelhörnchen genieße und die einzelnen Bissen mit Orangensaft und Espresso hinunterspüle, kommt mir die Frage in den Sinn, wie der Rest der Welt darauf reagiert, wenn er so ist. Tizian di Maggio strahlt Macht in ihrer Urform aus. Beim besten Willen kann ich mir nicht vorstellen, dass er irgendwo in einem Büro sitzt und Versicherungspolicen verkauft oder elend lange Zahlenreihen addiert. Ein Mann wie er muss an der Spitze eines Imperiums stehen.

„Wohin musst du an einem Sonntagvormittag, dass du uns so früh aus dem Bett prügelst?", frage ich aus dem Gedanken heraus. Ich muss heute zwar auch noch mal ein paar Stunden arbeiten, aber nur eine halbe Schicht. Italienische Firmen nehmen die Wochenenden sehr ernst, die einzigen, die sich in diesem Land an einem Sonntag zur Arbeit schleppen, sind Angestellte in der Gastronomie, weil sie keine Wahl haben. Die Vorstellung, dass Tizian irgendwo seinen Unterhalt damit verbringt, schmutziges Geschirr hin und her zu tragen, ist ebenso absurd wie die Sache mit den Versicherungspolicen.

Mitten in der Bewegung hält er inne, legt das Stück Gebäck zurück auf den Teller, das er sich gerade in den Mund schieben wollte. Unter seinem Blick werden meine Eingeweide zu fließendem Honig. Oh je, der Principale in super HD. „Du hast noch nicht erlebt, wie es ist, wenn ich meinen Spaß daran habe, meine

Hand auf deinem Hintern tanzen zu lassen. Fordere mich heraus, ich warte nur drauf. Eine Nacht lang gehörst du noch mir."

Der fließende Honig hüllt mich ein, meine Nerven erwachen bei seiner sinnlichen Drohung. Alle meine Nerven, und zwar auf eine Art, die mich vollkommen vergessen lässt, wie wenig Zeit wir nur noch haben. Die Hitze, die mir ins Gesicht steigt, ist mit Sicherheit nicht zu verheimlichen, so glühend fühlen sich meine Wangen an. Trotzdem entgeht mir nicht, dass er mir ausweicht. Ich schlucke die Lust, die er mit nicht mehr als einem Blick und wenigen Worten in mir geschürt hat, mit Organgensaft hinunter, wo sie sich in einem schwerfälligen, behäbigen Tanz in meinem Magen ergeht.

„Warum willst du es mir nicht sagen? Ist es so ein Geheimnis? Gehörst du irgendeiner geheimen Regierungsorganisation an, oder bist du ein Undercover-Cop?" Es sollte ein Spaß sein, aber jetzt, wo ich es ausspreche, klingt es gar nicht mehr so absurd. Ich denke an seinen Bodyguard, an die protzige Yacht. Verdient man so viel, wenn man für den Staat arbeitet?

Er antwortet nicht. Seine Miene erstarrt zu einer emotionslosen Maske. Ich kenne diesen Ausdruck, normalerweise macht er mich heiß, weil ich dann nicht weiß, was ich von ihm zu erwarten habe, doch diesmal meine ich, dass noch etwas anderes dahinter steckt als sein Wunsch, mich zu dominieren. Unsicherheit. Er will mir partout nicht antworten.

Obwohl alles in mir danach schreit, unter seinem Blick fügsam zu werden und den Kopf zu senken, halte ich ihm stand, sehe ihm gerade in die Augen. Vertrauen, mein lieber Principale, denke ich, ist ein Team-Sport.

Schweigen legt sich zwischen uns, während wir unser stummes Duell ausfechten, sogar das Gedudel aus dem Radio hat aufgehört, abgelöst durch einen Sprecher, der in gelangweiltem Ton die Nachrichten des Tages herunterleiert. Schließlich ist es Tizian, der unserem Kampf verliert.

„Ich habe von meiner Mutter eine Glasbläserei auf Murano geerbt."

Die Erleichterung, die mich durchspült, manifestiert sich in einem lautstarken Aufatmen. Siehst du, Biene, alles ganz harmlos. Altes venezianisches Geld, das ergibt Sinn. Kein Wunder, dass er und Niccolo Freunde sind. Geld und Geld gesellt sich gern und all der Unsinn.

„Dann hast du dich doch mit deinen Eltern wieder vertragen?", versuche ich ein wenig Leichtherzigkeit zurück in unser Gespräch zu bringen. „Weil du doch sagtest, dass euer Verhältnis nicht immer das einfachste war. Gestern Nacht."

Plötzlich wirkt er unkonzentriert, als müsse er sich zwingen, meinen Worten zu folgen. Den Kopf ein wenig schräg gelegt, lauscht er angestrengt auf die Nachrichten. Er hebt sogar eine Hand, um mir anzudeuten, dass ich still sein soll.

„… wurde das Opfer als Paolo Cecon identifiziert. Die Polizei arbeitet unter Hochdruck an der Aufklärung des Mordes, der alle Merkmale des organisierten Verbrechens trägt. Heute Nachmittag wird sich Polizei-Chef Valpecca in einer Pressekonferenz zu den Ergebnissen der bisherigen Ermittlungen äußern."

Dann wendet sich der Sprecher den Sportnachrichten zu.

„Tizian?" Ich will eine Antwort auf meine Frage. Es fühlt sich falsch an, dass ich ihm meine Vergangenheit in die Hände gelegt habe, all meine Ängste und Befürchtungen, aber er kann mir nicht einmal auf eine einfache Frage antworten und ein einziges kleines Detail preisgeben.

Als würde ihn meine Stimme aus einem dunklen Traum wecken, schüttelt er kurz den Kopf.

„Es ist kompliziert, Gattina. Ich muss weg." Bleich ist er geworden. Oder bilde ich mir das nur ein?

„Ich hole dich heute um achtzehn Uhr ab. Keine besonderen Kleidervorschriften. Du wirst sie ohnehin nicht lange tragen." Die Anweisung klingt sehr kühl, und nach dem, was wir letzte Nacht in meinem Bett geteilt haben, erschreckend gefühllos. Ich versuche immer noch zu verstehen, was hier gerade passiert, da ist er schon aufgestanden. Von dem Schrecken, den ich zuvor gemeint habe auf seiner Miene zu erkennen, ist nichts mehr übrig. Das ist wieder der unnahbare Tizian di Maggio, den ich kenne. Neben meinem Stuhl bleibt er stehen, raubtierhaft elegant, riesig. Mit einem Mal komme ich mir vor wie die Maus, die vom Kater verschlungen werden soll. Oder nein, wie die Maus, die vom Kater bereits verschlungen wurde, nur um dann wieder ausgekotzt zu werden.

„Der heutige Morgen war eine Ausnahme. Es wird nicht wieder passieren. Unser Arrangement steht. Drei Nächte, in denen ich dich lehre, mit deiner Veranlagung umzugehen und das Beste daraus zu machen." Mit dem Finger streicht er mir über die Wange, bis zum Hals, reibt mit sanftem Druck über meinen Kehlkopf. „Ich will endlich diese Kehle ficken, also bereite dich darauf vor. Heute Abend, achtzehn Uhr. Keine Fragen. Keine Antworten. Nur wir beide und deine Lust, mir zu dienen." Sein Finger verlässt meine Haut und hinterlässt eisiges Brennen. „Ich hole dich ab. Hier."

Ich kann ihm nicht einmal hinterherblicken, als er mit großen, ausgreifenden Schritten mein Apartment verlässt. Ich habe das Gefühl, von einem Güterzug überrollt worden zu sein. Ich habe ihm vertraut, verdammt noch mal. Ich habe ihm wirklich vertraut. Ich habe mich aus meiner Schutzhöhle gewagt und gedacht, dass er es wert ist. Aber kaum weiß er, wer ich wirklich bin, ist alles vorbei. Und ich bin wieder allein.

Tizian

Die Haustür des Aufganges zu Sabines Wohnung kracht mit einem mörderischen Knall in den verzogenen Rahmen. Ich bin schon drei Schritte weiter, weil ich es so verdammt eilig habe, aber wie von einem Schuss getroffen bleibe ich stehen, drehe mich um und kehre noch einmal zurück, um mir Tür und Schloss genauer anzusehen. Das Schloss wurde ursprünglich, irgendwann vor einer Zeit, die sich vermutlich nur noch in Jahrhunderten bemessen lässt, so konstruiert, dass die Tür automatisch schließt und dann auch nur mit einem Sicherheitsschlüssel wieder geöffnet werden kann. Doch der Rahmen und das Türblatt haben unter der ewigen Feuchtigkeit an diesen engen Kanälen so gelitten, dass das System wahrscheinlich schon vor Jahren den Dienst quittiert hat.

Mit einem gemurmelten Fluch betrete ich noch einmal das Haus, schaue mich im halbdunklen Flur um und finde endlich neben einem verriegelten Sicherungskasten ein Schild mit Namen, Adresse und Telefonnummer der Hausverwaltung. Mit der Kamera des Handys fotografiere ich das Schild, ehe ich wieder hinaus auf den Gehsteig trete, der sich zwischen Hauswand und Kanal entlangzwängt. Ich blicke an der Fassade des Hauses hinauf, versuche zu ergründen, welche der Fenster zu Sabine gehören, und möchte schreien vor Frustration.

Sie überhaupt zu verlassen erfordert eine Kraftanstrengung, die ich nicht aufbringen will. Ausgerechnet sie, die so sehr von Verlassensängsten geplagt wird, auf so schmähliche, brutal überhastete Weise zu verlassen, ist unverzeihlich für einen Mann, der zumindest noch ein wenig Ehre im Bauch hat. Der Grund, weshalb ich es trotzdem tun muss, treibt mir das Herz zuerst in die Kehle und dann fast noch schneller bis hinunter in die Kniekehlen. Der Mord an Paolo Cecon erinnert mich allzu sehr daran, warum zwischen ihr und mir nichts sein darf. Sie darf mir nicht gehören, es ist zu gefährlich.

Dabei ist sie eine Droge, die wie für mich gemacht ist. Der Gedanke an die kommende Nacht schmeckt wie süßer Wein aus Ligurien auf meiner Zunge, und der Gedanke daran, dass es die letzte Nacht sein wird, lässt den bitteren Geschmack von Galle in das Aroma des Weins sickern. Mir ist schlecht, meine Knie sind weich, und sobald ich hinter einem Knick im Kanal um eine Ecke verschwunden bin, beginne ich zu laufen. Dass das scheiße aussieht, in meinem Einreiher, weiß ich auch. Das Handy immer noch in der Hand, tippe ich die Kurzwahl zu Matteo, meinem Sekretär.

„Wo ist Tommaso?", will ich wissen.

„Er steht mit der Yacht am Hafen bereit."

„Er soll dort warten, ich bin auf dem Weg."

„Üblicher Liegeplatz", fügt Matteo hinzu.

„Danke. Noch etwas. Ich schicke dir gleich eine Aufnahme." Ich verlangsame meine Schritte, um nicht wie auf dem letzten Loch zu pfeifen, wenn ich ihm sage, was ich von ihm verlange. „Da findest du die Kontaktdaten zu einem Hausmeisterdienst, der sich um die ehemalige Tabakfabrik in Santa Croce kümmert, Aufgang Vier. Setz dich mit der Hausverwaltung in Verbindung, die sollen Tür und Schloss bis heute Mittag ausgewechselt haben."

„Es ist Sonntag", erinnert er mich vorsichtig.

„Das ist mir verdammt nochmal scheißegal!", fahre ich ihn an und denke gar nicht daran, meine Stimme auf ein sonntagmorgendliches Niveau herunterzuschrauben. „Wenn die das nicht sofort machen, will ich, dass du jemanden hinschickst, der es an einem

Sonntag macht, und anschließend der Hausverwaltung die Rechnung schickst. Zahlbar bis kommenden Mittwoch." Ich bin gnädig.

Ich beende das Gespräch, ohne auf eine Antwort zu warten. Sabine wohnt in einem weit offenen Apartmenthaus in einem uneinsichtigen, von dunklen Machenschaften nur so durchzogenen Teil der Stadt. Ich kann das nicht auf sich beruhen lassen. Ich würde es mir nie verzeihen, wenn ihr etwas geschieht. Das ist Furcht, die da in meinen Adern brennt. Genau die Furcht, die daraus geboren wird, wenn man einen Menschen in sein Herz lässt. Sich verletzlich macht. Es ist genau die Situation eingetreten, die ich mein Leben lang vermieden habe.

Aber ich kann nicht mehr zurück. Ich will auch nicht mehr zurück. Ich will diese Frau, die weich ist, warm und so offen zu mir. Die mir alles gibt, was ich mir wünsche, und mich in ihrem Bett mit den Schenkeln umklammert, bis ich komme. Hitze kriecht mir den Nacken herauf. Beim Aufwachen und auf dem Weg zu dem billigen Bäcker an der Piazzale Roma habe ich tatsächlich überlegt, ob es für mich einen Weg geben kann, aus dem Leben, das ich führe, auszubrechen. Es gibt so viele Männer in der Malavita, die meine Position haben wollen. Es sollte doch einfach sein, alles hinzuschmeißen und ihnen zu sagen, sie sollen sich untereinander einig werden, ich bin raus.

Aber es ist nicht so einfach. Die Malavita funktioniert nach ihren eigenen Gesetzen. Den Gesetzen der Unterwelt. Wer aussteigt, ist Freiwild. So gut wie tot, weil er ein Mitwisser ohne den Schutz der Gemeinschaft ist. Und gerade die Mala del Brenta ist übersensibilisiert, was Aussteiger betrifft, seit zu Anfang der Neunziger der damalige Pate, der Mann mit dem Engelsgesicht, selbst ausstieg und von der Polizei aufgegriffen wurde. Sein umfassendes Geständnis mündete in einer Serie von Verhaftungen und Verurteilungen, die der Organisation beinahe das Genick gebrochen hat. Wir haben zwanzig Jahre gebraucht, um uns von diesem Schlag zu erholen. Zwei Männer sind in diesen zwanzig Jahren ausgestiegen. Beide wurden innerhalb von Stunden nach ihrer Abdankung mit dem Kopf nach unten in der Lagune treibend gefunden. Einer war klug genug, seine Familie vorher außer Landes zu bringen. Der andere hat wenigstens nicht mehr erleben müssen, dass seine Frau und die beiden minderjährigen Kinder es nicht mal mehr bis zu seinem Begräbnis geschafft haben.

Tommaso weiß von Paolo Cecons Tod, aber nur so viel, wie ganz Venedig weiß. Verdammt, warum hat der Radiosprecher gleich den ganzen Namen preisgegeben? Ich prüfe meine Textnachrichten auf dem Handy, halb erwartend, dass ich eine SMS von Matteo womöglich verschlafen habe. Mein Sekretär weiß gewöhnlich Stunden vor der Polizei, wenn es einen Malavita-Mord gegeben hat. Aber da ist nichts. Keine einzige Textnachricht, auch nicht von Matteo. Wie kann das sein? Wie kann es passieren, dass selbst der Radiosender schon etwas weiß, bevor Matteo mich informiert?

Meinen Sekretär habe ich von Pieramedeo geerbt. Matteo, der selbst nicht aus einer Malavita-Familie stammt, hat fünfzehn Jahre für Pieramedeo gearbeitet, bis zu dessen Tod. Vorher war er Anwalt am Gericht in Mailand. Er ist der Cavalli-Familie gegenüber bedingungslos loyal. Das Einzige, was ich mir vorstellen kann, ist, dass wir von sämtlichen anderen Familien geschnitten werden, doch das ist in all der Zeit, in der ich zu Pieramedeos innerem Kreis gehört habe, erst ein paar Mal passiert. Das Überleben der Gemeinschaft beruht darauf, dass wir alle, zumindest zum größten Teil, zusammenhalten. Es gibt immer Feindschaften, Abspaltungen, Vetternwirtschaft. Bei allem Gemeinschaftssinn bleiben wir doch Konkurrenten. Aber nach außen hin bilden wir eine Einheit. Auch dann, wenn ich das Zwangsexil eines dreckigen Menschenschmugglers anordne. Zumindest sollte es so sein. Doch Paolo Cecon ist nicht im Zwangsexil, er ist tot, und das kann kein Zufall sein, das ist Rebellion. Wenn unsere Einheit Risse bekommt, wird der Boden zu heiß. Heute Morgen kocht das Wasser in der Lagune.

Ich stehe neben Tommaso in der Führerkabine der Yacht und blicke auf Murano, das langsam näher kommt. Bald kann ich mein Haus ausmachen, ein zum Palazzo umgebauter Flügel der Glasbläserei, die meine Mutter mir vererbte, als mein Vater das Geschäft als nicht lukrativ einschätzte und abstoßen wollte. Lukrativ ist es auch nicht, aber als Tarnung gut geeignet. Unfreiwillig zuckt mein Mundwinkel. Auch als Tarnung, wenn devote kleine Frauen Fragen stellen, deren Antworten nicht für ihre Ohren geeignet sind.

Matteo erwartet mich in seinem Büro. Er ist am Telefon, hebt eine Hand, setzt sein Gespräch fort. Ich kann nicht erkennen, mit wem er redet, aber da es um den Mord an Paolo Cecon geht, nehme ich an, dass es einer unserer Informanten im Polizeipräsidium ist. Matteo erinnert seinen Gesprächspartner daran, dass seine Tage gezählt sind, wenn es noch einmal passiert, dass die Öffentlichkeit vor dem Principale von der Identität eines Opfers erfährt, und legt auf.

Wortlos starre ich ihn an.

„Es tut mir leid, Principale", ist seine knappe Antwort auf die Frage, die ich ihm nur mit einem Blick stelle.

„Was ist mit der Tabakfabrik?"

„Auf der Nummer der Wohnungsgesellschaft geht niemand ans Telefon. Laut Internet sind die Telefone sonntags abgeschaltet. Vermutlich haben die Mieter Notrufnummern in ihren Unterlagen, die aber nicht auf dem Schild hinterlegt sind. Haben Sie die Mieterin danach gefragt?"

Ich weiß, dass der Blick, den ich ihm zuwerfe, geeignet ist, ihm das Fell auf dem Rücken zu versengen. Ich habe noch eine Nacht mit Sabine. Eine einzige Nacht. Ich werde sie vorher nicht anrufen, nicht an sie denken, gar nichts. Ich werde mich darauf konzentrieren, dafür zu sorgen, dass die eine Nacht, die uns bleibt, in Sicherheit ablaufen kann, ungestört von den Machenschaften der Leute, die mich von meinem Posten vertreiben wollen.

Matteo seufzt. „Ich habe unserem Team Bescheid gesagt. Carlo und seine Männer werden unter der Tarnung einer Firma aus Treviso in etwa einer Stunde dort sein und sich darum kümmern. Wird ein ziemlicher Akt werden, mit den ganzen Schlüsseln und allem, und wenn dann einige Mieter vielleicht verreist sind und …"

„Das ist mir gleichgültig", fahre ich gereizt dazwischen. „Ich will, dass es sofort behoben wird."

Er nickt ein bisschen verdrossen. Daraus kann ich ihm keinen Vorwurf machen, die Bedenken wegen der Mieter und wie die an die Schlüssel fürs neue Schloss kommen sollen, sind berechtigt. Aber dann soll er eben einen Weg finden, wie sich das regeln lässt.

Ich lehne mich gegen seinen schweren Schreibtisch. „Warum wurde Cecon ermordet?"

„Wir arbeiten noch daran, Signor", sagt er ausweichend.

„Wer hat ihn ermordet?"

„Die Spurensicherung …"

„Wer, Matteo?" Ich hebe die Stimme. „Ich bin es nicht gewohnt, dass so nachlässig gearbeitet wird. Das ist ein interner Mord, Cecon war ein Mitwisser, wenn er auch zu keiner der Familien gehört hat. Er war ein Zulieferer und hat vermutlich nicht nur für mich gearbeitet, auch wenn es inzwischen ein paar Wochen her ist, dass ich ihn gefeuert habe. Ich habe ihn von meinem Schirm verloren, weil ich geglaubt habe, dass er unter einer neuen Identität das Land verlassen hat, wie ich es ihm nahegelegt habe. „Für wen hat er die Mädchen in die Stadt gebracht?", will ich wissen, ein wenig gedämpfter. „Wenn wir das wissen, sind wir einen Schritt weiter."

Matteo schüttelt den Kopf. Er weiß es nicht. Auch nach Wochen nicht. Das ist ungewöhnlich, und in Verbindung mit meiner Beziehung zu Sabine macht es mir Angst. Wie kann es sein, dass alles plötzlich so lange dauert? Dass selbst der verlässliche Matteo, der überall seine Kontaktleute sitzen hat, zu keinen Ergebnissen kommt?

Ich entsperre mein Handy und betrachte missmutig den Balken, der mir anzeigt, dass der Akku halb leer ist. Ich werde des Rest des Tages in meinem Büro verbringen, nachdenken und nach Auswegen ebenso suchen wie nach der Auflösung des Mordes an einem Mann, der das beste Eis Venedigs herstellte und kleine Mädchen für einen Ring an Zuhältern schmuggelte.

Noch nie habe ich mein Leben so sehr gehasst wie an diesem Morgen.

Sabine

An einem Tag, der mit einem wundervollen Moment anfing, nur um dann einen Hechtsprung in die Sickergrube zu machen, nur eine halbe Schicht arbeiten zu müssen, klingt nach einer guten Sache. Wäre es auch gewesen, wären da nicht tausendundeine kleine Komplikationen gewesen. Wie die ganze Woche über habe ich Dienst an der Poolbar geschoben. Zuerst hat ein Gast sich an der Glasscherbe eines Tumblers, den sie selbst fallen gelassen hat, den Fuß aufgeschnitten. Natürlich war ich es, die den Dämpfer bekommen hat. Dann streikte die Registrierkasse, die Sahne, die der Barista direkt aus der Kühlung geholt hatte, war sauer, und zu allem Überfluss stimmte meine Abrechnung am Ende der Schicht nicht. Unnötig zu sagen, dass ich deshalb alles noch einmal neu machen musste und nun mit gut einer Stunde Verspätung von der Haltestelle des Wasserbusses in Richtung meines Apartments hetze. Noch im Laufen angle ich nach dem Schlüsselbund in meinem Rucksack. Ich fädle den Schlüssel ins Schloss, will aufschließen und stocke. Nichts passt. Weder der Schlüssel ins Schloss noch die Tür als Gesamtes. Verwirrt checke ich das Schild mit der Hausnummer rechts neben dem Eingang. Bin ich so durch den Wind, dass ich nicht einmal meine Eingangstür wiederfinde?

Aber nein, ich bin richtig. Das ist mein Haus. Nur nicht meine Haustür. Die sah heute früh noch anders aus. Und hat nicht in den Rahmen gepasst. Jetzt ist der Rahmen neu, die Tür neu, die Stellen, wo beim Einsetzen des Rahmens ein Teil der Mauer angeschlagen wurde, frisch verputzt. Vergeblich versuche ich es noch einmal, aufzuschließen. Ich checke den Schlüsselbund, für den Fall, dass ich einfach nur nach dem falschen Schlüssel gegriffen habe. Nichts. Es ist natürlich Quatsch. Wer setzt alte Schlösser in eine nagelneue Tür? Die Tür bleibt verschlossen. Gerade überlege ich, ob das zumindest eine akzeptable Ausrede wäre, um einfach nicht da zu sein, wenn Tizian in einer guten Viertelstunde hier auftauchen wird, da öffnet sich die Tür von innen und Signora Belucci, eine andere Mieterin, kommt herausspaziert.

Die alte Dame in ihren hellen Kostümen sieht immer ein wenig aus wie eine italienische Version von Miss Marple. Ich mag sie in ihrer schrulligen, liebenswerten Art, und ich mag auch ihren alten Rauhaardackel Peppone, den sie auch jetzt gerade wieder an der Leine führt. Sie ist einsam, darin sind wir gleich, und ich weiß ihre Gaben zu schätzen, die sie mir manchmal vom Markt mitbringt. Ein paar schrumpelige Pfirsiche, die im Angebot waren, oder eine Kugel Mozzarella.

„Ahhh, bellissima Sabine. Kommen Sie nicht ins Haus?"

Ich halte ihr die Tür auf, damit sie und Peppone besser ins Freie treten können. „Ja. Irgendwie passt mein Schlüssel nicht mehr. Und die Haustür sieht auch neu aus."

Ihr Kopf wackelt auf dem kurzen Hals, als sie auf die Straße tritt. Ich stelle meinen Fuß in den Türspalt, damit die Tür nicht wieder zufällt und ich gar nicht mehr ins Haus komme.

„Ja, so eine verrückte Sache. An einem Sonntag. Das hätte es früher nicht gegeben. Diese neumodischen Angewohnheiten, in denen nicht einmal ein Feiertag mehr heilig ist, hätte es früher nicht gegeben."

Ich verstehe nur Bahnhof. Offenbar sieht Signora Belucci mir das an, denn sie beugt sich hinunter, um ihrem Dackel den Kopf zu tätscheln, und plappert unentwegt weiter.

„Die sind heute gegen Mittag gekommen. Eine ganze Truppe Arbeiter in einem Kastenwagen haben hier angefangen zu hämmern und zu bohren. Die haben die ganze Tür ausgewechselt und neue Schlösser gibt es auch. Sehen Sie in ihrem Briefkasten nach. Angeblich sind die Schlüssel von den Mietern, die sie nicht persönlich antreffen konnten, dort. Aber jetzt muss ich wirklich weiter. Peppone muss dringend sein Bubu machen."

Geistesabwesend bedanke ich mich und sehe dem ungleichen Paar hinterher, während sie an der Häuserfront entlang in Richtung Wasser verschwinden. Eine neue Tür also. Wen wundert das an einem Tag wie heute schon? Im Briefkasten finde ich tatsächlich den neuen Schlüssel, dazu ein Schreiben der Baufirma, die die bauliche Maßnahme erklärt. Unnötig zu sagen, dass mir jetzt nicht einmal mehr die Zeit bleibt, unter die Dusche zu springen, bevor Tizian hier sein wird. Ein Tag, der einmal in so eine Abwärtsspirale geraten ist, wird immer nur schlimmer. Altes Sabiner-Gesetz.

Ich schäle mich aus meiner Kellnerkluft, lasse Rock und Bluse genau dort liegen, wo sie hinfallen, und nehme mir aus dem Kleiderschrank eine leichte, bunt bedruckte Pumphose im Haremsstil und ein passendes Spaghettitop. Nicht besonders sexy, aber da ich ohnehin nicht vorhabe, Tizian heute dorthin zu begleiten, wohin er mich entführen will, ist mir das auch gleich.

Ich habe viel nachgedacht heute. Es wäre eine riesengroße Dummheit, noch eine Nacht mit Tizian zu verbringen. Er hat Unrecht, wenn er denkt, dass es nur daran liegt, dass ich wieder einmal weglaufen will, denn so ist es nicht. Ich will bei ihm bleiben. Ich will mehr von dem, was er mir in der Nacht gezeigt hat, mehr von dem Kuscheln und Lieben und Vertrauen. Aber er hat selbst gesagt, dass die Nacht eine Ausnahme war und er nur noch unser Arrangement zu Ende bringen will. Gestern noch hätte ich dem zugestimmt. Aber heute sehe ich es anders.

Daran ist er schuld. Weil er mir vor Augen geführt hat, dass ich mehr verdiene. Dass ich mehr wert bin als die kleine Schlampe, die sich mit ihrem Körper Aufmerksamkeit erkauft. Und noch etwas habe ich dank ihm und der Nacht in der Villa delle Fantasie begriffen. Ich mag es, dominiert zu werden, aber ich bin keine Masochistin. Schmerz lässt mich vollkommen kalt, das gilt für seelischen Schmerz genauso wie für physischen, und verdammt, so wie er sich heute Morgen von mir abgewendet hat, das hat wehgetan.

Den Schmerz, den es mir bereiten wird, wenn ich noch eine Nacht mit ihm habe und er sich dann für immer von mir abwendet, auf diesen Schmerz kann ich gut verzichten. Muss ich verzichten, wenn ich innerlich nicht total zerbrechen will.

Im Bad hülle ich mich gerade in eine Spraywolke Deo, als es klingelt. Super. Natürlich ist Signore Principale überpünktlich. Meine Entschlossenheit, ihn abzuwimmeln, schwindet bereits in dem Augenblick, als ich die Tür öffne.

Er sieht hinreißend aus, wie immer. Frische, ordentlich gebügelte Anzughose, ein schmaler eleganter Gürtel mit goldener Spange, weißes Hemd, das so akribisch auf seinen Körper passt, dass es nur maßgeschneidert sein kann. Doch das ist nicht, was mir die Sprache nimmt. Sämtliche Spucke aus meinem Mund raubt mir die einzelne langstielige rote Baccara-Rose, die er in der Hand hält. Mein Herz, dieser treulose Verräter, macht einen Satz, und auch meine südlicheren Körperregionen haben sich gegen mich verschworen.

„Tizian", sage ich und trete einen Schritt zur Seite, damit er an mir vorbei in die Wohnung gehen kann. „Ich ... ähm, also ich wollte dich anrufen, aber ich habe ja keine Telefonnummer von dir." Nein, keine Telefonnummer, keine Handynummer, kein gar nichts. Nicht die kleinste Information, die auf den wahren Mann hinter der Maske des Principale hindeuten könnte. Die tödliche Mischung aus Anziehung und Gier, die ich jedes einzelne Mal in seiner Anwesenheit empfinde, bekommt neue Zutaten. Zärtlichkeit, weil die Zeit mit ihm so verdammt wertvoll für mich war, und Traurigkeit, weil ich weiß, dass sie fast vorbei ist, und es nichts gibt, was ich daran ändern kann. Würde er sich eine Zukunft nach heute Nacht mit mir wünschen, würde er mir zumindest ein bisschen was über sich offenbaren.

Statt zu antworten, hält er mir die Rose hin. Ich bin zu aufgewühlt, um die automatische Regung, nach ihr zu greifen, unterdrücken zu können. Ein spitzer Stachel bohrt sich in meinen Daumen.

„Au! Scheiße, wusstest du, dass die nicht entdornt ist?" Ich stecke mir den schmerzenden Finger in den Mund, lege die Rose neben das Waschbecken und funkle Tizian böse an.

„Alles Schöne hat Schattenseiten, Gattina. Genau wie bei dieser Rose. Natürlich kannst du weglaufen, weil die Schönheit dessen, was wir gestern erlebt haben, dich gepikst hat. Oder du kannst den Schmerz aushalten und die Schönheit bewundern. Wie bei dieser Rose."

Er hat es gewusst. Der verdammte Bastard hat genau gewusst, dass die Rose nicht entdornt war. Und ebenso hat er gewusst, dass ich unsere Verabredung heute sausen lassen wollte. Noch bevor ich ihm in Schlabberlook die Tür geöffnet habe. Verdammt. Verdammt, verdammt, verdammt. Tränen steigen mir in die Augen, die ich hektisch versuche wegzublinzeln. Ich drehe mich weg, damit er mich nicht so sieht. Es ist falsch, dass er mich so leicht durchschaut, und noch viel falscher ist es, dass ich ihn dafür lieben will. Wirklich, wirklich lieben, weil er mich so gut kennt wie kein anderer Mensch auf dieser Welt, noch nicht einmal ich selbst.

„Gioia." Er ist hinter mir, bevor ich merke, dass er sich überhaupt bewegt hat. „Ich wollte dich nicht bestrafen, als ich dich heute Morgen so überstürzt verlassen habe. Wenn ich dich bestrafe, dann lasse ich dich immer den Grund wissen. Du hast nichts falsch gemacht. Ich musste etwas erledigen, das keinen Aufschub duldete."

„Du brauchst dich nicht rechtfertigen, Tizian." Meine Stimme zittert, dennoch zwinge ich die Worte heraus. „Schließlich verbindet uns ja nichts, richtig? Nichts außer unserem Arrangement."

„Uns verbindet eine Menge", korrigiert er mich. „Die Liebe eines dominanten Mannes, zu beherrschen, und das Glück einer devoten Frau, sich fallenlassen zu können und zu gefallen. Es ist keine Liebe, aber es ist nicht Nichts."

Und danach?, kitzelt die Frage in meinem Hals. Was ist danach? Noch nie habe ich die Frauen verstanden, die Männern hinterhertrauern, die sie abserviert haben. Clara habe ich versucht zu trösten, als ihr dämlicher Ex sie so gemein hintergangen hat, aber wirklich verstanden habe ich sie nicht. Weil die Liebe eines Mannes nie etwas war, für das es sich zu kämpfen gelohnt hätte. Weil ich viel zu früh gelernt habe, dass die Liebe eines Mannes nur körperlichen Schmerz und Ekel bedeutet. Doch mit Tizian laufe ich Gefahr, es doch zu tun. Das ist der wahre Grund, warum ich unsere letzte Nacht absagen wollte. Weil ich Angst habe, dass er mich zu einem winselnden, heulenden Etwas reduziert, das alles machen würde, um ihn noch ein wenig länger zu behalten. Für eine weitere Nacht und danach für noch eine und noch eine.

„Ich verstehe deine Angst, Gioia. Ich verstehe auch deine Vorbehalte, du befürchtest, dass du zu viel von dir geben würdest, wenn du heute noch einmal mit mir kommst, weil du dich gestern sehr weit geöffnet hast. Aber du würdest nur dich selbst betrügen. Hingabe ist so viel intensiver, wenn sie von Herzen kommt. Du hast die Schattenseiten des Gehorsams ertragen, als ich dich gestern über deine Grenzen geführt und dein Innerstes nach außen gekehrt habe. Wenn du jetzt nicht mit mir gehst, verwehrst du dir den Flug in die Sonne. Weil erst jetzt, wo das geschehen ist, wirst du wirklich frei sein können und dich ganz ohne Vorbehalte schenken."

Seine Worte sind so lockend, so weich, so wahr. Die Sehnsucht in meinem Herzen wächst, schwillt an, so sehr, bis sie alles ist, was ich empfinde, sie mein ganzes Sein beherrscht. Ich will so gern.

„Habe ich ein Safeword?", frage ich. Ich muss mich daran festhalten, an dieser letzten Reißleine, die verhindern kann, dass ich mich ganz auflöse. Zumindest dann, wenn ich es nicht will.

„Wenn du eines brauchst."

„Rot", sage ich. „Mein Safeword ist Rot." Rot wie die Rose, die Tizian mir geschenkt hat. Rot wie das Blut an meinem Daumen, weil ich mehr von der Schönheit der Rose wollte, als sie zu geben bereit war. Rot wie die Leidenschaft, und Rot wie die Liebe, die er mir niemals schenken wird.

Kapitel 9

Tizian

Wir stehen auf der überdachten Plattform im Heck der Yacht und blicken gemeinsam auf Venedig. Nach einem verregneten Tag kommt jetzt, gegen Abend, noch einmal die Sonne heraus. Wie Finger tasten ihre Strahlen unter der dicken Wolkendecke übers Wasser der Lagune und die Ziegeldächer der Stadt. Venedig leuchtet. Wie kann man diese Stadt nicht lieben, trotz des Gestanks der Kanäle und der Frechheit der Tauben auf der Piazza San Marco, wenn sie sich von dieser Seite zeigt?

Ich spiele mit meinen Fingern in Sabines Locken, die vom Fahrtwind zerzaust werden. Die steife Brise zaubert ihr ein entzückendes Rot ins Gesicht, ihre Lippen voll und einladend. Sie berichtet mir von der Sache mit der ausgewechselten Tür und dem Schloss, empört sich über die Frechheit, den Mietern die neuen Schlüssel einfach in den Briefkasten zu schmeißen.

„War die Tür schon lange kaputt?", frage ich interessiert.

Sie hebt die Schultern. „Keine Ahnung. Seit ich da wohne, ging sie nur im Winter manchmal zu. Wenn es kälter wurde, hat das Türblatt ab und zu in den verzogenen Rahmen gepasst. Aber sonst? Selten. Die Wohnungen haben doch auch alle Sicherheitsschlösser, außerdem ist das hier Venedig, wer bricht denn da ein? Die Fluchtautos kommen so schwer durch die engen Gassen, weißt du."

Pflichtschuldig lächele ich. „Sei froh, dass die Hausverwaltung endlich für Besserung gesorgt hat. Das kann doch nicht sein, dass die eine kaputte Tür jahrelang sich selbst überlassen."

„Eben", sagt sie hitzig. „Jahrelang, und dann schicken die jemanden an einem Sonntag? Und sagen nicht mal Bescheid? Man sollte sich beschweren. Das geht so nicht."

Ich küsse sie, damit sie zu reden aufhört. Der Drang, ihr zu sagen, dass ich es war, der das veranlasst hat, ihr zu sagen, wer ich bin, wird übermächtig. Ich sollte dasselbe für sie tun, was sie für mich getan hat. Mich öffnen, alles herausfließen lassen, mit ihr teilen, was meine Dämonen sind. Aber wie kann ich das? Das, was ihr Leben vergiftet, schadet nur ihr selbst, niemandem sonst. Das, was mein Leben vergiftet, kann Menschenleben vernichten. Nicht zuletzt ihres. Ich kann ihr das nicht sagen. Ich müsste ihr gestehen, dass ich getötet habe. Dass ich Blut an den Fingern habe. Es macht keinen Unterschied, dass ich es tun musste, weil es von mir erwartet wurde. Ich war Bodyguard. Heutzutage mache ich mir nicht mehr selbst die Hände dreckig, aber ich habe meine Leute, die ich losschicke, wenn jemand … Ich kann das nicht. Nicht nur, weil sie mich für den hassen würde, der ich bin. Sondern auch, weil sie mich hassen würde dafür, dass ich es ihr verschwiegen habe, um sie dazu zu bringen, mir zu vertrauen. Und weil es sie zu einer Mitwisserin machen würde, und solche Leute leben gefährlich und meistens nicht sehr lange.

„Werde ich es eines Tages erfahren?", fragt sie von mir weg, als ich mich von ihr löse.

„Was?"

„Wer du bist."

„Es ist besser, wenn du es nicht weißt."

Sie seufzt leise, dreht sich halb, lehnt sich über die Reling und sieht auf Murano, das bereits so nah ist, dass man meint, die bunten Häuser berühren zu können. „Es ist bestimmt nicht dein Haus, zu dem wir fahren, oder?"

Ich schlinge einen Arm um ihre Mitte, weil ich plötzlich eine Vision habe, wie sie den Halt verliert und über die Reling stürzt. „Oh, doch. Es hat den am besten ausgestatteten Folterkeller südlich von München."

„Es gibt Folterkeller in München?" Sie kichert.

„Du würdest dich wundern." An ihrem Gesicht vorbei strecke ich meinen Arm aus, weise mit dem Zeigefinger auf mein Haus, den Westflügel der alten Glasbläserei, der sich vorwitzig in die Lagune hinausschiebt, umgeben von Bohlenterrassen und Balkonen. Unzählige Umbauten, Modernisierungen und Sicherheitsausstattungen haben das Haus zu einem vollkommen untypischen Anblick für Murano gemacht. „Das ist mein Haus."

„Oh", sagt sie schwach. „Wie viele Menschen wohnen dort?"

Ich schmunzele und küsse ihr Ohr. „Nur ich." Und zu jeder Tages- und Nachtzeit eine Handvoll Bodyguards sowie ungefähr zwanzig Stunden am Tag Matteo, aber das sage ich nicht. „Es ist nicht so groß, wie es aussieht. Da ist auch die Firmenzentrale drin, es ist also zur Hälfte eigentlich ein Bürogebäude."

Sie schiebt die Unterlippe vor. „Wie stillos. Nimm dir ein Beispiel an Niccolo, der hat sein Kommandozentrum im Penthouse des Danieli."

„Der Cavaliere ist ein arroganter Aufschneider, der nicht weiß, wohin mit dem Geld, das seine Höschen und Bustiers ihm einbringen. Natürlich richtet der sich an einem Ort wie dem Danieli ein. Er muss seinen Geschäftspartnern ja den Atem nehmen, damit sie anbeißen, bei den Preisen, die er für einen Quadratzentimeter Stoff verlangt."

„Und du stellst also keine überteuerten Sachen her? Was kostet denn eine hübsche Vase aus Muranoglas heutzutage?"

Ich wirbele sie in meinem Arm herum, drücke sie mit dem Hintern an die Reling und presse mich an sie. „Das willst du gar nicht wissen." Ich halte sie so, bis das Boot an die Poller rumpelt und schließlich still liegt. Felice erwartet uns, hilft zuerst Sabine auf den Anleger hinauf, dann mir. Während Tommaso das Boot sichert, nehme ich Sabines Hand und führe sie ins Haus.

Ich bringe selten Menschen hierher. Wer mich kennt, erwartet haltlosen Luxus und Stil. Antiquitäten, vielleicht, oder moderne Kunst. Aber für so etwas habe ich keinen Sinn. Mein Haus ist ein ziemlich kahler Bau, sehr stilvoll, aber ohne Staubfänger. Das macht es einfacher, denn im Grunde genommen ist das Haus eine Festung, geradezu einbruchsicher, und so soll es auch bleiben. All die Sensoren und Kameras arbeiten besser, wenn sie nicht von Kunstobjekten verstellt sind.

Also überrascht mich auch nicht die Enttäuschung auf Sabines Gesicht, als ich sie nötige, sich im Wohnzimmer auf die Couch zu setzen, und ihr ein Glas Champagner reiche.

„Ist das nicht reichlich früh für Champagner?", fragt sie.

„Es ist nie zu früh für Champagner", belehre ich sie.

Sie nimmt einen Schluck, sieht sich noch einmal um, dann heftet sich ihr Blick auf mich. Ich habe mich auf der Lehne der Couch niedergelassen und sehe auf sie hinunter. In meinem Kopf malen sich Szenarien aus, was ich mit ihr tun könnte, nun, da ich sie in meinem Haus habe.

„Tizian?", fragt sie. „Was passiert heute? Was hast du mit mir vor?"

„Mach die Augen zu, Piccola."

„Das ist keine Antwort."

„Mach die Augen zu. Jetzt."

Dio, ich liebe es, wenn ihre Lider zucken und Röte in ihre Wangen steigt. Gehorsam schließt sie die Augen. Ihre Finger beginnen so stark zu zittern, dass der Champagner im Glas gehörig in Bewegung gerät. Ich nehme ihr das Glas ab, stelle es auf dem Couchtisch ab und ziehe die Handschellen unter der Couch hervor. Noch ehe sie begriffen hat, was das Klirren bedeutet, habe ich eines ihrer Handgelenke mit dem Eisen umschlossen. Nicht zu eng. Sie reißt die Augen auf, starrt auf ihre Hand, auf das blinkende Metall. Ich lege meinen Handrücken gegen ihren Hals und erfühle den Puls.

„Das macht dich an", stelle ich nüchtern fest. „Weißt du, ich habe überlegt, ob ich mir zuerst von dir einen Teller Pasta zubereiten lasse. Ich habe heute seit dem Frühstück nichts mehr gegessen." Dem Frühstück in ihrem Haus, Espresso, Mandelhörnchen und die verdammten Radionachrichten. „Aber ich glaube, mein Hunger ist im Moment noch anders geartet." Ohne zu zögern ziehe ich ihr das Top mit den Spaghettiträgern über den Kopf und werfe es zur Seite. „Leg beide Hände in den Rücken, Baby, und zwar jetzt."

Ihr Atem wandelt sich zu einem rasenden Stakkato, als ich in ihrem Rücken beide Hände mit den Schellen zusammenkette. Zärtlich streiche ich über das Metall, das an ihrer Haut warm wird. Ich fahre mir mit der Zungenspitze über die Lippen.

„Ich glaube, ich würde lieber Pasta kochen", sagt sie mit zittriger Stimme.

Ich küsse ihren Nacken. „Das glaube ich nicht. Und ab jetzt wirst du kein Wort mehr sagen, es sei denn, du sagst *Sí, Signor*." Ich gehe vor ihr in die Hocke, setze für einen Augenblick das Glas an ihre Lippen und lasse sie trinken, dann stelle ich es wieder ab, ohne hinzusehen. Ihre Wimpern sind ein bisschen verklebt, in ihren Augen glitzert Nervosität. „Hast du seit dem Frühstück etwas gegessen?"

Sie schüttelt ein wenig betreten den Kopf.

„Ich möchte, dass du besser auf dich achtest. Du solltest regelmäßig essen." Ich wünschte, ich könnte derjenige sein, der jeden Tag darauf achten darf, dass sie Regeln befolgt. Ich streiche durch ihr Haar und genieße, wie sie an den Schellen ruckt, natürlich ohne etwas zu bewirken. „Ich sollte dir einen Padrone finden, der Regeln für dich aufstellt. Der auf dich achtgibt."

Wasser sammelt sich in ihren Augenwinkeln. Ein Flehen in ihrem Blick. Warum kannst nicht du das sein, fragen diese großen blauen Augen, die so sehr wie die einer Puppe wirken. Ich küsse ihre Lippen und schließe dabei die Augen, weil ich den Anblick ihrer Tränen nicht ertrage. Nein, das Leben ist wirklich nicht fair.

Tief holt sie Luft, dann sprudelt es aus ihr heraus: „Willst du wirklich nicht feststellen, wie gut ich kochen kann, Tizian? Wenn du mich losmachst, kann ich …"

Ein Heben einer Braue genügt, um sie zum Verstummen zu bringen. „Hast du gerade gesprochen, obwohl ich es dir untersagt habe?"

Die Spannung weicht aus ihren Schultern, im selben Maß wie ihre Aufregung wächst. „Sí, Signor", flüstert sie.

Mein ganzer Körper kribbelt. Noch ist sie bei mir. Noch kann ich alles mit ihr tun, was mich glücklich macht und, zum Teufel, ich werde es tun und jede Sekunde davon genießen, weil sie für eine Ewigkeit reichen müssen.

Ich stehe auf, die Hand immer noch in ihren Haaren, drehe ihren Kopf, sodass sie zu mir aufsieht. „Vielleicht willst du unbedingt kochen, weil du Hunger hast. Vielleicht sollte ich dich füttern, Baby." Mein Daumen gleitet über ihre Lippen. „Weißt du, dass ich von diesem Moment geträumt habe, seit ich dich das erste Mal sah? Im Flughafencafé? Diese Lippen." Meine Fingerspitzen berühren ihre Kehle, reiben sacht über ihren Kehlkopf. „Diese Kehle. Du hast so einen sexy Hals. Lang und elegant. Seit ich dich das erste Mal sah, wollte ich wissen, wie es ist, in diese Kehle einzutauchen."

Sie schluckt, es macht mich halb wahnsinnig, das zu sehen, das kleine Hüpfen ihres Kehlkopfes an meinen Fingerspitzen zu fühlen. Sie starrt mich an, wie hypnotisiert, als ich langsam meine Hosen öffne. Allein sie in meinem Haus zu haben, hat mich hart gemacht. Den Champagner durch ihre Kehle rinnen zu sehen und mir vorzustellen, wie es mein Samen ist, mit dem ich sie füttere, hat meine Gier zu einer körperlichen Tortur verwandelt.

Wieder ruckt sie an den Handschellen, in ihren Augen steht unmissverständlich die Lust, mich zu berühren, so, wie sie es letzte Nacht in ihrem Bett getan hat. Doch das hier ist nicht ihr Bett.

„Deine Zunge, Gioia", sage ich rau und gehe beinahe in die Knie, als sich ihre zarte rosafarbene Zunge zwischen den Lippen herausdrängt. Ich reibe meinen Schwanz über diese Zungenspitze. Es fühlt sich an wie ein schwaches Prickeln, vielleicht ist das der Champagner, ich weiß es nicht, aber es ist auch egal. Es fühlt sich großartig an. Sie beginnt zu lecken, bis ich fest in ihre Haare greife und mich zu ihr hinunterbeuge.

„Langsamer, Gattina. Das ist kein Wettrennen." Ich richte mich wieder auf und schiebe die Hüften vor. Als ihre Zunge einen fast behäbigen, sinnlichen Tanz auf meiner Haut beginnt, sackt mir der Kopf in den Nacken. Ich versuche, an Pasta zu denken, aber ihre

Zunge hat zu viel Macht über mich, holt mich zurück, zieht meine ganze Konzentration auf sich. Wieder muss ich sie bremsen, wenn ich nicht vollkommen die Kontrolle verlieren will.

„Du kleine Nymphe", murmele ich. „So nicht." Ich nehme sie bei den Schultern und drehe ihren Körper, arrangiere sie so, dass sie bäuchlings auf der Couch liegt. Die Arme auf den Rücken gefesselt, ich überlege einen Moment, ob ich auch ihre Füße zusammenbinden soll, um sie noch hilfloser zu machen, aber entscheide mich dagegen, denn ich kann es kaum erwarten, wieder in diesen Mund zu tauchen. Ihr Kinn liegt auf der Armlehne auf, wo ich eben noch gesessen habe, ihre Kehle überstreckt. Perfekt. Ich stelle mich vor sie, umklammere meinen Schwanz, fahre mit der Spitze über ihre Lippen, gebe ihr eine erste Kostprobe. Gierig leckt sie die Feuchtigkeit von meiner Spitze, schnurrt dabei, als wäre es die köstlichste Süßigkeit.

„Mach den Mund auf."

Sie gehorcht mit einem kleinen Seufzen. Ich frage mich, ob sie das schon einmal gemacht hat, und als ich mich daran erinnere, was sie mir gestern erzählt hat, wer es war, der sie gelehrt hat zu lecken wie eine Göttin, fühlt es sich an wie ein Kübel Eiswasser auf meiner Libido. Der Drang, sie zu brandmarken, wird übermächtig. Nie wieder soll sie an einen anderen denken als an mich. Nie wieder einen Schwanz in sich aufnehmen müssen, nach dem sie nicht giert. Ich will für sie der Erste sein und der Letzte. Ich schiebe mich über ihre Zunge, spüre die Hitze, die mich einhüllt, spüre die Verengung ihres Gaumens und tauche mit einem tiefen Stöhnen in ihre Kehle.

Die Muskeln dort streichen wie Wellen über mich, massieren leicht wie ein Whirlpool, es ist göttlich. Ihr Atem verfängt sich in den Haaren, die meinen Schwanz umkränzen. Als ich mich vorsichtig zurückziehe, leckt sie hingebungsvoll jeden Zoll, dann weitet sie bereitwillig ihre Kehle für einen neuerlichen Vorstoß. Sterne flimmern vor meinen Augen. Ich grabe meine Finger durch ihr Haar, aber ich muss sie nicht festhalten, sie nicht führen. Sie liegt vollkommen still und lässt mich machen, die perfekte Sumisa, ihr Körper entspannt, ihr Herzschlag beschleunigt. Ich lehne mich über sie, streichle ihren Rücken hinab, über ihre Arme nach unten, streife die Handschellen, dann weiter unter den Bund der Pumphose und zwischen ihre Hinterbacken, tauche in ihre Fica, diesen süßen Ort, der meine Finger mit Nässe benetzt. Sie ist eine perfekte Lustsklavin, sie dient, lässt sich benutzen, so wie ich es will. Ich korrigiere. Wie ihr Master es wünscht. Und es erregt sie, macht sie heiß. Kein Padrone dieser Welt könnte sich mehr wünschen als diese Frau, die in vollkommener Unterwerfung vor mir liegt und aushält.

Ich ziehe meine Hand aus ihrer Pussy, grabe meine Finger tiefer in die Kerbe ihres Hinterns. Die Feuchtigkeit hilft, die kleine Öffnung dort zu teilen. Sie zuckt zusammen, als ich ohne Schwierigkeiten bis zum ersten Fingergelenk eindringe. Das ist der Ort, an dem noch niemand sie hatte. So wie ich letzte Nacht bei unserem zärtlichen Liebesspiel der Erste war, der nicht nur in ihren Körper eingetaucht ist, sondern in ihre Seele. Ein wenig bewege ich den Finger, teste sie. Sie ist unglaublich eng dort. Sie windet sich, will sich meinem Vortasten entziehen, doch mein Schwanz tief in ihrer Kehle verhindert, dass sie sich allzu sehr bewegt, und ich schiebe meinen Finger hinein, so weit es ohne Gleitgel geht. Dann ziehe ich ihn wieder heraus, massiere mit beiden Händen kurz ihren Arsch und ziehe meinen Schwanz aus ihrem Mund, um vor ihr in die Hocke zu gehen und ihr in die Augen zu sehen.

„Ich möchte dich dort ficken, Gioia", sage ich ruhig, ernst, erwarte die Reaktion in ihrem Gesicht und werde nicht enttäuscht. Sie blinzelt heftig, ihre Arme zucken, ihre Beine, als wolle sie sich befreien, aber es genügt ein Blick von mir, und sie liegt wieder still.

„Ich möchte etwas von dir, das du noch nie zuvor jemandem geschenkt hast. Sag mir, Gioia, habe ich es verdient, dass du mir das schenkst? Dass ich der Erste bin?"

Ihre Lippen teilen sich, doch der Protest bleibt ihr in der Kehle stecken. Weil ich es verdient habe. Ich weiß genau, dass sie mir vertraut. Dass sie nicht anders kann. Und sie weiß es auch. Ihre Unterlippe zittert.

„Das wird wehtun", stößt sie hervor.

„Das wird es", stimme ich ihr zu. „Aber nicht zu sehr. Wenn ich es richtig mache, wirst du es ebenso lieben wie ich. Zweifelst du daran, dass ich es richtig mache?" Sie hat ein Safeword. Wenn sie es jetzt sagt, werde ich es nicht tun. Als sie schweigt, reiße ich mich nicht zusammen, sondern lasse sie sehen, wie sehr mich ihr Vertrauen ehrt. Ihr Blick fällt in meinen, erkennt, was ich ihr zeigen wollte, und ihr ganzer Körper wird weich.

„Braves Mädchen", lobe ich. „Danach kannst du Pasta für mich kochen, Gioia", sage ich mit einem schmalen Lächeln auf den Lippen und erhebe mich. Sie würde einen Fehler begehen, wenn sie sich zu sicher fühlt. Ich brauche noch ein paar Dinge, um sicherzustellen, dass mein Vordringen sie nicht für immer für andere Arsch-Spieler versaut. Und je länger ich weg sein werde, desto nervöser wird sie werden. Eine Nervosität, die ihr helfen wird, weil sie in ihrem Kopf keinen Platz lassen wird für Angst oder Zweifel. Mit den Fingern fahre ich über ihre Wange, dann nehme ich mir einen Augenblick, um ihrem Hintern einen suggestiven Druck zu verpassen. „Jetzt knie dich vor die Couch, wie ich es dir gezeigt habe. Ich bin gleich wieder da."

Sabine

Die Zeit dehnt sich wie Kaugummi, während ich vor der Couch knie und auf ihn warte. Mein Herz schlägt so heftig, dass ich fürchte, meine Rippen werden eine Prellung davontragen. Ich muss verrückt sein, dass ich zugestimmt habe. Mein Hintereingang krampft und zuckt jedes Mal, wenn ich daran denke, was mir bevorsteht. O Gott. Ich kann das nicht. Wie soll das passen? Ich bin noch nie gut darin gewesen, Schmerzen auszuhalten, und zum Teufel noch mal, das wird wehtun. Verdammt weh. Ich lege mir die Worte im Kopf zurecht, wie ich einen Rückzieher machen kann, aber mein Körper verrät mich, sendet gemeinsam mit der Furcht Sehnsucht durch meine Adern, ein Ziehen in meinem Bauch, das anschwillt und anschwillt, bis ich merke, dass ich feucht bin. Er will der Erste sein, dort. Ich will, dass er der Erste ist. Gott, ich bin so durcheinander. Das ist falsch. Wie kann ich gleichzeitig vor Angst halb sterben und vor Verlangen zerfließen? Das ist nicht richtig. So sollte es nicht sein, oder?

So vertieft bin ich in dem Mahlstrom widersprüchlicher Emotionen, dass ich nicht einmal merke, wie er zurückkommt. Ein schwerer Gegenstand fällt neben der Couch auf den Boden, und ich zucke zusammen.

„Ruhig, Gattina. Alles ist gut." Er streichelt meinen Kopf, mein Blick fällt auf den Gegenstand, den er fallengelassen hat. Es ist eine Reisetasche aus schwarzem Leder. Meine Kehle rutscht in meinen Bauch. Was ist da drin?

Tizian muss meinen Blick bemerkt haben, denn er lacht ein wenig, ein tiefes, zustimmendes Geräusch, tief aus seiner Kehle. „Ja, wir werden es schön zusammen haben. Jetzt hoch mit dir. Das ist dein Platz."

Er breitet ein Handtuch über die Armlehne des Sofas und deutet an, dass ich mich darüberlehnen soll. „Den Kopf nach unten auf die Sitzfläche, die Beine auseinander, Füße auf den Boden." Ob er mein Handgelenk umfasst, während er mich an die Seite der Couch führt, weil er ahnt, dass alles in mir Flucht schreit, weiß ich nicht. Wundern würde es mich nicht. Viel zu gut scheint er jeden meiner Gedanken erraten zu können.

Nicht allzu sanft bringt er mich in Position, drückt zwischen meine Schulterblätter und dann auf meinen unteren Rücken, bis ich genau so stehe, wie er es sich vorstellt. Die Hände immer noch auf den Rücken gefesselt, den Oberkörper tief gesenkt, den Kopf auf der linken Wange abgestützt. Ich kann mich nicht wehren und will es auch gar nicht. Das Wissen um meine Wehrlosigkeit macht seltsame Dinge mit mir, jagt Schauder um Schauder aus Erregung durch meine Adern. Das weiche Leder der Sitzfläche der Couch empfinde ich in diesem Moment als tröstlich und bedrohlich zugleich. Es ist erniedrigend, so zu stehen, und aufregend zur selben Zeit.

Plötzlich legt sich etwas Kühles, Glattes über meinen Körper, ein bisschen höher als mein Steißbein. Ich zucke zusammen.

„Nur ein Band, Gattina", beruhigt er mich, und direkt darauf fühle ich den Druck, als er das Band festzurrt. Etwas klirrt, rasselt zurück auf das Parkett des Fußbodens. Dieser wunderbare, perverse Mann hat tatsächlich Ketten unter seiner Wohnzimmercouch versteckt, an denen er nach Bedarf Karabiner, Ringe und Ähnliches einhaken kann. Das Band, das er über mein Kreuz legt, spannt er wie bei einem Gepäckriemen mit einem Justierer nach. Dadurch wird mein Becken ein wenig gekippt, mein Hintern durch den entstandenen Druck noch weiter in die Höhe geschoben. Das Gefühl der Hilflosigkeit wird immer drängender. Ich trete von einem Bein aufs andere. Wenigstens da kann ich mich noch bewegen. Ein zweites Band, das er in die Ketten unter der Couch einhakt, pinnt meine Schultern auf das weiche Leder.

Dann ein Rascheln. Das muss bedeuten, dass er erneut etwas aus der Tasche holt.

„Weißt du, was eine Spreizstange ist?", fragt er, gefährlich ruhig.

„Nein, Signore." Ich habe eine Ahnung, muss an dieses Ding denken, mit dem Niccolo auf der Hochzeitszeremonie Clara immobilisiert hat. Die Ahnung wird zur Gewissheit, als er hinter mir in die Hocke geht und ich fühle, wie er meine Fußgelenke mit Manschetten umschließt. Kurz nimmt er sich Zeit, die Innenseiten meiner Oberschenkel zu streicheln, dann ertönt ein metallisches Ratschen und ein kurzes Klicken, wie wenn zwei Metallteile ineinander rasten. Meine Beine werden so weit auseinandergerissen, wie es nur geht. Ich muss ein wenig auf die Zehenspitzen gehen, um die Position halten zu können.

Ausgeliefert, schießt es mir durch den Kopf, gefolgt von einer Welle reinster Hitze, als die Bedeutung wirklich in mein Bewusstsein sickert. Nicht einmal treten könnte ich noch, wenn ich es wollte. Ich bin absolut schutzlos, an Armen und Beinen gefesselt, der Oberkörper fixiert, den Hintern in die Höhe gereckt, beide Eingänge offengelegt und bereit, benutzt zu werden. Panik explodiert in meinem Kopf, ich reiße an den Fesseln, doch nichts gibt nach, meine Pussy zuckt, als ich bemerke, dass ich nicht einmal die Schenkel ein wenig schließen kann.

„Tizian", wimmere ich. „Ich weiß nicht ..."

„Schhhht", sagt er. Plötzlich hockt er vor meinem Gesicht, streichelt meine Wange. Er hält mir ein Glas vors Gesicht mit einem Strohhalm darin. „Hier, trink einen Schluck."

Instinktiv gehorche ich. Das Wasser tut meiner benutzten Kehle gut, die ein bisschen brennt von seinem Angriff zuvor.

„Tut irgendwas weh?", fragt er, die Augen fest auf mein Gesicht gerichtet, hoch konzentriert.

Alles, würde ich ihm gern sagen, alles tut weh, mach mich los. Aber das wäre eine Lüge. Verdrossen schüttele ich den Kopf. Er tut mir nicht weh, nicht mit seinen Fesseln. Die Panik zieht die Krallen ein. Ich kann Tizians intensiven Fokus auf mich beinahe körperlich fühlen, wie ein heißes Kribbeln, als hätte jemand Sprudelwasser auf einer Herdplatte erhitzt und würde es ganz langsam über mir ausgießen. Er nimmt mir den Strohhalm aus dem Mund, stellt das Glas beiseite und steht auf. Seine Finger verlassen nicht meinen Körper, während er mich umrundet, bis ein Hieb meine Hinterbacke trifft. Es ist mehr Überraschung als Schmerz, die mich aufschreien lässt.

Tizian lacht. „O ja, Gattina. Jetzt können wir anfangen zu spielen."

Wie in der vergangenen Nacht beginnt er, mit einer festen Massage meine Haut zu erwärmen. Glitschig gleiten seine Hände über meine Hinterbacken, drücken, massieren. Der Duft nach dem Pfefferminzöl, mit dem er seine Finger benetzt hat, steigt mir in die Nase. Dieser Duft, der von nun an in meinem Kopf für immer die Verbindung zu diesem Mann herstellen wird. Der Gedanke treibt mir Tränen in die Augen. Meine Beine zittern vor Anstrengung und Anspannung, die Zehen, auf denen ich stehe, tun weh, aber der Druck seiner Massage ist so herrlich, dass ich langsam beginne, mich zu entspannen. Es bringt ja doch nichts. Ich kann mich nicht wehren, seine Fesseln halten mich. Immer wieder gleiten seine Finger in meine Pofalte, testen, reizen, locken. Sein Daumen stößt vor, nur ein kleines bisschen, und der feste Ring aus Muskeln wehrt sich, doch gleichzeitig zuckt meine Pussy, beginnt meine Klit zu pochen.

„Etwas, das nur mir gehört", raunt er, seine Handflächen liebkosen meine Haut, dann wieder seine Finger, so zielstrebig. Da kann sich mein Eingang noch so sehr wehren, ich begreife, dass er sich nicht davon abbringen lassen wird. Dass er bereit ist, sich diesen Zugang zu verschaffen, diesen Teil meines Körpers, der bisher nur mir allein gehört hat, zu seinem Eigentum zu machen. Ich kann nichts dagegen tun. Ein Ziehen beginnt, das von meiner Klit in meinen Bauch strömt. Jedes Mal, wenn er vordringt, kann ich es besser ertragen, und als sein Finger das erste Mal ganz in mich taucht, weich und gleitend, bleibt der Schmerz aus, den ich erwartet habe. Langsam beginnt er zu stoßen. Nerven erwachen, von denen ich niemals gedacht habe, dass sie existieren. Dann ein zweiter Finger, und ich schreie auf. Diesmal tut es weh, aber es ist mehr das Gefühl von Fülle, dass meine Sinne überreizt, das mich schreien lässt und beben. Unablässig macht er weiter, brummt seine Zustimmung in den leeren Raum um uns herum.

„Schrei nur, süße Sabinerin. Schrei nur. Ich liebe deine Schreie, und bevor ich mit dir fertig bin, wird deine Kehle wund von ihnen sein."

Wieder stößt er in mich und wieder, spreizt die Finger dabei, jedes Mal ein wenig mehr. Der Druck ist verheerend, unangenehm und falsch, aber gleichzeitig von einer so düsteren Sinnlichkeit, dass ich merke, wie ich immer geiler werde, immer mehr abdrifte an diesen dunklen Ort, wo nichts verboten ist, sondern alles erlaubt. Die dunkelsten Fantasien, die ich jemals gehabt habe, wringen diese Finger aus mir heraus, ich krampfe mich um ihn, will mehr von ihm, will, dass er aufhört … Ich weiß nicht mehr, was ich will. Ich kann nicht mehr denken. Das, was er in mir weckt, lässt sich mit nichts vergleichen, das ich jemals gefühlt habe.

Plötzlich ist es vorbei. Er zieht seine Finger zurück, spreizt meine Hinterbacken, macht sich ein Spiel daraus, mit den Daumen meinen Schließmuskel zu reizen, nur an den Rändern. Jedes Mal, wenn der Muskel unter seiner Berührung zuckt, gibt Tizian ein leises Lachen von sich.

„Was für ein süßes kleines Arschloch. Ich glaube, jetzt bist du bereit für mich." Kälte tröpfelt in meine Spalte, sickert in mich, wird warm. Gleitgel. O Gott. Ich halte die Luft an, dann spüre ich seinen Schwanz an meinem Anus.

Er ist dicker als seine Finger, so viel gewaltiger. Weiter hält er meine Backen gespreizt, während er drückt und Einlass begehrt. Mein Körper wehrt sich, bäumt sich auf, doch die Fesseln geben nicht nach, nicht einmal meine Arschbacken kann ich zusammenkneifen, weil meine Beine so weit gespreizt sind und er mich noch zusätzlich mit seinen Händen dehnt. Es brennt. O Gott, es brennt so sehr. Ich glaube, zerreißen zu müssen, aber er drückt weiter, schiebt sich an meinem Schließmuskel vorbei.

Mein Atem geht so rau, dass ich ihn höre, schmerzverzerrt und hektisch. „Tizian, nein … nein, bitte …"

„Du kannst das", unterbricht er mich, drückt weiter. „Nimm mich ganz auf." Hitze explodiert von der geschundenen Stelle durch meinen Körper, das Brennen, das Dehnen, zu viel, und ich tauche ab in den Schmerz, in die Dunkelheit, Tränen sammeln sich unter meinen Lidern. *Rot*, simmert es durch meinen Kopf. Ich müsste nur *Rot* sagen, aber ich will nicht. Ich will ihm das geben. Und mir. Ich kann das. Er glaubt an mich. Er glaubt, dass ich ihn aufnehmen kann, und kennt er mich nicht sehr viel besser, als ich selbst mich kenne? Er will das. Dieser wunderbare, perverse Mann will das von mir, und ja, er hat es verdient, dass ich ihm das schenke, das Einzige an mir, das ich noch zu verschenken habe. Plötzlich spüre ich seine Schenkel an meinem Po, fühle Erleichterung in mir aufwallen. Er lässt meine Hinterbacken los und tätschelt mein Gesäß.

„Ganz drin", bestätigt er meine Ahnung, rührt sich ein wenig, bis ich aufkeuche, nur halb im Schmerz. Es fühlt sich so anders an, dort. Ein flirrendes Brennen, tausend Nadelstiche. Verboten. Sündig. Anders. Die Innenseiten seiner Schenkel schmiegen sich an meine Hinterbacken, warm und fest, fühlen sich wundervoll an, ich kann jeden Muskel spüren. „Gut gemacht, Baby. Aber ein Loch ist mir nicht genug."

Bebend ringe ich nach Atem. Was jetzt? Ich wimmere, fühle mich so ausgefüllt, was hat er vor? Er greift um mich herum, sein Finger fährt durch meine Schamlippen, streichelt, reizt. Als er mich mit Zeige- und Ringfinger spreizt und seinen Mittelfinger über meine Klit tanzen lässt, zucken die Muskeln, die sich um seinen Schwanz klammern. Er lacht ein wenig, reibt fester.

„Ja, das gefällt dir. Da kannst du wimmern und jammern, mein Schwanz in deinem Arsch macht dich heiß. Fühl nur, wie nass du bist." Und er hat Recht. Ich bin nass. Und ich bin heiß und ich will, dass er mir mehr davon gibt. Meine Klit ist so geschwollen, dass ich das Gefühl habe, sie wird jeden Augenblick platzen, und sie pocht, schickt Schockwellen der Erregung durch meinen Körper, bei jeder kleinsten Berührung. Die Hitze breitet sich aus, und ich fühle, wie ein Orgasmus sich zusammenbraut, wie er aufsteigt in meinem Unterleib, sich verdichtet und …

Er hört auf.

„Ahhh", entfährt es mir, das Geräusch verkommt zu einem Gurgeln, bis die Enttäuschung sich in haltlosem

Zucken entlädt. Gott, ich hätte das jetzt so sehr gebraucht, die Entladung des Druckes, den er in mir geschürt hat.

„Noch nicht, Gattina. Sieh, aber vielleicht hilft das ein bisschen." Wieder sind seine Hände zwischen meinen Beinen, doch diesmal nicht seine Finger. Er hält etwas in der Hand, drückt den Gegenstand gegen den Eingang meiner Pussy. O Gott. Es ist zu eng. Er drückt, schiebt den Dildo weiter in mich. Die Fülle ist fast unerträglich. Sein Schwanz in meinem Hintereingang, der Dildo in meiner Pussy. Ich bin so voll, dass der Rest meines Körpers verschwindet, dass es nur noch diese Stelle zwischen meinen Beinen gibt, und dann dreht er das Ding in mir auch noch, windet und lässt es rotieren, bis seine Spitze an eine Stelle stößt, tief in mir, wo alle Nervenenden zusammenführen und ich nicht anders kann, als wieder zu schreien. Längst sind die Riemen, die er über meinen Körper gespant hat, nicht mehr dazu da, meine Flucht zu verhindern. Diese Riemen sind das Einzige, was mich davor bewahrt, den Halt zu verlieren, abzurutschen, mir unsagbar wehzutun auf dem harten Parkett.

Etwas passiert. Als ich den stützenden Effekt seiner Riemen realisiere, entspannen sich ruckartig alle meine Muskeln. Es ist wie ein Zusammensacken, mein Körper verliert die Spannung. Ich lasse mich fallen. Werde ganz weich. Tizian spürt es im gleichen Moment, stöhnt heftig auf, schiebt eine Hand zwischen meine Schulterblätter und presst mich nieder.

„Das ist es, Gattina. So ist's gut." Und dann lässt er den Dildo los, umfasst meine Hüften und beginnt zu stoßen. Raus aus meinem Anus und rein. Immer wieder und es brennt, und es tut weh, aber jeder Stoß treibt auch den Dildo in mein Innerstes, massiert und reizt meinen G-Punkt. Ich hechle, zu laut, zu gefangen zwischen Schmerz und Verzückung, kann nicht mehr entscheiden, was das eine ist und was das andere, und dann greift er erneut um mich herum, legt mit der Linken meine Klit frei und reibt sie mit der Rechten, und dann ist es zu viel. Viel zu viel. Ich halte dem Druck in meinem Inneren nicht länger stand.

Ich falle in die Schwärze, der Raum um uns herum ertrinkt in roten und weißen Schlieren, und ich japse nach Luft und zucke und glaube, sterben zu müssen vor Intensität und Genuss. Die Schlieren verlieren sich in allen Farben des Regenbogens, die vor meinen Augen explodieren und in den Himmel hinaufgerissen werden. Ich habe keinen Körper mehr. Alles, was von mir geblieben ist, ist ein Bündel an Emotionen, an Sehnsucht, an Gier nach diesem Mann, von dem ich nie genug bekommen kann.

Als ich wieder zu mir komme, streichelt er sanft meine Hinterbacken. Ich versuche ihn anzusehen, kann meinen Kopf aber nicht weit genug drehen. Mein ganzer Körper fühlt sich an, als hätte er mich durch den Fleischwolf gedreht.

„Nicht schlecht", sagt er, halb sachlich und halb emotional, und ich muss lächeln. Ja, da hat er Recht. Das war ganz und gar nicht schlecht.

„Für den Anfang." Die letzte Silbe ist noch nicht im Raum verklungen, da zieht er sich aus mir heraus und rammt sich erneut in mich.

„Aaaah", ich schreie. Das ist zu viel. „Nicht, Tizian. Ich kann nicht, nicht nochmal."

„Du kannst", berichtigt er mich. „Du kannst, so oft ich will."

Ich glaube nicht daran. Auch nicht, als er wieder beginnt, mich gleichzeitig mit seinem Schwanz und dem Dildo zu ficken, doch irgendwo, weit unter der Überreizung, wartet erneut die Lust, mein Körper erwacht zum Leben.

„Komm für mich, Gioia", verlangt er, und ich will

widersprechen, denn niemals im Leben bin ich schon wieder bereit, aber plötzlich ist da ein lautes Brummen und im nächsten Moment drückt er mir etwas auf die Klitoris. Etwas wie ein vibrierendes Ei, und die Vibrationen sind mächtig, harsch, viel zu intensiv, so intensiv, dass mein Körper gehorcht und ich erneut komme, lauter diesmal, noch viel lauter als beim ersten Mal.

„Ich kann nicht mehr", schnaufe ich, als ich diesmal zu mir komme. Mit aufsteigender Panik begreife ich, dass er immer noch hart in mir ist, dass er eine geradezu unheimliche Kontrolle über seinen Körper hat, scheinbar mühelos seinen eigenen Höhepunkt hinauszögern kann. Er wird mich umbringen.

„Und ob du kannst." Und es beginnt von Neuem. Ficken, dehnen, Schmerzen, Lust.

„Komm für mich." Und wieder komme ich. Wieder und wieder, bis ich weine, weil mein ganzer Körper brennt, weil ich noch nie so etwas erlebt habe, weil es am Schluss, beim sechsten oder siebten Mal, nicht einmal mehr das verdammte Vibro-Ei braucht, um mich zum Orgasmus zu zwingen, sondern nur noch seinen Befehl.

„Komm für mich." Ein letztes Mal zersplittere ich und diesmal lässt er sich von mir mit auf die andere Seite reißen. Sein Stöhnen vermischt sich mit meinen Schluchzern, und dann ist es plötzlich ganz still.

Die Welt ist verschwunden, reduziert auf einen einzigen Mann. Auf einen Mann, der wunderbar ist und pervers und eine Droge, der ich niemals werde widerstehen können. Der mich fordert und mich hält, der sich nimmt, was er will, und mich sofort entschädigt für das, was er genommen hat, indem er mir bewusst macht, zu was mein Körper fähig ist. Ich habe Angst vor dem Moment, wenn er die Fesseln löst, denn ich weiß, dass ich mich dann nicht aufrecht halten kann.

Tizian

Die Versuchung ist da, und sie ist groß. Mit ihr zusammen in mein Schlafzimmer umzuziehen, ihre Nähe zu genießen, der gefährlichen Schwere in meinen Gliedern nachzugeben und einfach nur mit ihr gemeinsam zu atmen. Sie in den Armen zu halten. Das, was sie mir gegeben hat, ist für sich allein noch nicht einzigartig. Es ist die Art und Weise, wie sie es mir gegeben hat. Ihre Widerspenstigkeit, würzig und herausfordernd. Die Art und Weise, wie sie gegen den inneren Drang angekämpft hat, mich zurückzuweisen. Ich habe das sehr wohl gespürt, wie es in ihr arbeitete, den einzigen Ausweg zu nehmen, den ich ihr gelassen habe. Und wie sie es niederkämpfte. Wie sie sich mir hingab. Dann ihre Kapitulation, süß und zart. Einzigartig. Wunderschön. Ein Moment der Seligkeit, den ich nie vergessen werde.

Doch es ist unsere letzte Nacht. Ich will die Stunden, die mir mit ihr bleiben, nicht vergeuden. Ich will die Zeit, die sie in meinem Haus ist, nutzen. Es gibt so vieles, das ich ihr zeigen kann, und noch so vieles mehr, das ich mit ihr machen möchte.

Dann ist da noch die Tatsache, dass sie seit dem Frühstück nichts gegessen hat. Das kann ich so nicht hinnehmen. Es widerspricht meinem Grundsatz, für Menschen zu sorgen.

Ich genieße ihr Stöhnen, als ich mich aus ihr zurückziehe. Das Krampfen ihrer Muskeln. Himmel nochmal, was für ein göttlicher Hintern. Was für ein himmlisches Gefühl, sie dort zu nehmen. Noch immer halten meine Lederriemen sie nieder. Zuerst entsorge ich das Kondom und schließe meine Hosen. Die Tatsache, dass sie nackt ist und ich lediglich die Hosen geöffnet habe, verstärkt die Kluft im Machtgefüge zwischen uns, was sowohl für mich als auch für sie die Intensität der Begegnung vertieft. Ich mag diese Kluften, das Gefühl von Stärke, das sie mir vermitteln, von Macht.

„Halt still", sage ich, als ich mich hinter sie knie und die Manschetten von ihren Fußgelenken löse. Die Spreizstange fällt rasselnd zu Boden. Dann hake ich die Karabiner der Lederriemen von den Ketten los, die unter der Couch im Boden verankert sind. „Nicht bewegen." Sie liegt wie tot. Lächelnd massiere ich ihre Haut, wo die Riemen eingeschnitten haben, massiere Blut und Leben zurück in sie. Der Schweiß auf ihrer Haut wird kühl. Von einem der Sessel nehme ich eine flauschige Wolldecke und breite sie über meine Gioia. Ganz langsam dreht sie den Kopf und sieht mich an, als ich ihren Körper ein wenig zur Seite schiebe und mich neben sie setze. Ihr Hintern noch immer hochgereckt über die Armlehne. Was für ein Anblick. Ich sehe auf sie hinunter, lege eine Hand auf diesen Hintern, streichle sie, fahre mit den Fingern in die Spalte zwischen den Backen, berühre den wunden Ring aus Muskeln und genieße ihr Zusammenzucken.

„Das hast du sehr gut gemacht, Gattina", sage ich. „Ich bin stolz auf dich."

„Stolz?" Ihre Gedanken gehen träge wie in Sirup. Ihre Augen sind verhangen, getrocknete Tränen verkleben ihre Wimpern.

„Du hast nicht dein Safeword gesagt."

„Du hast keine Ahnung, wie nah dran ich war", murmelt sie schwerfällig.

„Unterschätz mich nicht. Ich weiß das sehr wohl. Aber du hast es nicht gesagt. Du hast es ausgehalten. Du bist über deine Grenzen gegangen. So wie mit dem Ziegenkäse."

„Das ist ein ekliger Vergleich", unterbricht sie mich,

und ich bin in milder Stimmung, also trage ich es ihr nicht nach.

„Da ist ein himmelweiter Unterschied zwischen Ziegenkäse und Analsex."

„Wirklich?" Ich stehe auf, greife unter ihre Arme und helfe ihr dabei, sich auf die Füße zu stellen. Sie schwankt, sobald ich sie loslasse, die Decke rutscht zu Boden. Vorsichtig setze ich sie auf der Couch ab, so, wie man auf einer Couch für gewöhnlich sitzt, wobei mir bewusst ist, dass sie vermutlich in diesem Moment nicht so gern auf ihrem Hintern sitzt. Zischend holt sie Luft und sieht mich anklagend an.

„Sei vorsichtig", sage ich. „Solche Blicke werden nicht immer toleriert."

„Ich denke, ich habe heute eine Gnadenfrist verdient."

Ich hebe eine Braue. „Was du verdient hast und was nicht, darüber entscheide ich, Piccola." Ich hebe die Decke auf und drapiere sie wieder über Sabine, stecke die Ecken unter ihrem Körper fest, weil sie zu frösteln beginnt. Die Fernbedienung für die Zentralheizung liegt in der Schublade des Couchtisches, gleich neben dem Gleitgel. Ich stelle die Temperatur höher ein und stehe auf. Sofort schießt eine ihrer Hände unter der Decke hervor und hält mich am Ärmel fest.

„Wo gehst du hin?"

„In die Küche. Uns etwas zu essen kochen."

„Weil ich das verdient habe?"

„Nein, Baby, weil es eine Notwendigkeit ist. Das nächste Mal, wenn ich erfahre, dass du zwölf Stunden lang nichts gegessen hast, lege ich dich übers Knie. Dann hast du dir zehn mit der flachen Hand verdient."

Sie sieht aus, als ob sie etwas erwidern will, aber dann sackt sie einfach nur in sich zusammen. Ich küsse sie auf die Stirn und wende mich ab. Die Küche befindet sich hinter einer aufschiebbaren Wand an der Rückseite der Couch. Mein Problem ist, dass ich niemals kochen gelernt habe. Die Schränke werden zweimal die Woche von meiner Haushälterin aufgestockt, wobei das meistens nur beinhaltet, dass sie einen Karton Milch und ein halbes Dutzend frische Eier in den Kühlschrank stellt. Wenn ich Hunger habe, gehe ich in eines der Restaurants oder Cafés, die mir gehören, oder lasse mir vom Lieferservice etwas bringen.

Ich finde die Pasta im Schrank über der Spüle, Zwiebeln und Karotten in einem Holzkasten unter der Frühstücksbar, frische Tomaten in einer Schale im Fensterbrett, wo sie zum Nachreifen stehen. Frisches Fleisch sucht man in meinem Kühlschrank vergebens, das würde dort nur vergammeln, also wird es wohl eine vegetarische Gemüsesoße zu den Nudeln geben müssen. Ich fülle einen weiten Topf mit Wasser und schütte eine Handvoll Salz hinein.

Als ich vergeblich versuche, das Geheimnis der Kochfelder auf dem Induktionsherd zu entschlüsseln, stelle ich fest, dass ich nicht mehr allein in der Küche stehe. Still und leise hat sich Sabine an mich herangeschlichen und beobachtet meinen Kampf gegen die Kontrolltasten.

„Sag nicht, es gibt etwas, das du nicht kannst?"

Ich beuge mich zu ihr hinab und küsse ihre aufgeworfenen Lippen. „Es gibt viele Dinge, die ich nicht kann, aber gewöhnlich lasse ich das niemanden sehen. Jetzt kennst du meine Schwäche. Eigentlich müsste ich dich jetzt töten."

„Weil du *Top Secret* bist? Das ist mir nicht neu. Geh mal zur Seite." Mit einem einzigen Handgriff findet sie die richtige Taste für das entsprechende Kochfeld. „Wo sind die Töpfe?", fragt sie.

Innerhalb weniger Minuten schwitzen gewürfelte

Zwiebeln in heißem Öl, Sabine hackt die Karotten in kleine Stückchen und schneidet dann die Tomaten. Als das Wasser siedet, schüttet sie die Pasta hinein. „Ich bin enttäuscht, Principale", tadelt sie.

„Weil ich kein Fleisch habe für ein richtiges Ragú? Ich bestelle normalerweise fertiges Essen."

„Ja, das ist auch enttäuschend", gibt sie zu. „Aber ich meine, dass du getrocknete Pasta im Haus hast. Ich hätte dich für einen Traditionalisten gehalten, der seine Pasta nur frisch isst."

„Du solltest lieber froh sein, dass ich überhaupt was Essbares im Haus habe." Ich beobachte sie, wie ihr Blick sehnsüchtig an den Küchenschränken entlang gleitet. Sie hat keine Ahnung, welch gähnende Leere hinter den blankpolierten Türen herrscht. Dieselbe gähnende Leere wie in meinem Herzen, stelle ich im Stillen fest, und es versetzt mir einen Stich.

Sie gibt die Tomaten zu den Zwiebeln und Karotten, findet das Gewürzregal und streut Salz und Kräuter in die Soße. Dann stellt sie, ohne nachzudenken, die Hitze unter dem Nudelwasser herunter. Ihr zuzusehen, ist wie Frieden. Hinter meinen Augen nistet sich ein Brennen ein, das ich so nicht an mir kenne. Etwas Ähnliches habe ich zum letzten Mal verspürt, als wir Fabrizio zu Grabe trugen, auf San Michele zwischen Murano und Venedig. So nah.

Eine Frau in meinem Haus zu haben, die nicht hier ist, damit wir uns gegenseitig unsere Bedürfnisse erfüllen und ich sie sexuell oder psychisch dominiere, sondern die mir Pasta mit Gemüsesoße kocht, fühlt sich gut an. Wie die warme Decke, die noch immer um Sabines Schultern liegt. Ich schiebe mich auf einen der Barhocker am Frühstückstresen. Sabine probiert die Soße, die leise vor sich hin blubbert.

„Komm her", sage ich.

Sie blickt mich an, legt den Kochlöffel aus der Hand

und tritt auf mich zu. Ihre Bewegungen sind abgehackt, sie geht ein wenig breitbeinig. Ein samtiges Gefühl von Zärtlichkeit dehnt meine Brust, bis ich denke, vor Stolz platzen zu müssen. Ich ziehe sie zwischen meine gespreizten Schenkel, löse ihre Finger von der Decke und lasse die Wolle zu Boden sinken, sodass meine Gattina splitternackt in meinen Armen liegt. Fest ziehe ich sie an mich, vergrabe meine Nase in ihrer wilden Lockenmähne und inhaliere ihren Duft nach Sabine, nach Sex und ein bisschen nach dem Basilikum, der an ihren Fingern klebt.

„Du bist einzigartig", flüstere ich und wünsche mir, ich müsste sie nie mehr loslassen.

„Du auch", erwidert sie noch ein bisschen leiser. Es geht mir durch und durch. Warum muss das Leben so kompliziert sein? Warum müssen unsere Welten so verschieden sein? Ich möchte sie bitten, bei mir zu bleiben, aber das kann ich nicht, denn ich habe Angst davor, dass sie zustimmt und ich sie in eine Gefahr bringe, die ich nicht kontrollieren kann.

Als wir am Esstisch sitzen und die Pasta verspeisen, die, gemessen daran, wie wenige Zutaten Sabine zur Verfügung standen, einfach großartig schmeckt, erwähne ich wieder einmal, dass ich, wenn sie das will, einen passenden Meister für sie finden werde. Jemanden, der sie respektiert und sich um ihre weitere Ausbildung kümmert. Jemanden, bei dem sie sicher und so geborgen ist, wie sie es verdient. Sie sagt nichts dazu, die Stille, die auf meine Worte folgt, ist erdrückend.

Ich lege mein Besteck zur Seite. Sabine hat das, was auf ihrem Teller liegt, kaum angerührt, aber ich möchte sie nicht rügen. Mit der Serviette tupfe ich mir den Mund ab.

„Was hast du jetzt vor?", frage ich sie. „Ich meine, jetzt, wo du dich ein wenig besser kennst und weißt, zu wie vielen Dingen du fähig bist, wenn die Motivation stimmt. Hast du dir überlegt, was du mit deinem neuen Leben anfangen willst?"

Sie hebt den Kopf und sieht mich an. Sie ist blass, ihre Augen rot gerändert. Ich will, dass sie glücklich ist, aber in dieser Nacht, unserer letzten Nacht, wird sie nicht glücklich sein. Und wenn ich so leutselig dahinschwatze, dann ist auch das nur Maskerade. Am liebsten würde ich mich mit ihr zusammen in ein Flugzeug setzen und ans Ende der Welt fliehen. Doch in unserer heutigen Zeit hinterlassen Menschen Spuren, die man verfolgen kann.

„Vielleicht beginne ich wieder ernsthaft zu schreiben", sagt sie.

„Schreiben? Romane?"

Sie schüttelt den Kopf und lächelt schmal. „Ich hab dir von Jakob erzählt. Er ist Redakteur bei einem politischen Magazin in München. Ich hab da vor Jahren auch mal gearbeitet. Es hat Spaß gemacht, aber dann musste ich raus … naja, du weißt ja wieso. Ich konnte nicht mehr dort bleiben, ich musste weg. Ich hatte das Gefühl, einer der Resortleiter hätte ein Auge auf mich geworfen. Er war wirklich nett. Ich hab das nicht ausgehalten, also bin ich weitergezogen. Aber das Schreiben habe ich immer vermisst. Vielleicht fange ich wieder damit an."

München. Es ist nur ein einstündiger Linienflug über die Alpen, alles andere als eine Weltreise, dennoch kommt es mir unendlich weit weg vor. Dabei sollte ich froh sein. Wenn sie zurück nach Deutschland geht, ist wenigstens die Versuchung geringer für mich.

„Schickst du mir den Link zu deinem ersten Online-Artikel?", frage ich, nur halb im Scherz.

Sie schiebt ihren Teller zurück. „Jakob hat mich vor ein paar Wochen angerufen und mich gebeten, in einer Sache für ihn zu recherchieren. Über die Mala del Brenta. Hast du von denen schon mal gehört?"

Ich spüre, wie das Blut aus meinem Gesicht in meine Füße stürzt. Wie mein Herz aussetzt, um dann brutal hart gegen meine Rippen zu hämmern. Mit größter Mühe schaffe ich es, die ausdruckslose Miene beizubehalten.

„Das ist ein venezianischer Ableger der Mafia", erläutert sie. „In den Neunzigern galt die Mala del Brenta als geschlagen, als tot, weil ihr Anführer sich der Polizei stellte und umfassende Geständnisse ablegte und danach bei der Zerschlagung der Organisation mithalf. Aber angeblich gibt es Hinweise, dass die Mala del Brenta gar nicht tot ist. Dass sie sich wieder formiert hat. Eine verstärkte kriminelle Aktivität in Venetien und der Lombardei scheint auf die Organisation zurückzugehen." Sie seufzt ein bisschen und blickt auf ihren Teller, als bereue sie die Verschwendung. Ich kann nicht sprechen. Meine Kehle ist wie zugeschnürt.

„Ich hab ihm damals abgesagt, vor ein paar Wochen", fügt sie hinzu. „Aber hey, ich bin hier, und ich wollte eigentlich schon gern noch eine Weile in Venedig bleiben, da kann ich ja schon mal anfangen, nach Hinweisen zu recherchieren, oder? Immerhin sitze ich an der Quelle." Sie lächelt mich schief an.

„Gattina …" Meine Stimme ist nicht viel mehr als ein Krächzen, ich muss mich räuspern. „Ich verlange nicht viel von dir. Nicht, wenn unser Arrangement endet. Dann bist du frei. Du bist nur noch heute meine Sabinerin. Ich werde danach nie mehr etwas von dir verlangen. Nur diese eine Sache, die musst du mir versprechen."

„Welche Sache?"

„Stochere nicht in Dingen herum, die … Sabine, die Mala del Brenta ist gefährlich. Das ist ein Zusammenschluss äußerst gefährlicher Männer, die es nicht schätzen, wenn Außenstehende in ihren Angelegenheiten herumgraben. Du musst mir versprechen, dass du die Finger davon lässt. Glaub mir das, Sabine. Die sind sehr, sehr gefährlich."

Sie starrt mich an. „Woher weißt du das? Du hast davon gehört?"

Ich schließe die Augen, atme tief durch, das Luftholen brennt in meiner Brust. „Ich bin einer von ihnen, Gattina."

Kapitel 10

Sabine

Fast. Fast hätte er mich drangekriegt. Ich schiebe es auf meine ohnehin angeknackste Psyche, auf meine Verwirrung und den Schmerz, den sein ach so freundliches Angebot in mir aufgerissen hat. Er will sich also darum kümmern, dass ich einen passenden Padrone finde, der seine Stelle einnehmen kann? Wie nett. Ich starre ihn an, einen Augenblick lang wie gelähmt, dann bricht die Tatsache zu mir durch, dass er mich veräppelt hat. Ich beginne zu kichern.

„Okay, Tizian. Sehr eindrucksvoll, wirklich. Einen Moment lang hattest du mich, weißt du. Für ein paar Sekunden lang hab ich dir wirklich geglaubt. Ist das jetzt die nächste Lehrstunde? Rollenspiel und so. Dann lass dir gesagt sein, dass mein Hintern noch nicht bereit ist für eine nächste Runde." Und mein Herz auch nicht, füge ich in Gedanken hinzu. Erst mit Verspätung bemerke ich, dass er kein bisschen ertappt wirkt, dass da kein Schalk in seiner Miene blitzt, nur Ernsthaftigkeit. Das Kichern erstirbt, verätzt meinen Rachen mit Bitterkeit.

„Du meinst das ernst?", frage ich.

„Du hast mich gefragt, warum sie mich den Principale nennen, auch außerhalb der Villa. Jetzt hast du die Antwort. Sie nennen mich den Principale, weil ich genau das bin. Der Kopf einer Organisation mit einem Umsatz, der höher ist als der der Banca Popolare und McDonalds zusammengenommen. Über sechstausend Menschen hören auf mein Wort, davon rund fünfzig Familienoberhäupter. Ich verdiene mein Geld mit

Schmuggel, Schutzzöllen und illegaler Müllentsorgung. Ich schütze diejenigen, die mich um Schutz bitten, und ich verschleiere die Wege der Drogenbosse, die ihre Waren ins Land bringen. Wie oft hast du gefragt, wer ich wirklich bin? Jetzt hast du die Antwort."

„Was … was ist mit der Glasbläserei?" Es ist lächerlich, aber ich klammere mich an den Gedanken wie ein Schiffbrüchiger an die letzte Planke. Er stellt schönes Glas her, verdammt noch mal. Blumen, Vasen und Zierrat aus zartschimmerndem Murano Glas.

Halbherzig hebt er die Schultern. „Eine Geldwäscherei. Außerdem gut für die Tarnung. Reich werden kann heutzutage mit Murano Glas niemand mehr, dazu sind die Chinesen viel zu pfiffig im Kopieren."

In meinen Kopf beginnt es zu surren. Ich kann … ich kann das einfach nicht glauben. Weil ich es nicht länger ertrage, ihn anzusehen, irrt mein Blick umher, fällt auf seine Hände. Diese wunderschönen, schlanken Hände mit den Fingern, die so unermessliche Lust spenden können. Meine Augen beginnen zu brennen. Hände, an denen Blut klebt.

„Du hast … du hast Menschen sterben lassen." Meine Stimme klingt erstickt, so stranguliert wie ich mich fühle. Ich kann nicht aussprechen, was ich wirklich denke. Was ich wirklich wissen will. Hat er selbst getötet?

„Ich habe gemordet." In seinen Worten klingt es noch viel schlimmer. „Ich bin in diese Welt hineingeboren, Sabine. Sie war nie meine Wahl, aber in meiner Welt hat man keine Wahl. Lange Jahre hab ich als Bodyguard für den Sohn des ehemaligen Principale gearbeitet. Mein Job war es, das Leben der ersten Männer dieses Clans zu schützen, auch wenn es meinen Tod bedeutete, oder den Tod eines anderen. Als Pieramedeos einziger Sohn gestorben ist, hatte er keinen Erben. Keinen Erben, außer mir."

„Du hättest seinen Sohn schützen müssen, und als Dank dafür, dass du versagt hast, vermacht dir der …", meine Lippen weigern sich, das Wort zu formen, dieses Wort, von dem ich gelernt habe, das es zu einem Mann gehört, der trotz all seiner Arroganz gut ist und fürsorglich und von dem ich jetzt erfahre, dass es etwas ganz anderes bedeutet. Ich lecke mir über die Lippen, zwinge mich weiterzureden. „… Principale sein Erbe?"

„Er war nicht nur Fabrizios Vater, sondern auch mein Ziehvater. Er wusste, dass ich jederzeit bereit war zu sterben, um Fabrizios Leben zu schützen, aber diese Ehre war mir nicht vergönnt. Die beschissene Kugel hat meine Schulter zerfetzt, mich bewusstlos geschossen, aber nicht getötet."

Die Narbe an seiner Schulter. Noch ein Puzzleteil rutscht an seinen Platz, immer weitere Details kann ich erkennen, weitere fürchterliche Details von dem Bild, das der Mann ist, dem ich mich geöffnet habe, wie ich mich noch nie zuvor jemandem geöffnet habe.

„Wissen … wissen Clara und Niccolo davon?"

„Niccolo ja. Clara nicht. Und sie darf es auch nicht wissen. Jeder, der zu viel weiß, schwebt in Gefahr."

„So wie ich?" Nichts hält mich mehr auf dem Stuhl. Ich ertrage seine Nähe nicht länger. Wie konnte er nur? Und noch schlimmer, wie konnte ich nur? Wie konnte ich ihm nur vertrauen? Wie konnte ich so einen beschissenen blöden Fehler machen? „Hast du mir das deshalb jetzt gesagt, weil du mich nun töten musst? Damit ich nichts ausplaudere? Weiß ich plötzlich zu viel? Was wirst du tun, Principale?" Ich spucke das Wort aus wie ein Stück faulen Apfel, weil es droht, mich zu vergiften, ich spüre das Schäumen und Brodeln schon, mit dem meine Eingeweide beginnen sich aufzulösen. „Willst du mich auf die Couch fesseln und dann erschießen? Oder willst du mir dabei in die Augen sehen? Ist das der Grund, warum es dir solchen Spaß macht, anderen wehzutun? Weil du das Blut vermisst, das von deinen Händen tropft?"

Meine Worte treffen ihn. Ich sehe, wie er unter ihnen zusammenzuckt, aber ich kann nicht aufhören. Ich ... ich kann einfach nicht. „Das ist es, ja? Die drei Nächte sind vorbei, unsere Zeit ist vorbei, aber du willst nicht, dass ein anderer mich anfasst. Also wirst du mich töten, und damit du dafür einen Grund hast, erzählst du mir etwas, das ich nicht wissen darf. Von dir."

Langsam steht er auf, tritt auf mich zu, mit erhobenen Händen, als wolle er mir beweisen, dass ich von ihm nichts zu befürchten habe. Aber ich kann auch das nicht, kann ihn nicht in meiner Nähe ertragen.

„Fass mich nicht an", zische ich. „Wage es ja nicht, mich jemals noch einmal anzufassen."

„Ich will dir nichts tun, Sabine. Bitte, hör mich an." Seine Stimme klingt rau, gequält. Noch nie habe ich ihn so offen um etwas bitten hören. Immer weiter weiche ich vor ihm zurück. Schritt für Schritt, bis mein Hintern gegen die Armlehne des Sofas stößt und einen heißen Schmerz durch meine Eingeweide schickt. Tränen schießen mir in die Augen. Ich schüttle den Kopf, doch ich kriege nicht die Bilder aus dem Kopf, wie er mich genommen hat, gerade eben noch, wie er so viel von mir genommen hat und ebenso viel gegeben. Ungefragt stehlen sich weitere Bilder in mein Bewusstsein. Unsere zarte Liebe letzte Nacht, seine süßen, unschuldigen Küsse. Wie ich mir gewünscht habe, er würde für immer bei mir bleiben, und mir im Stillen geschworen habe, dass ich alles mit ihm tragen könnte, alles, wenn er mich nur liebt. Verdammte Scheiße, ich habe gedacht, dass ich ihn liebe. Ich habe mir nicht erlaubt, das Wort zu denken, aber das Gefühl war da, und ich habe es willkommen geheißen.

Zwischen uns klingt mein hektischer Atem überlaut.

„Ich wollte dich nie in Gefahr bringen, Gioia. Deshalb das Arrangement. Nur drei Nächte. Drei Nächte, und seit der ersten Stunde überlege ich, wie ich dich behalten kann, ohne dich in Gefahr zu bringen." Verzweiflung sickert nun auch in seine Worte. Er hebt die Hand, fährt sich damit durch die Haare, reißt an den schwarzseidenen Strähnen, so fest, dass es wehtun muss.

„Ich weiß nicht, wie. Dio, Sabine, ich glaube, ich liebe dich. Aber wie soll das gehen? Ich müsste dich einsperren, du müsstest zu meiner Sabinerin werden, einer Gefangenen, die nichts hört und nichts sieht. Nichts, außer dem, was ich sie sehen lasse. Du dürftest nie mehr ohne Schutz unter Menschen gehen, weil ich hinter jedem Menschen, der deinen Weg kreuzt, jemanden befürchten müsste, der dir etwas antut, um mich zu verletzen. Du bist nicht soweit. Du wirst es vielleicht nie sein. Die Hingabe und den Gehorsam einer Frau zu fordern, die ich liebe, ist nicht nur ein Spiel für mich, Gattina. Es ist lebensnotwendig. Für mich. Aber noch viel mehr für sie."

Er hat gesagt, dass er mich liebt. Ich will ihm glauben. Irgendwo tief in mir drinnen lebt eine Frau, die ihm glauben will und die sich das, was er sagt, in wundervollen Farben ausmalt, bis ein herrliches Bild entsteht. Ihm gehören, ihm dienen. Seine Sabinerin sein, die Frau, die ihm all seine dunklen Bedürfnisse erfüllt, und mehr als das. Ihn lieben und geliebt werden. Doch ich kann nicht. Ich kann es einfach nicht. Immer wieder kreiseln diese Worte in meinem Kopf. Ich kann es einfach nicht.

Als würde er mein Schwanken fühlen, als würde mein Sehnen ein Echo in seinem Herzen finden, kommt er weiter auf mich zu, schließt mich in seine Arme. Seine Umarmung sollte sich falsch anfühlen, jetzt, gefährlich und bedrohlich, aber so ist es nicht. Er riecht noch immer wie Tizian, er fühlt sich an wie Tizian. Und doch ist er es nicht. Ich verschließe mein Herz, wende den Blick ab von dem wunderbaren Bild, das uns zusammen zeigt, zusammen bis in alle Ewigkeit, und mache mich aus seiner Umarmung frei.

„Ich habe erlaubt, dass ein pädophiles Schwein mir meine Kindheit raubt. Ich werde nicht zulassen, dass ein Mörder meine Zukunft zerstört."

Seine Arme sinken herab, ich rüste mich für den Schmerz in seinen Augen, und doch droht der Anblick, mich zu zerreißen. Ich weiß, das war ein harter Schlag. Hart, aber notwendig. Ich räuspere mich, trete noch einen Schritt zurück.

„Bitte lass mich gehen, Tizian. Ich möchte nur noch nach Hause."

Für die Dauer einiger Herzschläge sieht er mich nur an, die Schultern nach vorn gesunken, den Kopf leicht gesenkt. Das ist nicht mehr der unverrückbare Mann mit dem Rückgrat aus Stahl, dem nichts und niemand etwas antun kann. Das ist ein Mann, der gekämpft hat und verloren. Vielleicht das erste Mal in seinem Leben.

Kaum merklich schüttelt er den Kopf, dann geht ein Ruck durch ihn. Er bückt sich nach meiner Hose und dem Top, die immer noch achtlos neben dem Sofa liegen, und reicht sie mir.

„Wenn du irgendwann einmal etwas von mir brauchst, wenn du Probleme hast, oder Hilfe benötigst, bei irgendwas, dann ruf mich an. Ich habe die Mittel, für fast jedes Problem eine Lösung zu finden."

„Danke", sage ich und nehme meine Sachen entgegen. Daran zweifle ich nach seinen Enthüllungen kein bisschen mehr. „Aber dazu wird es nicht kommen. Wo ist das Bad? Ich ... ich würde mich gern frisch machen."

„Die Tür raus und dann die übernächste links." Er

deutet mit der Hand in Richtung des Flurs, durch den wir das Wohnzimmer betreten haben. Es kann kaum zwei Stunden her sein, aber es fühlt sich an wie ein anderes Leben. Ein Leben, in dem ich noch ein Herz hatte, wo jetzt nur noch ein Eisklumpen in meiner Brust ist.

„Felice wird dich nach Santa Croce bringen."

„Das ist wirklich nicht nötig, ich kann ein Wassertaxi …"

„Nicht einmal diesen einen Wunsch kannst du mir noch erfüllen?" Ich will es nicht sehen, und vielleicht bilde ich es mir auch nur ein, aber ich meine, in seinem Augenwinkel eine Träne schimmern zu sehen.

„Es ist gefährlich, Gat… Sabine. Es könnte jemand sehen, wie du mein Haus verlässt. Jemand, der es nicht sehen darf. Lass dich von meinem Bodyguard heimbringen."

„Ich habe dir heute schon einen Wunsch erfüllt. Das muss reichen", sage ich und reiße meinen Blick los von dem verräterischen Glitzern in seinen Augen.

Tizian

Die Tür fällt hinter ihr zu. Auf dem Boden liegt die Wolldecke. Auf dem Tisch stehen die Teller, meiner leer, ihrer kaum angerührt. Sie geht da raus, mit leerem Magen, mit Angst und Wut im Bauch und ohne zu wissen, wie sie von hier wegkommen kann. Entmannt mich, nicht nur mit den Worten, die sie mir entgegengeschleudert hat und gegen die ich nichts sagen kann, weil sie die Wahrheit sprechen, sondern auch weil ich sie so gehen lasse, mit nichts im Magen, die Nerven kaputt und nicht in der Lage, die Gefahren einzuschätzen, die womöglich auf sie lauern, sobald sie mein Bollwerk verlässt. Die Nacht ist hereingebrochen, die Lichter Venedigs funkeln über das Wasser, Boote schaukeln auf der nächtlichen Lagune. In jedem dieser Boote könnte ein Assassine sitzen. Ein Mörder, wie sie es sagen würde, wie sie es gesagt hat. Zu mir.

Noch ehe ihre Schritte im Korridor verklingen, setze ich ihr nach. Ich hole sie ein, als sie auf Höhe der Tür zu Matteos Arbeitszimmer ist. Unter dem Türspalt schimmert noch ein Streifen Licht hervor. Matteo ist ein Arbeitstier, an vier von fünf Tagen arbeitet er bis nach Mitternacht. Schließlich bezahle ich ihn auch prächtig dafür.

Ich weiß, dass Sabine mich dafür hasst, trotzdem packe ich sie um die Hüfte, stoße die Tür zum Büro auf und schiebe sie hinein.

„Tizian!"

Sofort schneide ich ihr das Wort ab. „Sabine Kirchheim, darf ich vorstellen, mein Sekretär, Matteo Galliani. Matteo, organisiere bitte für Signora Kirchheim ein Wassertaxi und Begleitschutz nach Santa Croce."

Wütend funkelt Sabine mich an. „Ich akzeptiere das Taxi, Tizian, danke dafür. Aber keinen Begleitschutz. Ich will mit deinen Methoden nichts zu tun haben. Ich will nach Hause, und ich will aus deinem Leben verschwinden. Streiche mich aus deinen Telefonkontakten, vergiss, wo ich wohne, vergiss, dass es mich überhaupt gibt. Ich möchte dich nicht wiedersehen."

Es gäbe viele Möglichkeiten, darauf zu reagieren. Ich habe sie nicht offiziell aus meiner Umklammerung entlassen. Unser Arrangement geht noch bis zum Ende dieser Nacht. Wenn sie sich daraus davonstiehlt, ohne ihr Safeword zu sagen, kann ich das honorieren, muss es aber nicht. Ich könnte sie das spüren lassen. Ich könnte ihr vorwerfen, dass sie auf dem besten Wege ist, wieder in die Verhaltensmuster zurückzufallen, aus denen ich sie herausgezogen habe. Wegzulaufen, ehe jemand sie verlässt. Ich könnte sie zwingen zu akzeptieren, dass sie in meiner Yacht nach Hause gebracht wird, und dass ich selbst mit an Bord bin, um zu hundert Prozent sicher zu sein, dass sie zuhause ankommt. Ich könnte sie zwingen, bei mir zu bleiben, sie in meinem Schlafzimmer anketten und so lange vögeln, bis sie Vernunft annimmt und mich als ihren Meister akzeptiert.

Oder ich könnte sie gehen lassen. Ihr ihren Willen lassen, weil ich weiß, dass nichts so ist, wie es vorher war. Dass sie nicht wegläuft, weil sie dem Verlassenwerden zuvorkommen will, sondern dass sie wegläuft, weil sie einen Blick auf das Monster geworfen hat, das ich niemals sein wollte, doch zu dem mein Leben mich gemacht hat.

Ich wollte es ihr nie sagen, weil ich weiß, wie ungeheuerlich es ist. So ungeheuerlich, dass es das einzige Geheimnis ist, das Niccolo vor Clara hat. Das Wissen um das, was ich bin. Jetzt begreife ich: Mein Schweigen hätte nichts gewonnen. Ich hätte es vor ihr verschwiegen und darauf bestanden, sie nie wiederzusehen, und mein Herz wäre daran zerbrochen. Ich habe es riskiert, habe es ihr gesagt, in diesem einen Moment, in dem ich es sagen konnte, und mein Herz ist daran zerbrochen.

Die Stille brüllt um uns herum. Matteo sitzt wie versteinert, um nur ja keinen Ton zu verursachen, der Sabine oder mich zu einer unbedachten Reaktion erschreckt. Ich höre meinen Atem und den von Sabine.

Dann trete ich rückwärts zur Tür. Gebe Matteo einen Wink. „Ruf das Taxi, Matteo. Kein Begleitschutz." In mir zerreißt etwas, als ich es sage. Dann nicke ich Sabine zu. „Bleib hier drin, bis das Taxi kommt. Ich warte draußen."

„Worauf?" Mit leerem Blick sieht sie mich an.

Ich drehe mich um und gehe, lasse sie mit Matteo im Büro zurück. Durch die geschlossene Tür kann ich hören, wie mein Sekretär mit der Taxi-Zentrale in Venedig telefoniert.

Auf dem Anleger vor meinem Haus lasse ich mir den Nachtwind um die Nase wehen. Die Kühle zerrt an meinen Haaren und beruhigt meine Nerven. Ich schiebe die Hände in die Hosentaschen und starre auf das Wasser, auf die Boote, die draußen unterwegs sind, und mein Herz sinkt, als ich das eine entdecke, den einen Punkt, der stetig, in gerader Linie, an San Michele vorbei auf Murano zuhält. Das Wassertaxi. Weiter oben sitzt auf einem Poller Felice, der die Nachtwache hat. Er tut so, als beachte er mich nicht.

Alles in mir sträubt sich dagegen, sie gehen zu lassen. Sie entgleitet meiner Kontrolle, ich kann sie nicht schützen. Sie will nicht von mir geschützt werden. Hat sie nicht das Recht dazu? Ein ganz normales Leben zu führen? Sie hat nicht darum gebeten, in mein Leben zu stolpern und einen solch bleibenden Eindruck darin zu hinterlassen, dass ich sie nicht mehr gehen lassen will. Dass ich glaube, keinen Tag länger existieren zu können ohne sie. Weil sie alles das verkörpert, von dem ich nicht einmal gewusst habe, dass ich es suche. Mut. Stärke. Klugheit und der Wille zu dienen. Das Bedürfnis, für mich zu sorgen. Für mich da zu sein.

Hinter mir erklingen Stimmen auf dem Anleger. Ich muss mich nicht umschauen, um zu wissen, wer es ist. „Lass uns allein, Matteo", sage ich, ohne den Blick vom Wasser und dem immer größer werdenden Licht des Wassertaxis abzuwenden.

„Principale." Seine Schritte verklingen, als er sich zum Haus zurückzieht.

„Mir ist nicht wohl dabei", sage ich, noch immer ohne Sabine anzusehen.

„Es muss dich nicht kümmern, Tizian. Ich lebe mein

Leben, du deines. Wir haben nichts mehr miteinander zu tun."

Langsam wende ich mich um. „Ich bin sehr stolz auf dich, weißt du das? Auf deinen Mut."

„Den verdanke ich dir."

„Nein, den hast du immer gehabt. Von Anfang an, sonst hättest du mich schon auf Claras Hochzeit in die Schranken gewiesen. Versprich mir, Sabine ..."

„Nicht ..." Sie hebt eine Hand.

„Du musst mir das versprechen. Grabe nicht. Es ist das Einzige, um was ich dich bitte. Lass diese Dinge ruhen. Wenn sie dir etwas antun, würde es mich umbringen." Und das wissen sie, und deshalb werden sie es versuchen, füge ich im Stillen hinzu.

„*Wer sie?*" Schnarrend stößt das Taxi gegen die Poller. Felice springt herbei, um die Leinen zu halten, während der Bootsmann den kurzen Steg herüberschiebt. „Wen meinst du mit *sie*? Die Menschen, die deinem Befehl folgen? Aber wie kann das sein, wenn sie deinem Befehl gehorchen und du mir nichts tun willst, wieso sollte ich dann in Gefahr sein? Was ist mit dir, Tizian? Wann müsste ich damit rechnen, dass du es bist, der mir eine Kugel in den Kopf schießt, weil ich dir zu nahe auf den Pelz rücke?" In ihrer Stimme liegt keine Aufmüpfigkeit oder Provokation. Nur echter Zweifel und Tränen.

„Wenn du das von mir glaubst ..." Ich trete einen Schritt zurück, bis ich fast mit dem Schatten des Hauses verschmelze. „Leb wohl, Gattina."

Sie blinzelt, und ohne einen Gruß ergreift sie die ausgestreckte Hand des Bootsführers, der ihr an Bord hilft. Felice wirft die Leine zurück ins Heck des Taxis. Der Bootsführer lässt den Motor aufheulen, dreht vom Anleger weg, langsam nimmt das kleine Boot Fahrt auf. Sabine starrt auf die lichterumkränzte Silhouette von Venedig.

Ich sehe ihr nach. Trete zurück ins Licht der gelblichen Gartenlaternen, die meinen Anleger ausleuchten. Etwas quetscht mir die Eingeweide zusammen. Das kann so nicht enden. Sie kann mich nicht einfach verlassen. Hat sie gar nichts gelernt? Hat sie mich überhaupt nicht angesehen? Hat sie nichts von mir verstanden?

Ich hasse mein Leben. Ich hasse dieses Haus, diese Insel, ich hasse das Blut, das durch meine Adern fließt, und ich hasse Pieramedeo Cavalli. Ich hasse seinen Sohn Fabrizio, der sich erschießen ließ, als ich für ihn hätte sterben sollen. Ich möchte dieses Leben nicht mehr. Das einzige Leben, das ich kenne.

Ich stehe im Lichtkegel vor meinem Haus, eine Zielscheibe, starre auf das Boot, das sich entfernt. Fühle, wie meine Welt zusammenbricht wie ein Kartenhaus, in das ein Windstoß fährt.

„Sieh dich um", murmele ich, so leise, dass nicht einmal Felice mich versteht, der kaum zwei Armlängen von mir entfernt steht. „Sieh dich um, Gattina, und sieh mich. Sieh dich nur ein einziges Mal um."

Ich starre ihr hinterher, bis das Boot um San Michele herum verschwindet.

Sabine

Ich hab mich krank gemeldet. Das könnte mich meinen Job kosten, aber was macht das schon? Es könnte mich auch eine Kugel direkt in die Stirn treffen, das nächste Mal, wenn ich einen Fuß vor die Tür setze, also lass ich auch das. Ich liege in meinem Bett und tue mir selbst leid, während langsam mein Hintern heilt. Ich hab gutes Heilfleisch. Zwei Tage esse ich nur

Suppe, aus Angst zu sterben, wenn ich das nächste Mal aufs stille Örtchen muss, aber am dritten Tag merke ich, dass meine Angst unbegründet war. Ein wundes Arschloch heilt eben doch besser als ein wundes Herz. Ich vermeide den Blick in den Spiegel, als ich mir die Hände wasche. Ich muss nicht sehen, was ich auch so weiß. Dass ich beschissen aussehe, mit dunklen Ringen um die Augen und zerzausten, fettigen Haaren.

Auf dem Weg zurück ins Bett mache ich einen Umweg über die Küche und zieh mir einen Latte Macchiato. Kurz erwäge ich, ob ich einen Schuss Amaretto reingeben soll, aber dann lasse ich es bleiben, weil es mich zu sehr an die heiße Schokolade erinnern würde, die mir Tizian in der Villa delle Fantasie eingeflößt hat. Zum Teufel. Alles erinnert mich an ihn, und dass diese Erinnerungen wehtun, schlimmer als jeder körperliche Schmerz es je könnte, ist der blanke Hohn. Ich will ihn doch nicht. Ich will nichts mehr von ihm wissen. Er soll aus meinen Gedanken bleiben, aus meinem Leben und meinem Herz.

Wenn das nur so einfach wäre. Statt mit Amaretto, betäube ich meine Geschmacksnerven mit den Resten eines Osterhasen aus Schokolade, den ich irgendwo in einer Küchenschublade finde. Der arme Kerl hat ein Loch in der Brust, und eine haltlose Welle Mitgefühl bricht über mich herein. Ich weiß genau, wie er sich fühlt, also reiße ich ihm den Kopf ab und gönne ihm ein schnelles, schmerzloses Ende. Etwas, das ich mir für mich auch wünschen würde.

Die Schokolade schmeckt alt und bitter, aber das kann man dem Hasen kaum vorwerfen. Er ist nun mal ein Mann. Ist er das? Halbherzig drehe ich das verbliebene Stück Schokolade in meinen Fingern. Alles, was jetzt von Meister Lampe übrig ist, ist sein Hinterteil samt Stummelschwänzchen. Habe ich dem Hasen womöglich Unrecht getan und es ist in Wahrheit eine Schokohäsin, die nur deshalb alt und angelaufen ist, weil sie sich nicht früh genug aus ihrer Schublade getraut hat? Ich drehe das Stück Schokolade so, dass ich dem verbliebenen Rest direkt zwischen die nicht vorhandenen Beine sehen kann. Kein Anhaltspunkt, ob es nun ein Osterhase oder eine Osterhäsin gewesen ist.

Die Türklingel schlägt an und reißt mich aus meinen Überlegungen. So, wie ich bin, in nicht mehr als einem seit drei Tagen nicht gewechselten T-Shirt und einem Höschen, das ich gefühlt schon genauso lange trage, stapfe ich an die Tür und hebe den Hörer der Gegensprechanlage ab.

„Hallo?"

„Biene! Ich bin's. Was ist mit deiner Haustür passiert? Seit wann kann man nicht mehr direkt hochgehen?"

Clara, natürlich. Wahrscheinlich sollte es mich wundern, dass sie erst jetzt auf der Matte steht. Ich nehme an, Niccolo hat ihr von meinem und Tizians Arrangement erzählt und dass sie mir nach Ablauf der Frist ein bisschen Zeit geben wollte, um mich zu sortieren. Clara ist so. Immer umsichtig, immer nett.

„Lange Geschichte", brumme ich und drücke auf den Summer, um sie einzulassen.

Ich höre, wie sie sich die Treppe in den dritten Stock hochkämpft. Und ich höre den Augenblick, als sie mich im Halbschatten des Hausflurs erkennt. Es ist das zischende Einatmen, das sie verrät. Um ihrer Standpauke zuvor zu kommen, drehe ich mich um und gehe zurück in die Wohnung. Schweigend folgt sie mir. Aus dem Augenwinkel sehe ich, wie sie das Chaos, das selbst für meine Verhältnisse drastisch ist, in sich aufnimmt, bevor sie ihren Blick auf mich richtet. Ernsthaft, wenn sie diesen Blick auflegt, ist sie hundert Prozent die erfolgreiche Geschäftsfrau und ich frage mich, wer in ihrer Ehe tatsächlich die Hosen anhat.

„Du brauchst eine Dusche", konstatiert sie. „Jetzt, Biene. Du stinkst drei Meilen gegen den Wind. Danach sagst du mir, was Tizian di Maggio mit dir angestellt hat, damit ich ihm eigenhändig dafür den Hals umdrehen kann."

„Hast du dir schon mal die Frage gestellt, ob es Schokoosterhasen in männlicher und weiblicher Ausführung gibt?"

Irritiert sieht sie mich an. Ich weiß nicht, warum, aber plötzlich kommt mir die Frage wirklich wichtig vor. So wichtig, dass mir Tränen in die Augen steigen, als ich begreife, dass ich es nie erfahren werde, genauso wenig, wie ich je erfahren werde, was geschehen wäre, wenn ich vor drei Tagen nicht Hals über Kopf aus Tizians Wohnung geflohen wäre. Und irgendwie scheint sie all das in meinen Augen lesen zu können, denn im nächsten Augenblick finde ich mich schluchzend in ihren Armen wieder. Dreckig und stinkend und eklig wie ich bin, weine ich ihre teure Designerbluse voll.

„Oh, Liebes. So schlimm? Ist es, weil er einfach gegangen ist? Hast du dir mehr versprochen als die drei Nächte, aber er ist nach Ablauf der Frist verschwunden?"

Rotz tropft von meiner Nase auf ihre Bluse, und mein Zusammenbruch ist mir peinlich. Ich mache mich aus ihrer Umarmung frei, wische mir Augen und Nase ab, aber es hilft kein bisschen, weil immer mehr Tränen nachkommen.

„Ich bin gegangen, Hühnchen. Er ist gar nicht der, der er vorgegeben hat zu sein. Und ich hab ihm geglaubt. Ich hab ihm wirklich vertraut und dann sagt er mir, wer er wirklich ist, und ich erkenne, dass alles nur eine schreckliche, fürchterliche Lüge war. Dass ich einem Lügner vertraut habe, der ganz anders ist, als ich gedacht habe. Was sollte ich denn da anderes machen, als wegzulaufen? Das ist doch kein Fehler, oder? Das kann doch kein Fehler sein."

„Es ist okay", sagt sie und streichelt meine Wange, eine Geste so zärtlich und liebevoll, dass sie mich unweigerlich wieder an Tizian erinnert und neue Schluchzer aus mir herausbrechen. Sie hält mich und wiegt mich, bis ich leergeweint bin und erschöpft. Dann schiebt sie mich ins Bad, zieht mir eigenhändig das ranzige T-Shirt vom Körper, streift mir den Slip ab und schiebt mich in die Dusche. Ich lasse es mit mir machen, als wäre ich eine Marionette, aber irgendwie fühlt es sich trotzdem gut an. Dass da ein Mensch ist, der meinen Kummer teilt, vor dem ich weinen und den Zugang zur Realität verlieren kann, ohne dass sie vor mir zurückschreckt und mich schreiend und sich die Haare raufend allein lässt.

Das heiße Wasser tut gut. Ich wasche mir die Haare, seife mich ein und stehe unter dem sengenden Strahl, bis der Boiler anfängt zu streiken und nur noch kaltes Wasser kommt. Wieder ist es nur ein T-Shirt, zu dem ich mich aufraffen kann, aber immerhin ein sauberes. Ich mache Fortschritte.

Clara hat in der Zwischenzeit ein wenig aufgeräumt, sie hat das dreckige Geschirr abgewaschen und alle Fenster aufgerissen, um einmal ordentlich durchzulüften. Auf dem Küchentresen steht eine Kanne Tee. Mit sanfter Gewalt drängt sie mich zur Couch, drückt mir eine Tasse in die Hand, aus der es verdächtig stark nach Kamille duftet, und nimmt einen tiefen Atemzug.

„Ich weiß nicht, was Tizian gemacht hat, dass du denkst, er hat dich belogen", beginnt sie zu reden. Als ich sie unterbrechen will, hebt sie eine Hand, um mich aufzuhalten.

„Nein, Biene. Hör dir das an. Ich weiß, dass du es

wahrscheinlich noch nicht hören willst, aber für mich ist es wichtig, es zu sagen. Ich weiß, wie du dich fühlst. Du warst ja selbst dabei. Als ich erfahren habe, wer Niccolo wirklich ist, habe ich mich betrogen und hintergangen gefühlt. Benutzt, gedemütigt. Ich bin weggelaufen und ich habe gedacht, ich habe jedes Recht dazu."

„Niccolos Lüge ist nicht mit der von Tizian zu vergleichen."

„Nein, natürlich nicht. Weil jede Geschichte anders ist. Aber das ist auch egal. Ich weiß nur, ich hätte mir sehr wehgetan, wenn ich nicht irgendwann zur Besinnung gekommen wäre und versucht hätte herauszufinden, warum er mich belogen hat. Die Welt ist nicht immer nur Schwarz oder Weiß. War es deshalb okay, was Niccolo gemacht hat?" Sie schüttelt den Kopf. „Nein, das war es nicht. Aber er hatte seine Gründe. Gründe, die ich niemals erfahren hätte, wenn ich nicht an den richtigen Stellen die richtigen Fragen gestellt hätte. Ich will nur, dass du darüber nachdenkst. Nicht heute, vielleicht auch noch nicht morgen, aber irgendwann. Weil, wenn dir etwas in die Hand gelegt wird, das sich gut und richtig anfühlt, das dein Herz dazu bringt, sich zu überschlagen und ganz warm zu werden, dann ist es manchmal auch gut, wenn es schlecht ist. Unser Bauch ist sehr oft schlauer als unser Kopf."

Ich nehme einen Schluck Tee, muss achtgeben, dass ich nicht die Hälfte verschütte, weil meine Finger so stark zittern. Ein kleiner Funke Hoffnung beginnt in meinem Bauch zu glühen.

Tizian

Diese drei Tage sind die Hölle gewesen. Jemand hat einen Mordanschlag auf Mauro Mittarelli verübt. Das liegt zwei Tage zurück, es passierte am Tag nach einem Treffen, das ich mit zumindest einigen Abgesandten der führenden Familien in einem Luxushotel auf dem Lido abgehalten habe. Geladen waren alle. Unterhändler wurden von etwa vierzig der sechzig Familien, die die Mala del Brenta verkörpern, geschickt. Von zehn weiteren kamen die Familienoberhäupter, unter ihnen Mauro Mittarelli. Der Tod von Paolo Cecon hat mich aufgerüttelt, ich musste mich des Rückhalts aus meinen eigenen Reihen versichern. Doch die Tatsache, dass Sabine mich nur Stunden vor dem Meeting verlassen hat, ließ mich unkonzentriert und fahrig sein, immer wieder sind meine Gedanken auf Abwege gegangen.

Dass Ercole di Maggio niemanden geschickt hat, hat mich nicht überrascht. Dass außer ihm noch neun weitere Familien nicht anwesend waren, hat mein Misstrauen geweckt. Wer hat Cecon auf dem Gewissen? Die Polizei tappt im Dunkeln, sie stehen kurz davor, den Mord zu den Akten zu legen. Cecon hatte keine Familie, keine Angehörigen, die nach Antworten suchen, und die venezianische Öffentlichkeit ist viel zu oberflächlich, um sich länger als zwei oder drei Tage in Spekulationen über ein in der Lagune schwimmendes Mordopfer zu ergehen.

Mauros jüngster Bruder Davide, der neben ihm auf dem Rücksitz der Limousine mit den getönten Scheiben saß, wurde bei dem Anschlag getötet, zwei Bodyguards haben das anschließende Feuergefecht in dem heruntergekommenen Park hinter der Fabrik für Solarzellenpaneele im Industriegebiet von Mestre, die den Mittarellis gehört, ebenfalls nicht überlebt. Leider sind die Angreifer, die ausgerüstet gewesen sein müssen wie die Marines, ausnahmslos entkommen. Mauro liegt mit nicht lebensbedrohlichen Verletzungen in einem diskreten Privatklinikum. Die beiden Geschosse, die aus seinem Arm herausoperiert wurden, lassen ebenso wenig einen Schluss auf die Herkunft der Angreifer zu wie die Unmengen an Kugeln, die in den Polizeilabors aus den Leibern der Toten herausgepult worden sind. Zwei der Geschosse hat mein Kontakt bei der Polizei an mich weitergeleitet. Das Verschwinden von Beweismaterial aus den Büros und Lagern der italienischen Polizei hat Tradition, kein Mensch fragt danach.

Ich halte die Plastiktüte mit einem der Geschosse an den Fingerspitzen von Daumen und Zeigefinger gegen das Licht, das vom Fenster her durch mein winziges Büro flutet. Es ist die Kugel, die Davide Mittarellis Halsschlagader zerfetzt hat.

Der Sommer hat Venedig fest im Griff. Ich habe die Wachposten rings um mein Haus verstärkt, Felice hält ununterbrochen Gespräche und Tests mit potenziellen neuen Bodyguards ab. Ich muss mein Team erweitern. Wenn es jemand auf die Clans der Malavita abgesehen hat, müssen wir vorbereitet sein. Dass ein Sechstel der Mala del Brenta meiner Einladung auf den Lido nicht gefolgt ist, lässt den Schluss zu, dass sowohl der Mord an Cecon als auch der Anschlag auf Mauro interne Angelegenheiten gewesen sind. Der Druck, der auf mir lastet, steigt. Matteo arbeitet Tag und Nacht. Ein Blick auf mein Telefon zeigt, dass er auf einer der drei Leitungen telefoniert, und das seit Stunden. Ein Sportboot mit verboten lautem Motor fährt zu nah an meinem Anleger vorbei. Alle sind nervös.

Am Morgen habe ich mit Mauro telefoniert, aber es

gab keine neuen Erkenntnisse. Ich kann mir einfach nicht vorstellen, warum ausgerechnet ihn jemand aus dem Leben kicken will. Für die Kosten von Davides Beerdigung werden wir gemeinsam aufkommen, er wird neben seinem alten Vater ins Grab gelegt werden. Ich hab den Jungen gekannt, wir sind zwei Jahre zusammen zur Schule gegangen, er war wenige Monate älter als ich. Er hinterlässt eine Frau und zwei kleine Kinder.

Er hinterlässt.

Ich muss an Sabine denken. Und daran, dass ich nichts hinterlassen werde, wenn ich es bin, den eine solche Kugel trifft. Wie kann es sein, dass jemand wie Davide mutiger ist als ich? Dass er nur der Jüngste von drei Brüdern war, ohne Aussicht, jemals den Vorstand seines Clans zu übernehmen, bedeutet nicht, dass sein Leben und das, was er daraus machte, weniger gefährlich war als meines.

Sie fehlt mir. Ihre Nähe, ihre Wärme. Ihre Pasta. Besonders in diesem Augenblick. Mit dem Tod direkt vor Augen. Davides Tod. Irgendwer will Menschen wie uns immer ans Fell. Wenn nicht die Carabinieri oder der italienische Staat, dann eben die Neider aus den eigenen Reihen. Mauro hat niemandem im Inneren der Malavita ans Bein gepinkelt, es gab keinen Grund, ihn beseitigen zu wollen. Er ist seinen Geschäften mit Firmen außerhalb der Gemeinschaft nachgegangen und hat in seiner Solarzellenfabrik illegale Waren hergestellt und ins Ausland verkauft, mehr nicht. Für die Dinge, mit denen er sich beschäftigt, hat er innerhalb der Gemeinschaft keine Konkurrenten. Schon sein verschrobener Vater, der in seiner Jugend ein brutaler Schläger gewesen ist und als Boss seines Clans nie davor zurückschreckte, Rivalen durch gut gezielte Schüsse warnen zu lassen, hat immer Wert darauf gelegt, sich nicht durch Geschäfte zu sehr an die Konkurrenz innerhalb der Organisation zu binden. Denn solche Verbindungen gründen auf sehr dünnen Fundamenten, die allzu leicht brechen und dann gefährlich schwanken. Die Solarzellenfabrik in Mestre wäscht Einnahmen aus dunkleren Kanälen, aber die halten sich bei den Mittarellis in Grenzen und Mauro ist dabei niemals jemandem in die Quere gekommen.

Die Sizilianer? Sie haben uns seit Manieros Verrat nicht mehr behelligt. Für sie sind wir immer noch nur ein kleines Lichtlein, eine Kerze, deren Docht unbemerkt weiterglühte, nachdem jemand versucht hat sie auszupusten, und die nur sehr langsam wieder an Kraft gewinnt. Keine Konkurrenz für die dicken Hunde im Süden. Das ist mir auch recht so, es erlaubt uns, uns zu entfalten, wie wir es wollen. Früher galten wir als gewalttätiger als die Ndrangheta und die Camorra, heute behaupten sie, unsere Zähnchen seien stumpf, wenn nicht gar gänzlich ausgefallen. Gewalt ist nicht, was mir am Herzen liegt. Sie lag auch Pieramedeo nicht am Herzen. Es geht ums Geldverdienen, um Traditionen, um Macht in einer eigenen Welt. Wenn es zu blutig zu werden droht, ziehe ich die Reißleine.

Mein Telefon piepst. Ein interner Anruf. Matteo. Ich nehme ab, die Plastiktüte mit der Kugel immer noch in der Hand.

„Die Ballistik hat eines der Geschosse aus dem Bauch des einen Bodyguards zu einer Waffe zurückverfolgt, die vor zehn Jahren von einem Waffenhändler in Mailand an einen gewissen Antonio Cecon verkauft wurde."

Ich lasse die Tüte fallen und fahre mir mit dem Handrücken über die Stirn. „Das ist verrückt." Die Namensgleichheit kann kein Zufall sein. „Hatten wir nicht festgestellt, dass Paolo keine Verwandten hat?"

„Nicht in Italien", sagt Matteo. Er klingt müde.

„Wer ist Antonio Cecon?"

„Es gibt niemanden dieses Namens in ganz Italien", sagt Matteo. Im Hintergrund klappert die Tastatur seines Computers. „Es gibt zwei Antonio Cecons in Brasilien und einen in Deutschland."

„Hast du die Hintergründe geprüft?"

„Ich bin dabei. Der eine Brasilianer ist ein Filmemacher in Rio de Janeiro, der andere scheint dessen minderjähriger Sohn zu sein, der nach dem Vater benannt wurde."

„Und der Deutsche?"

„Lebt in Krefeld. Verheiratet, zwei Kinder. Betreibt eine Pizzeria. Alles ganz legal. Seine Frau ist Italienerin."

„Seit wann in Deutschland?" Ich bekomme Kopfschmerzen. Verbindungen nach Deutschland sind mir suspekt, seit das de Luca Kartell, eine obskure kleine Zelle aus dem Ruhrgebiet, an mich mit dem Vorschlag herangetreten ist, im großen Stil Drogen aus Holland und Osteuropa nach Italien zu bringen und gemeinsam Geld damit zu verdienen. Ich mag keine Geschäfte, die über zig Grenzen gehen, denn das sind alles viel zu ungewisse Variablen, die man nicht kontrollieren kann.

Krefeld liegt im Ruhrgebiet. Das weiß sogar ich.

Matteo klappert mit der Tastatur, dann seufzt er. „Ich muss ein paar Anrufe machen. Ich komme darauf zurück."

Ich bin verdammt froh, Matteo zu haben. Der Mann, auf den ich mich blind verlassen kann, dessen Loyalität zum Cavalli-Clan keine Grenzen kennt. Meine Bodyguards sind mir gegenüber loyal, eine handverlesene, schlagkräftige Truppe, doch Matteo verdankt alles, was er ist und was er hat, Pieramedeo Cavalli.

Paolo Cecon, der minderjährige Mädchen zur Prostitution zwang, von mir in den Regen gestoßen wurde, offensichtlich dennoch nicht floh und nun ermordet wurde. Antonio Cecon, aus dessen Waffe tödliche Schüsse auf einen Sohn von Marco Mittarelli abgegeben wurden. Zwei Männer, die vielleicht mehr verbindet als der Name. Wer, zum Teufel, hat Paolo auf dem Gewissen und warum? Ging es immer noch um die Mädchen? Hat er weitergemacht, aus irgendeinem anderen Loch heraus? Doch warum der Anschlag auf Mauro? Der junge Mittarelli würde sich eher die Hände abhacken, als etwas zu tun, das meiner Doktrin zuwiderhandelt. Er ist viel zu versessen darauf, die Beziehungen zwischen den Mittarellis und den erheblich mächtigeren Cavallis nach dem Tod seines Vaters endlich zu verbessern. Ich vertraue ihm. Und jetzt liegt sein Bruder im Leichenschauhaus.

Mir dröhnt der Kopf. Ich kann nicht denken. Ich wünschte, Sabine wäre hier. Würde vor mir knien und zulassen, dass ich ein wenig meiner Aggression an ihr abbaue. Aggression. Sie hat mich nie aggressiv erlebt. Aber … sie kann es. Sie will es. Ich habe in ihre Augen gesehen. Sie will gehören, ebenso wie sie gehorchen will. Und für sie würde ich diese Aggression kontrollieren können. Für sie, die sich mir unterwirft, die sich meinen Händen anvertraut. Sie würde mich zähmen, wenn niemand sonst mich mehr zu zähmen vermag.

Aber ich habe sie gehen lassen. Meine kleine Sabinerin. Ich hätte sie anketten sollen. Hätte ihr ein bisschen Vernunft in den Kopf vögeln sollen. Sie hätte sich mir unterworfen, ich hätte dafür gesorgt, indem ich sie immer wieder so hoch treibe, dass sie den Boden nicht mehr sieht. Die Erinnerung daran, wie sie unter meinen Fingern gekommen ist, macht mich hart, braust in meinen Ohren, wärmt meinen Bauch und mein Herz. Sie würde sich mir zu Füßen werfen und alles aushalten, was ich austeilen will, und dann würde sie mir Pasta kochen und mich im Arm halten und mir Wärme schenken.

Was würde ich nicht darum geben, sie wiederzuhaben.

Sie. Und ihre verdammte Pasta.

Kapitel 11

Sabine

Ich habe mich schick gemacht. Zu den ausgefransten Jeans-Shorts habe ich ein khakifarbenes Top und ein weites Wildlederhemd kombiniert. Der leichte Schal, als Gürtel durch die Schlaufen der Shorts gefädelt, zeigt dasselbe Leopardenmuster wie meine hochhackigen Peeptoes. Dazu eine lange Kette mit einem bronzefarbenen Elefantenanhänger und meine offene Mähne, die nur durch die Sonnenbrille, die ich mir in die Haare geschoben habe, in Form gehalten wird, und der wilde City-Girl Look ist fertig.

Ich glaube nicht, dass es Tizian gefallen würde, wenn er mich so sieht. Zu auffällig, zu schreiend, aber darum geht es heute auch nicht. Ich bin nicht gekommen, um den Principale zu beeindrucken. Ich sitze in dem Café gegenüber des Danieli Hotels, um einen Mann zu treffen, der womöglich Tizians ärgster Feind ist, und der soll gebührend beeindruckt von mir sein. So beeindruckt, dass er vergisst, dass ich für Jakob hier bin, eine verhinderte Journalistin auf der Suche nach Informationen, und seine Zunge lockerer wird, als es gut für ihn wäre.

Lorenzo Ricci ist erst vor wenigen Monaten von Rom nach Venedig gekommen. Er ist ein hochdekorierter Beamter des italienischen Nachrichtendienstes und, wie es der Zufall will, ein loser Kontakt von Jakob. Es tut den Augen nicht weh, in anzusehen, aber das ist auch schon alles. Es fühlt sich falsch an, ihn anzulächeln und mit den Lidern zu klimpern. Jedes „oh, das ist aber interessant" und jedes „was Sie nicht sagen", muss ich mir abringen. Aber er scheint es nicht zu merken, und das ist alles, was zählt.

„Wie kann es denn passieren, dass eine talentierte, schöne, junge Frau wie Sie ihr Geld als Kellnerin verdient und nicht ihrer Berufung in den Medien nachgeht? Signore Münzer hat Ihre Fähigkeiten in den höchsten Tönen gelobt." Ich bin mir nicht sicher, von welchen Fähigkeiten Ricci spricht, aber das ist mein Einsatz, der Moment, auf den ich schon den ganzen Nachmittag gewartet habe.

„Ich habe mir eine kleine Auszeit gegönnt", antworte ich ihm und lasse meinen Zeigefinger über den Fuß des Weinglases spielen, wo sich Kondenstränen gesammelt haben. „Aber natürlich war ich sehr froh, als Jakob Münzer mich gebeten hat, wieder für ihn zu recherchieren."

„Fragen Sie, Bellissima. Was kann ich für Sie tun?"

„Erzählen Sie mir, was Sie über die Verbindung des deutschen de Luca-Kartells zur Mala del Brenta wissen. Natürlich nur, wenn Sie sich damit nicht in Schwierigkeiten bringen." Es war nicht ganz so einfach, wie ich Ricci glauben lassen möchte, Jakob davon zu überzeugen, dass mich der Job nun doch interessiert. Er war wütend auf mich, dass ich mich wochenlang nicht gemeldet habe, nur um ihn dann geradezu anzuflehen, meine Nase doch in die Story vergraben zu dürfen. Die Wut sei ihm gegönnt. Im Endeffekt war es aber so, wie es immer ist, zwischen mir und Jakob. Ich habe mich entschuldigt, habe mich rausgeredet mit einem Selbstfindungsseminar, das in den letzten Wochen meine ganze Aufmerksamkeit beansprucht hat, und hoch und heilig geschworen, von nun an verlässlicher zu sein. Die Geschichte war realistisch genug, damit Jakob sie mir abgenommen hat, und wenn man es genau beleuchtet, war es noch nicht einmal eine Lüge. Wenige Unternehmungen haben mich so viel über mich selbst erfahren lassen, wie die Zeit mit Tizian.

Ricci nimmt seinerseits einen Schluck von seinem Wein und lässt sich in seinem Stuhl nach hinten fallen. Die Beine ein wenig gespreizt, einen Arm lässig von der Stuhllehne baumelnd, vermittelt er in seinem cremefarbenen Leinenanzug und dem Goldkettchen, das in seinem am Kragen offenstehenden Hemd verschwindet, das Bild eines Mannes, der sich und die Welt liebt. Sich, in allererster Linie. Und dann erst die Welt.

„Und woher weiß ich, dass ich morgen nicht das, was ich Ihnen heute im Vertrauen erzähle, in allen Nachrichten erfahre, Bellissima? Wenn meine Informationen zu früh an die Öffentlichkeit geraten, kann das unsere gesamte Operation gefährden."

Scheinbar demütig senke ich den Kopf. „Sie werden mir wohl vertrauen müssen, Signore Ricci", hauche ich. „Alles, was ich möchte, ist das Recht, als Erste darüber schreiben zu dürfen. Sobald Sie die Nachrichtensperre heben. Keinen Tag früher. Aber eben auch nicht später, und um das zu erreichen, muss ich meine Hausaufgaben vorher machen. Dazu brauche ich Sie. Bitte helfen Sie mir." Schüchtern lasse ich die Wimpern flattern, gebe vor, abhängig und unsicher zu sein, als ich meinen Blick hebe, um ihn anzusehen. Es ist seltsam. Mir gegenüber sitzt ein Mann, der von seiner Macht und Autorität überzeugt ist, und trotzdem fühlt sich meine zur Schau gestellte Unterwerfung absolut falsch an. Da ist nicht der Drang, gefallen zu wollen, nichts von der Nervosität und dem Gefühl von Abhängigkeit, die ich mit Tizian empfunden habe. Mit Ricci spiele ich ein Spiel, und es lässt mich absolut kalt.

Im Gegensatz zu ihm. Er räkelt sich ein wenig auf dem Stuhl, ein gönnerhaftes Lächeln hebt seine Mundwinkel, ich meine unter seinem Gürtel sogar eine

Erektion zu erkennen, aber das kann natürlich täuschen.

„Ercole di Maggio", sagt er schließlich. Nur ein Wort, aber in seinem Tonfall liegt so viel Süffisanz, dass mir davon schlecht geworden wäre, würde nicht etwas ganz anderes mein Herz stolpern lassen. Ich bin so geschockt, dass ich mich an der gesalzenen Erdnuss verschlucke, die ich mir gerade in den Mund gesteckt habe. Ricci scheint das nicht zur Kenntnis zu nehmen.

„Fangen Sie bei ihm an. Er gehört nicht zu den ganz Großen in der Mala del Brenta. Zumindest haben wir das all die Jahre geglaubt. Ein ewig Zweiter, dessen Ehrgeiz nicht durch seine Fähigkeiten getragen wird. Wir hatten ihn schon oft genug auf dem Schirm. Mord, Prostitution, Menschenhandel. Nennen Sie ein Verbrechen, di Maggio hat es begangen, in dem fruchtlosen Bestreben, seinen Einfluss zu mehren. Leider konnten wir ihm nichts nachweisen. Bis jetzt. Offenbar denkt er, es ist an der Zeit, seinen Status als ewig Zweiter endgültig hinter sich zu lassen, und hat eine neue Strategie aufgetan. Bekannte Gegner von di Maggio sind in den letzten Wochen spurlos von der Bildfläche verschwunden, Mitglieder von Familien, die eine ..." Er stockt, scheint nach einem passenden Wort zu suchen. „... eine gemäßigtere Linie fahren. Zuletzt erst vor wenigen Tagen ein Bruder des Familienoberhauptes der Mittarellis, einer weiteren Familie aus der Mitte der Malavita. Alles spricht für einen bevorstehenden Machtwechsel, und die speziellen Freunde von Ihrem Jakob sollen dabei das Zünglein an der Waage sein."

„Seine Freunde? Sie meinen das de Luca-Kartell?" Es fällt schwer, meine Gedanken beisammen zu halten, nach all dem, was Ricci mir gerade enthüllt hat. Die Namensgleichheit kann kein Zufall sein. Wer ist Ercole di Maggio? Tizians Bruder? Sein Vater? Er hat nie jemanden erwähnt. Plötzlich ergibt es einen Sinn, dass Tizian mit seiner Familie keinen engen Kontakt hat. Nicht, wenn er der Principale ist und einer seiner Verwandten es sein möchte.

„Genau die. Ein Syndikat, eine Zusammenarbeit, an der die Venezianer bisher nie interessiert waren. Doch di Maggio hat ihnen ein schönes Stück vom Kuchen versprochen. Wenn sie ihm helfen, dorthin zu gelangen, wo er schon immer sein wollte." An die Stelle von Tizian. Er muss es nicht sagen. Ich sehe es auch so.

Plötzlich wird mir eiskalt. Alles dreht sich. Gemäßigtere Widersacher, die aus dem Weg geräumt werden, ein Syndikat, das sich zusammentut, um Ercole an die Spitze der Mala del Brenta zu katapultieren, ein Syndikat, das nicht vor Mord und Totschlag zurückschreckt. Claras Worte sickern durch den Nebel aus zähflüssiger Angst, die mich mit einem Mal umgibt. Manchmal gibt es nicht nur Schwarz und Weiß. Hat sie Recht? Ist das der Beweis den ich brauche, nach dem ich mich so sehr gesehnt habe? Dass ich mich in Tizian nicht getäuscht habe, weil er es ist, der mit seiner gemäßigteren Linie ein wenig Helligkeit in den Morast aus Gewalt und Verbrechen bringt? Genau wie bei mir. Wenn er mich gehalten hat, hinterher, wenn er Angst zu einem Erlebnis gemacht hat und Zweifel zu einem sinnlichen Abenteuer. Weil seine Liebe brutal war, brutal ehrlich und grenzenlos begeisternd. Weil Tod und Schuld nicht übertünchen können, dass da trotzdem etwas Gutes in ihm ist. Ein Funke Licht, ein gütiger Tropfen Wärme. Gerade überlege ich, wie ich mich am besten von Ricci verabschieden kann, da lässt seine Hand auf meiner mich zusammenfahren.

„Bellissima, ist Ihnen nicht gut? Die Kehrseite von Venezia ist nicht schön, viel zu dunkel für eine leuchtende Schönheit wie Sie. Lassen Sie uns wieder über schönere Dinge reden. Sagen Sie ihrem Signore Münzer, dass Sie nicht die Richtige sind für solch hässliche Dinge. Schreiben Sie lieber über das Teatro La Fenice. Ich habe gehört, dort geben sie zurzeit eine ganz außergewöhnliche Darbietung von Le Nozze di Figaro. Lassen Sie sich von mir dorthin ausführen. Dann wird Ihnen sicher wieder besser. Was meinen Sie? Heute Abend? Wo kann ich Sie abholen?"

Irritiert hebe ich den Kopf. „Ich verstehe nichts von der Oper", sage ich und muss nicht einmal lügen. Wer will schon einen Artikel lesen über einen verrückten Frisör?

Tizian

Genaugenommen wundert es mich, dass Niccolo nicht schon früher den Kontakt gesucht hat. Immerhin ist es eine Woche her, seit mein Arrangement mit Sabine ausgelaufen ist. Ausgelaufen wäre, wenn sie es nicht vorher abgebrochen hätte. Dieser Umstand zerrt immer noch an mir, und ich beginne zu glauben, dass es für den Rest meines Lebens so bleiben wird.

Niccolo hat mich mit der Gattina nicht nur gesehen, er hat mich in der Villa delle Fantasie dabei unterstützt, als ich sie zum Reden gebracht habe. Er hat ihre Augen gesehen und meine. Er ist mit Sabine befreundet, aber mehr noch, er kennt mich besser als jeder andere Mensch.

Er weiß alles von mir. Auch die dunklen Dinge, die ich sonst niemanden außerhalb der Gemeinschaft sehen lasse. Ich hätte früher damit gerechnet, dass er sich mit mir treffen will, um zu diskutieren, was in der Villa delle Fantasie passiert ist – und was danach. Ich gehe davon aus, dass er inzwischen weiß, wie das mit Sabine und mir ausgegangen ist. Trotzdem habe ich seine Einladung angenommen.

Zur Abwechslung ist es einmal nicht Giancarlo, der an der Rezeption des Danieli Hotels Dienst hat. Es ist ein diensteifriger junger Mann, dessen Uniform nicht ganz korrekt sitzt und der erst ewig lange im Computer suchen muss, ehe er die Information findet, dass Tizian di Maggio in der Tat an diesem Nachmittag einen Termin mit Niccolo Contarini hat und dass ihm umgehend Zugang zu den Geschäftsräumen von La Giarrettiera gewährt werden soll. Als der Junge mir endlich den Weg zu den Aufzügen weist, ist aus *umgehend* schon längst ein *nach ewig langer Sucherei* geworden.

Das Konferenzzimmer im zur Firmenzentrale umgebauten Penthouse hat einen der großartigsten Ausblicke, die man in Venedig finden kann. Über die Gondole, die an der Riva angebunden sind und sacht auf den Wellen schaukeln, geht der Blick auf San Giorgio mit dem eindrucksvollen Kirchenbau, auf Giudecca und weiter hinaus über die Lagune bis zum Lido. Wer hier sitzt, oder vielleicht noch auf der Terrasse des Restaurants, die gleich nebenan ist, und hinausblickt aufs Wasser an einem sonnendurchfluteten Freitagnachmittag, der liebt diese Stadt. Der kann gar nicht anders.

Niccolo lässt Gebäck und Kaffee bringen. Gleichzeitig schickt er seine Assistentin und die Sekretärin nach Hause. Die anderen, die hier eng mit ihm zusammenarbeiten, sind bereits gegangen. Es ist Freitag, die Sonne scheint, und es gibt nur wenige Venezianer, die im Sommer noch arbeiten, wenn diese beiden Dinge aufeinandertreffen.

„Wo ist Clara?" Sie hat, in ihrer Funktion als Einkaufsleiterin, ein Büro am anderen Ende des Flurs.

„Shopping. Das gute alte Laster der Frauen. Setz

dich doch." Er weist auf einen der dick gepolsterten Lederstühle, die den riesigen Konferenztisch umringen. Kaffeeduft füllt den Raum.

„Mit Sabine?" Die Frage rutscht mir heraus, ich kann es nicht verhindern.

„Sie hat nichts gesagt. Und ich kann nicht glauben, dass du mich das fragst. Ich habe nicht gedacht, dass du dich noch für sie interessierst."

Da haben wir es. Er weiß Bescheid. „Es war ein Arrangement", presse ich hervor. „Drei Nächte. Sabine und ich hatten uns im Vorfeld geeinigt. Ihr war das so klar wie mir." Der Kaffee schmeckt bitter.

„Wer so aufeinander reagiert wie ihr beide, schert sich gewöhnlich nach Ablauf dreier Tage nicht darum, dass es als Arrangement begann." Ja, er wird wissen, wovon er spricht. Genau so hat es mit ihm und Clara angefangen. Eine Abmachung. Gehöre mir für eine Nacht. Gehöre mir für noch eine Nacht. Er weiß aber auch, wie schlimm dann alles den Bach hinuntergehen kann, denn auch das hat er am eigenen Leib erfahren.

„Ich habe euch gesehen", fährt er ungerührt fort. „Ich kann einfach nicht glauben, dass du sie tatsächlich weggeschickt hast. Dass du sie abserviert hast. All die Dinge, die sie von dir hätte lernen können, und nicht nur das. All die Dinge, die sie an deiner Seite hätte sein können. Du hast ihr verwehrt, was sie verdient. Glücklich zu sein."

„Ich hab ihr ..." Die Worte bleiben mir im Hals stecken. Ich springe vom Stuhl auf, die Kaffeetassen klirren. Mit wenigen hastigen Schritten bin ich am Fenster, starre hinaus, starre auf Giudecca, wo Sabine arbeitet. Selbstbeherrschung, di Maggio, sage ich zu mir selbst, die Hände in den Hosentaschen zu Fäusten geballt. Es ist ja nicht falsch, was er sagt. Ich habe es ihr verwehrt, glücklich zu werden. Einfach nur, weil ich nicht von Anfang an die Finger von ihr gelassen habe. Aber ich habe sie nicht ...

„Hast du sie in der vergangenen Woche gesehen?", frage ich Niccolo, ohne ihn anzusehen. „Geht es ihr gut?" Ich muss daran denken, dass sie allein ist. Dass sie niemanden hat, der auf sie achtgibt. Und ich bin heilfroh darüber, dass ich zumindest diese eine Sache getan habe, die Tür auszuwechseln, damit sie wenigstens ein bisschen sicherer lebt.

„Es geht ihr gut. Sie ergeht sich in Arbeit."

„Im Hotel?" Vielleicht schiebt sie Extra-Schichten. Um zu vergessen. Ich tue das ja auch, wenn auch auf einem ganz anderen Niveau. Ich ersäufe mich in Arbeit, um nicht an sie denken zu müssen. Funktionieren tut es nicht. Sie ist ständig bei mir. Die Erinnerung an ihren Duft, an das Gefühl meiner Finger auf ihrer Haut. An ihr Vertrauen und ihre Hingabe.

„Warum interessiert dich das so sehr, Tizian? Wenn sie dir so am Herzen liegt, hättest du sie nicht fortschicken sollen."

Sehr langsam drehe ich mich zu ihm um. „Ich habe sie nicht fortgeschickt. Ich wollte sie überhaupt nicht gehen lassen. Ich hätte sie in Murano behalten. Ich hätte sie angekettet, damit sie bei mir bleibt. Aber ich durfte nicht."

Er runzelt die Stirn und sieht plötzlich aus, als wäre auch sein Kaffee von einem Schluck auf den anderen bitter geworden. „Wie meinst du das?"

„Sie hat mich verlassen." Ich muss schnauben. „Wusstest du, dass sie eine Vergangenheit als Journalistin hat?"

Er verzieht die Mundwinkel. „Solange ich sie kenne, war davon nie die Rede. Worauf willst du hinaus?"

„Sie wollte wieder ernsthaft beginnen zu schreiben. Weil sie etwas mit dem neuen Leben anfangen wollte, zu dem ich ihr die Perspektive geöffnet habe." Die Ironie dieser ganzen Sache wird mir erneut bewusst, und ich will darüber lachen und zugleich irgendwas zerschlagen. Ob es mir gelingen würde, mit der Faust die Fensterscheibe zu durchbrechen, ohne wie ein Schwein zu bluten?

„Und was ist schlimm daran, wenn sie etwas ändern will? Wenn sie die räudige Kellnerei aufgeben will, um etwas zu tun, was ihr wirklich Spaß macht?"

„Dass ein Freund von ihr sie gebeten hat, die Malavita unter die Lupe zu nehmen, jetzt, wo sie vor Ort ist."

Niccolos Augen weiten sich. Er versteht im gleichen Atemzug. „Du hast ihr ... du hast gesagt, wer du bist? Du hast ihr alles gesagt?"

Resigniert schließe ich die Augen. „Sie hätte es ohnehin erfahren müssen. Früher oder später. Wie kann ich mit einer Frau eine Beziehung haben, die mich nicht kennt? Ich kann sie nicht ewig unter der Vorstellung bei mir haben, ich sei Glasbläser. Das wäre kein geteiltes Leben, das wäre eine Lüge, für die ich es verdient hätte, dass sie mir im Schlaf die Eier abschneidet. Aber sie hätte es nicht so erfahren sollen."

„Wie?"

„Ich hab sie gebeten, nicht zu recherchieren. Ich hab ihr erklärt, dass sie die Gefahr gar nicht abschätzen könnte, in der sie schwebt, wenn sie der Malavita auf die Füße tritt. Und sie hat gefragt, woher ich das weiß."

„Und du hast es ihr gesagt."

„Was hätte ich sonst tun sollen?"

Er setzt die Ellenbogen auf die Tischplatte und vergräbt seine langen Finger in seinen Haaren. „Sie hat davon nichts erzählt."

„Weil ich ihr gesagt habe, dass Clara nichts darüber weiß, und weil sie viel zu klug ist, um ihre Freundin da mit reinzuziehen. Sie ist loyal, Niccolo, sie will Clara schützen, ebenso wie du und ich Clara schützen wollen, indem wir sie nichts davon wissen lassen. Aber Sabine hat mich verlassen. Weil ich ein gefährliches Raubtier bin, nicht nur der Tiger mit den gestutzten Krallen, den ich in der Villa spiele. Wo jeder glaubt, ich brauche diesen Ort, um Gefahr zu spielen, die ich im Leben draußen nicht eingehen kann." Ich lehne mich gegen den Fensterrahmen und verschränke die Arme vor der Brust. „Niccolo, ich habe immer gewusst, dass ich keine Beziehung mit ihr haben kann. Weil ich sie nicht schützen kann, wenn jemand mir etwas antun will. Aber es war nicht ich, der sie von sich gestoßen hat. Sie ist gegangen. Noch bevor das Arrangement zu Ende war. Sie hat mich verlassen. Ich sollte froh darüber sein, über den sauberen Schnitt, darüber, dass ich nicht länger verletzlich bin, ihretwegen. Aber ich kann nicht froh sein. Mir geht es beschissen. Ich denke ständig an sie. Sie fehlt mir und ich will sie wiederhaben. Aber ich darf nicht einmal um sie kämpfen, weil ausgerechnet jetzt fast jede Nacht einer von meinen Verbündeten angegriffen wird und Leute aus der Organisation ins Gras beißen und ich weiß, dass es nur eine Frage der Zeit ist, bis auch ich in die Mündung einer Maschinenpistole gucken werde."

Er erhebt sich und kommt auf mich zu. In seinen Augen steht Sorge. „Davon hast du nichts gesagt."

Ich sehe ihn gerade an. Dieser Mann ist verdammt nochmal der beste Freund, den ich je hatte. „Weil ich dich schützen will, Mann. Ich will nicht, dass du in irgendwas reingezogen wirst, das nicht deine Welt ist. Weil ich dich liebe, Contarini, sentimentaler Schwächling, der ich bin, und es nicht ertragen könnte, wenn du in Gefahr gerätst. Es ist derselbe Grund, warum ich bei dir um Informationen über Sabine betteln muss, obwohl ich mich Tag und Nacht nach ihr sehne. Mein Vater hat von Anfang an Recht gehabt."

Sabine

Fassungslos starre ich auf den Bildschirm. Schwarze Vierecke, mit grüner Schrift darauf. Es hat seine Vorteile, auf der Flucht vor sich selbst die halbe Welt bereist zu haben. Kumar habe ich während meiner Zeit in Indien kennengelernt. Schon als der Informatikstudent, der er damals gewesen ist, war er ein wirklich helles Köpfchen. Heute arbeitet er in Kalkutta offiziell für eine riesige Softwarefirma und bessert sich seinen Lebensunterhalt inoffiziell damit auf, dass er für Privatleute oder Firmen Hackersoftware schreibt. Mit Kumars Hilfe kann man den Facebook-Account seiner Lieblingsfeindin manipulieren, oder den Ehemann stalken, indem man seine Mails und Handytextnachrichten nachverfolgen lässt. Manch einer hat hinterher wahrscheinlich bereut, Kumar beauftragt zu haben. Wer will schon wirklich wissen, dass seine Vermutung stimmt, und der Liebste hinter dem Rücken mit seiner Sekretärin rummacht? Und vor den gewieften Fingern dieses Mannes auf einer Computertastatur ist kein dreckiges Geheimnis sicher.

Ganz ähnlich fühle ich mich gerade. Es war nicht der Liebste, dessen Mail-Account Kumar für mich hacken sollte, und ich musste ihn auch nicht dafür bezahlen. Einen Freundschaftsdienst hat er es genannt, als ich mich bei ihm meldete und wir zunächst eine Weile in alten Erinnerungen an rauschhafte Partys in Goa und Elefantenritte im Dschungel schwelgten. Später, als er die erste Fährte aufgenommen hatte, schwenkte er um und nannte es eine Herausforderung. Das, was sich in den Mails und auf den Festplatten von Ercole di Maggio versteckt, sprengt selbst Kumars Erfahrungsschatz bei Weitem.

Mein Blick fliegt über die einzelnen Screenshots. Es geht um Geld, das war zu erwarten. Wirklich viel Geld, aber es geht um so viel mehr. Ercole di Maggio ist Tizians Vater. Wie Ricci schon andeutete, ist er tief verstrickt in die Belange der Mala del Brenta, der venezianischen Mafia, die in der Öffentlichkeit als tot gilt, aber es noch lange nicht ist. Und er will an die Macht. Er will den Posten einnehmen, den Tizian hat, und dafür schreckt auch nicht vor Gewalt zurück.

Ein zweiter Name fällt mir auf. Matteo Galliani. Dieser Name fällt mehrfach in Verbindung mit Tizian. Mails von ihm an Ercole, von Ercole an ihn, in denen es um Geld geht und um Lieferungen. Erinnerung klingelt in meinen Ohren, einen Moment, bis ich den Namen richtig zuordnen kann. Ich habe Matteo kennengelernt, kurz nur, und in einer denkbar ungünstigen Situation, aber nach kurzem Zögern bin ich mir sicher. Es ist Tizians Sekretär, und er spioniert für den alten di Maggio, gibt Informationen weiter und sorgt dafür, dass Tizian nur das erfährt, was er erfahren soll. Mir wird schlecht. Nicht immer ist alles Schwarz oder Weiß, hat Clara gesagt, und wie recht sie damit hat, wird mir erst jetzt in vollem Umfang klar, als ich Mail nach Mail, ein Dokument nach dem anderen öffne und lese, das Kumar für mich dechiffriert und mir dann weitergeleitet hat.

Der Hauptvorwurf von Ercole di Maggio gegenüber Tizian ist seine Sanftmütigkeit. Die Tatsache, dass er den ihm untergebenen Clans verbietet, in bestimmte Geschäftsfelder zu investieren, die zwar Geld bringen, aber in seinen Augen intolerabel sind. Kinderprostitution, zum Beispiel, aber auch Auftragsmorde nach besonders sadistischen Strickmustern. Tizian will die Mala del Brenta clean haben. Ein Wirtschaftsunternehmen, das zwar die Lücken und Schlupflöcher in Recht und Justiz ausnutzt und so den Staat jedes Jahr um einige Millionen Euro an Steuergeldern betrügt, das aber dabei so wenig tatsächliche Gewalt wie möglich ausübt. Ein Stachel im Fleisch des Staates, aber kein Konsortium von Mördern und Schwerstverbrechern. Ercole möchte alles, ganz egal, wer dafür sterben muss, ganz egal, wie dreckig das Geld ist, mit dem er sich dieses Maß an Macht erkauft.

Ich öffne die nächste Mail und mit einem Mal ist mir so schwindelig, dass die Buchstaben und Ziffern auf dem Bildschirm vor mir verschwimmen.

Samstagabend, schreibt Matteo dort an Ercole, *dein Sohn wird in der Villa König spielen. Alles wird vorbereitet sein. Die Lieferung der Deutschen ist angekommen.*

Samstagabend, das ist morgen. Es dauert ein wenig, bis ich auch den Rest des Inhalts begreife. Die Deutschen, damit ist das de Luca-Kartell gemeint, das Jakob erwähnt hat. Ehemals ein Zweig der italienischen Ndrangheta, der sich immer mehr abspaltete und nun schon seit Jahrzehnten autark operiert. Bei der Lieferung handelt es sich um Sprengstoff. Eine Fußnote in einer der nachfolgenden Mails, die die genaue Menge bestätigt, die an einer nicht genannten Adresse in Venetien eingegangen ist. Eine solche Menge an TNT würde reichen, eine halbe Insel wegzusprengen. Das erkenne ich auf den ersten Blick. Eine halbe Insel wie Murano zum Beispiel.

Mein erster Impuls ist, die Polizei zu alarmieren, oder Kommissar Ricci vom Nachrichtendienst, wenn es sein muss. Doch ich ringe ihn nieder. Damit wäre niemandem geholfen. Ich kann mir nicht vorstellen, dass jemand wie Tizian ausgerechnet mit der Polizei kooperieren würde, um einen Konkurrenten aus den eigenen Reihen in die Schranken zu weisen. Zwar könnten sie, mit ein wenig Glück, Matteo und di Maggio senior noch rechtzeitig aus dem Verkehr ziehen, doch der nächste Kopf, der rollen würde, wäre der von Tizian. Er hätte es verdient, wahrscheinlich. Er ist nicht sauber und hat auch nie behauptet, es zu sein. Doch wer würde dann nachrücken an die Stelle des Principale? Ein Mann wie er, der Kinder, die nach Italien verschifft wurden, um ihren Körper zu verkaufen, schützt und sie bei erstbester Gelegenheit, ausgestattet mit mehr Geld, als ihre Eltern wahrscheinlich jemals verdient haben, zurück in den Schoß ihrer Familien schickt? Einer wie er, der Grausamkeiten schlimmer ahndet als Verrat an der Gesellschaft, wenn jemand aussteigen will? Oder würde einer kommen wie Ercole, eine Bestie, die aus Machthunger noch nicht einmal davor zurückschreckt, den eigenen Sohn beseitigen zu lassen, wenn es das ist, was die Kooperation mit einem der berüchtigtsten Kartelle unserer Zeit zementiert.

Ich muss etwas tun. Ich muss Tizian warnen, ihm einen Wissensvorsprung geben. Keinesfalls darf es geschehen, dass er morgen nach der Party in der Villa delle Fantasie zurück nach Hause kommt und dort direkt in eine Falle tappt. Matteo hat Zugang zu allen Teilen seines Palazzos, für den Sekretär ist es ein Leichtes, das komplette Gebäude zu verminen, wenn er das will. Die Bodyguards würden keinen Verdacht schöpfen, denn sie kennen diesen Mann, der seit Jahr und Tag für die Cavallis arbeitet. Ich muss Tizian warnen, nicht nur, weil er das kleinere von zwei Übeln zu sein scheint. Vielmehr ist die Vorstellung von einer Welt, in der es Tizian nicht gibt, unvorstellbar. Unerträglich.

Der Gedanke lässt mich stocken. Habe ich das gerade wirklich gedacht? Ich wollte ihn doch nicht mehr. Ich will nichts zu tun haben mit seinen Machenschaften und seiner Düsternis. Aber mein Herz erinnert mich daran, dass es sich einen feuchten Kehricht darum schert, was ich will und was ich nicht will. Für zwei Schläge setzt es aus, dann rast es in meiner Brust davon, als wäre es auf der Flucht. Es ist egal, ob ich ihn will oder nicht, geht mir auf. Es ist egal, ob er gut ist oder böse. Zu mir ist er immer gut gewesen. Er hat mich gehalten und getröstet. Er hat mich angesehen, hat erkannt, wer ich wirklich bin. Und als ich ihn von mir gestoßen habe, als ich ihm Dinge an den Kopf geworfen habe, die unverzeihlich sind, da hat er geweint. Eine einzelne Träne nur, aber er hat geweint, weil ich nicht in der Lage gewesen bin, ihm das zu schenken, was er mir so bereitwillig gegeben hat. Die Bereitschaft, hinter die Fassade zu sehen, zu erkennen, dass mehr in ihm steckt als ein kaltherziger Verbrecher.

Ich nehme den Telefonhörer auf und wähle die Nummer der Zentrale von La Giarrettiera. Es ist nicht Clara, die ich sprechen will, denn sie verdient das Unwissen, mit dem Niccolo und Tizian sie schützen. Die Durchwahl von Niccolo habe ich nicht. Nach dem zweiten Klingeln meldet sich eine eifrige Telefonistin. Ich gebe ihr meinen Namen und bitte um ein Gespräch mit Niccolo Contarini. Erwartungsgemäß sträubt sie sich zunächst, mich durchzustellen, gibt aber doch nach, als ich ihr sage, dass ich Claras Trauzeugin war und es um eine Überraschung für die Leiterin der Einkaufsabteilung geht. Es knackt in der Leitung, kurz ertönt Warteschleifenmusik, dann meldet sich Niccolo.

„Sabine. Dein Anruf ist der letzte, mit dem ich gerechnet habe." Er klingt kühl und distanziert, als wäre er wütend auf mich, aber das muss mir jetzt egal sein. Es war ja irgendwo auch zu erwarten, dass er herausfinden würde, was auf Murano passiert ist. Immerhin sind die beiden Männer eng befreundet, und auch Clara ist nicht gerade bekannt dafür, Dinge vor ihm geheim halten zu können. Ich atme einmal tief durch.

„Kannst du mir Tizians Nummer geben? Ich muss dringend mit ihm sprechen."

„Warum sollte ich sie dir geben, wenn er es nicht getan hat? Offenbar möchte er nicht, dass du ihn kontaktierst."

„Es ist wichtig, Niccolo, wirklich. Ich würde dich nicht darum bitten, wenn ..." Ich stocke. Wir sprechen über eine ungeschützte Leitung. Wie viel kann ich sagen, ohne zu riskieren, Tizian damit in noch tiefere Probleme zu stürzen?

„Als er mit dir reden wollte, hast du ihn abgewiesen", wirft er ein. „Was würdest du tun, wenn es Clara wäre, der ich auf diese Weise zugesetzt hätte? Würdest du sie ein zweites Mal ins offene Messer rennen lassen?" Wahrscheinlich sollte es mich nicht wundern, dass Niccolo über alles Bescheid weiß. Warum sollten nicht sogar Männer wie der Principale und der Cavaliere einen anderen brauchen, um sich auszusprechen, um die Lasten des Lebens zu teilen, ebenso wie die Freuden?

„Wenn du wüsstest, um was es geht, würdest du das nicht sagen. Dann würdest du begreifen, dass ich Tizians Wohl im Sinn habe." Resignation spült über mich hinweg, dann eine Idee. „Dann triff mich. Ich kann zu dir in die Arbeit kommen, oder zu euch nach Hause. Aber es muss heute sein. Auf jeden Fall heute."

Einen Moment hallt Schweigen durch die Leitung, dann höre ich sein tiefes Seufzen.

„Dir ist es wirklich ernst?", fragt er schließlich.

„Bitte, Niccolo. Mir ist es ernst. So ernst wie noch nichts vorher. Du musst mir glauben." Tränen drohen meine Stimme zu ersticken. Ich hasse den Gedanken, dass ich auf Niccolos Wohlwollen angewiesen bin, um Tizian warnen zu können. Er ist es nicht, bei dem ich mich entschuldigen, dem ich mich zu Füßen werfen und den ich um Verzeihung bitten will. Aber ich werde es tun. Wenn es nötig ist, werde ich auch das tun.

Offenbar erkennt er meine Verzweiflung, denn als er diesmal weiterspricht, klingt seine Stimme sanfter. „Ich bin nicht der Mann, mit dem du dich aussprechen musst", spricht er aus, was mir gerade selbst durch den Kopf gegangen ist. „Aber wenn es dir wirklich ernst ist, kann ich morgen ein Treffen für dich arrangieren. Der Principale lädt morgen Abend zu einer Veranstaltung in der Villa delle Fantasie. Triff mich um neun auf dem Parkplatz und ich werde dafür sorgen, dass du die Gelegenheit bekommst, mit ihm zu sprechen. Ich schicke dir die Adresse per SMS."

Vor Erleichterung sackt alles Blut aus meinem Kopf, hinterlässt Schwindelgefühl und Leere. „Danke, Niccolo", bringe ich heraus, und diesmal bin ich sicher, dass mein Tonfall all meine Emotionen enthüllt. Eine Chance. Ich bekomme eine Chance.

Tizian

Die Befriedigung, die mich normalerweise mit einem angenehmen Prickeln überzieht, wenn ich die Peitsche zurückknallen lasse, bleibt aus. Da ist nur Leere. Das schale Gefühl, benutzt zu werden.

Ich habe mir eine Frau ausgesucht, die eine bekannte Masochistin ist. Ihr Padrone, ein Immobilienmakler aus Verona, steht an der Seite der Bühne und beobachtet. Nicht mich, sondern die Reaktionen seiner Frau. Er selbst ist Sadist, die beiden haben sich gefunden, er weiß, wie es sich anfühlt. Wie es sich anfühlen sollte. Für mich, für den, der die Peitsche schwingt, sie mit Präzision auf Haut sausen lässt. Es ist erstaunlich, wie wenig gezeichnet dieser Rücken ist, diese Schenkel, wenn man bedenkt, dass die beiden seit Jahren ein Paar sind.

Ich brauche das jetzt. Brauche die Ablenkung, die mir eine solche Szene schenkt. Ich muss mich ganz auf diese Frau konzentrieren, auf ihre Reaktionen, die Signale ihres Körpers. Bei einer Frau, die so sehr den Schmerz braucht, ist es manchmal schwer einzuschätzen, wenn man zu weit geht. Ich strebe nach dünnen, roten Linien, die im Laufe des Abends, lange nachdem ich genug von ihr habe, zu langgezogenen Bändern anschwellen werden, dazwischen helle Gräben. Ein Muster aus Schmerz und Lust, ich gebe ihr, was sie braucht, sie lässt mich tun, was ich brauche. Sie ist keine, die fleht, dass ich aufhören möge. Selbst dann nicht, wenn Blut an der Rückseite ihrer Schenkel herunterlaufen würde. Sie will den Schmerz. Aber ich mag kein Blut. Es erinnert mich zu sehr an den Menschen, der ich bin.

Ich warte auf das Prickeln, auf das Vibrieren meines Körpers, auf das Singen meines Blutes, das mir zeigt, dass ich mich vollkommen unter Kontrolle habe. Doch da ist nichts. Mein Blut singt nicht mehr. Es ist, als wäre ich vollkommen leer. Selbst unsere Zuschauer merken, dass etwas nicht stimmt, merken, wie wenig lustvoll diese Szene wirklich ist. Ich konzentriere mich, aber mehr auch nicht. Es gelingt mir, meine Gedanken im Hier und Jetzt zu behalten, nicht abzudriften, aber ich empfinde nichts dabei. Immer mehr Zuschauer wenden sich ab, um wieder ihren eigenen Aktivitäten nachzugehen.

Schließlich reiche ich die Peitsche an den Padrone weiter. „Sie gehört Ihnen, Perrone."

Er nickt, ein wenig kühl, auch er selbst hat natürlich gemerkt, dass das hier nicht nach meinem gewöhnlichen Standard abgelaufen ist. Doch seine Frau ist, wo sie hingehört, im Subspace, schwebt über den Dingen, gehalten nur von den Ketten und Handschellen, mit denen sie am Andreaskreuz fixiert ist. Er kann die Ernte einfahren, oder er kann weitermachen, ganz nach seinem Gusto.

Meine Handflächen sind feucht von Schweiß. Als ich die Bühne verlasse, kniet Clara vor mir, den Kopf tief gesenkt, hält mir ein Handtuch entgegen. „Principale", haucht sie die Bodendielen an.

Niccolo hält das Ende der Kette, das in ihr Halsband eingehakt ist. Er sieht mich an, dann blickt er hinunter auf Clara, die keinen Fetzen Stoff am Leib trägt, dann wieder auf mich. „Wenn du willst ...", beginnt er.

Ich schüttele brüsk den Kopf, werfe das Handtuch zur Seite, erlaube mir ein einziges kurzes Aufflackern der Emotionen, die in meinem Körper Krieg spielen. „Ich kann nicht glauben, dass du das ..." Die Worte stecken in meinem Hals fest. Dann sehe ich den Beginn eines Lächelns in seinem Mundwinkel, kaum merklich, ein Zucken.

„In diesem Fall habe ich vielleicht jemand anderen für dich", sagt er ruhig.

„Ich denke, das hat heute keinen Zweck", erwidere ich. „Habt einen schönen Abend zusammen, ihr beide. Ich werde mich zurückziehen."

„Das wirst du nicht." Niccolos Antwort, nicht weniger brüsk vorgetragen als meine, zieht meinen Kopf herum. Ein Stechen im Nacken. Niemand widerspricht dem Principale. Keiner der Padrones würde es wagen. Auch nicht mein bester Freund.

Dann sehe ich sie. Zwischen zwei Säulen. In einen dunklen Mantel gehüllt, der ihr viel zu groß ist, die Kapuze tief ins Gesicht gezogen. Doch ich erkenne sie sofort. Vielleicht ist es ihre Körperhaltung, irgendwo zwischen unterwürfig und widerspenstig. Oder diese Aura, die sie umgibt, die ganz und gar sie ist. Oder es ist die einzelne Haarsträhne, eine lange blonde Locke, die sich unter der Kapuze hervorstiehlt und über ihrer flachen Brust kringelt.

Ich stehe wie versteinert.

„Was macht sie hier?", frage ich endlich.

„Ich habe sie hereingebracht", sagt Niccolo.

„Das ist unmöglich. Niemand kommt an meiner Leibgarde vorbei, der nicht auf deren Liste steht. Wie hast du …"

„Ist das wichtig? Sie ist hier. Und verdammt, an deiner Reaktion sehe ich, dass du willst, dass sie hier ist. Sie hat mich angerufen, Tizian, sie wollte deine Nummer haben."

Mein Blick irrt von Sabines reglos dastehender Gestalt zu Niccolo, über seine Schulter und seinen Arm hinab zu seiner Hand, die ganz sacht in Claras dunklen Haaren wühlt, ihren Kopf an seinen Schenkel zieht. Was die beiden haben, das will ich auch. Bedingungslosigkeit.

„Aber nach dem, was du mir im Danieli gesagt hast, wollte ich ihr nicht einfach deine Nummer geben. Ich war mir nicht sicher, ob es eine gute Idee ist. Ob du überhaupt zulassen würdest, dass sie mit dir redet. Sie hat dir Schmerzen zugefügt. Was, wenn sie es wieder tut?"

Ich erinnere mich an das, was ich ihm im Danieli gesagt habe. Dass ich mir Sorgen um ihn mache, weil er mein Freund ist und ich ihn verdammt nochmal liebe. Offensichtlich stehe ich damit nicht allein da. „Das kann sie nicht", sage ich. „Sie kann mir nicht wehtun, das kann sie nur, wenn sie wegbleibt." Der Sog, der mich zu ihr zieht, ist gewaltig. Sie in die Arme schließen. Sie festhalten. Sie in Eisen legen und ihre helle, gläserne Haut mit dem Flogger bearbeiten, bis sie schreit, zur Strafe für das, was sie getan hat. Sie danach halten, einfach nur halten, ihre Tränen kosten und in ihrer Nähe zerfließen. Da wäre keine Leere mehr in mir. Nie mehr. Wir würden vollständig sein. Wir beide. Sabine genauso wie ich.

„Sie will mit dir reden." Niccolos Stimme reißt mich aus der Träumerei. „Deswegen ist sie hier. Es geht um … um das, was draußen geschieht."

Versprich mir nur das eine, Gattina, habe ich sie gebeten. *Grab nicht weiter. Wühle nicht in den Angelegenheiten der Mala del Brenta.*

Sie hat es getan. Sie hat gegraben und gewühlt. Kälte breitet sich in meinem Körper aus. Ein Zittern. Wenn ich sie anhöre, werde ich sie vielleicht hinterher … o Gott, das kann sie nicht von mir verlangen. Wenn das, was sie herausgefunden hat, die Gemeinschaft untergräbt, muss sie ausgeschaltet werden. Endgültig. Eliminiert. Wie kann es sein, dass sie sich darüber nicht klar ist, nach allem, was war?

Ich drücke kurz Niccolos Oberarm zusammen, streife mit den Fingerspitzen Claras Wange, dann lasse ich die beiden stehen und gehe zu Sabine. Als ich sie fast erreicht habe, sinkt sie in die Knie. Sie hebt nicht den Kopf, sie nimmt nicht die Kapuze herunter. Sie kniet vor mir, ihre Stirn auf Höhe meines Gürtels.

Langsam hebe ich eine Hand und streife ihr die Kapuze vom Haar. Die Flut heller Locken scheint den ganzen Raum in Sonnenlicht zu tauchen. „Sieh mich an", verlange ich emotionslos.

Sie hebt den Kopf. „Darf ich sprechen, Principale?"

Ich könnte es ihr verbieten. Aber ich nicke.

„Ich muss mit Ihnen reden. Aber nicht … nicht hier. Es ist nicht für fremde Ohren …" Sie bricht ab, wohl wissend, dass sie kein Recht darauf hat, auf eine Unterredung unter vier Augen zu bestehen. Es ist ihr Glück, dass ich noch weniger will als sie, dass das, was ich außerhalb der Villa tue, an die falschen Ohren gerät. Ich strecke ihr meine Hand hin. Nach kurzem Zögern legt sie ihre Finger in meine, und ich ziehe sie auf die Füße.

Sie reicht mir bis zum Kinn. Die Zartheit ihres Körpers wird kaum von dem Mantel verborgen. Ich ziehe ihr das klobige Kleidungsstück herunter. Sie trägt nichts außer einem hautfarbenen Korsett, passendem Höschen und Strümpfen, die bis zur Mitte ihrer Oberschenkel reichen. Sie sieht sensationell aus. Auch wenn sie nicht zum Spielen gekommen ist, sie hat verstanden, was hier erwartet wird. Mein Mundwinkel zuckt ein wenig. Mein Schwanz auch. Ganz gleich, was diese Frau getan hat, ganz gleich, dass sie sich gegen das gestellt hat, um was ich sie gebeten habe. Ich will sie.

„Bevor wir das tun …" Mein Finger gleitet über ihren Hals. Schauder rinnen über ihre Haut bei der flüchtigen Berührung, ihre Lider flattern. An meiner Hand fühle ich die Hitze, die in ihr aufsteigt. Ich greife in meine Hosentasche und ziehe heraus, was ich dort drin trage seit dem Abend, an dem sie mich verließ. Als Erinnerung? Als Teil eines Traums, von dem ich geglaubt hatte, dass er sich nie erfüllen würde? Das Leder ist mit hauchdünnen silberfarbenen Linien verziert. Die Linien, wenn man genau hinsieht, formen Buchstaben. Formen einen Namen. Meinen Namen. Der Verschluss ist aus reinem Silber, in Form eines verhältnismäßig groben Karabiners gearbeitet, doch in der Verdickung am Fuß des Karabiners ist ein Edelstein eingelegt, ein Saphir von der Größe eines Stecknadelkopfes. Mit diesem Halsband mache ich sie zu meinem Eigentum, für jeden sichtbar.

Sabine zieht zischend den Atem ein.

„Neige den Kopf", befehle ich ihr, Stahl in der flüsternden Stimme.

Sie zögert nicht.

Ich lege ihr das Halsband an. Mit sicheren Handgriffen. In diesem kurzen Moment kehrt ein nie gekannter Frieden in mir ein. Das Gefühl, etwas gefunden zu haben, das einzig und allein mir gehört. Das ich nicht teilen werde, das ich mir nicht nehmen lassen werde.

„Du bist zu mir zurückgekommen", sage ich zu ihr, die Hand noch immer in ihrem Nacken, drücke sie sacht nieder. „Ich werde nicht zulassen, dass du noch einmal aus meinem Leben gehst. Du gehörst mir. Du stehst unter meinem Schutz."

Einige tiefe Atemzüge, dann ihre Stimme. „Sí, Signor."

In meinem Audienzraum im Obergeschoss herrscht Dunkelheit. Fackeln spenden unstetes Licht, das die Säulen und die dunklen Vorhänge gespenstisch beleuchtet. Als die schweren Flügeltüren zufallen, zuckt Sabine zusammen. Ich gehe nicht zu meinem Thron am Kopfende des Raumes. An der kurzen Kette am Halsband ziehe ich meine Gattina hinüber zu einer der langen Bänke, die im dunkelsten Teil des Raumes in der Nähe des Kamins stehen. Nur schwach glühen die letzten Reste des heruntergebrannten Feuers. Ich spüre einen Ruck an der Kette, als Sabine sich weigert, weiter auf das Feuer zuzugehen.

„Nein", sage ich, weil ich mir denken kann, was sie fürchtet. Im Saal spielt einer Domme mit Kerzen und offenem Feuer auf ihrer Sumisa, Sabine muss das gesehen haben, während sie wartete. „Nicht heute. Du willst reden. Also reden wir." Ich drücke sie auf die Knie und lasse mich auf der Bank nieder.

„Du darfst nicht nach Murano zurückkehren", bricht es aus ihr heraus. Da ist keine Spur mehr von Unterwerfung. Da ist eine plötzliche Panik, eine Hektik, die nicht hierher passen will, wo alles getragen und wie in warmem Honig schwimmend passiert.

„Sagt wer?"

„Tizian ..." Mehr als alles andere beweist mir die Tatsache, dass sie an diesem Ort meinen Vornamen gebraucht, wie ernst es ihr ist. An diesem Ort, an dem ich ihr Padrone bin, der Principale, hat mein Vorname nichts zu suchen. „Ich habe ... Tizian, vertrau deinem Sekretär nicht. Er ist ... Er ..." Sie stockt.

„Matteo?" Sie hat meine ungeteilte Aufmerksamkeit.

„Kennst du das de Luca-Kartell?", fragt sie, während meine Gedanken immer noch am Namen meines Sekretärs hängen. Natürlich kenne ich das de Luca-Kartell.

„Sie sind an mich herangetreten, aber ich will keine Zusammenarbeit mit ihnen." Wenn sie vom Kartell weiß, brauche ich ihr nicht näher erläutern, welcher Art die Zusammenarbeit war, die sie an mich herangetragen haben.

„Sie stehen kurz davor ... sie ... jemand anders hat ihnen versprochen ..." Sie verhaspelt sich immer mehr. So, als seien ihre Gedanken so irrsinnig schnell, dass ihre Stimme ihnen nicht folgen kann. An einer Frau wie Sabine, deren Mundwerk ihr großes Aushängeschild ist, ist dieser Umstand geradezu beängstigend.

„Gattina." Befehlston. Ihre Augen richten sich auf mich. Ihre Wangen sind rot vor Erregung, aber das ist keine gute Erregung. Da liegt Angst darin, Panik, und nicht um ihr eigenes Wohlbefinden, sondern um ... meines. Die Erkenntnis spült durch mich hindurch wie ein sommerwarmer Regenguss. Ich nehme ihr Gesicht zwischen meine Hände und küsse ihre Lippen. Ein keuscher Kuss, aber das halte ich nicht lange durch, ich ziehe sie näher, noch näher, teile ihre Lippen, dringe ein. Verdammt, wie hab ich eine ganze Woche ohne das hier aushalten können? Ohne diese Süße und die Wärme, die das Begehren schüren, ohne ihre tröstende Nähe?

„Nochmal von vorn", sage ich endlich, meine Stirn auf ihrer. „Konzentrier dich, damit ich eine Chance habe, dich zu verstehen. Fokus. Was ist mit Matteo?"

Ein ersticktes Kichern entringt sich ihr, versickert sofort. Sie klammert sich an meine Arme, kniet zwischen meinen Schenkeln, ich beuge mich über sie, beschützend. Dir passiert nichts, Gattina, nicht, solange ich bei dir bin.

„Er ist ihr Kontakt", sagt sie, bemüht, langsam und deutlich zu sprechen. „Er ist es, über den die Kontaktaufnahmen laufen. Er ist ihr Spion, Tizian. Du darfst ihm nicht vertrauen. Aber es ist noch mehr."

„Wozu braucht das de Luca-Kartell einen Spion in Venedig?" Es fühlt sich an, als wollte mein Gehirn sich weigern, ihr zu glauben. Ich kann gar nicht anfangen, zu begreifen, woher sie all das wissen will. Ich kenne Matteo seit vielen Jahren. Er ist bedingungslos loyal gegenüber dem Cavalli-Clan.

Dem Cavalli-Clan. Nicht gegenüber mir. Denn ich bin kein Cavalli. Es fällt schwer, den Schauder zu unterdrücken, der mich durchläuft.

„Sie arbeiten daran, einen anderen an die Spitze der Mala del Brenta zu bringen. Einen, den sie lenken können. Die de Lucas, meine ich. Sie wollen die Kontrolle über Venedig. Sie wollen einen, den sie von sich abhängig machen, weil er ohne sie niemals diesen Posten bekommen würde. Sie schwächen dich, Tizian, nach und nach, und jetzt … sie … Tizian …" Wieder verrennt sie sich, und Tränen steigen in ihre Augen. Keine guten Tränen. Tränen der Angst. Um mich. Ich nehme die Feuchtigkeit mit den Daumen aus ihren Augenwinkeln.

„Wer?", frage ich. „Wer ist es, den sie unterstützen?"

Sie sieht mich an, als wolle sie mich um Verzeihung bitten. Als sei es ihre Schuld. Das ist grotesk. „Ercole. Ercole di Maggio. Er hat deine Verbündeten beseitigen lassen. Oder zumindest die Familien geschwächt. Das de Luca-Kartell schickt … Ich habe Beweise gefunden. Eine Sprengstoff-Lieferung." Ihre Finger bohren sich so heftig in meine Arme, dass es weh tut. Mir, und vermutlich auch ihr. Die Panik in ihren Augen verschärft sich.

„Geh nicht nach Hause, Tizian. Komm mit in meine Wohnung. Für heute Nacht. Wir finden einen Weg. Sie haben Sprengstoff geschickt. Matteo soll heute Nacht deinen Palazzo auf Murano mit dem TNT verminen. Ein paar Männer von Ercole schalten die Bodyguards aus, die du in Murano gelassen hast. Damit Matteo dann ... Sie bezahlen ihm nur für diese Sache so viel Geld, wie du ihm in einem ganzen Jahr bezahlst." Erschöpft sackt sie in meinen Armen zusammen.

Ich fühle mich taub. Wie gelähmt. Anzuzweifeln, was sie mir gerade gesagt hat, kommt mir gar nicht in den Sinn. Warum sollte sie? Was hätte sie davon? Ihre Finger lassen von meinen Armen ab. Ihr Körper zuckt. Ich beuge mich noch tiefer über sie. Wie eine Decke. Umarme sie. Halte sie. Mein ganzer Körper fühlt sich taub an.

„Gattina ..." Nur ein Flüstern. „Wir können nicht in deine Wohnung. Matteo weiß, wo du wohnst. Ich habe ihm den Auftrag gegeben, eine Firma zu deinem Haus zu schicken, um die Tür und das Schloss zu reparieren." Ich vergrabe mein Gesicht in der Fülle ihrer Haare. „Es tut mir leid, Gattina."

Kapitel 12

Sabine

Nur das Tastenklappern hallt durch den Raum. Das dumpfe *Klackklackklack* lässt mich frösteln. Ich ziehe den Umhang enger um mich, doch der viel zu leichte Stoff wärmt kein bisschen. Was für eine Schnapsidee, nur in Unterwäsche hierhergekommen zu sein. In Unterwäsche, für die ich ein halbes Monatsgehalt ausgegeben habe. Ich hätte es besser wissen müssen, oder zumindest Clara fragen sollen. Sie hätte mir bestimmt einen Sonderpreis gemacht. Ich kauere mich am Fuß des großen Throns zusammen, auf dem Tizian sitzt und unablässig auf den Rechner einhackt, den einer seiner Bodyguards auf seine Anweisung hin besorgt hat. Seine Nähe tut mir gut, auch wenn ich ihm von hier unten nicht mehr ins Gesicht sehen und auf diese Weise vielleicht erahnen kann, ob das, was er in meinen Mails findet, ihn ebenso erschüttert wie mich. Er sagt, er tut das, weil er sich selbst ein Bild von dem machen muss, was ich gefunden habe.

Ich habe ihm die Zugangsdaten zu meinem Online-Mail-Account gegeben, und seit dem Augenblick, als die Seite sich aufgebaut hat, ist er abgetaucht. Sein ganzer Körper atmet Konzentration auf das, was er tut. Nicht auf mich. Wärme sickert durch den Stoff seiner feinen Anzughose von seinem Körper unter meine Haut. Er sagt kein Wort. Es ist, als sei ich nicht mehr da.

Dann, von einer Sekunde auf die andere, spüre ich seinen Blick. Obwohl ich den Kopf gesenkt halte, kann ich körperlich fühlen, wie er die Augen auf mich heftet, mich sehr genau beobachtet, so als wolle er sich vergewissern, dass es mir gut geht. Das Klappern der Tasten hört auf, dann sind da seine Finger in meinen Haaren. Nur für zwei oder drei Atemzüge, doch es ist so unendlich viel, was er mir dadurch gibt. Das Bewusstsein, dass er mich wahrnimmt, wie noch nie jemand mich wahrgenommen hat. Dass er froh ist, mich an seiner Seite zu haben. Dass er mich beschützen wird. Ich lehne meine Stirn gegen sein Knie und atme tief.

Plötzlich durchbricht das Klingeln eines Telefons die gespenstische Stille. Der schrille Ton hallt von den Wänden des Saals wieder. Ich erinnere mich an das Peitschenknallen, Stöhnen und Wimmern, das in den anderen Räumen der Villa an mein Ohr gedrungen ist. Wie seltsam, dass diese Geräusche von Qual und Pein mir Ruhe geschenkt haben und das Gefühl, das Richtige zu tun, während etwas Alltägliches wie das Klingeln eines Handys mir Eisschauer über den Rücken jagt.

„Sí." Tizians Ton ist knapp, effizient. Dann eine kurze Stille. Ich höre, wie jemand am anderen Ende der Leitung spricht, kann die Worte aber nicht verstehen. „Grazie", sagt er schließlich und beendet das Telefonat. Um ihn besser ansehen zu können, rutsche ich ein wenig herum, hebe fragend den Kopf. Tizian ist bleich geworden wie die Nebelschwaben über dem Canale Grande an einem Novembertag. Eine stählerne Faust wühlt sich in meinen Bauch, presst meinen Magen zusammen.

„Komm her, tesoro mio", sagt er schließlich. Ich stehe auf, folge dem unausgesprochenen Befehl seiner Hände, die mich in die Höhe ziehen und auf seinen Schoß manövrieren. Sofort schließen sich seine Arme um mich. Ich höre das Herz in seiner Brust schlagen, ein gleichmäßiges, leises Pumpen, das mich etwas beruhigt.

„Sie sind in deiner Wohnung gewesen, Gattina. Keine Einbruchspuren, nur die Tür war sperrangelweit offen. Es ist meine Schuld, Gioia, weil ich Matteo vertraut habe."

„Sie haben meinen Rechner gestohlen?" Es ist nicht schwer zu erahnen, warum sie in meiner Wohnung waren.

„Sí. Womöglich war dein Freund doch nicht so unauffällig, wie er gehofft hat. Oder sie wollten eigentlich dich. Um mir zu schaden. Und als sie dich nicht gefunden haben, haben sie sich mit dem Zweitbesten begnügt. Wissen über einen Menschen ist Macht, und dass sie in deinem Laptop alle möglichen Informationen finden werden, die dich belasten, ist klar. Jeder Mensch hat Geheimnisse."

„Das heißt, sie wissen nun alles? Sie wissen, dass ich weiß, was sie planen?" Nur nach und nach wird mir die volle Tragweite dieser Information bewusst. Jemand war in meiner Wohnung. Dort, wo ich mich sicher und geborgen gefühlt habe. Jemand will Tizian schaden, und das Einzige, was ihm zum Vorteil gereicht haben könnte, der Wissensvorsprung durch die gehackten Mails und Dokumente, ist nun dahin.

„Sí." Beruhigend streicht seine Hand über meinen Rücken. Ich kann nicht fassen, wie er so ruhig bleiben kann. Als hätte er bereits abgeschlossen. Ein Schauder durchzuckt mich, lässt mich beben.

„Was machen wir denn jetzt?"

„Wir, Bellezza?"

„Natürlich, wir. Was denkst du denn?" Ein Funken Wut bricht durch die Eiskruste, die mein Inneres auskleidet. Wie kann er immer noch an mir zweifeln? Jetzt, wo ich zu ihm gekommen bin?

„Ich könnte dich über die Grenze schmuggeln. Sag mir, wohin du willst. Ein Land, das du schon immer sehen wolltest. Ich lass dich dorthin bringen. Ich besorge dir neue Papiere. Sie würden dich niemals finden, ich kann das einrichten. Du kannst immer noch vergessen, dass es mich gibt."

Hinter meinen Augen pocht es. Was sagt er da?

„Tizian …"

„Schhht, Gioia mia. Lass mich ausreden. Erinnerst du dich, was ich dir gesagt habe, in Murano? Wenn du bleibst, kann ich nur dann auf dich aufpassen, wenn du mich entscheiden lässt, was richtig und was falsch ist. Wenn du mir vertraust. Vieles wird dir nicht gefallen. Ich kann dir nicht versprechen, dass ich dir immer sagen werde, warum ich bestimmte Entscheidungen treffe. Je weniger du weißt, desto besser. Und ich kann dir noch nicht einmal versprechen, dass ich nach heute Nacht noch die Mittel haben werde, dich wirklich zu schützen. Vielleicht gelingt es ihnen, mich zu verdrängen. Vielleicht gelingt es ihnen sogar, mich zu töten, obwohl es mich sehr traurig machen würde, wenn das wirklich die Absicht des Mannes ist, der mich gezeugt hat. Es ist deine Entscheidung, ob du bleibst oder ob ich dich in Sicherheit bringen soll. Aber diesmal wird sie für immer sein. Soll ich Felice holen, damit er dich in Sicherheit bringt?"

Eine Antwort kitzelt schon meine Lippen, aber ich schlucke sie herunter. Er hat verdient, dass ich über seine Worte nachdenke. Er hat das verdient und ich auch. Allerdings war ich noch nie gut darin, überlegt zu handeln. Wann immer ich es doch versucht und auf meinen Kopf statt auf meinen Bauch gehört habe, hat es mich in die Irre geleitet. Mein Kopf war es, der mich damals ins Büro von Rektor Hänssler geführt hat, mein Kopf hat mich dazu verleitet, Tizian zu verlassen und all das hier in Gang zu setzen. Ich schmiege mein Gesicht enger an seine Brust, inhaliere seinen Duft nach Sandelholz und Zimt und Mann, diesen

Geruch, der für mich auf ewig mit dem Gefühl von Sicherheit und Angenommensein verbunden sein wird, und lasse meinen Bauch entscheiden.

„Ich will bei dir bleiben. So wie du sagst. Als deine Frau. Als deine Sabinerin."

Ein tiefer Atemzug dehnt seine Brust, und erst als die Muskeln in seinen Armen sich lockern, merke ich, wie angespannt er zuvor gewesen ist. „Dann komm jetzt. Es gibt viel zu tun."

Mit sanftem Druck schiebt er mich von seinen Knien, und dann geht alles ganz schnell.

Er ruft nach Felice und Tommaso. Felice befiehlt er, an meiner Seite zu bleiben, während er mit Tommaso aus dem Thronsaal hinaus in die Villa tritt. Ich höre das Klopfen von Hellebardenstielen auf altem Parkett, während Felice mir eine Decke reicht und sie zusätzlich zu dem dünnen Sommermantel um meine Schultern drapiert. Stimmengemurmel dringt von draußen an mein Ohr, dann die klare, tiefe Stimme des Principale, zu weit weg, um jedes Wort zu verstehen.

„Was tut er?", will ich von Felice wissen, doch der zuckt nur mit den Schultern.

„Das werden Sie erfahren, wenn es soweit ist, Signorina. Bitte stellen Sie mir keine Fragen, die zu beantworten mir nicht zusteht."

Meine Augenlider springen auf, ich kann nicht ganz glauben, dass Felice mich so abspeist, aber dann begreife ich. Es hat begonnen.

Keine halbe Stunde später sitzen wir im Fond einer Luxuslimousine und jagen durch die Nacht. Die Villa war wie leergefegt, als wir sie verlassen haben. Tizian muss die Party abgebrochen haben, aus Angst, dass seine Feinde ihn dort stellen könnten und damit all die Partygäste in Gefahr bringen, zu denen nicht wenige hoch angesehene Mitglieder der italienischen Gesellschaft und Kulturszene gehören. Die ganze Zeit ist er am Telefon. Von seiner Seite der Gespräche entnehme ich, dass er mit Geschäftspartnern telefoniert. Mit Verbündeten, deren Treue und Waffenhilfe er einfordert. Er klingt ein wenig wie ein König aus alten Zeiten dabei, so anachronistisch sind die Floskeln und Redewendungen zum Teil. Ein König mit Luxuskarosse und Mobiltelefon. Ein moderner Principale.

Nervosität nagt von innen an meinen Eingeweiden, macht mich dünnhäutig und schreckhaft. Ich möchte ihn fragen, wo wir hinfahren, was jetzt geschehen wird, doch wage es nicht. Ich habe verstanden, dass momentan andere Dinge seine Konzentration erfordern.

Plötzlich geht ein Ruck durch den Wagen, ein Knall. Die Limousine wird halb von der Fahrbahn gedrängt. Tommaso hinterm Steuer flucht und schafft es mit knapper Not, den Wagen wieder unter Kontrolle zu bringen, Felice zieht eine Waffe. Der Motor jault auf, mein Körper knallt gegen die Türverkleidung, als Tommaso Gas gibt und in einem rasanten Ausweichmanöver den Wagen abhängt, der uns gerammt hat.

Tizian beendet in aller Ruhe sein Telefonat, dann steckt er das Handy in seine Hosentasche. Im Dunkeln greift er nach meiner Hand, drückt sie.

„Halt dich fest, Gioia", sagt er und klingt dabei kein bisschen beunruhigt. Determination höre ich in seiner Stimme und Härte, aber sonst nichts. „Das war die Kriegserklärung. Die Schlacht hat begonnen."

Tizian

Am Ende der Ponte della Libertá biegt Tommaso scharf ab ins Hafengelände hinein, ohne vom Gas zu gehen. Die Reifen der Limousine quietschen, drehen durch, das Heck bricht aus, als er an einer haarigen Linkskurve auf der künstlichen Insel Tronchetto nicht umhin kommt, abzubremsen, und dann gleich wieder beschleunigt. Ich werfe einen Blick durch das Rückfenster. Wir haben den Geländewagen abgehängt, der uns in Mestre gerammt hat, hinter uns sind lediglich Straßenlampen und dahinter die Lichter der nächtlichen Stadt.

Die Terminals und der Yachthafen sind wie ausgestorben. Ein Frachtschiff liegt weit draußen vor Anker, wartet wohl auf den Morgen, ehe es zur Löschung zum Pier geleitet wird. Tommaso jagt den Wagen entlang des weitläufigen Parkplatzes, auf dem bei großen Touristenanstürmen die Autos parken, die nicht mehr ins Parkhaus an der Piazzale Roma passen. Heute stehen nur ganz wenige Autos darauf. Wir fahren bis ans Ende der Insel, dort, wo neben einer Großbaustelle der Pier in die Lagune hinausragt, an dem die Fähre zum Lido anlegt. Ich ziehe den Mantel um Sabines Schultern fest, als ich die Yacht erkenne, die von einem sechsköpfigen Team meiner Bodyguards bewacht wird.

„Bereit?", frage ich.

„Wo fahren wir hin?", will sie wissen. „Nicht nach Murano, oder? Du darfst nicht … wir können nicht …" Ihre Stimme überschlägt sich.

„Hey." Ich lege beide Hände um ihr Gesicht. „Baby. Wenn du in Panik gerätst, gefährdest du uns alle. Am meisten dich. Du hast Angst, das steht dir zu." Und ich kann nur hoffen, dass wir lange genug leben, damit ich ihr eines Tages sagen kann, wie sehr mich die Tatsache von innen her wärmt, dass sie in erster Linie um mein Leben fürchtet, gar nicht so sehr um ihres. „Aber du musst mir vertrauen. Wir wissen, was wir tun."

Ihre Nasenflügel beben, in ihren Augen flackert Un-

sicherheit. „Und was ist es, das wir tun?"
Ich lächele sie an und stehle mir einen Kuss. „Wir schlagen sie mit ihren eigenen Waffen."
Noch ehe der Wagen steht, springt Felice hinaus und reißt meine Tür auf. Ich packe Sabine am Handgelenk und ziehe sie hinter mir her, vom Wagen weg und auf den schmalen Anleger zu, der im Schatten des hohen Piers der Fähre liegt. Ein paar schlecht gemauerte Betonstufen führen hinunter auf den Steg, an dessen Ende die Yacht mit tuckerndem Motor schaukelt. Die Decke rutscht von Sabines Schultern und landet im Wasser. Zwei Bodyguards treten zur Seite, damit wir an Bord gehen können.
Mauro Mittareli erwartet uns bereits. Vor Erleichterung darüber, dass er mich nicht hängen lässt, bin ich versucht, ihn in die Arme zu schließen, aber dann belassen wir es doch bei einem Händedruck. Mauros linker Arm liegt in einer Schlinge, ein penetranter Geruch nach Krankenhaus und Desinfektionsmitteln geht von ihm aus, aber verdammt, er ist hier. Wortlos weist er auf eine unbeschriftete Holzkiste, die im Heck des Bootes steht.
Ich nicke ihm dankbar zu. Sabine beäugt die Kiste misstrauisch, aber sie fragt nicht.
„Geh unter Deck, Gattina." Ich drücke ihr einen Kuss auf die Stirn. Jetzt wird sich zeigen, wie weit ihr Vertrauen wirklich reicht, wie sehr sie bereit ist, sich meiner Führung anzuvertrauen, in allen Belangen.
Es fällt ihr nicht leicht. Sie klammert sich an meine Hand. Schließlich ist es keine Frage, sondern eine Bitte, die ihre Lippen verlässt. „Komm auch mit."
„Ich muss das Boot steuern."
„Du?"
Schmunzelnd hebe ich die Brauen. „Traust du mir das nicht zu? Gioia, ich habe schon mit fünf Jahren gelernt, Sportboote zu lenken. Diejenigen unter mei-

nen Leuten, die sich damit auskennen, werden andere Boote fahren, damit wir unsere Gegner verwirren."
Ich hebe den Kopf zu Mauro, als dieser sich wortlos von seinem Assistenten zurück auf den Steg helfen lässt. Oben dreht er sich noch einmal um.
„Principale."
„Mauro."
„Ich werde mit meiner Lazzara ebenfalls Ablenkungsmanöver spielen." Ein kleines Lächeln nistet in seinen Mundwinkeln. „Ich freue mich darauf."
Verdammt. Das sollte er nicht. Der Mann sollte noch immer im Krankenhaus liegen und nicht …
„Mauro!"
Doch er hört gar nicht zu, ist schon halb den Steg hinunter. Ich erkenne sein Sportboot vier Anleger weiter entfernt. So war das nicht geplant. Er sollte lediglich die Ware bringen und sich dann aus der Schusslinie bringen.
Ein Schuss fegt über das Gelände, gleich darauf bricht eine wahre Kakophonie an Maschinenpistolenfeuer zwischen den auf der Mole geparkten Autos los.
„Geh unter Deck!", brülle ich Sabine zu und bringe mich mit einem Hechtsprung hinters Steuer der Yacht. Die Ferretti ist nicht nur luxuriös, sie ist auch eines der schnellsten Boote ihrer Art. Wenn man mit ihr umzugehen weiß. Ich kann mich nicht darauf konzentrieren, dass Sabine meiner Anweisung Folge leistet. Ich kann nur hoffen, dass sie es tut und sich in Sicherheit bringt. Zwei Bodyguards sind mit uns auf der Ferretti geblieben, gehen an der Reling in Position, um das Feuer zu erwidern. Der Motor jault auf, als ich den Gashebel nach vorn drücke. Der Bug steigt hoch aus dem Wasser, zerschneidet die Welle, die sich unter dem Kiel aufbäumt, Gischt aufschäumend fliegt das Boot in die Kurve, weg vom Pier. Der Lärm des Motors schluckt das hässliche, todbringende Krachen der

Schüsse fast vollkommen. Wind greift mir in die Haare.

Ich habe es immer geliebt, mein Boot selbst zu steuern. Der Rausch der Geschwindigkeit, der Fahrtwind, das Spritzen des hochspringenden Wassers. Heute kann uns das Boot das Leben retten. Heulend nehmen wir Fahrt auf, ich presse so viel Druck in die Maschinen, dass die ganze Außenhaut zittert und bebt. Eine Kugel zersplittert die Glasscheibe hinter mir. Ich höre Sabines spitzen Schrei und weiß gleichzeitig, dass sie nicht unter Deck gegangen ist.

Unvernünftiges Mädchen.

Die Dunkelheit weit draußen auf der Lagune senkt sich auf uns. Auch die anderen Boote liegen inzwischen auf dem Wasser, drehen waghalsige Kurven, schießen in alle möglichen Himmelsrichtungen. Der Nachteil ist, dass ich nicht mehr sagen kann, welche davon meine eigenen Leute sind und welche zu Ercole und seinen neugewonnenen Verbündeten gehören.

Als ich nah an San Giorgio in Alga vorbei auf Sant'Angelo zusteuere, wage ich zum ersten Mal einen Blick weg vom Wasser und hinter mich. Sabine kauert auf einer der Bänke im Heck, den Mantel um sich geschlungen. Auf meinen Wink hin hockt sich einer der beiden Bodyguards, die wir an Bord haben, zu ihr, und erst als er mir mit dem gehobenen Daumen anzeigt, dass es ihr gut geht, atme ich auf. Er ist umsichtig genug, eine Decke aus einer der aufklappbaren Bänke zu ziehen und um sie zu legen. Wir beide wissen, dass sie sich nicht dazu bewegen lassen wird, unter Deck zu gehen. Sonst wäre sie längst dort.

Ich betrachte auch das Wasser hinter uns. Weit entfernt scheinen schon die Punkte, die Scheinwerfer der anderen Boote, die immer noch wild auf der Lagune kreuzen. Ich meine, Schüsse zu hören, kann es aber nicht genau sagen, denn sie sind zu weit weg und noch immer drücke ich voll aufs Gas der Ferretti. Ich umrunde Sant'Angelo und wende mich nach links, nach Osten, weg von der Nähe des Festlandes und auf den Lido zu. Zuerst schälen sich die Umrisse der Roseninsel aus der Dunkelheit. Es verschafft mir Erleichterung, dass ich die Lagune kenne wie meine Hosentasche. Die vielen unbewohnten Inseln könnten sonst bei der nächtlichen Hetzjagd schnell zu einer tödlichen Stolperfalle werden.

Ein Zuruf übertönt den Motorenlärm. Ich wende mich um. Es ist Filippo, der Bodyguard, der sich um Sabine gekümmert hat. Winkend weist er hinaus aufs Wasser, hinter uns, wo die Rinnen aufschäumenden Wassers nur langsam zur Ruhe kommen.

Es sind Scheinwerfer, die uns verfolgen. Zwei Boote. Sie fahren nicht im Zickzack. Ihr Ziel ist klar. Sie folgen uns direkt, das ist kein Ablenkungsmanöver mehr. Sie haben die Fährte aufgenommen.

Sabine presst das Gesicht in die Hände.

Ich drücke den Gashebel tiefer, bis zum Anschlag. Eine Welle von der Höhe eines Einfamilienhauses spritzt zur Seite weg, als ich die Yacht um die Roseninsel herumsteuere und auf die kleinere Insel dahinter zuhalte. Auch diese ist unbewohnt. Santo Spirito ist verwaist und verwahrlost, bewachsen von ungepflegten Bäumen, die zurückblieben, als die Soldaten Napoleons ihre im Krieg 1806 eilig errichteten Wohnstätten wieder verließen und seither niemand mehr dauerhaft Fuß auf dieser Insel fasste.

Santo Spirito ist perfekt.

Der Motor erstirbt. Mit dem Wellengang schaukelt sich das Boot an die porösen Überreste eines Anlegers heran, den irgendwer vor fünfzig Jahren hier mal hingebaut hat, als auf der Insel Experimente gemacht wurden. Die beiden Bodyguards springen über die Reling, vertäuen das Boot an zwei verrottenden Pfosten. Ich hieve Sabine auf die Füße. „Raus mit dir. Versteck dich."

„Was ist mit dir?"

„Ich muss etwas erledigen."

Sie krallt sich an mich. Die Decke rutscht zu Boden. „Versprich mir, dass …"

„Ich verspreche es. Jetzt geh, such dir Deckung, ich will nicht, dass sie dich sehen." Die vier Punkte werden bedrohlich größer. Aus den Punkten werden die langen Finger von Scheinwerfern, die über das Wasser tasten, über das Ufer, den Anleger, an dem mein Boot dümpelt. Ich stemme mit einem Brecheisen die vernagelte Holzkiste im Heck auf. Faustgroße Rechtecke aus weißlich gelbem Material, die einen gedämpft chemischen Geruch verströmen. Ich überlege, die Rechtecke im Boot zu verteilen, entschließe mich dann aber, sie in der Kiste zu lassen. Wenn sie losgehen, will ich, dass sie alle gleichzeitig explodieren und nicht in einer Kettenreaktion, die den Effekt verringern könnte.

Ich nehme die Finger von der Kiste, schließe die Augen, balle die Hände für einen Atemzug lang zu Fäusten. Tief durchatmen, di Maggio. Sei ein Cavalli. Sei der, zu dem sie dich erzogen haben, aber sei in erster Linie eins. Sei der Kerl, dem Sabine ihr Leben in die Hände gelegt hat. Wer auch immer auf diesen beiden Booten unterwegs ist, wird nicht nur dir das Lichtlein ausblasen, sondern auch ihr. Aber du hast versprochen, sie zu schützen.

Ich ziehe mein Handy aus der Tasche, prüfe den Code, der mit Bleistift auf die Seite der Kiste gemalt ist, programmiere. Es ist kinderleicht. Erschreckend leicht, wenn man weiß, wie es geht. Nur ein paar Tasten, nur ein paar Kabel, und das, was in der Kiste liegt, ist scharf wie Ziegenmist. Ich stecke das Handy zurück in meine Hosentasche, ziehe die Decke, die vorhin um

Sabines Schultern gelegen hat, über die Kiste, dann verlasse ich das Boot. Auf der Rückseite, da, wo ich von den beiden Verfolgern, die inzwischen fast auf Steinwurfnähe herangekommen sind, nicht gesehen werden kann. Auf dem Weg durchs Unterholz finde ich Filippo.

„Wo ist Sabine?"

„In der Kirchenruine", erwidert er und deutet hinter sich auf die eingefallenen Mauern, die man in der Dunkelheit gerade noch so erahnen kann. Locker hält er die Maschinenpistole im Anschlag. Guter Mann, aber ...

„Leg die Waffe weg", sage ich fest.

Entgeistert starrt er mich an. „Ich soll was?"

„Leg sie weg. Ich will, dass ihr zwei euch ergebt, ich will nicht, dass sie euch erschießen. Sabine und ich sind unbewaffnet." So ungefähr. Doch Tarnung ist jetzt alles.

Sein Blick sagt deutlich, dass er davon ausgeht, ich hätte den Verstand verloren. Doch ich weise nur zum Anleger, wo mindestens zwanzig Männer sich über die Reling der beiden Boote herüberschwingen auf den bröckeligen Beton. Ein jeder von ihnen bis an die Zähne bewaffnet.

Einer von ihnen ist Cristiano. Mein Bruder, Ercoles einziger verbliebener Sohn. Ich lege meinen Finger auf die Lippen, um Filippo davon abzuhalten, etwas zu sagen. Durch die platschenden Schritte hindurch kann ich hören, wie Cristiano mit einem der Männer, der im Gegensatz zu den Bewaffneten in einen eleganten schwarzen Anzug gekleidet ist und trotz der Dunkelheit eine Sonnenbrille trägt, in gebrochenem Deutsch redet.

„Tizian!", brüllt er dann, so plötzlich, dass ich zusammenzucke. „Was willst du ausgerechnet hier? Dich in die Erde eingraben?"

Der Kerl im feinen Zwirn dreht sich einmal um sich selbst. Ich kann sehen, wie sein Blick an meiner Yacht hängt. Solch ein Boot, das mehrere Millionen wert ist, ist auch für den skrupellosesten Mafioso ein Preis, der sich nicht ignorieren lässt.

„Jetzt komm raus, und wir reden. Vater will dein Leben verschonen, wenn er kann. Alles, was du tun musst, ist, freiwillig deinen Platz zu räumen. Mehr will er nicht." Cristiano macht zwei Schritte auf mein Boot zu, zündet sich eine Zigarette an, pafft einmal durch und stößt den Rauch aus. „Und ich will auch nicht, dass du stirbst, Mann. Wozu hat man Brüder? Wir können über alles reden. Du kannst wieder ein di Maggio sein, die Cavallis sind tot. Vater würde dich wieder im Schoß der Familie begrüßen, jetzt, wo du endlich erwachsen geworden bist, aber sei doch ehrlich, du bist nicht der Richtige für den Posten. Lass uns reden. Rede mit Vater. Es ist alles ganz leicht."

Ich lege Filippo die Hand auf den Arm, dann erhebe ich mich aus der Deckung und trete meinem Bruder gegenüber. Seine Gorillas reißen die Waffen hoch, aber niemand schießt. Meint er, was er sagt? Es ist egal. Es steht für mich nicht zur Debatte, meinem Vater diese Menge an Macht zuzugestehen. Schon gar nicht, wenn hinter ihm dieses Kartell aus Deutschland steht, von denen Ercole in Sachen Mordlust und Skrupellosigkeit noch eine Menge lernen kann.

Cristiano runzelt die Stirn, als er mich sieht. Er scheint unsicher, was das zu bedeuten hat.

„Nimm die Hände hoch", verlangt er. „Damit ich sehe, dass du keine Waffe hast."

„Ich habe keine Waffe, und wenn ich eine hätte, würde ich nicht auf dich schießen. Im Gegensatz zu dir habe ich Skrupel, meinen eigenen Bruder ins Jenseits zu schicken."

„Dann gibst du auf?"

„Das glaubst du doch nicht wirklich." Ich kann mich nicht erinnern, wann Cristiano und ich zuletzt so viele Worte miteinander gewechselt haben. „Ich möchte dir nur einen Rat geben, Cristiano. Dir und deinem feingekleideten Freund." Der Deutsche, der das Boot begutachtet, als ginge ihn der Dialog hier nichts an, hebt den Kopf. Genug Italienisch versteht er also. „Das Boot ist mit Sprengstoff vollgeladen. Den Zünder habe ich am Mann. An deiner Stelle würde ich zunächst einmal aus der Reichweite der Ferretti gehen."

Cristiano und der Deutsche sehen einander an. Dann schüttelt Cristiano breit grinsend den Kopf. „Wenn es etwas auf dieser Welt gibt, das du abgöttisch liebst, mein Bruder, dann ist es dieses Boot. Du glaubst doch nicht wirklich, dass ich dir abkaufe, dass du es opfern würdest?"

„Willst du es riskieren? Schieß auf mich, Cris, und finde es heraus."

Hinter mir ertönt ein Schrei. Langgezogen, hoch, schrill. Sabine. Strampelnd und schreiend kommt sie auf die Füße, uraltes Holz knackt unter ihren Sohlen. Scheiße, Gattina. Ich hatte sie gebeten, den Kopf unten zu halten, in Deckung zu bleiben. Doch dann erkenne ich den Mann, der oben auf dem zerklüfteten Mauerrest auftaucht, eine Maschinenpistole im Anschlag, mit der er in der nur von Sternen erhellten Dunkelheit nach einem Ziel sucht. Aus dem Augenwinkel kann ich sehen, wie der erste der Gorillas, die neben Cristiano stehen, die Nerven verliert und die Waffe hochreißt. Sehen, wo Sabine auftaucht, mich auf sie zu werfen und die Salve aus der Maschinenpistole sind eins. Ich weiß nicht, welcher der beiden Männer es ist, der durchzieht. Ich begrabe Sabines zarten Körper unter meinem, fühle den Schock, als eines der Geschosse mich trifft, ohne benennen zu können, wo genau. Beim Sturz über Sabine rutscht das

Handy aus meiner Hosentasche, landet neben mir im Dreck, schlittert weiter. Der Kerl vom Mauerrest springt herunter, landet nur wenige Schritte neben uns, verliert den Halt und kracht auf die Knie. Er fängt sich mit beiden Händen ab und verliert seine Waffe, die auf mein Handy kracht.

Ich presse meine Hände auf Sabines Ohren.

„Kopf run…"

Der Schrei zerreißt unter der Detonation. Selbst durch meine geschlossenen Lider nehme ich den gleißend hellen Feuerball wahr, der für eine Sekunde die Nacht erglühen lässt, dort, wo eben noch mein Boot gelegen hat.

Dort, wo eben noch Cristiano stand.

Ich presse Sabine zu Boden. Fühle verspätet den Schmerz in meinem Bein, dieses mörderische Brennen. Dann ist Filippo über uns, richtet die Mündung seiner Pistole auf den Mann, der vom Mauerrest heruntergesprungen ist. Der die Detonation des Sprengstoffes ausgelöst hat. Cristianos restliche Gorillas, die deutlich näher an der Yacht gewesen sind als wir, liegen am Boden. Andere sind tot. Zwei hat es in Stücke gerissen.

So wie Cristiano und den deutschen Mafioso, der geglaubt hatte, dass Ercole ihm ein Imperium in die Hände legen würde.

Nicht irgendein Imperium. Mein Imperium.

Sabine

„Principessa?" Felice bleibt in der Tür stehen und räuspert sich, als ich nicht sofort aufsehe. „Der Principale ist aufgewacht. Er wünscht, Sie zu sehen."

Langsam komme ich auf die Beine. Es ist ein Wunder, das sie mich noch tragen, nach dieser längsten aller Nächte. Irgendwer hat mir Kleidung besorgt. Eine Jeans, Unterwäsche, ein Top und eine kuschelige Kapuzenjacke aus weichem Fleece. Überhaupt sind alle unheimlich freundlich zu mir. Ständig fragt mich jemand, ob ich etwas brauche, serviert mir Tee, bietet mir etwas zu essen an. Sie nennen mich Principessa. Schweigend folge ich Felice durch Korridore und Treppen in das Untergeschoss der Villa in Murano. Ein achtköpfiges Sicherheitsteam hat das Gebäude, von dem ich erst jetzt wirklich begreife, dass es mehr die Zentrale einer Geheimorganisation als ein Wohnhaus ist, gesichert, um zu gewährleisten, dass uns keine Gefahr mehr droht. Die Bomben sind entschärft, jeder Winkel des Anwesens und des dazugehörigen Parks durchkämmt. Starker Geruch nach Desinfektionsmitteln schlägt uns entgegen, als Felice mich durch eine Sicherheitstür aus Glas führt.

„Was ist das?", will ich wissen.

„Eine improvisierte Krankenstation. Es gibt Verletzungen, mit denen jemand wie Signor di Maggio nicht in ein öffentliches Krankenhaus gehen kann."

Ja, das ergibt Sinn. Verletzungen, wie das klaffende Loch an Tizians Oberschenkel. Um ein Haar hätte das Projektil seine Hauptschlagader zerfetzt und dann wäre jede Hilfe zu spät gekommen. Das zumindest hat der Arzt gesagt, der kurz nach uns in Murano eingetroffen ist. Eine Verletzung, die er mir zu verdanken hat, weil ich die Nerven verloren habe, als dieser Bewaffnete seine Pistole auf Tizian gerichtet hat. Ich erschaudere bei der Erinnerung.

Das schlechte Gewissen schlägt nach mir wie mit einer Keule. Ich bin eine lausig schlechte Sabinerin.

„Hier entlang, bitte." Felice öffnet eine weitere Tür und bedeutet mir, einzutreten. „Ich warte gleich hier draußen auf dem Gang auf Sie. Wenn Sie irgendwas brauchen …" Den Rest des Satzes lässt er in der Luft verklingen, dann zieht er sich diskret zurück.

Ich wende den Kopf, und mein Blick fällt auf das Krankenbett in der Mitte des Zimmers. Ich nehme überhaupt nicht wahr, welche Farbe der Raum hat, ob er groß ist oder klein, welche Form die Lampen haben und wie viele Fenster Licht spenden. Alles, was ich sehe, ist der Mann, der in dem breiten Bett liegt. So blass ist er, dass seine Wangen sich im Licht der Neonröhre an der Decke kaum von dem weißen Leinen des Kissens abheben. Seine schwarzen Haare umkränzen sein Gesicht wie Rabenschwingen. Fast ein wenig unheimlich sieht das aus.

Tizian öffnet die Augen, sieht mich, und der Geist eines Lächelns umspielt seine Miene.

„Gioia", sagt er. Auch seine Stimme klingt angeschlagen. „Komm zu mir."

Angst durchzuckt mich, dass er zerbrechen könnte, wenn ich ihn berühre. Ein Gedanke, der mir absurd erscheint, wenn ich an die Kraft denke, die in diesem Körper wohnt. Doch abschütteln kann ich die Vorstellung nicht.

Vorsichtig setze ich mich auf den Bettrand, streiche mit der Hand seine Haare aus der Stirn.

„Es tut mir leid", flüstere ich. Ich kann nicht mehr, Tränen sammeln sich in meinen Augen, beginnen überzulaufen.

„Es gibt nichts, das du bereuen musst. Ein Krieg fordert Opfer. Wir alle wussten das."

„Aber er war dein Bruder."

„Ja." Nur das eine Wort, und doch weiß ich genau, was er denkt. Wie roh der Schmerz ist, der in seiner Brust wühlen muss. Ich habe seit fast fünfzehn Jahren kein Wort mehr mit meinen Eltern gewechselt, trotzdem würde es mich zerstören, wenn ich wüsste, dass ihnen etwas geschieht.

Eine lange Weile sagen wir gar nichts mehr. Ich halte seine Hand, streichle mit dem Daumen über seinen Handrücken, wo kurze Härchen mich kitzeln. Ich denke schon, er ist wieder eingeschlafen. Seine Augen sind geschlossen, die Wimpern werfen Schatten auf seine fahlgrauen Wangen. Mit Sicherheit war die Operation keine Kleinigkeit. Doch er beginnt wieder zu sprechen, ohne den Blick zu heben.

„Ich glaube, du bist der einzige Mensch, der begreift, dass mein Sieg keine Freude in mir aufkommen lassen kann. Ich wollte nicht, dass Cristiano stirbt." Ob seine Stimme bricht, weil er immer noch zu schwach ist, oder ob es Trauer ist, die ihm die Worte nimmt, weiß ich nicht. Es macht auch keinen Unterschied.

„Keiner von uns kann entscheiden, in welche Familie er geboren wird. Wir können nur das Beste daraus machen. Unseren eignen Weg finden, in einer Welt, die andere gestalten. Kurven und Brücken bauen, wo die Hindernisse zu groß werden, aber manchmal bleibt eben auch dem geschicktesten Baumeister nur, ein Hindernis wegzusprengen." Die Analogie hinkt an mehreren Stellen, doch ich hoffe, dass er sie trotzdem versteht.

Er blickt zu mir auf. Seine Augen so dunkel von schwarzen Geheimnissen und doch so weich. „Ich wollte nie ein Teil der Malavita sein. Als Kind habe ich mich nicht gewehrt. Ich habe mich versteckt. Ich war schüchtern. Wann immer mein Vater und seine Geschäftspartner zusammenkamen, habe ich mich in stillen Ecken verkrochen und mir vorgestellt, wie es wäre, ein anderer Junge zu sein. Einer, von dem nicht erwartet wurde, dass er Antworten geben würde, auf Fragen, von denen er viel lieber nichts wissen wollte. Meine Mama hat mir einen Hund geschenkt, weil sie hoffte, dass mich das aus meiner Isolation herausholen würde."

Die Vorstellung lässt mich lächeln. Tizian di Maggio als verschreckter, kleiner Bengel. Es ist kaum vorstellbar, aber dann jedoch ergibt es so viel Sinn. Es erklärt die Zärtlichkeit, zu der er fähig ist, seine Fähigkeit zuzuhören und hinzusehen. Wer sich im Schatten versteckt, lernt unweigerlich, ein guter Beobachter zu werden.

„Wie hieß er?"

„Der Hund?", fragt er zurück.

Ich nicke.

„Gattina", sagt er und lächelt. „Er war eine Sie und eigensinnig wie ein Kätzchen, wenn sie sich nicht streicheln lassen wollte. Ich hab sie abgöttisch geliebt."

„Was ist mit ihr geschehen?" Ich hab sie abgöttisch geliebt, klingen seine Worte in meinen Ohren nach, und mir wird kalt im Bauch, weil ich ahne, dass diese Geschichte kein gutes Ende nehmen wird. Nichts, was nach außen hin schön und gut wirkt, geht jemals gut aus. Jede Freude hat eine Schattenseite, jede Liebe auch ein Leid.

„Er hat sie umgebracht." Die Wärme, die, als er über Gattina gesprochen hat, seine Stimme weich gemacht hat und ein wenig nostalgisch, ist fort, seine Worte klingen jetzt kalt wie Eis. Ich schließe die Augen, will nicht mehr hören, was damals geschehen ist, aber schlucke die Bitte hinunter, dass er aufhören soll. Er hat sich meine Geschichte angehört, dies ist der Augenblick, in dem ich ihm etwas von seiner Güte zurückgeben kann.

„Ercole?"

„Ja. Es war eines der jährlichen Treffen. Viele der Familienoberhäupter waren bei uns zu Gast. Es ging um Speichellecken und Schauspielern. Mein Vater hat Gattina in den Gartenschuppen gesperrt, aber sie ist ausgebüchst. Sie mochte keine Fremden. Sie war schrecklich aufgeregt, lief kläffend zwischen all den Menschen umher. Als mein Vater nach ihr trat, hat sie ihn gebissen."

Das leise Zischen, das mir über die Lippen fährt, kann ich nicht unterdrücken. Trotzdem gebe ich ihm mit einem Nicken zu verstehen, dass er weiterreden soll.

„Er hat sie gepackt und geschüttelt. Er hat nach mir verlangt, dass ich nach vorn kommen soll. Und er hat mir eine Predigt gehalten, dass dies die Gelegenheit sei, dass ich endlich meine Loyalität der Gemeinschaft gegenüber beweisen kann. Niemand darf leben, der der Mala del Brenta schadet, auch kein abgerissener Köter. Er hat von mir verlangt, dass ich Gattina die Kehle durchschneide, aber ich konnte es nicht. Ich wollte weglaufen, aber seine Männer haben mich eingefangen. Ich musste zusehen, wie er sie erstochen hat. Ihr vor den Augen aller Anwesenden ein langes Küchenmesser in die Brust rammte. Nicht nur einmal. So oft. Ihr nur die Kehle durchzuschneiden, war ihm nicht genug."

„O Gott." Ich kann die Tränen in meinen Augenwinkeln nicht mehr wegblinzeln. Ungehindert rinnen sie mir über die Wangen. Er hebt seine Hand, streicht sie mir von der Haut.

„Wein nicht, Gioia. Es ist alles sehr lange her. Den Jungen, der um Gattina geheult hat, gibt es nicht mehr."

„Was ist dann passiert?"

„Ich bin weggelaufen. Ich habe geheult wie ein Schlosshund, Ercole war angewidert von mir, er hat mir nachgebrüllt, dass, wenn ich jetzt gehe, ich nie wieder zurückzukommen brauche, dass ich den Namen di Maggio für immer beschmutzt habe. Ich bin trotzdem weggelaufen."

„Hat deine Mutter dich nicht aufgehalten?"

„Sie hatte ja nichts zu sagen." Kopfschüttelnd sieht er mich an. „Sie ist zwar nicht in die Malavita geboren, aber sie hat sehr schnell verstanden, um was es geht, als Frau eines Malavitoso."

„Wie alt warst du da?" Ein Kind, hat er gesagt. Mit jedem Wort, das er spricht, mit jedem weiteren Detail, das er mir enthüllt, wächst die Traurigkeit, die ich für ihn empfinde.

„Vierzehn. Alt genug, um auf mich selbst aufzupassen. Ich glaube, Ercole hat gehofft, dass mich das Leben auf der Straße endlich zu dem Erben machen würde, den er sich gewünscht hat. Einen harten Kerl mit einem Herzen aus Eis. Doch ein anderer ist ihm zuvorgekommen. Pieramedeo Cavalli. Der damalige Principale. Er ist mir nachgegangen, hat mich aufgeklaubt. Er hat mich mit sich nach Hause genommen. Sein Sohn, Fabrizio, war ungefähr so alt wie ich. Im Haus von Cavalli habe ich das erste Mal so etwas wie Respekt erfahren. Er hat mich ausgebildet, hat mich gelehrt, dass es in der Mala del Brenta um mehr geht als um Gewalt und Blut."

„Du wurdest Fabrizios Bodyguard." Und hier schließt sich der Kreis, setzt seine Erzählung an, an der Stelle, an der er vor nicht einmal zwei Wochen aufgehört hat.

„Zuerst wurde ich Fabrizios Bodyguard. Da war ich Anfang zwanzig. Ich lüge dich nicht an, Gioia, ich habe Menschen getötet, um Fabrizios Leben zu schützen und auch die Leben anderer Männer der Famiglia. Ich habe mir Kugeln eingefangen, bin mehr als einmal dem Tod nur knapp von der Schippe gesprungen. Die Mala del Brenta zu jener Zeit war viel gewalttätiger als heute, weil wir uns von den Rückschlägen der Neunziger erholen mussten und weil wir uns gegen die Sizilianer erst wieder behaupten mussten, um nicht doch noch unterzugehen. Vor fünf Jahren geriet ich mit

Fabrizio in ein Feuergefecht, weil ich ebenso wie er Hinweise missachtet habe, die darauf hindeuteten, dass eine der Familien der Malavita ihr eigenes Ding drehte und die Cavallis stürzen wollte." Sein Blick verliert sich für einen Moment in Leere, als denke er an etwas, an jemanden, an eine längst vergangene Zeit. Ich möchte ihn berühren und wage es nicht.

„Ich habe Fabys Arsch nicht retten können. Ich wollte mich aus den Geschäften zurückziehen, hatte den endgültigen Beweis, dass mein Vater von Anfang an Recht hatte und ich für diese Welt nicht der Richtige war. Stattdessen machte Pieramedeo, der seinen einzigen Sohn verloren hatte, ausgerechnet mich zu seinem Erben. Er hat mich gezwungen, mich der Gemeinschaft zu stellen. Er ließ mir keine Wahl. Er wusste, dass ich seinen Sohn hätte retten sollen und es nicht getan habe. Dass ich mich schuldig fühlte. Also ließ er mich bezahlen. Indem er mich zu dem Mann machte, der den Cavalli-Clan vor dem Untergang bewahren würde. Ich wurde zu dem Mann, von dem mein Vater sich immer gewünscht hat, dass ich es einmal werden würde, doch von nun an standen wir auf unterschiedlichen Seiten. Nicht nur, dass Cavalli es geschafft hat, aus mir einen ganzen Kerl zu machen, ich habe auch noch den Sitz an der Spitze der Gesellschaft erhalten. Zuvor hat Ercole mich verabscheut. Jetzt hasst er mich."

Genug Hass, dass der alte Mann seine beiden Söhne dafür geopfert hat.

„Weißt du, was das Verrückteste ist?", fragt er nach einer Weile. Bitterkeit klingt in seinem Tonfall, sogar ein bisschen Abscheu. „Ich habe ihm nicht getraut, ich wusste, wie er zu mir steht, und trotzdem wollte ich es nicht glauben. Ich wollte nicht glauben, dass er wirklich bereit sei, mich zu töten, weil ihn meine Existenz derart anekelt. Das habe ich erst heute begriffen."

„Ercole hat dafür bezahlt." Ich beuge mich zu ihm, küsse sacht seine Lippen, die trocken sind und salzig schmecken. Ich wünschte, ich könnte ihm seinen Schmerz abnehmen, doch ich weiß, das kann ich nicht. Manche Dinge kann nur die Zeit heilen, und nicht einmal das jemals ganz, denn ein Riss bleibt immer zurück, eine Narbe, die wir auf ewig auf unserem Herzen tragen. „Nicht nur Cristiano ist heute Nacht gestorben. Ercole hat auch seinen zweiten Sohn endgültig verloren. Den Mann, den er zu einem Erben nach seinem Geschmack machen wollte, gibt es nicht mehr. Du bist anders als er. Du bist der Principale."

Unter meinen Lippen teilen sich seine. Seine Zunge fordert Einlass, taucht tief in mich, nimmt mich in Besitz. Ja, er ist der Principale. Und er bedeutet mir die Welt.

Tizian

Noch immer beschleicht mich leises Unbehagen, wenn ich den Palazzo in Murano betrete. Vor allem, wenn ich nachts nach Hause komme und nur das Pladdern der Wellen an die morschen Poller des Anlegers die Stille durchbricht. Felice hat mir nie die ganze Wahrheit gesagt, wie viel Sprengstoff sie in den Räumen zusammengetragen haben. Um die fachgerechte Einlagerung hat sich Mauro gekümmert, dessen Solarzellenfabrik nördlich von Mestre ihren eigentlichen Gewinn mit der Herstellung von TNT und C4 einfährt. Die Pakete, die Matteo in der Nacht des Bootsrennens auf der Lagune in meinem Haus verteilt hatte, kamen über Deutschland und die Niederlande aus China, woher auch sonst. Auch Mauro hüllt sich darüber in Schweigen, wie viel es war. Ich könnte mir Zugang zum Lagerraum in seiner Firma verschaffen, um es mit eigenen Augen zu sehen, aber noch bin ich mir nicht sicher, ob ich es überhaupt wissen will.

Tommaso sichert die neue Yacht, die mich nicht wirklich über den Verlust meiner Ferretti hinwegtröstet, obwohl sie größer, schöner und neuer ist. Manche Dinge kann man nicht ersetzen. Eine treue Hündin im Herzen eines Vierzehnjährigen ebenso wenig wie ein perfektes Motorboot im Herzen eines Enddreißigers. Man kann den Verlust nur versuchen zu mildern. Mein Blick gleitet an der Fassade des Palazzos hinauf. Es ist kurz nach zwei Uhr nachts. Im Schlafzimmer brennt noch Licht, die Vorhänge wehen aus dem offen stehenden Fenster heraus.

In dem riesigen Raum, der Matteos Arbeitszimmer gewesen ist, herrscht völlige Schwärze. Nachdem Matteos Verrat sich bestätigte, nicht zuletzt durch Unmengen von Unterlagen untermauert, die wir in wochenlanger akribischer Suche in dem Arbeitszimmer zusammengetragen haben, habe ich ihn an die Ndrangheta in Sizilien übergeben. Mehr noch als gegen mich und die Mala del Brenta, hat Matteo, als mein Sekretär, gegen die Ndrangheta gearbeitet. Wäre es jemals aufgeflogen, hätte er alles mit einem einzigen Anruf auf mich abgewälzt. Auch dafür haben wir Beweise gefunden, er hat nicht mit doppeltem, sondern dreifachem Sicherheitsnetz gearbeitet.

Sein Verrat hat mir die Knie weich gemacht. Er war sogar verwickelt in die Sache mit der Kinderprostitution, die Ercole angeleiert hatte. Es war Matteo selbst, der Paolo Cecon in diese Sache mit hineinzog, mit dem Versprechen auf das große Geld. Er selbst hat Paolo auffliegen lassen, als dieser wegen seines Drogenmissbrauchs unzuverlässig wurde, und ihn nach meinem Rauswurf aufgefangen, damit er nicht ganz abrutschte. Nur um ihn dann eigenhändig zu erschießen, mit einer Waffe, die Teil einer der Lieferungen des de Luca-Kartells gewesen war und zuvor Paolo Cecons entfremdetem Bruder gehört hatte. Ich begreife, dass Matteo diese kleinen Spitzen besonders geliebt hat. Er hat den Eishersteller erschossen und in der Lagune versenkt, als Paolo damit drohte, zur Polizei zu gehen, weil ihn in lichten Momenten sein Gewissen piesackte. Ohne eine Spur von Skrupel habe ich Matteo den Bossen in Palermo anvertraut. Ich will gar nicht wissen, was sie mit ihm tun werden. Das Arbeitszimmer ist gesäubert und geordnet, aber derzeit arbeitet Felice aus dem kleinen Kabuff dahinter, das mein eigenes Büro ist. Er findet, das große Zimmer steht mir zu, aber irgendwie verliere ich mich darin.

Vielleicht mag Sabine eines Tages mit dort arbeiten. Für mich, als Assistentin der Geschäftsleitung. Die Vorstellung von der haarsträubenden Normalität eines solchen Vorganges lässt mich grinsen. Nichts an meinem Leben ist normal, ebenso wenig wie an Sabines Leben. Aber wir boxen uns durch. Irgendwie. Wenn uns der Sinn nach etwas Normalität steht, verkriechen wir uns für einen Tag und eine Nacht in ihrem chaotischen Apartment in Santa Croce, löffeln Müsli aus angeschlagenen Porzellanschalen und diskutieren über die Fußballergebnisse.

Im Treppenhaus und im Wohnzimmer hängt leise Klaviermusik. Die Installation der versteckten Lautsprecher hat Sabine veranlasst, weil sie findet, dass es hier viel zu still ist, wenn ich nicht da bin. So, wie sie sich unter meine Haut geschlichen hat, meine Schutzwälle zum Einsturz gebracht und mein Herz vereinnahmt hat, so vereinnahmt sie jetzt mein Haus. Es wirkt weicher, wohnlicher. Bunte Kissen liegen seit Neustem auf der Couch, Teppiche und Läufer in den Zimmern und Fluren. Hier und da blüht sogar eine

Blume in einem farblich passenden Blumentopf. Trotz allem ist es immer noch eine Festung, und die muss es auch bleiben, denn der Gedanke, dass jemand meiner Frau etwas antun könnte, macht mich wahnsinnig.

Sie schläft, als ich das Schlafzimmer betrete. Ich schließe die Tür und lehne mich dagegen, erlaube mir einen langen, genussvollen Blick auf den schmalen, drahtigen Körper, der sich unter der dünnen Bettdecke abzeichnet. Jedes Mal, wenn ich nach Hause komme und sie unversehrt und mit einem weichen Lächeln auf den Lippen in meinem Bett vorfinde, möchte ich vor Erleichterung in die Knie gehen. Lautlos entkleide ich mich, dimme das Licht herunter, bis nur noch ein ganz schwacher Schein die Schatten im Raum vertieft und das Tanzen der Lichter der Lagunenstadt auf dem Wasser einen Widerhall an der Zimmerdecke findet. Vorsichtig krieche ich zu Sabine.

Sie regt sich ein wenig, strebt mir entgegen, um sich an mich zu schmiegen. Ich ächze leise. Fange ihre Handgelenke, lege Manschetten darum, erst links, dann rechts. Sie ist noch immer nicht wirklich wach, da habe ich schon die Ketten von den Bettpfosten in die Ringe der Manschetten gehakt und sie ihrer Bewegungsfreiheit beraubt. Mein Körper singt. Zu ihr. Mit ihr. Ich berühre sie, küsse sie, wecke sie.

Sie reißt an den Ketten, als sie endlich zu sich kommt. Hitze schießt sofort in ihren Bauch, auf dem meine Wange liegt, ein instinktives Aufbäumen. Ich lache gegen ihre Haut.

„Hey!" Sie zerrt an den Ketten. Ein wunderbarer Klang. „Was soll das?" Doch es klingt nicht wütend. Es klingt wie eine Frau, die nichts anderes erwartet hat und genau weiß, dass ich sie gleich kommen lassen werde. Ich fahre mit einer Hand die Innenseiten ihrer Schenkel herauf und genieße das Zittern.

„Lieg still", knurre ich und beiße sie in die Bauchdecke. „Nicht bewegen, sonst bekommst du nichts."

Ihr Atem gerät ins Stocken, als meine Zunge zielstrebig den Weg zwischen ihre Beine findet. „Du wolltest ... mir sagen, wie es gelaufen ist, sobald du nach Hause kommst", protestiert sie keuchend.

Ich liege zwischen ihren Knien, die Laken zerrauft zwischen uns, mein Gesicht an ihrer Scham, und blicke sie über ihren Bauch hinweg an. Der Anblick ihrer über den Kopf gefesselten Arme treibt mir das Blut in alle wichtigen Körperteile. „Was spricht dagegen?"

„Dass du kaum reden kannst, wenn du da unten arbeitest."

Ich muss lachen, mache mich auf den Weg nach oben, langsam, genießerisch, ich liebe ihre Haut, ich liebe es, wie sie auf mich reagiert. Fast wie nebensächlich dringe ich in sie und tue so, als ob mir ihr Luftschnappen vollkommen entgeht. Zwischen den Fingerspitzen meiner Rechten zwirbele ich eine ihrer wunderbar seidigen blonden Locken. „Dann so?" Träge bewege ich mich.

„Du bist nicht fair."

„Das habe ich auch nie behauptet."

Mit einem Ruck schlingt sie die Beine um mich. Ich nehme mir vor, das nächste Mal auch ihre Fußgelenke festzubinden. Nehme sie härter ran. „Deswegen willst du mich doch so, Gioia."

„Erzähl mir von Ercole", verlangt sie atemlos.

„Macht dich das an?"

„Ich will es wissen."

„Ihm wurde jedwede Handlungsgewalt genommen. Er hat keinen Erben mehr. Die di Maggios sind erledigt." Mein Rückgrat prickelt. Sabines Hitze hüllt mich ein. „Er steht unter Hausarrest. Seine Geschäfte werden entweder aufgelöst oder, wenn sie sich mit unseren Doktrinen vereinen lassen, von anderen Clans übernommen. Die Aufteilung wird ein Gremium übernehmen." Ich will jetzt nicht darüber nachdenken, dass diese Strafen vermutlich für meinen Vater vollkommen belanglos sind im Vergleich zu dem unsäglichen Schmerz, vielleicht noch zwanzig, dreißig Jahre lang mit dem Wissen leben zu müssen, dass er seinen geliebten Sohn in den Tod geschickt hat und nicht einmal eine Leiche übrig war, die er im Schauhaus identifizieren konnte. Dass er auch Bedauern darüber empfindet, mich verloren zu haben, daran zweifle ich. Doch in diesem Moment, wenn ich ein Zuhause zwischen Sabines Schenkeln finde, ist das egal.

„Und du stehst dem Gremium vor?", fragt sie. Ihr Körper bäumt sich mir entgegen.

„Natürlich. Ich bin der Principale. Sie haben heute alle vor mir gekniet." Erneut. Noch einmal, zur Bekräftigung. Sie haben es schon vor einer knappen Woche getan, als ich ihre bedingungslose Loyalität einforderte, auch Sabine gegenüber. Ich schütze die Organisation, ich schmiere die Polizei, ich setze Spione überall dort ein, wo sie nützlich sind. Im Gegenzug erwarte ich von den Mitgliedern der Organisation nichts weiter als Treue. In diesem Moment sind sie alle auf meiner Seite.

„Was ist mit den Deutschen?" Sabines Nägel krallen sich in ihre Handflächen. Die Ketten klirren, als sie in dem vergeblichen Versuch, mich anzufassen, daran zerrt.

„Das de Luca-Kartell? Der alte Herr hat seinen ältesten Sohn verloren. Die Geschäfte mit Ercole sind buchstäblich in Flammen aufgegangen. Seine Investitionen sind verloren, diese Unternehmung hat ihn Millionen gekostet. Der wird so schnell nicht wieder versuchen, sich hier einzumischen."

„Hast du keine Angst, dass er ... dass die ..." Sie beginnt, den Faden zu verlieren. Ihre Muskeln krampfen sich um mich. Es fühlt sich göttlich an. Dem

Himmel ganz nah. Ihre Augen verlieren den Fokus. „Dass die wiederkommen? Es nochmal versuchen? Rache üben wollen?"

„Ein Risiko gibt es immer." Ich schiebe eine Hand zwischen uns beide und berühre sie, dort, an diesem Punkt, wo alle Nerven zusammenlaufen. Berühre sie hart und fordernd. „Ein bisschen Angst ist immer dabei. Aber gerade das macht doch das Leben prickelnd." Es gab eine Zeit, in der ich mein Leben gehasst habe. Mittlerweile habe ich gelernt, dass Hass vergeudet ist. Er bringt einen nicht weiter, vergällt nur den Blick auf die schönen Dinge im Leben. Zu hassen ist keine Kunst, die Kunst ist es, in all dem Dreck das Gute zu erkennen. Ich habe das Gute in meinem Leben gefunden, halte es in meinen Armen. Meine Stöße werden schneller im selben Rhythmus, mit dem meine Finger über ihre Klit gleiten, mal reibend, dann streichelnd, dann ein Zupfen. Sie keucht, und dann kommt sie mit einem Schrei. Ich stelle mir vor, wie dieser Schrei durchs offene Fenster hinausgetragen wird über die Lagune, wie ihre Stimme auf den Wellen tanzt, betrunken vom Sternenlicht über Venedig. Meiner Stadt.

Die Autorinnen

Hinter dem Pseudonym Felicity La Forgia steckt das Autoren-Duo Corinna Vexborg und Nicole Wellemin. 2011 haben sich die Autorinnen in einem Online-Forum für Schriftsteller kennengelernt. Corinna ist gelernte Restaurantfachfrau und lebt mit ihrem Mann und vier Katzen auf der Insel Fünen in Dänemark. Nicole lebt mit ihrer Familie in einem Reihenhausidyll östlich von München und arbeitet als Produktmanagerin bei einem DVD-Label.

Corinna über Nicole: Begeisterungsfähig, fantasievoll und voller Energie – wenn ich einen Tritt in den Hintern brauche, um über eine Schreibblockade hinwegzukommen, poliert Nicole schon ihre Stiefel!

Nicole über Corinna: Mit ihrem Blick fürs Detail, den unermüdlichen Fragen nach Motivation und Logik, und vor allem ihrem Händchen, unseren Figuren auch aus den ärgsten Sackgassen herauszuhelfen, sorgt Corinna dafür, dass mir in all meiner Euphorie für unsere Geschichten nicht auf halbem Weg die Puste ausgeht.

**Feuerzauber
Felicity La Forgia**

ISBN: 978-3-864434-97-6

Er ist so verrucht wie die Sünde, so heiß wie das Feuer und so geheimnisvoll wie die Kunst, die er beherrscht. Seit Jahren schwärmt Elena Mancini für den Illusionskünstler Zacharias Zealand. Ein Zufall führt sie zusammen, eine Tragödie schweißt sie aneinander. Er zeigt ihr die Erotik im Spiel mit dem Feuer und die Sinnlichkeit lustvoller Unterwerfung. Doch der Tanz auf der Grenze zwischen Lust und Schmerz, zwischen Liebe und Gewalt ist gefährlich.